修辭與敘事

宋元話本小說的修飾書寫

金明求 著

目次

緒論　「小說修辭」與「小說敘事」

　　「小說」作為一種「說話」的文學藝術，發展於唐代。所謂「說話」，就是「講故事」，是屬於比較接近大眾的通俗文學。說話者須十分注意聽者的反應，只有這樣才能捕捉到聽者曲折跌宕的心情變化[1]。起初「話本」內容比較簡單、粗略，但後來經許多宋元話本小說家不斷補充，再加上文人的加工與潤色，便成為體裁獨特、人物生動的小說。宋元話本故事題材非常寬泛，但每一篇的人物形象、主題思想、社會背景、文化意涵都不盡相同。宋元話本小說題材涉及當時社會生活各種層面，或說男女愛戀情事、或揭露官僚內幕、或處理訴訟案件、或宣揚某人發跡變泰過程、或談論神仙靈怪、風流逸事等。這些豐富廣泛的題材，反映了當時社會各階層的生活面貌與理想世界。

　　若要研究小說作品，須關注「修辭藝術」。小說作品中「修辭藝術」所涉及的領域，涵蓋的範圍極其廣泛，展現的內容與現象亦十分豐富；不但包含著作品的人物、主題、內容、象徵等部分，也觸及著語言、結構、敘述、形式特徵等面向。但如此龐大並廣闊的「修辭」理論，適用於具體的「小說作品」時，會被限縮在「小說修辭」的概念範疇內。「小說修辭」是作者透過自己在小說中的存在與介入，通過主觀評價與明確的目的、技巧與策略來呈現。其中讀者容易接受作者在小說中所塑造的人物、背景、主題，及其所表達的信念與價值立場，進而在作者與讀者之間建立一種積極的交流關係[2]。

　　許多學者對「小說修辭」的淵源、定義、運用與理論等方面問題進行詳細的研究，其成果顯著，但對「小說修辭」定義問題仍各抒己見。其中比較有代表性的就是布斯（Wayne Clayson Booth，1921~2005）、落奇（David Lodge，1935~）及浦安迪（Andrew H. Plaks，1945~）的「小說修辭」定義理論。這三人的看法基本上繼承亞里士多德（Aristotle，公元前384～前322）的修辭理論。布斯把小說本身看作修辭的方式，並且注重作者介入性技巧的作用與交流關係[3]；

---

[1]　參考繆咏禾，《馮夢龍和三言》（臺北：萬卷樓圖書有限公司，1993年），頁19-20。

[2]　參考李建軍，〈論小說修辭的理論基源及定義〉，《陝西師範大學學報（哲科版）》，第29卷1期，2000年3月，頁59。

[3]　參考（美）韋恩・布斯著，華明、胡蘇曉、周憲譯，《小說修辭學》（北京大學出版社，1989年），頁3。

落奇強調小說修辭的說服性以及其產生的積極效果[4]。浦安迪的定義較為周密完整，他特別注意到修辭「關係」的重要性。他主要從布斯所確立的小說修辭意義層次著手，對中國古典小說（奇書）文體進行分析。他將小說修辭分成兩個層次：廣義的小說修辭，是作者如何運用一整套技巧來調整和限定他與讀者、與小說內容之間的三角關係。狹義的小說修辭，則是特指藝術語言的節制與運用。前者屬於「西方的修辭觀念」，而後者則是「中國的修辭觀念」，可謂「語言字義」上的修辭，即語法相對應的修辭[5]。

　　歷來從「修辭學」角度來研究中國古典小說的學者，大多限於語言字義上的修辭或一些修辭美學上的部分特徵，如描寫形式上的譬喻、誇張、對比、對偶等修辭格特徵，或偏重於描寫過程中所呈現的修辭美學與審美意識。雖然這些研究在形式修辭技巧、內容描寫修辭藝術上取得了卓越的成就，但並無像浦安迪所提出的，從作者、讀者與作品之間的關係來深入研究修辭形式、結構與內容。但若糅合這些元素，進行多角度研究，則須將與「小說敘事」並論考究，使兩者互相滲透、互相連結。因此筆者擬以宋元話本小說為主要研究對象，從廣義的「小說修辭」著手，來深入考察作品中較為常見較為複雜多樣的修辭藝術，以及敘述內容上豐富多義的敘事藝術、敘述形式與結構上彈性調整特徵等。

　　本書提及的「小說修辭」與「小說敘事」，仍以「修辭學」為理論基礎。「修辭學」的定義、分類、名稱、內容和形式，按照國家、語言、階層等的不同將呈現出多元面貌。見解雖然隨著東西方的邏輯脈絡、界定方式、學術領域之不同而產生相異，卻皆能互為參照與溝通。但各種論者對「修辭手法」、「修辭技巧」的名稱與定義，稍有歧見。「修辭學（Rhetoric）」，可稱之為「修辭法（Figure of speech）」或「修辭格（Rhetorical Style）」，可謂是在調整或修飾語言，提高表達效果的過程中，長時間形成的特殊構造和型態，在語言表達時依各個種類來進行分類，已是被認同的表現方式。[6]「譬喻」、「設問」、「誇飾」、「引用」、「象徵」、「對偶」、「類疊」、「倒裝」等修辭手法都包括在其中。[7]雖然「修辭法」和「修辭格」是「運用不同的方式傳達想法，表

---

[4] 參考（英）戴維・落奇，《小說的藝術》，喬・艾略特等著，張玲等譯，《小說的藝術》（北京：社會科學文獻出版社，1999年），頁1-12；（英）戴維・落奇著，王峻巖譯，《小說的藝術》（北京：作家出版社，1998年）。

[5] 參考（美）浦安迪，《中國敘事學》（北京大學出版社，1998年），頁98-102。

[6] 成偉鈞，唐仲揚，向宏業編，《修辭通鑑》（臺北：建宏出版社，1996年），頁469。

[7] 根據黃慶萱《修辭學》中的分類，大範圍分成「表意方法的調整」和「優美的形式設計」，「表意方

達或說服所需的多樣化語言手法」，[8]但在個別地方卻有明顯差異。「修辭法」可分為「譬喻法」、「強調法」兩大類，但「譬喻法」，是抓住兩種事物的共同特點，用某一事物或情景比擬另一事物或情景，令本體更加形象鮮明。「強調法」是使內容更為生動鮮明，或者避免內容過於單調乏味而給予變化的修辭法。[9]「修辭格」也稱「修辭手法」，透過修改潤飾文句，運用特定形式來提升語言的表達效果。雖然學者對「修辭格」看法不一，但大致可分為38類。[10]「修辭法」與「修辭格」不只是部分用語上的差異，其涉及的手法、種類和含義也有所差別，一般關於修辭手法的內容、形式和意思都泛指「修辭法」，包含較特殊領域具體適用的名詞稱為「修辭格」，這些都跟地域和國家的語言、學術和領域的不同，以及學者個別認知的差異相關。假設考慮到中國文學作品的「特殊性」和「限制性」，整體方式的劃分，比起模糊的「修辭法」概念，「修辭格」多樣且具體的修辭技巧分類可能更為合適。「修辭格」是「修辭學」最重要的分類之一，文學作品在狹義範圍內也會將其稱之為「修辭學」。[11]普遍中國文學作品

法的調整」包含「譬喻」、「轉化」、「設問」、「示現」、「映襯」、「仿擬」、「借代」、「摹寫」、「婉曲」、「藏詞」、「夸飾」、「析字」、「引用」、「雙關」、「飛白」、「轉品」、「象徵」、「呼告」、「倒反」；「優美的形式設計」有「對偶」、「鑲嵌」、「類疊」、「排比」、「層遞」、「頂真」、「回文」、「錯綜」、「倒裝」、「跳脫」等。詳細內容，參照黃慶萱，《修辭學》（臺北：三民書局，2002年）。

8　《韓國民族文化大百科辭典》（http://encykorea.aks.ac.kr）（2018.03.01）；金賢編，《修辭學》（首爾：文學與知性出版社，1987年）；艾布拉姆斯著，崔尚奎譯：《文學用語字典》（首爾：寶城出版社，1991年）。

9　「比喻法」包括「直喻法」、「隱喻法」、「代喻法」、「擬人法」、「諷喻法」、「擬聲法」、「擬態法」等。強調法包含「誇張法」、「對照法」、「反復法」、「漸層法」、「列舉法」、「倒置法」、「對句法」等。參考《韓國民族文化大百科辭典》（http://encykorea.aks.ac.kr）（2018.03.01）「修辭法」。

10　中國的修辭格因為學者的見解各不相同，要統一論點並不容易。有的名稱相同但實際包含的內容卻不一致，或者名稱不同，但實際都是相同修辭手法。還有相似「修辭格」一起進行簡單分類，更詳細分類帶出另一個「修辭格」。一般「修辭格」分類，以陳望道的《修辭學發凡》為標準，可以看到增減之差異。《修辭學發凡》總共列舉了38種修辭格，分類如下：具體題材9種，意境10種，詞彙11種，章法8種。陳望道，《修辭學發凡》（原1932年，民國叢書編輯委員會編，《中國學術叢書》，第2編，上海書店，1990年）。

11　「修辭學」的定義學者們各自有多樣不同見解，但在目的和內容上尚無太大差別。陳介白《修辭學講話》（原1931年）：『修辭學是研究文辭如何精美表現作者豐富的情感，以激動讀者情緒的一種藝術。』陳望道《修辭學發凡》（原1932年）：『修辭原是達意傳情的手段，主要為著意和情，修辭不過是調整語辭使達意傳情能夠適切的一種努力。』黃慶萱《修辭學》：『修辭學是研究如何調整語文表意的方法，設計語文優美的形式，使精確而生動地表出說者或作者的意象，期能引起讀者之共鳴的一種藝術。』關於「修辭學」的定義，更詳細內容可參考，陳介白，《修辭學講話》（《修辭學研究》，

中使用的「修辭格（Chinese Rhetorical Style）」會和一般「修辭格（Rhetorical Style）」做區分，但還是共同使用「修辭格」這一用語。

　　雖然在「修辭學」定義與名稱的問題上，學者各持己見，但其研究目的與適用內容大致相近。陳介白的《修辭學講話》（原1931年）中提到：「修辭學是一種研究用優美精巧的文辭來表達作家豐富的情感，使讀者能夠產生感動的學術文辭。」陳望道在《修辭學發凡》（原1932年）中指：「修辭是傳達原意和情感的手段。重要的意思和情感，修辭只是調節詞彙和文辭，傳達情感和意思最適切的一種功夫。」黃慶萱的《修辭學》言及：「修辭學是如何調節語文表現意思的方法，把語文設計成高雅優美的形式，正確且生動的表現話者或作家意象，使讀者能產生共鳴的一種藝術。」[12]本書就以中國古典小說為主要對象，考察修辭與敘事的藝術特徵，因此適用中國學術界普遍認知的「修辭學（中國修辭學）」概念。不過，要區分「修辭學」的概念、分類和用語並不容易，根據地域和民族的不同、學術性動向和趨向的差異、作者和讀者見解與視角的偏差，都會有所變化。因此筆者運用縱向概念，以具系統性與邏輯性的方法，來定義分析中國的修辭，清楚說明各種修辭法，其中黃慶萱的《修辭學》（臺北：三民書局，2002年）比較符合本書的研究思路，因此將其做為本書的核心理論。而且運用橫向概念，將其中成偉鈞、唐仲揚、向宏業的《修辭通鑑》（臺北：建宏出版社，1996年）這些非常細膩且廣泛呈現中國修辭學相關定義與分類的專著，做為本書輔助參考資料並活用；此外，也綜合參考不同專家的修辭學理論與學術論文。本書所談到的修辭法用語，雖然國內外名稱、意思大致相同，但也有例外之處。為防止混淆，本書使用修辭法專門用語時，確保明確區分，基本以黃慶萱《修辭學》一書的用語作為依據。

　　小說作品的「敘事」，是構成作品的主要因素，可在不同情況下，以多樣的形態與方式表現出來。其中「時間」與「空間」的闡述，不但可以多元化、多層次的形式與結構展現出來，並且能涵蓋作品所呈現的大部分敘述內容與象徵意義，可謂在構成故事展開、敘述進行、完整結構、整齊內容、表現意涵上，不可

　　臺北：信誼書局，1978年），頁3；陳望道，《修辭學發凡》（民國叢書編輯委員會編，《中國學術叢書》，第2編，上海書店，1990年），頁4；黃慶萱，《修辭學》（臺北：三民書局，2002年），頁12。

[12]　關於修辭學更詳細的定義，可以參考陳介白，《修辭學講話》（《修辭學研究》內，臺北：信誼書局，1978年），頁3；陳望道，《修辭學發凡》（民國叢書編輯委員會編，《中國學術叢書》，第2編內，上海書店，1990年），頁4；黃慶萱，《修辭學》（臺北：三民書局，2002年），頁12。

或缺的一環。

　　首先，考察「時間敘事」的特徵，宋元話本小說中的「時間敘事」，主要
體現在「時間流逝」、「時間進展」、「時間遷移」的描繪上，多為縮減詩詞、
套話和俗語等，或是刻畫人物細膩的內心情感，或是描寫敘述戲劇性場景，都廣
泛運用了敘事策略。從「時間」這個單詞不難看出它是從某一時刻到另一個時
刻的描寫。[13]因此作品中的時間敘事也具有「進行」、「流動」、「變化」等特
徵。小說作品的時間敘事往往與時間描寫相提並論，但在時間敘事上存在「限
制」與「擴大」兩種不同的觀點。時間描寫是對於時間敘述進行直接或獨立性的
描寫，在內容及形式上一般不會以故事內容的展開作為重點，而是把焦點放在修
辭性技巧上，可以說明時間的敘述對象及範圍，有時可以區分界限或是縮小描
寫。如果「時間描寫」注重比較形式或修辭技巧，不但能發揮其本身特點，還能
直接參與故事敘事。時間敘事不僅直接連接故事內容，還有調節安排時間之作
用。時間敘事表現靈活，具有流動性，其概念非常廣泛。儘管了解了時間敘事的
特徵及範圍，但還是不能忽略在時間敘事上該如何定義「時間」這一問題。

　　文學作品的「時間」定義及其理論，可藉由體裁、領域、作家等形式體現
出來。小說的「時間」定義和時間敘事理論也是如此[14]，為了研究小說的時間敘
事，漢斯・梅耶霍夫（Hans Meyerhof）開拓文學上的時間概念「人類性時間」
（le temps humain）。翰斯馬爾沃夫把「時間概念」分成為「科學性時間」和
「文學性時間」，並把「文學性時間」解釋為經歷背景的一部分，人的個別生活
構造上所包含的時間認知。[15]此觀點和物理學、數學、科學領域的時間概念大不

---

[13] 「時刻」指時間上的某個瞬間，時刻單位「秒」、「分」、「時」。而時間是某個時間點到另一個時間
　　點的名稱。

[14] 中國文學對於「時間」定義的相關研究有李烈炎，《時空學說史》（湖北人民出版社，1988年）；楊
　　義，《中國敘事學》（臺北：南華管理學院，1998年）；李清筠，《時空情境中的自我影像：以阮籍、
　　陸機、陶淵明詩為例》（臺北：文津出版社，2000年）等，中國小說中對於「時間」定義的有關研究有
　　金健人，《小說結構美學》（臺北：木鐸出版社，1988年）；陳平原，《中國小說敘事模式的轉變》
　　（臺北：久大文化股份有限公司，1990年）；傅騰霄，《小說技巧》（臺北：洪葉文化事業有限公司，
　　1996年）；王平，《中國古代小說敘事研究》（河北人民出版社，2003年）等。

[15] 「時間」在「文學」、「哲學」、「宗教」、「數學」等各領域中被研究。小說作品中關於「時間」的
　　理論有很多種，本文為了更好地來研究小說的時間敘事，採用的是漢斯・梅耶霍夫（Hans Meyerhof）
　　所提出的理論。漢斯・梅耶霍夫（Hans Meyerhof）將時間概念分為科學性時間、客觀性時間、文化性
　　時間、主觀性時間四種。科學性時間與客觀性時間能夠正確測量出時間，訂為「時間關係中的客觀性構
　　造」。而文化性時間是指「人的時間」，所以文化性時間概念必須要在人類生活足跡中找出。被規定的
　　時間是極為主觀的一種心理上的時間。漢斯・梅耶霍夫（Hans Meyerhof）著，Lee Jongchu譯，《文學裡

相同。文學作品的「時間」有時會和「角度」混為一談。角度體現的是當時的一瞬間，或是確定的某瞬間，而時間是從角度間的流動，產生不同的變化及進展。小說作品中的「時間敘事」研究，有時雖強調時間本身，但相較於物理時間，作品中的時間才是主要研究目標。關於時間性的探察，透過「快速」與「緩慢」，「流動」與「靜止」來考察宋元話本小說的「時間敘事」，會更為明確。

　　其次，考究「空間敘事」特徵，宋元話本小說中的「空間敘事」，主要以「空間概念」為理論基礎與背景，並包含「空間」的所有內容與涵義。本文對於「空間概念」的定義，將以社會學、人類學、哲學的範疇為根基，建立各自獨特的觀點與內容，從不同的切入點解釋空間觀念。人類在歷經數千年的文化磨練之後，對於空間的把握與詮釋，可分為兩類：一是「物理空間」，即現實的空間（space of action），形體肉身可感觸到的空間；另一個是「心理空間」，即形而上的抽象空間（abstract space），心理狀態或心靈居留的空間。傳統中國的空間觀念，以天、地、人「三元」結構為基礎，並創造出「時空合一」、「元氣說」、「陰陽五行」的「觀念空間」。雖然其思維原點起於天地四方、上下內外等物理地理基礎，但後來發展到「天（宇宙）」、「道」、「氣」形而上方面，便從物理地理空間觀念延伸到心理抽象的空間觀念，並產生空間的相對性、絕對性、間斷性、連續性的特徵。

　　不過，本書所要探討的「文學空間」，並不只局限於「物理空間」或「心理空間」。「文學空間」本身是屬於一種「人文性」的建構，這種建構有其目的性，主要在自然地理、物理形式，或人為營造的環境中，建構出「人文空間」，隨後各種儀式與心理活動便在此展開。「人文空間」的範圍可涵蓋地理、社會、歷史、文化、文學、哲學、美學、藝術等，是以人為主體而形成「人文性」的認識環境。

　　「人文空間」的重要特徵之一為其「包容性」，可以包容各種事物，廣義上講包含整個宇宙、物質世界、自然現象，以及微妙的生命活動、瞬間浮現的現象、跨時間的流動過程等，甚至是「視不可見」的心理運動與幻想世界等。「人文空間」也有「伸縮性」與「隨應性」的特徵，不管空間大小，隨機應變，相時而動。「物理空間」沒有伸縮性、隨應性，但從「人文」空間的觀念來看，空間

的時間（Time in Literature）》（首爾：文藝出版社，2003年），頁17-19；任昌健，〈通過湯瑪斯・孔恩的理論分析時間概念：以《捕抓今天》為中心〉，《英語英文學（韓國）》第45卷3號，1999年，頁770-771。

是按其內在構成因素，反覆運行，不斷展開，壓縮變化，因而不同性質的空間亦隨時被建構產生。人作為空間中的載體，有能力根據不同的目的把同質性的空間進行轉換，或者建構出另一個新的空間[16]。「人文空間」又有「同類性」，在不同的地點，仍保留相同的特性，一個幾何形象在移換位置時，仍不會變形[17]。就廣泛的「人文空間」意義而言，如此多樣的特性更為凸顯空間觀念的框架。

　　「小說空間」是情節推進的主要場景，也是故事展開的重要場所，所有事件的發生與解決都以此為支撐，在此呈現多層空間內涵與多元空間現象。因此，「小說空間」不但在構成情節結構方面起到重要作用，也是形成故事背景的關鍵因素。宋元話本小說中的「空間敘事」，可區分為「實質」與「虛構」，「實質」表現為「現實」、「物理」、「自然」特徵；「虛構」表現為「鬼境」、「夢境」、「仙境」特徵。在宋元話本小說修辭藝術表現上，明顯呈現出的「空間描繪」，則為具「虛構空間」觀念的「鬼境」與「夢境」為大宗。「鬼境」為較集中於「背景敘事」的修辭，而「夢境」則較著重於「內容敘事」的修辭。因此「鬼境」就採用「鬼魂空間」的敘述方式與程序，「夢境」就運用「夢幻敘事」的描繪體系與內容。

　　宋元話本小說中「鬼魂空間」敘事，以「鬼魂」進出的空間為主，呈現出多樣的空間現象與豐富的空間內容，並在「實在」與「夢幻」的空間類同或差距中，充分彰顯出空間的遷移與變化，呈現出空間敘事與內涵的多種層面。宋元話本小說中「夢幻空間」敘事，在展開故事時所呈現的特徵相當複雜多樣，其中有時間上「短暫性」與「濃縮性」的交錯與重複，空間上「無隔性」與「可變性」的並行與結合。「夢幻空間」中時間流逝，比起實際生活時間，壓縮了不少，不像實際生活固定的時間觀念那樣長期、線性順流，所有的時間在夢中靜止。夢境裡的時間，比起現實的時間，更易於拉長、移轉，並隨著夢裡故事進展的情況，可調整其進行速度，充分表現重複、急促或緩慢的時間運動[18]。「夢幻空間」沒

---

[16] 從這個認知下，則空間本身就可以呈現多元性的變化，而不再只是一般概念下的物質性空間的呈現了。人類學家路先·列維—布留爾（Lucien Levy-Bruhl）的話，可做為補充說明：「它們（初民的思維）會覺得空間是賦有性質的東西，不同的空間區域賦有自己特殊的屬性；它們將分享在它們裡面表現的神祕力量。空間與其說是被想像到，不如說是被感覺到，而空間中的不同方向和位置也將在質上彼此不同。」參考路先·列維—布留爾（Lucien Levy-Bruhl）著，丁由譯，《原始思維》（臺北：臺灣商務印書館，2001年2月），頁420-421。

[17] 參考李震，《宇宙論》（臺北：商務印書館，1967年10月再版），頁121。

[18] 以實際生活空間的角度來看，夢中的時間流程特別極短，因為夢中進行的時間和現實所流逝的時間全然

有限定的範圍，隨時隨地出現，與現實生活空間接合，不受實際空間的設定限制。[19]「夢幻空間」敘事架構在其彈性、大小、深淺方面易於調整把握，且其涵蓋的空間現象也相當廣泛。

　　總而言之，宋元話本小說中「修辭」與「敘事」的結構與內容，經常互為反應、相互影響，不可分割。二者皆在「修飾」與「實質」之間進行調整，進而作為作品敘述的關鍵因素。小說作品本身就備有「虛幻」與「實質」間相互衡量和互為投影之特性，並有「修飾」與「真相」間調節與反應之特性，這兩者以「不同」卻「相近」的敘述方式，在小說內進行調和與接合，是完成作品敘事與結構的關鍵因素，並成為重要的藝術形式。因而，本書就以「修辭」與「敘事」的多樣理論與概念為基礎，以宋元話本小說為研究範圍，透過多角度視角來考察作品的「修辭」與「敘事」特徵。其中也插入相反的「負面角度」與相近的「連結角度」，仔細考察作品諸多藝術成就。以上研究敘事內容複雜、模糊、抽象，修辭現象規則、實質、具體，不但呈現出作品獨特的藝術成就，進而凸顯其中所內涵的主旨與深層的思想意義。在理解作品時，這可以更為接近故事的本意與主題，並獲得更為貼切、透徹的詮釋，更易於掌握作品中常被忽略的敘事與修辭方面的藝術成就。

　　本書選定的宋元話本小說，以胡士瑩《話本小說概論》、歐陽代發《話本小說史》、程毅中《宋元小說研究》與《宋元小說家話本集》中所列舉的現存宋

不同。夢境的主要構成因素與內容，皆像實際生活空間一樣，以生活的種種現象、事件、活動為根柢，但夢中的時間屬於「夢幻時間」，時間的推拉、長短、轉移相當自由，並沒有任何固定時間的限制。然而，在現實空間中實際時間流逝，卻有一定的變換、進行模式和呈現現實時間的具體現象，也有人與人之間確定時間流逝的標準、固定不變的流程速度。唐傳奇〈枕中記〉裡的盧生，客居邯鄲旅店，借道士瓷枕小寐，倏忽回到家中，數月後迎娶名門淑媛，翌年進士及第，此後即平步青雲，歷任文武官職，出入中外，在宦海浮沉了五十餘年。大夢醒來，旅店主人的黃粱還未煮熟。這個故事充分傳達「人間方一刻，夢中已數年」的觀念。

[19] 在現實生活中，易清楚感覺到空間上不但有山河阻隔，而且此方彼方、此地彼此都有一定的間隔，然而夢中空間無隔，或者說可以無隔。中國古代學者注意到夢中空間的無隔性。杜頠〈夢賦〉曰：「雖遼萬里，邈偕疇昔之遊；縱冥九泉，亦覿平生之象。鬼出神入，惟恍惟惚，則有睽闊庭闈，煙霜歲暮常馳；戀於定省，忽飛魂於穹阺，撩軒幌而無隔，邈山河之徑度。常倏忽而往來，竟不由乎道路。」（《文苑英華》卷九十五）人在外地，雖距故鄉有萬里之遙，夢中則常出現故鄉的山川，空間上絲毫沒有地域之隔。作者感嘆這種時空知覺的無隔性簡直好像是「鬼出神入」，可以毫不費力地上天入地。有時穿過了庭院和闈帳，有時跨越了山陵和江河。應該承認，杜頠這些形象性的描繪，如實而生動地再現了夢的空間知覺。《古詩十九首》：「既不用須臾，又不處（停留）重闈。」不因「重闈」而停留，是說空間上無隔。《紀異錄》有閨妻思夫寄詩云：「夢魂不怕險，飛過大江西。」大江都可以飛過，空間上當然無隔。詳見劉文英，《夢的迷信與夢的探索》（臺北：曉園出版社，1993年7月），頁257-258。

元話本小說為基礎，選取共同認定的宋元話本小說作品，再加以參考孫楷第、鄭振鐸、譚正璧、樂蘅軍、韓南、王定璋等人的考證與統計[20]，選定46篇宋元話本小說，將其作為研究範圍。本書所引用的宋元話本小說的主要依據，是《清平山堂話本》、《熊龍峰刊行小說四種》[21]及《三言》部分篇目。江蘇古籍出版社出版的《清平山堂話本》與《熊龍峰刊行小說四種》二本，原則上不根據校本改動底本文字，若有異錯字、脫文，則在校記中標明，但筆者在本書中引用文字時，均據馮夢龍《三言》（臺灣三民書局版）與程毅中《宋元小說家話本集》（濟南齊魯書社版）來補足、改正，並參酌《京本通俗小說》、《醉翁談錄》、《繡谷春容》等書。關於《三言》版本的資料，筆者仔細對照目前可見的《三言》刊本，本書所用的刊本是在鑒於各刊本利弊的研究成果基礎上，進行誤字校正，加上正確標點、劃分段落，一般坊本所刪文字，悉以臺灣三民書局出版者加以補足[22]。

---

[20] 參考孫楷第，《中國通俗小說書目》（臺北：鳳凰出版社，1974年）；鄭振鐸，〈明清二代的平話集〉（《中國文學研究新編》，臺北：明倫出版社，1971年）；譚正璧，《三言兩拍資料》（臺北：里仁書局，1981年）；樂蘅軍，《宋代話本研究》（臺北：國立臺灣大學出版委員會，1969年）；王秋桂編，《韓南中國古典小說論集》（臺北：聯經出版事業公司，1979年）；王定璋，《白話小說：從群體流傳到作家創造的社會圖卷》（廣西師範大學出版社，1999年）。

[21] 江蘇古籍出版社發行的《清平山堂話本》，是以北京古今小品書籍印行會一九二九年影印的日本內閣文庫藏明版《清平山堂話本》和馬廉平妖堂一九三四年影印的天一閣藏《雨窗集》、《欹枕集》為底本，校勘以後世選刊的話本。《熊龍峰刊行小說》原藏於日本內閣文庫，王古魯自日本攝影回中國，加以校注。一九五八年由古典文學出版社出版，書名為《熊龍峰刊行小說四種》。江蘇古籍出版社出版的《熊龍峰刊行小說四種》，據中國社會科學院文學所藏照片為基礎，重新校勘，未予刪節。

[22] 《喻世明言》乃據王古魯就日本內閣文庫藏本鈔錄，而以尊經閣藏本校定，40卷。《警世通言》則據嚴敦易注鈔日本名古屋蓬左文庫所藏（明）金陵兼善堂本，40卷。《醒世恆言》則是日本內閣文庫所藏（明）金閶葉敬池刊本，40卷。這些版本大體而言，應是目前所存最接近原本也最完整可靠的版本。

第一章　「協調」與「新變」
——「空間描寫」之對偶修辭

一、前言

　　小說空間是情節敘述的主要場景，也是故事進展的重點場所，所有事件的發生與解決就以此為支撐，其中呈現多層空間內涵與多元空間現象。就此而言，小說空間不但在構成情節結構有重要作用，並且是形成故事背景的關鍵。在宋元話本小說中以空間為敘述中心的作品，呈現出豐富的空間現象與內容，彰顯相當多樣的修辭藝術。本文就以宋元話本小說為主要研究對象，由修辭學角度切入觀察空間描寫的「對偶」修辭特徵。

　　關於「對偶」定義，雖各家表達方式不同，但內容皆頗為相近，可言為「在語文中，上下兩個短語以及上下兩個以上短句，字數相等，句法相似，詞性相同，平仄相對，意思相反或相關的一種修辭技巧」。「對偶」也稱為「對仗」、「駢麗」、「麗辭」，也叫做「對子」。歷來論「對偶」的分類，各家說法各異，看法不同，因此就有許多不同的見解，基於不同的標準與觀點，如內容、形式、句型、文體、詞性、寬嚴等[1]，可以歸納為「四分法」、「八分法」、「十二分法」、「二十六分法」、「二十九分法」等[2]如此複雜多樣的分類。若注意觀察宋元話本小說的空間描寫，容易發現其句法形式上具有明顯的「對偶」修辭格特徵。

　　宋元話本小說空間描寫方式可分幾種不同的類型：其一，直接描寫方式，對於具體空間就以詩、詞、短文等來單獨描寫。其二，間接描寫方式有三，或者透過人物對話與行為來描敘具體空間，或者注重場景轉換與時間因素，或者敘述者特意介入進行論述等，可知小說空間與其周邊場景的簡單素描。其三，暗示描

---

[1] 對句的種類主要依據形式與內容而分，形式又可以依據字形、字音、連字、語位、句位、篇法七個基準細分。參考古田敬一著・李淼譯，《中國文學的對句藝術》（臺北：祺齡出版社，1994年），頁53-154。

[2] 有關各家分類法的內容，蔡宗陽〈論對偶的分類〉、〈海峽兩岸對偶的名稱與分類之比較〉文中，有詳細比較說明。可以參考蔡宗陽，〈論對偶的分類〉，《修辭學探微》（臺北：文史哲出版社，2001年），頁239-246；〈海峽兩岸對偶的名稱與分類之比較〉，《修辭論叢（第3輯）》（臺北：洪業文化事業公司，2001年），頁770-796。

寫方式，不對某個空間進行詳細論述，只敘述其他事物、場景特徵、人物心理來暗示其空間的一種描寫方式；呈現空間的象徵與內容，並強調場所的作用，具有「暗示性」的特徵[3]。在話本小說中以「直接」與「間接」描寫方式較多，「暗示」則較為不常見[4]。

　　這三種不同的描寫類型，運用於作品的具體空間敘事，出現兩種不同的表現形式：「短文」與「詩詞」。「短文形式」，可說是「文中敘述」方式，大部分以幾個簡單的短句取代整個描寫，因為其空間在作品中並不是處於重要地位，無需更加描述，如《清平山堂話本》之〈藍橋記〉中描寫「大第」：「俄見大第，錦繡帷帳，珠翠耀日。」；《喻世明言》第三十九卷〈汪信之一死救全家〉中描寫「麻地坡」：「看見荒山無數，只有破古廟一所，絕無人居，山上都是炭材。」一旦故事快速進行、敘述視角著重於人物描寫與故事進展，此時空間就只是用來襯托人物的行動和作為故事背景而已。「詩詞形式」，又可說是「獨立敘述」，情節敘述暫時休止，而獨立運用詩詞來描寫空間的方式，如《喻世明言》第十一卷〈趙伯昇茶肆遇仁宗〉中引用〈鷓鴣天〉來描寫「樊樓」：「城中酒樓高入天，烹龍煮鳳味肥鮮。公孫下馬聞香醉，一飲不惜費萬錢。」；《醒世恆言》第三十一卷〈鄭節使立功神臂弓〉中描寫張員外遊山時的山中奇景：「奇峰簇翠，佳木交陰。千層怪石惹閒雲，一道飛泉垂素練。萬山橫碧落，一柱入丹霄。」等。

---

[3] 話本小說中以暗示手法描寫空間的例子不多，僅有幾個而已，如：《警世通言》第4卷〈拗相公飲恨半山堂〉中的王安石有一天去「一個去處」：「適纔昏憒之時，恍恍忽忽到一個去處，如大官府之狀，府門尚閉。見吾兒王雱荷巨枷約重百斤，力殊不勝，蓬首垢面，流血滿體，立於門外，對我哭訴其苦，……說猶未畢，府中開門吆喝，驚醒回來。」文中沒有說明王安石去的是甚麼地方，並不知是夢境或實境經驗，驚醒之後才知透過夢境而去了「冥府」；《警世通言》第19卷〈崔衙內白鷂招妖〉中的崔亞畋獵出城，進入「北岳恒山」時，看版牌說：「此山通北岳恒山路，名為定山。有路不可行，其中精靈不少，鬼怪極多。行路君子，可從此山下首小路來往，切不可經此山過。特預稟知。」雖然沒有直接描寫「定山」，但透過版牌言語可推測山中常有出現陷害行人的鬼怪，暗示此為充滿危險、詭異的「非常」空間；《喻世明言》第24卷〈楊思溫燕山逢故人〉中的韓思厚進入「土星觀」：「眾人去看靈芝，惟思厚獨入金壇房內閒看。但見明窗淨几，鋪陳玩物，書案上文房四寶，壓紙界下露出些紙。」文中並無對「土星觀」詳細的說明，但跟著韓思厚的視線來看房間布置，暗示後來韓思厚與劉金壇發生情慾的「情色」空間。暗示性的空間描寫方式，僅只助於情節推展與敘述內容，在作品中並無重要的敘事意義與作用。

[4] 話本小說中暗示性的空間描寫，僅有六則，如《警世通言》第19卷〈崔衙內白鷂招妖〉中的「定山」、《喻世明言》第24卷〈楊思溫燕山逢故人〉中的「土星觀」、《警世通言》第4卷〈拗相公飲恨半山堂〉中的「冥府」、《醒世恆言》第13卷〈勘皮靴單證二郎神〉中的「西園」；《警世通言》第8卷〈崔待詔生死冤家〉中的「郡王府」、《喻世明言》第24卷〈楊思溫燕山逢故人〉中的「韓國夫人影堂」。

　　雖有「短文」與「詩詞」兩種空間描寫的表現方式，但詩詞形式比短文形式更多。宋元話本小說中的空間描寫共有八十八則，以短文出現的敘述方式有十五則，另外運用詩詞形式（包括引用前人的詩詞作品），共有七十三則。話本小說中的空間描寫大部分採用詩詞形式，與一般的空間敘述方式有不同的面貌。其中又以句型上的「對偶」修辭法最為凸顯[5]。「對偶」是著重形式結構的整齊與變化之修辭技巧。雖然可以照著內容、詞性、意義等來分類，但仍然不可忽略形式層面。話本小說中的空間描寫，因為主要運用詩詞方式，自然出現刻意鋪敘「對偶」的修辭。因此若分析其對偶句法的形式與特徵，就能理解其修辭藝術對話本小說裡的空間描寫有著相當重要的意義。以下將「對偶」句法分成幾個類別，進而詳細分析形式上的特徵與技巧。

二、「對偶」的句法形式與特徵

　　對於「對偶」的方式與名目雖然相當繁雜[6]，但句型上仍可分「當句對」、「單句對」、「隔句對」、「長對」、「排對」五種，但話本小說空間描寫中除

---

[5]　在空間描寫中出現詩詞的對偶句，應有許多原因，筆者分為「重視形式的均衡」、「小說的藝術美感」、「敘述方式的轉換」來考察：其一，話本小說作者並不是專為賦詩、寫文的文人，因此文筆上並不能達到像文人一樣的水準。所以他們對空間描寫方面較講究形式的統一、均衡，並往往引用或改做前人詩詞作品。其二，小說是敘述性強烈的文類，而且整個故事的進展、情節的安排，都以敘述事件為主進行，內容實為缺乏韻味。因此話本小說作家運用詩詞來進行雅俗共賞，彌補缺失詩趣的內容，可說是進行一種審美觀的均衡。因此古典小說作品都有插入詩詞的方式。其三，敘事性較強的敘述方式，具有仔細說明、鋪敘的特性，但有時無法充分表達其中的內涵與意義。雖然敘述方式可以表達事件的前後和場景描寫，卻無法描繪山明水秀的自然環境，以及複雜、憐憫的心情和感悟、同化的覺悟，但簡略、含蓄的詩詞卻能表達出美感的境界，造成更高一層樓的感受。作品中重要的空間都以詩詞來描寫，才能深化意義、使之蘊含更豐富的內容。雖然詩詞是以簡略、含蓄、精煉的語言來表現，但有時卻使整個風景描寫深入心境，或面臨重要的空間轉換時，運用詩詞會更有藝術效果，也提高作品的修辭美感。

[6]　對於「對偶」的形式分類與名目，各家有不同的見解，如黃慶萱分為「句中對」、「單句對」、「隔句對」、「長對」、「排對」；黃麗貞分為「當句對」、「隔句對」、「倒裝對」、「回文對」等十種；董季棠分為「正名對」、「隔句對」、「長句對」、「當句對」四種；徐芹庭分為「當句對」、「單對」、「偶對」、「長偶對」四種；蔡謀芳對「對偶」形式分類基準，與各家不同，他認為「對偶形式」因應「對偶材料」之需而發展，因此依其所使用的材料性質而論，便分為「前後旨意平列的」、「前後旨意同一的」、「前後辭意重出的」三種；古田敬一對「對句」的形式依據字形、字音、連字、語位、句位、句法、篇法七個基準細分，再進一步字形可細分為四個，字音再細分為七個，連字再細分為三等，共分為三十二種。雖然學者對「對偶」形式分類與名目，都有相差，但大致可以歸納為「當中對」、「單句對」、「隔句對」、「長對」等這幾種共同認定的句型與名目。筆者認為黃慶萱的分類法比較完整。在本文中主要採用五種分類法，另將「句中對」改稱「當句對」，不過也能參照其他學者的

了這五種對偶之外，另有「漸層對」。「漸層對」是只在話本小說空間描寫中出現的獨特之對偶形式。

（一）當句對

當句對，亦稱為「句中對」、「就句對」、「自對」、「四柱對」，指各句中的字、詞自成相對，是最短的對偶，也是最常見的對偶；在形式上更為工整，更富有均衡美[7]，更賦予映襯的效果。在話本小說空間描寫中當句對很多，是最基礎的對偶，許多其他形式的對偶如單句對、隔句對、長對、排對等多包含有當句對[8]。且看：

> 城中酒樓高入天，烹龍煮鳳味肥鮮。（《喻世明言》第十一卷〈趙伯昇茶肆遇仁宗〉：「樊樓」）

此言描繪富麗繁華的東京「樊樓」[9]，「樊樓」是趙伯昇發跡變泰的重要線索，也是情節進行中的焦點空間。趙伯昇因一字之差而落第，思憶家鄉，功名不

分類基準與內容便於分析。參考黃慶萱，《修辭學》（臺北：三民書局，2002年），頁606-622；黃麗貞，〈融入生活中的「對偶」修辭〉，《中國現代文學理論季刊》第十期，1998年6月，頁188-195。董季棠，《修辭析論》（臺北：文史哲出版社，1992年），333-336；徐芹庭，《修辭學發微》（臺北：臺灣中華書局，1971年），頁122-124；蔡謀芳，《表達的藝術──修辭二十五講》（臺北：三民書局，1990年），頁46-48；古田敬一著・李淼譯，《中國文學的對句藝術》（臺北：祺齡出版社，1994年），頁53-96。

[7]　參考黃麗貞，〈融入生活中的「對偶」修辭〉，《中國現代文學理論季刊》第10期，1998年6月，頁188-189。

[8]　在話本小說空間描寫中出現的當句對，大致包含在單句對、隔句對等其他句型。大部分的空間描寫皆以詩詞與短文來進行，因此作者對字數、詞性、平仄方面多有留意相同或相對的規則。雖然當句對往往包含在其他句型裡面，但比其他句型具有更明顯的對偶特徵。

[9]　樊樓（礬樓、白礬樓）可以說是富麗繁華的東京城的縮影，聚集了各色人等，同時它也是演繹故事的極佳場所。《醒世恆言》第14卷〈鬧樊樓多情周勝仙〉與《喻世明言》第11卷〈趙伯昇茶肆遇仁宗〉都是以「樊樓」作為特定場景的。《東京夢華錄》卷2〈酒樓〉中提到「樊樓」的更名與繁華，「白礬樓，後改為豐樂樓。宣和間更修三層相高，五樓相向，各用飛橋欄檻，明暗相通，珠簾繡額，燈燭晃耀。」《宣和遺事》為表現宋徽宗耽於享樂，自然也少不了寫到他在「樊樓」中的宴飲：「樊樓乃豐樂樓之異名，上有御座，徽宗時與師師宴飲於此，士民皆不取登樓。」總之，「樊樓」因其在東京的顯著地位，亦相應成為小說中最為重要的故事場景之一。參見（宋）孟元老，《東京夢華錄》（臺北：世界書局，1999年），頁105；（宋）佚名氏，《宣和遺事》〔四部備要，史部，中華書局據士禮居校刊刻本〕（臺北：臺灣中華書局，1965年），頁5右。

就，羞歸故里，自此流落東京。有一日，仁宗與苗太監微行到「樊樓」飲酒，手中的扇子失手掉落樓下，恰巧插在路過的趙伯昇破藍衫袖上。後來經過仁宗安排，讓他當上西川五十四州都制置。本句前後句可為單句對，字數、意義相同，但詞性、平仄不完全相同、協調。「烹龍」與「煮鳳」為當句對。「烹」是動詞，平聲；「煮」是動詞，仄聲。「龍」是名詞，平聲；「鳳」是名詞，仄聲，皆是詞性相同，平仄協調，意義相同。

> 竹林寺有影無形，看日山藏真隱聖。（《喻世明言》第十五卷〈史弘肇龍
> 虎君臣會〉：「東峰東岱嶽」）

此言描寫「東峰東岱嶽」的神靈氣氛、莊嚴華麗，前句中「有影無形」，後句中「藏真隱聖」，皆是當句對。「有影」對「無形」，「有」與「無」都是動詞，「影」與「形」皆是名詞，詞性相同，平仄協調，亦是意義相反的對偶。「藏真」與「隱聖」也是當句對。「藏」對「隱」，皆是動詞，詞性相同。「藏」為平聲，「隱」為仄聲，平仄協調。「真」對「聖」，皆是名詞，詞性相同，「真」為平聲，「聖」仄聲，平仄協調，是意義相近的對偶。前句中的詞對與後句中的詞對，各自為當句對，也是前句與後句連成為單句對。在一句內已有對偶，並前後兩句也是對偶的情形，這又可說是「含對對」[10]。

在《清平山堂話本》之〈西湖三塔記〉中描寫「西湖」的文章共有九則，都是以詩詞來描寫西湖，並無短文。蘇軾所作的〈飲湖上初晴後雨〉當作「入話詩」[11]，之後羅列八首有關「西湖」的詩詞[12]。進入「正話」故事之前，先引用

---

[10] 所謂含對對，就是對偶句裡面又有另外形式的對偶句。在宋元話本小說空間描寫中容易發現，單句對裡面有當句對，隔句對裡面又有當句對，或者是單句對。對於含對對的定義與情形，可以參考劉福增，〈《老子》對偶造句與思考的邏輯分析與批判〉，《國立編譯館館刊》第24卷第2期，1995年12月，頁45。

[11] 「湖光瀲灩晴偏好，山色溟濛雨亦奇。若把西湖比西子，淡妝濃抹也相宜。」（《清平山堂話本》之〈西湖三塔記〉）這首詩與蘇軾之〈飲湖上初晴後雨〉文字略異。

[12] 「登樓凝望酒闌□，與客論征途。饒君看盡，名山勝景，難比西湖。春晴夏雨秋霜後，冬雪□□□。一派湖光，四邊山色，天下應無。」（〈眼兒媚〉）
「江左昔時雄勝，錢塘自古榮華。不惟往日風光，且看西湖景物：有一千頃碧澄澄波漾瑠璃，有三十里青娜娜峰巒翡翠。春風郊野，淺桃深杏如妝；夏日湖中，綠蓋紅蕖似畫；秋光老後，籬邊嫩菊堆金；臘雪消時，嶺畔疏梅破玉。花塢相連酒市，旗亭縈繞漁村。柳洲岸口，畫船停棹喚遊人；豐樂樓前，青布高懸沽酒簾。九里喬松青挺挺，六橋流水綠鄰鄰。晚霞遙映三天竺，夜月高升南北峰。雲生在呼猿洞口，鳥飛在龍井山頭。三賢堂下千潯碧，四聖祠前一鏡浮。觀蘇堤東坡古蹟，看孤山和靖舊居。杖錫僧

〈眼兒媚〉一詞來描寫「西湖」美景，具有布置場景，造成氣氛，使讀者易於進入文本的作用。

> 饒君看盡，名山勝景，難比西湖。（《清平山堂話本》之〈西湖三塔記〉：「西湖」三[13]）

「名山」與「勝景」是句中對偶，「名」是形容詞，平聲；「勝」是形容詞，仄聲。「山」是名詞，平聲；「景」是名詞，仄聲，皆是詞性相同，平仄協調，意義相同的對偶。描寫「西湖」的詩詞中也有並列詞對而構成的句子，且看：

> 桃溪杏塢，異草奇花；古洞幽岩，白石清泉。（《清平山堂話本》之〈西湖三塔記〉：「西湖」九）

此言具有單句對、當句對的對偶特徵。「桃溪杏塢」對「異草奇花」，「古洞幽岩」對「白石清泉」皆為單句對。除了單句對外，當句對的對偶亦相當明顯。每句都有並列詞對：「桃溪」對「杏塢」，「異草」對「奇花」，「古洞」對「幽岩」，「白石」對「清泉」。「桃溪」是名詞，平平聲，「杏塢」是名詞，仄仄聲，皆是詞性相同，平仄協調，意義相對。「異」是形容詞，仄聲，「奇」是形容詞，平聲；「草」是名詞，仄聲，「花」是名詞，平聲，皆是詞性

投靈隱去，賣花人向柳洲來。」
「一鏡波光青瀲瀲，四圍山色翠重重。生出石來渾美玉，長成草處即靈芝。」
「清晨豁目，澄澄瀲灩，一派湖光；薄暮憑欄，渺渺暝朦，數重山色。遇雪時，兩岸樓臺鋪玉屑；逢月夜，滿天星斗漾珠璣。雙峰相峙分南北，三竺依稀隱翠微。滿寺僧從天竺去，賣花人向柳陰來。」
「鑿開魚鳥忘情地，展開西湖極樂天。」
「大深來難下竹竿，大淺來難搖畫槳；大闊處遊玩不交，大遠處往來不得。」
「都城聖蹟，西湖絕景。水出深源，波盈遠岸。況況素浪，一方千載豐登；疊疊青山，四季萬民取樂。況有長堤十里，花映畫橋，柳拂朱欄；南北二峰，雲鎖樓臺，煙籠梵寺。桃溪杏塢，異草奇花；古洞幽岩，白石清泉。思東坡佳句，留千古之清名；效杜甫芳心，酬三春之媚景。王孫公子，越女吳姬，跨銀鞍寶馬，乘骨裝花轎。麗日烘朱翠，和風蕩綺羅。／若非日落都門閉，良夜追歡尚未休。／紅杏枝頭，綠楊影里，風景賽蓬瀛。異香飄馥郁，蘭茞正芳馨。極目夭桃簇錦，滿堤芳草鋪茵。風來微浪白，雨過遠山青。霧籠楊柳岸，花壓武林城。」
「一派西湖景致奇，青山疊疊水瀰瀰。隔林仿佛聞機杼，如有人家住翠微。」

[13] 在〈西湖三塔記〉中描寫「西湖」的詩文共有九則，在本文中引用「西湖」詩文的順序，就以「西湖」一、二來表示。

相同，平仄協調，意義相對。「古洞」與「幽岩」、「白石」與「清泉」，亦是
詞性相同，平仄協調，意義相對。

> 乍雨乍晴天氣，不寒不暖風和。（《清平山堂話本》之〈洛陽三怪記〉：
> 「會節園」二）

此言描寫「會節園」春風花開的場景，「乍雨乍晴」與「不寒不暖」，皆是
當句對。「雨」對「晴」、「寒」對「暖」，既是詞性相同，「雨」為仄聲，
「晴」為平聲，「寒」為平聲，「暖」為仄聲，皆是平仄和諧，意義相反的對偶。

> 朱欄玉砌，峻宇彫牆。雲屏與珠箔齊開，寶殿共瓊樓對峙。靈芝叢畔，青
> 鸞彩鳳交飛；琪樹陰中，白鹿玄猿並立。玉女金童排左右，祥煙瑞氣散氤
> 氳。（《喻世明言》第三十三卷〈張古老種瓜娶文女〉：「殿屋」）

《喻世明言》第三十三卷〈張古老種瓜娶文女〉中的「殿屋」，有十分奢
侈、華麗的空間描寫。韋義方隨王僧辯北征，歸路中遇見妹妹文女，嫁了八十老
翁，回家後聽母親講述經過，決心帶文女回家，便一路追他們而尋到張公所住的
「桃花莊」。「桃花莊」主要以「翠竹亭」和「殿屋」構成。其中「殿屋」是情
節進展中相當重要的焦點空間，也是故事轉換的關鍵場所。「殿屋」是「桃花莊」
的中心，也是張公跟文女所居的「神仙洞府」。文中描寫「桃花莊」非常仔細，
呈現其內外布置的特徵、氛圍。描寫「殿屋」的每個句子皆有當句對，並運用並
列對詞的方式，如「朱欄」對「玉砌」，「峻宇」對「彫牆」，「雲屏」對「珠
箔」，「寶殿」對「瓊樓」，「青鸞」對「彩鳳」，「白鹿」對「玄猿」，「玉
女」對「金童」，「祥煙」對「瑞氣」，都是詞性相同，平仄協調，意義相近。

《醒世恆言》第三十一卷〈鄭節使立功神臂弓〉的「日霞之殿」也和《喻
世明言》第三十三卷〈張古老種瓜娶文女〉的「殿屋」一樣，是相當狀麗的寶
殿。所以鄭信心裡想：「若非王者之宮，必是神仙之府。」小說主要依循視覺描
述來表現其空間環境的特殊，並將視覺的焦點著重於「非常」現象。

> 溪深水曲，風靜雲閒。青松鎖碧瓦朱甍，修竹映雕簷玉砌。（《醒世恆
> 言》第三十一卷〈鄭節使立功神臂弓〉：「日霞之殿」）

「溪深」對「水曲」,「風靜」對「雲閒」,「碧瓦」與「朱甍」,「雕簷」與「玉砌」,都是當句對,各在句中對偶,詞性相同,平仄協調,意義相同。

> 畫棟栖雲,雕梁聳漢,視四野如窺目下,指萬里如睹掌中。(《警世通言》第十卷〈錢舍人題詩燕子樓〉:「燕子樓」)

《警世通言》第十卷〈錢舍人題詩燕子樓〉中出現關盼盼鬼魂的「燕子樓」,為主題思想所在,即生前之情、死後之戀的主要空間。「燕子樓」是連結夢界與現實的重要場所,同時也是凝結憂愁的怨恨,消釋銜恨之心的具體空間。一百多年後錢希白來到「燕子樓」作詩相弔,引致關盼盼在他的夢裡顯現,而她作詩回答,把她在「燕子樓」守節十餘年的積鬱、惆悵,全部逼真地表達出來。夢中的「燕子樓」是消除沉積的憂思、巨大的哀傷,並呈現關盼盼對張建封真心摯愛的生死空間。上述例文是描寫「燕子樓」的部分片段,「視四野」對「窺目下」,「萬里」對「掌中」,皆是當句對,「視」與「窺」,是動詞,平仄協調,意義相同。「四野」與「目下」,是名詞,詞性相同,意義相反,但平仄不和諧。

> 春風蕩漾,上林李白桃紅;秋日淒涼,夾道橙黃橘綠。池沼內魚躍錦鱗,花木上禽飛翡翠。(《清平山堂話本》之〈風月瑞仙亭〉:「瑞仙亭」)

《清平山堂話本》之〈風月瑞仙亭〉是司馬相如與卓文君為了愛情私奔,以司馬相如發跡變泰為主要內容的話本小說。司馬相如嘗東遊於梁王,梁王薨,相如歸成都。後來卓王孫請他觀看園林。相如在卓王孫家園中看到「瑞仙亭」。「李白」對「桃紅」,「橙黃」對「橘綠」,「魚躍」對「錦鱗」,「禽飛」對「翡翠」,皆是當句對。「李」對「桃」,皆是名詞,詞性相同,又是平仄協調;「白」對「紅」,皆是形容詞,既是詞性相同,「白」是仄聲,「紅」是平聲,亦是平仄協調。「橙黃」對「橘綠」,「魚躍」對「錦鱗」,「禽飛」對「翡翠」也是詞性相同,平仄和諧,意義相近。

> 山明水秀,風軟雲閒。一巖風景如屏,滿目松筠似畫。(《醒世恆言》第三十一卷〈鄭節使立功神臂弓〉:「遊山」)

「山明」對「水秀」，「風軟」對「雲閒」都是當句對。「山」與「水」，「風」與「雲」，皆是名詞，既是詞性相同，平仄協調。「明」對「秀」，「軟」對「閒」，皆是形容詞，既是詞性相同，平仄協調，意義相同。[14]

（二）單句對

單句對，亦稱為「單對」，是在文句中上下兩句，字數相同，詞性相同，平仄相對的修辭手法，是對偶中最常見的句型。「單句對」是自成一體的對偶，不必附著在任何文句之中，因此又可稱為「獨立對偶」[15]。且看：

> 靄靄祥雲籠殿宇，依依薄霧罩回廊。（《警世通言》第三十六卷〈皂角林大王假形〉：「龍宮」）

此為單句對，「靄靄」與「依依」是重疊詞，都是形容詞，詞性相同。「靄靄」是仄仄聲，「依依」是平平聲，平仄協調。「靄靄」是雲氣、煙霧密集貌，「依依」是雲煙茂盛貌，意義相同的對偶。「祥雲」與「薄霧」，皆是名詞，既是詞性相同，平仄和諧。「籠」與「罩」，都是動詞，詞性相同。「籠」是平聲，「罩」是仄聲，平仄協調。「殿宇」與「回廊」，都是龍君所居的「龍宮」裡的部分場所，皆是名詞。「殿宇」是仄仄聲，「回廊」是平平聲，平仄和

---

14 在宋元話本小說的空間描寫中，「當句對」例子不少，如下：
   「纔見綠楊垂柳，影迷已處之樓臺；那堪啼鳥落花，知是誰家之院宇？」（《清平山堂話本》之〈陰騭積善〉：「路上」）
   「雲拂煙籠錦旆揚，太平時節日舒長。」（《喻世明言》第36卷〈宋四公大鬧禁魂張〉：「小酒店」）
   「酸醨破甕土床排，彩畫醉仙塵土暗。」（《喻世明言》第36卷〈宋四公大鬧禁魂張〉：「村酒店」）
   「朱欄圍翠玉，寶檻嵌奇珍。紅花共麗日爭輝，翠柳與晴天鬥碧。」（《清平山堂話本》之〈洛陽三怪記〉：「會節園」一）
   「絕無閒悶與閒愁。笑他名利客，役役市廛遊。」（《喻世明言》第33卷〈張古老種瓜娶文女〉：「莊院」）
   「飛簷碧瓦，棟宇軒窗。」（《醒世恆言》第31卷〈鄭節使立功神臂弓〉：「月霞之殿」）
15 關紹箕在《實用修辭學》說「句中對（當句對）」可稱為「附屬對偶」；「單句對」可稱為「獨立對偶」，又「句中對」與「單句對」還可分為「寬式對偶」與「嚴式對偶」兩小類：「寬式對偶」是只要字數相同、文法相似或斷句相同即可。「嚴式對偶」是除字數相同、文法相似、斷句相同外，還要求迴避同字、平仄相反。可以參考關紹箕，《實用修辭學》（臺北：遠流出版事業有限公司，1993年），頁199-200。

諧的對偶。

> 經年無客過，盡日有雲收。（《警世通言》第三十六卷〈皂角林大王假
> 形〉：「峰頭驛」）

　　《警世通言》第三十六卷〈皂角林大王假形〉中的「峰頭驛」，是敗落、偏僻的地域場所，與熱鬧的市井空間實有區別。趙再理經過「峰頭驛」時，跟隨從投宿，隔天起來，從人、行李，甚麼都不見了，僅只發現敗落的一處廢墟。前後句是單句對，「經年」與「盡日」，詞性相同，平仄協調，意義相近。「客」與「雲」都是名詞，詞性相同。「客」是仄聲，「雲」是平聲，平仄協調。「過」與「收」，皆是動詞，又是平仄協調，意義相近的對偶。

> 有一千頃碧澄澄波漾瑠璃，有三十里青娜娜峰巒翡翠。（《清平山堂話
> 本》之〈西湖三塔記〉：「西湖」四）

　　在宋元話本小說空間描寫中，此為最長的單句對，前後句各有十一個字，句中出現重疊詞對，內容上亦有「數字對」、「色彩對」、「山水對」等。「頃碧」對「里青」，詞性相同，平仄協調。「澄澄」是形容清澈之貌，平平聲。「娜娜」是形容裊裊之貌，平平聲，雖然都是形容詞，但平仄不完全協調。「瑠璃」與「翡翠」，皆是名詞，詞性相同，又是平仄協調，意義相近。

> 一路上悄無人跡，只見一所空宅，門生蛛網，戶積塵埃，荒草盈堦，綠苔
> 滿地，鎖著大門。（《喻世明言》第二十四卷〈楊思溫燕山逢故人〉：
> 「韓國夫人宅」）

　　此為運用「文中敘述」的「短文形式」，不同於「詩詞形式」，並無詩律的節奏感與含蓄美，比較著重於描繪實景、敘述事實的客觀特徵。《喻世明言》第二十四卷〈楊思溫燕山逢故人〉中的「韓國夫人宅」，是已經很久沒有人住的廢墟。楊思溫、韓掌儀、婆婆三人尋找鄭意娘而進去「韓國夫人宅」，但已變「一所空宅」，滿是「門生蛛網，戶積塵埃，荒草盈堦」。「門生蛛網」與「戶積塵埃」，「荒草盈堦」與「綠苔滿地」為單句對。「門」對「戶」，皆是

動詞，既是詞性相同，平仄協調。「蛛網」與「塵埃」，都是名詞，既是詞性相同，但平仄不協調。「荒」與「綠」，是形容詞，詞性相同，平仄協調。「草」是名詞，是仄聲，「苔」是名詞，是平聲，「草」與「苔」，皆是詞性相同，平仄協調。「盈」與「滿」，皆是動詞，詞性相同，平仄和諧，意義相同。

> 到紅紫叢中，忽有危樓飛檻，映遠橫空，基址孤高，規模壯麗。（《警世通言》第十卷〈錢舍人題詩燕子樓〉：「燕子樓」）

此也運用「短文形式」來描繪建立已久，現今無人居住的零落亭樓。張建封專寵關盼盼而為她建「燕子樓」。不久，張建封病死，關盼盼也憂鬱而死。一百多年後錢希白來到「燕子樓」，作詩詠嘆關盼盼與張建封的真愛。「危樓飛檻」是當句對，「危樓」對「飛檻」，詞性相同，意義相同，但平仄不協調。「基址孤高」與「規模壯麗」為單句對，「基址」與「規模」是名詞，詞性相同。「基址」是平仄聲，「規模」是平平聲，平仄不協調。「孤高」與「壯麗」是形容詞，「孤高」是平平聲，「壯麗」是仄仄聲，詞性相同，平仄協調，意義相對。

> 一鏡波光青瀲瀲，四圍山色翠重重。生出石來渾美玉，長成草處即靈芝。（《清平山堂話本》之〈西湖三塔記〉：「西湖」五）

「一鏡波光青瀲瀲」與「四圍山色翠重重」為單句對。「一鏡」與「四圍」，皆是詞性相同，平仄協調。「波光」與「山色」雖為詞性相同，但平仄不協調。「青瀲瀲」與「翠重重」皆是形容詞，意思為水波瀲艷、群山重峰，既是意義相同，又平仄協調。「生出石來渾美玉」與「長成草處即靈芝」為單句對，詞性相同，平仄和諧。「生出石來」與「長成草處」，雖為詞性相同，意義相對，但平仄為「平仄仄平」與「平平仄仄」，平仄不協調。「美玉」與「靈芝」，皆是名詞，詞性相同。「美玉」是仄仄聲，「靈芝」是平平聲，平仄協調。「美玉」為石中至寶，「靈芝」為草中至尊，意義相對。

> 前臨剪徑道，背靠殺人岡。遠看黑氣冷森森，近視令人心膽喪。料應不是孟嘗家，只會殺人並放火。（《警世通言》第三十七卷〈萬秀娘仇報山亭

兒〉：「大字焦吉莊院」）

　　宋元話本小說中描繪「莊院」，共有六則，除《喻世明言》第三十三卷〈張古老種瓜娶文女〉中的「莊院」外，都是表現「莊院」的危險、隱密之氣氛。其中以《警世通言》第三十七卷〈萬秀娘仇報山亭兒〉的「大字焦吉莊院」最為濃厚。第一句與第二句；第三句與第四句；第五句與第六句，都是單句對。雖然前後句字數相同，意義相近，但有些詞對詞性不完全相同，平仄也不完全協調。「前臨」與「背靠」，詞性相同，平仄協調，意義相反。「剪徑道」與「殺人岡」，皆是詞性相同，平仄協調，意義相近。「遠看」與「近視」雖為詞性相同，但意義相反，平仄不協調。

　　　　青煙漸散，薄霧初收。遠觀一座苔山，近睹千行寶蓋。團團老檜若龍形，
　　　　鬱鬱青松如虎跡。三冬無客過，四季少人行。驀聞一陣血羶來，元是強人
　　　　居止處。盆盛人鮓醬，私蓋鑄香爐，小兒做戲弄人頭，媳婦拜婆學劫墓。
　　　　（《清平山堂話本》之〈楊溫攔路虎傳〉：「莊子」）

　　第一句「青煙漸散」開始到第十四句「媳婦拜婆學劫墓」，每前後兩句都是單句對，字數相同，詞性相同，意義相近或相反，除有些詞對外，皆是平仄和諧。「青煙」與「薄霧」，「漸散」與「初收」為對偶，詞性相同，平仄協調，意義相對。「遠觀」與「近睹」，都是動詞，詞性相同。「遠觀」是「仄平」，「近睹」是「仄仄」，平仄不協調。「一座苔山」與「千行寶蓋」，都是詞性相同，意義相反，「一座苔山」是「仄仄平平」，「千行寶蓋」是「平平仄仄」，平仄協調。[16]

---

[16] 空間描寫中「單句對」的例子相當多，如下：
　　「四個著茗三個空，一個盛著西北風。」（《喻世明言》第33卷〈張古老種瓜娶文女〉：「生藥鋪」）
　　「幹聳千尋，根盤百里。掩映綠陰似障，槎牙怪木如龍。」（《喻世明言》第15卷〈史弘肇龍虎君臣會〉：「大林」）
　　「遠觀似突兀雲頭，近看似倒懸雨腳。影搖千尺龍蛇動，聲撼半天風雨寒。」（《警世通言》第37卷〈萬秀娘仇報山亭兒〉：「林子」）
　　「萬里長江水似傾，東連大海若雷鳴。一江護國清冷水，不請衣糧百萬兵。」（《警世通言》第39卷〈福祿壽三星度世〉：「江州潯陽江」）
　　「鼕鼕牙鼓響，公吏兩邊排；閻王生死案，東嶽攝魂臺。」（《警世通言》第7卷〈陳可常端陽仙化〉：「臨安府廳上」）

（三）隔句對

　　隔句對，亦稱「扇對」、「偶對」、「雙句（面）對」，指第一句與第三句對，第二句與第四句對，也就是奇句與奇句相對，偶句與偶句相對的修辭方式。佐佐豐明在《文海知津》中將「隔句對」細分為六類，如輕隔句（上四字下六字）、重隔句（上六字下四字）、疏隔句（上三字下字數不定）、密隔句（上字數不定下三字）、平隔句（上與下字數相齊）、雜隔句（上下句字數俱不定），上述的分類以中國古典文學為主要對象，並以第一句與第二句、第三句與第四句在字數上的關係來分。[17]隔句對是話本小說空間描寫中常見的對偶句型，並常以「單句對」結合，形成為「排對」。

　　　　遇雪時，兩岸樓臺鋪玉屑；逢月夜，滿天星斗漾珠璣。（《清平山堂話本》之〈西湖三塔記〉：「西湖」六）

　　　　此言描寫「西湖」的「下雪」、「月夜」的美麗風景，屬於《文海知津》

　　「湖光瀲灩晴偏好，山色溟濛雨亦奇。若把西湖比西子，淡妝濃抹也相宜。」（《清平山堂話本》之〈西湖三塔記〉：「西湖」）
　　「雙峰相峙分南北，三竺依稀隱翠微。滿寺僧從天竺去，賣花人向柳陰來。」（《清平山堂話本》之〈西湖三塔記〉：「西湖」）
　　「大深來難下竹竿，大淺來難搖畫槳；大闊處遊玩不交，大遠處往來不得。」（《清平山堂話本》之〈西湖三塔記〉：「西湖」）
　　「施呈三略六韜法，威鎮南雄沙角營。欲問世間煙瘴路，大庾梅嶺苦心酸。山中大象成群走，吐氣巴蛇滿地攢。」（《清平山堂話本》之〈陳巡檢梅嶺失妻記〉：「梅嶺」）
　　「三門高聳，梵宇清幽。當頭勒額字分明，兩個金剛形勇猛。觀音位接水陸臺，寶蓋相隨鬼子母。」（《醒世恆言》第31卷〈鄭節使立功神臂弓〉：「山門」）
　　「黃茅蓋屋，白石壘牆。陰陰松暝鶴飛回，小小池晴龜出曝，翠柳碧梧夾路，玄猿白鶴迎門。」（《警世通言》第30卷〈金明池吳清逢愛愛〉：「茅庵」）
　　「園林掩映，茅舍周回，地肥桑棗繞籬栽，嫩草牛羊連野牧。橋下碧流寒水，門前青列奇峰。耕鋤人滿溪邊，春播聲喧屋下。」（《清平山堂話本》之〈楊溫攔路虎傳〉：「莊所」）
　　「蘇木沈香劈作柴，荔枝圓眼繞籬栽。船通異國人交易，水接他邦客往來。地煖三冬無積雪，天和四季有花開。廣南一境真堪羨，琥珀硨磲玳瑁堦。」（《警世通言》第36卷〈皂角林大王假形〉：「廣州」）
17　古田敬一在《中國文學的對句藝術》中，引用佐佐豐明《文海知津》有關「隔句對」的分類。可以參考古田敬一著‧李淼譯，《中國文學的對句藝術》（臺北：祺齡出版社，1994年），頁74-77。

中所分的「疏隔句」型態。「遇雪時」與「逢月夜」為對偶，「兩岸樓臺鋪玉屑」與「滿天星斗漾珠璣」為對偶。「遇」對「逢」是動詞，詞性相同，平仄協調，意義相近。「雪時」與「月夜」，「兩岸」與「滿天」，「樓臺」與「星斗」等，皆是詞性相同，意義相近，但平仄不完全和諧。「鋪」與「漾」是動詞，詞性相同，平仄協調。「玉屑」與「珠璣」是名詞，詞性相同，「玉屑」為「仄仄」，「珠璣」為「平平」，平仄協調，意義相同。

> 盈盈嫩綠，有如剪就薄薄香羅；裊裊輕紅，不若裁成鮮鮮蜀錦。（《清平山堂話本》之〈洛陽三怪記〉：「會節園」二）

此句屬於隔句對中的「雜隔句」，描寫《清平山堂話本》之〈洛陽三怪記〉中的「會節園」。「會節園」雖然不是故事進展的主要場所，但提供情節進行的時間與背景，並形成場景之氣氛與基礎，仍有不可忽略的因素。「盈盈嫩綠」與「裊裊輕紅」為對偶，「盈盈」與「裊裊」皆是疊字詞，又是形容詞，平仄協調。「嫩綠」與「輕紅」為對偶，「嫩」與「輕」皆是形容詞，詞性相同，平仄協調。「綠」與「紅」既是名詞，「綠」可意味為「綠草」，「紅」可意味為「紅花」，詞性相同，平仄和諧，具有色彩對比。「有如剪就薄薄香羅」與「不若裁成鮮鮮蜀錦」為對偶。「如」與「若」、「剪」與「裁」、「香羅」與「蜀錦」、「薄薄」與「鮮鮮」，都是詞性相同，平仄協調，意義相同。

> 春風郊野，淺桃深杏如妝；夏日湖中，綠蓋紅蕖似畫；秋光老後，籬邊嫩菊堆金；臘雪消時，嶺畔疏梅破玉。（《清平山堂話本》之〈西湖三塔記〉：「西湖」四）

此句描寫「西湖」春夏秋冬的變化與其景觀。此為兩組隔句對連續的結構，各句以不同事物來連結描繪四季美景。前後兩組隔句對，雖然內容上都以四季與其自然特性來銜接，但具體空間描寫方式、比喻對象各自不同。如「春」與「野」，「夏」與「湖」，是「春夏」與「空間」的結合；「秋」與「光」，「雪」與「消」，是「秋冬」與「時間」的結合。「春風郊野」與「夏日湖中」為對偶，「春風」與「夏日」是名詞，平仄協調，意義相近。「郊野」與「湖中」也是名詞，平仄協調，意義為「山水」對。「淺桃深杏如妝」與「綠蓋紅蕖

似畫」為對偶，前後各句中也有當句對，「淺桃」與「深杏」為對偶，「綠蓋」與「紅蕖」為對偶，皆是詞性相同，平仄協調，意義為「淺深」、「綠紅」相對。「淺桃」與「綠蓋」，「深杏」與「紅蕖」，「如妝」與「似畫」各為對偶。「淺」與「深」是形容詞，「桃」與「蓋」是名詞，「如」與「似」為虛詞，「妝」與「畫」為名詞，意義相對，但平仄不完全協調。「秋光老後」與「臘雪消時」為對偶；「籬邊嫩菊堆金」與「嶺畔疏梅破玉」為對偶，皆是詞性相同，平仄協調，意義相對。

> 壁間名畫，皆則唐朝吳道子丹青；甌內新茶，盡點山居玉川子佳茗。風流上竈，盞中點出百般花；結棹佳人，櫃上挑茶千鍾韻。（《清平山堂話本》之〈陰騭積善〉：「茶坊」）

此言描繪《清平山堂話本》之〈陰騭積善〉中「茶坊」的內部、品茶、風流、結緣等，情節進展與事件發生過程，都以「茶坊」為中心進展。「茶坊」是事件從發生、解決到轉折的重要空間。此句為兩組隔句對連結的結構形式，描寫內容從「物」開始到「人」的移轉。「壁間名畫」與「甌內新茶」、「皆則唐朝吳道子丹青」與「盡點山居玉川子佳茗」，皆為對偶。「壁間」與「甌內」、「名畫」與「新茶」、「吳道子」與「玉川子」、「丹青」與「佳茗」等，都是詞性相同，意義相對，但平仄不完全協調。「風流上竈」與「結棹佳人」、「盞中點出百般花」與「櫃上挑茶千鍾韻」，亦為對偶。「盞中」與「櫃上」、「點出」與「挑茶」、「百般花」與「千鍾韻」，皆是結構、字數相同，詞性、意義相對，而平仄不完全協律。

> 青松影裏，依稀見寶殿巍峨；老檜陰中，仿佛侵三門森聳。百花掩映，一條道路無塵；翠竹周圍，兩下水流金線。離樓左視，望千里如在目前；師曠右邊，聽幽做直同耳畔。草參亭上，爐內焚百和名香；祝獻臺前，案上放靈種杯筊。（《清平山堂話本》之〈楊溫攔路虎傳〉：「岳廟」）

此為描寫《清平山堂話本》之〈楊溫攔路虎傳〉中的「岳廟」，以四組「隔句對」為構成。「青松影裏」與「老檜陰中」、「依稀見寶殿巍峨」與「仿佛侵三門森聳」為對偶。「青松」與「老檜」，以「松樹」來對「檜木」，即以

同類來做比對；以「年輕」來對「衰老」，即以相異來做比對，可說運用「同異」來比對的技巧。「依稀」與「仿佛」，意思相同，平仄協調。「寶殿」與「三門」、「巍峨」與「森聳」也是意思相同，詞性相同。「侵」是含「接近」、「鄰近」之義，「見」與「侵」是意義相近。第一句與第三句、第二句與第四句對以下的對偶，如「百花掩映」與「翠竹周圍」，「一條道路無塵」與「兩下水流金線」，「離樓左視」與「師曠右邊」等，各自以「花木」、「一兩」、「左右」、「亭臺」、「內外」來比對，皆是詞性相同，意義相對，平仄和諧。[18]

（四）長對

　　長對，亦稱「長偶對」，三對六句以上的對偶句，指第一句對第四句相對，第二句對第五句相對，第三句對第六句相對等。「長對」其實與「隔句對」的結構頗為相近，只不過「隔句對」只有二對四句，長對卻不受此限，通常是三對六句。且看：

　　　　東南形勝，三吳都會，錢塘自古繁華；煙柳畫橋，風簾翠幕，參差十萬人
　　　　家。（《熊龍峰刊小說》之〈張生彩鸞燈傳〉：「杭州」）

---

[18] 空間描寫中「隔句對」的例子相當多，如下：
　　「耕夫隴上，朦朧月色時沈；織女機邊，悅蕩金烏欲出。」（《清平山堂話本》之〈陰騭積善〉：「蔡州（早）」）
　　「一行塞雁□，落隱隱沙汀；四五隻孤舟，橫瀟瀟野岸。」（《清平山堂話本》之〈楊溫攔路虎傳〉：「仙居市」）
　　「蓮燈燦爛，只疑吹下半天星；士女駢闐，便是列成王母隊。」（《喻世明言》第24卷〈楊思溫燕山逢故人〉：「燕山（元宵）」）
　　「冕旒升殿，一人端拱坐中間；簪笏隨朝，眾聖趨蹌分左右。」（《喻世明言》第15卷〈史弘肇龍虎君臣會〉：「殿宇」）
　　「花燈萬盞，只疑吹下滿天星；仕女雙攜，錯認降凡王母隊。」（《清平山堂話本》之〈花燈轎蓮女成佛記〉：「長街」）
　　「城池廣闊，六街內士女駢闐；井邑繁華，九陌上輪蹄來往。」（《喻世明言》第15卷〈史弘肇龍虎君臣會〉：「西京河南府」）
　　「幾手蓆屋，門前爐竈造饅頭；無限作□，後廈常存刀共斧。清晨日出，油然死火熒熒；未到黃昏，古澗悲風悄悄。」（《清平山堂話本》之〈楊溫攔路虎傳〉：「莊院」）
　　「村中量酒，豈知有濝器相如？陋質蠶姑，難傚彼當鑪卓氏。壁間大字，村中學究醉時題；架上麻衣，好飲芒郎留下當。」（《喻世明言》第36卷〈宋四公大鬧禁魂張〉：「村酒店」）

　　此言引用〈望海潮〉一詞來描寫杭州形勢、地域與風景。第一句「東南形勝」與第四句「煙柳畫橋」為相對，第二句「三吳都會」與第五句「風簾翠幕」為相對，第三句「錢塘自古繁華」與第六句「參差十萬人家」為相對。「形勝」與「畫橋」，詞性相同，平仄協調，意義是「自然」與「人間」的對偶。「三吳」與「風簾」，「都會」與「翠幕」，詞性相同，平仄不協調的對偶。「錢塘」與「參差」，「錢塘」是地域名詞，「參差」是形容詞，表示不整齊之意義，雖然詞性不同，但都是表現杭州之繁華與多人，內容意義相近。

　　　　清晨豁目，澄澄瀲灩，一派湖光；薄暮憑欄，渺渺暝朦，數重山色。
　　　　（《清平山堂話本》之〈西湖三塔記〉：「西湖」六）

　　此為三對六句的長對，就以「湖景」與「山色」對偶來描寫「西湖」的清晨與日暮情景。「清晨豁目」與「薄暮憑欄」為相對，「澄澄瀲灩」與「渺渺暝朦」為相對，「一派湖光」與「數重山色」為相對。「清晨」與「薄暮」，詞性相同，平仄協調，意味著「時間」的早晚。「一派」與「數重」，詞性相同，數字相對的對偶。「湖光」與「山色」，詞性相同，山水相對，但平仄不協調的對偶。

　　　　況有長堤十里，花映畫橋，柳拂朱欄；南北二峰，雲鎖樓臺，煙籠梵寺。
　　　　（《清平山堂話本》之〈西湖三塔記〉：「西湖」九）

　　此言描寫「西湖」的地理環境與人間繁華，三對六句的長對。「長堤十里」與「南北二峰」為相對，「花映畫橋」與「雲鎖樓臺」為相對，「柳拂朱欄」與「煙籠梵寺」為相對。「十里」與「二峰」，皆是詞性相同，「十里」是仄仄，「二峰」是仄平，平仄不協調，但都表現「西湖」的地域特性，意義相近的對偶。「映」與「鎖」，都是動詞，亦是仄聲。「拂」是動詞，仄聲，具有「拂塵」的含意，意思又能與「梵寺」相連結。「籠」是動詞，仄聲，具有「籠罩」的含意，又意思與「朱欄」可連貫。

　　　　快活無過莊家好，竹籬茅舍清幽。春耕夏種及秋收。冬間觀瑞雪，醉倒被蒙頭。門外多栽榆柳樹，楊花落滿溪頭。絕無閒悶與閒愁。笑他名利客，

役役市廛遊。(《喻世明言》第三十三卷〈張古老種瓜娶文女〉:「莊
院」)

此言引用〈臨江仙〉一詞來描繪張公之「莊院」。此為五對十句,較長的
長對,在空間描寫中例子不多。「快活無過莊家好」與「門外多栽榆柳樹」為七
字對,「竹籬茅舍清幽」與「楊花落滿溪頭」為六字對,「春耕夏種及秋收」與
「絕無閒悶與閒愁」為七字對,「冬間觀瑞雪」與「笑他名利客」為五字對,
「醉倒被蒙頭」與「役役市廛遊」為五字對。雖然與文中出現的其他「單句對」
或「隔句對」不同,該詞對的詞性、平仄不完全相同、協調,但奇偶句字數完全
符合,內容意義相當接近。

> 登樓凝望酒闌□,與客論征途。饒君看盡,名山勝景,難比西湖。春晴夏
> 雨秋霜後,冬雪□□□。一派湖光,四邊山色,天下應無。(《清平山堂
> 話本》之〈西湖三塔記〉:「西湖」三)

此言引用〈眼兒媚〉一詞來描寫「西湖」美景,是五對十句的長對。「登
樓凝望酒闌□」與「春晴夏雨秋霜後」為七字對,「饒君看盡」與「一派湖光」
為四字對,「名山勝景」與「四邊山色」為四字對,「難比西湖」與「天下應
無」為四字對。「名山」與「四邊」、「難比」與「應無」,都是詞性相同,平
仄協調,意義相對。「勝景」與「山色」,「西湖」與「天下」,既是詞性相
同,平仄不完全協調,意義相同的對偶。

> 羅綺生香嬌艷呈,金蓮開陸海,繞都城。寶輿四望翠峰青。東風急,吹下
> 半天星。萬井賀昇平。行歌花滿路,月隨人。紗籠一點御燈明。簫韶遠,
> 高晏在蓬瀛。(《喻世明言》第二十四卷〈楊思溫燕山逢故人〉:「東
> 京」)

此言引用〈夾鍾宮小重山〉一詞來描寫在「東京」元宵看花燈的繁華與熱
鬧,六對十二句的長對,是在話本小說的空間描寫中最長的長對,其例罕見。在
《喻世明言》第二十四卷〈楊思溫燕山逢故人〉中「東京」是相當重要的空間,
在作品中有關東京的敘述,僅只出現開始講「正話」前的幾段敘述與詩詞裡,但

情節推展與主要內容都連貫「東京」。作品中的楊思溫在異鄉生活中自然強烈表達出在意與「東京」相關的人物，情節進行也是不斷強調「同鄉」因素，而且主要事件的發生與急轉都是以同鄉為主要契機。楊思溫每次碰到的都是同鄉人，如昊天寺的行者、來參拜昊天寺的夫人、鄭意娘、韓掌儀、陳三、小王、婆婆等都是「東京人」，而且楊思溫碰到鄭意娘，因婆婆引進韓國夫人宅尋得鄭意娘骨匣，都是以同鄉人的因緣來觸發新情節。作品十分強調這種「同鄉」、「同歸」的主題思想，並且從楊思溫的視角固定尋找「東京人」。上列的句子中，只有「羅綺生香嬌艷呈」與「萬井賀昇平」不成對，可能在後句中脫兩字之外，其他句子，皆以不同的字數各自成對。「寶輿四望翠峰青」與「紗籠一點御燈明」相對，「東風急」與「簫韶遠」相對，「吹下半天星」與「高晏在蓬瀛」相對等，都是字數相同，詞性相同，平仄相同或協調，表現方式與內容意義皆頗為相近。

（五）排對

　　排對，亦稱「排偶對」、「排比對」，兩個以上的對偶句排列而成。宋元話本小說的空間描寫中，排對句相當普遍，組織方式也十分多樣，大部分以單句對與隔句對重疊、交錯而成。所描寫的對象也不受限制，廣含自然景物、地理環境等，相當豐富；如《清平山堂話本》之〈陰騭積善〉中的「蔡州（早、晚）」、《醒世恆言》第六卷〈小水灣天狐詒書〉中的「樊川」、《清平山堂話本》之〈陰騭積善〉中的「路上」等，也有花園、園圃、亭樓，如《喻世明言》第三十三卷〈張古老種瓜娶文女〉中的「花園」、《警世通言》第十卷〈錢舍人題詩燕子樓〉中的「園圃」、《清平山堂話本》之〈洛陽三怪記〉中的「崩敗花園」、《清平山堂話本》之〈風月瑞仙亭〉中的「瑞仙亭」等，亦有神廟、仙境、聖地，如《清平山堂話本》之〈洛陽三怪記〉中的「廟宇」、《警世通言》第三十六卷〈皂角林大王假形〉中的「廬山廟」、《喻世明言》第十五卷〈史弘肇龍虎君臣會〉中的「東峰東岱嶽」等。且看：

> 曉霧裝成野外，殘霞染就荒郊。耕夫隴上，朦朧月色時沉；織女機邊，恍蕩金烏欲出。牧牛兒尚睡，養蠶女由眠。樵舍外犬吠□，嶺邊山寺猶未起。（《清平山堂話本》之〈陰騭積善〉「蔡州（晨）」）

　　此是三組單句對和一組隔句對構成的排對。「曉霧裝成野外」與「殘霞染就荒郊」；「牧牛兒尚睡」與「養蠶女由眠」；「樵舍外犬吠囗」與「嶺邊山寺猶未起」為單句對。「曉霧」與「殘霞」，「野外」與「荒郊」，皆是詞性相同，意義相對、相同的對偶。「牧牛兒」與「養蠶女」，「尚」與「由」，「睡」與「眠」，亦是詞性相同，意義相對，平仄協調的對偶。「耕夫隴上」與「織女機邊」，「朦朧月色時沉」與「愰蕩金烏欲出」皆為隔句對。「耕夫」與「織女」，「月色」與「金烏」，「時沉」與「欲出」，皆是意義相反，即以「男女」、「月陽」、「沉出」來成對，但都是詞性相同，即名詞對名詞，動詞對動詞的結構。

> 十色俄分黑霧，九天雲裏星移。八方謫旅，歸店解卸行裝；北斗七星，隱隱遮歸天外。六海釣叟，繫船在紅蓼灘頭；五戶山邊，盡總牽牛羊入欄。四邊明月，照耀三清。邊廷兩塞動寒更，萬里長天如一色。（《清平山堂話本》之〈陰騭積善〉「蔡州（晚）」）

　　此是三組單句對和兩組隔句對構成的排對，皆是詞性相同，意義相近，平仄和諧。除每組隔句對第二句對外，每句對都有數字，如「十色俄分黑霧」、「九天雲裏星移」、「四邊明月」、「五戶山邊」等，整句從十到一順序排列，嵌入一到十數字，具有「倒數法」的特徵，可說「嵌字對」[19]。「十色」與「九天」，「八方」與「七星」，「六海」與「五戶」，「四邊」與「三清」，「兩塞」與「一色」為對偶，「十色」是「仄仄」，「九天」是「仄平」，平仄不完全協調。「八方」與「七星」都是「仄平」，「六海」與「五戶」皆是「仄仄」，平仄相同。「四邊」是「仄平」，「三清」是「平平」。雖然詞對平仄不完全協調，但詞性相同，意義相近。

> 或過山林，聽樵歌於雲嶺；又經別浦，聞漁唱於煙波。或抵鄉村，卻遇市井。纔見綠楊垂柳，影迷己處之樓臺；那堪啼鳥落花，知是誰家之院宇？行處有無窮之景致，奈何說不盡之驅馳。（《清平山堂話本》之〈陰騭積善〉：「路上」）

---

[19] 對於嵌字對的內容與例子，可以參考成偉鈞編著，《修辭通鑑》（臺北：建宏出版社，1996年），頁827。

　　此是單句對與隔句對各有兩組組成的排對，先隔句對出現後接著連結單句對，隔、單句對陸續反覆出現，並每個隔、單句對往後增加字數，如「或過山林」與「又經別浦」，「聽樵歌於雲嶺」與「聞漁唱於煙波」，是四字與六字隔句對。「纔見綠楊垂柳」與「那堪啼鳥落花」，「影迷已處之樓臺」與「知是誰家之院宇」，是六字與七字隔句對。前一組（四字與六字對）與後一組（六字與七字對）可比字數，增加各兩、一字。每個句隔句對皆有虛詞，如「或」、「又」、「於」、「纔」、「那」、「之」等。「或抵鄉村」與「卻遇市井」，「行處有無窮之景致」與「奈何說不盡之驅馳」，皆是單句對。前一組與後一組字數上增加四字，又各句也有虛詞，如「或」、「卻」、「之」。「抵」與「遇」是動詞，意義相近。「鄉村」與「市井」是名詞，詞性相同，平仄協調，意義相反。總之，「路上」中的對偶修辭特徵，形式方面隔句對與單句對往後增加字數，並每句對皆有虛詞，內容方面描寫得十分詳細，含意也相當豐富。

　　　徑鋪瑪瑙，欄刻香檀。聚山塢風光，為園林景物。山疊岷岷怪石，檻栽西洛名花。梅開度嶺冰姿，竹染湘江愁淚。春風蕩漾，上林李白桃紅；秋日淒涼，夾道橙黃橘綠。池沼內魚躍錦鱗，花木上禽飛翡翠。（《清平山堂話本》之〈風月瑞仙亭〉：「瑞仙亭」）

　　此為五組單句對與一組隔句對構成的排對。若仔細分析句法結構順序，可知單句對與隔句對接合方式實為錯綜。首先單句對四組後連結隔句對一組，再接著單句對一組為結束。每個單句對，皆是詞性相同，內容意義相近，意境也有重複的特徵。如「風光」與「景物」、「怪石」與「名花」、「梅開」與「竹染」、「冰姿」與「愁淚」等，運用物質、屬性、意象相同詞來進行對偶，加強內容意義與意境。每句對意義相同或相反，詞性相同，平仄協調，但有時平仄不完全協調。[20]

---

[20] 除上述舉出的幾個例子外，也有許多以單、隔句構成的排對例子。如下：
　　「亭臺倒塌，欄檻斜傾。不知何代浪遊園，想是昔時歌舞地。風亭弊陋，惟存荒草綠淒淒；月榭崩摧，四面野花紅拂拂。鶯啼綠柳，每□盡日不逢人；魚戲清波，自恨終朝無食餌。秋來滿地堆黃葉，春去無人掃落花。」（《清平山堂話本》之〈洛陽三怪記〉：「崩敗花園」）案：單句對三組，隔句對兩組。
　　「粉妝臺榭，瓊鎖亭軒。兩邊斜壓玉欄杆，一徑平鈎銀綬帶。太湖石陷，恍疑鹽虎深埋；松柏枝盤，好似玉龍高聳。徑裏草枯難辨色，亭前梅綻只聞香。」（《喻世明言》第33卷〈張古老種瓜娶文女〉：「花園」）案：單句對三組，隔句對一組。

（六）漸層對

　　宋元話本小說空間描寫中除了上述幾個對偶形式之外，也有漸增對句字數的特徵，加強描繪空間的內容含意與形式修辭，常以並列「單句對」所構成。每組單句對後接著另外一對單句對，在形式方面字數每往後一組便增加一字，且內容會描寫得更詳盡。在文中出現的「漸層對」可分為兩種不同類型；一種是從「一字對」開始到「七字對」為終結，另一種是從「四字對」開始到「六、七字對」終結。前者的句型，僅出現在宋元話本小說《警世通言》第十九卷〈崔衙內白鷂招妖〉內。《警世通言》第十九卷〈崔衙內白鷂招妖〉中除了空間描寫有這

「晴光靄靄，淑景融融，小桃綻妝臉紅深，嫩柳裊宮腰細軟。幽亭雅榭，深藏花圃陰中；畫舫蘭橈，穩纜回塘岸下。鶯貪春光時時語，蝶弄晴光擾擾飛。」（《警世通言》第10卷〈錢舍人題詩燕子樓〉：「園圃」）案：單句對三組，隔句對一組。

「岡巒圍繞，樹木陰翳，危峰秀拔插青霄，峻巔崔嵬橫碧漢。斜飛瀑布，噴萬丈銀濤；倒挂藤蘿，颺千條錦帶。雲山漠漠，鳥道逶迤行客少；煙林靄靄，荒村寥落土人稀。山花多豔如含笑，野鳥無名只亂啼。」（《醒世恆言》第6卷〈小水灣天狐詒書〉：「樊川」）
案：單句對三組，隔句對兩組。

「朱欄臨綠水，碧潤跨虹橋。依希觀寶殿嵬嵬，仿佛見威儀凜凜。廟門開處，層層冷霧罩祠堂；簾幕中間，念念黑雲出聖像。殿後蒼松蟠異獸，階前古檜似龍蛇。」（《清平山堂話本》之〈洛陽三怪記〉：「廟宇」）案：單句對三組，隔句對一組。

「蒼松偃蓋，古檜蟠崗。侵雲碧瓦鱗鱗，映日朱門赫赫。巍峨形勢，控萬里之澄江；生殺威靈，總一方之禍福。新建廟牌鐫古篆，兩行庭樹種宮槐。」（《警世通言》第36卷〈皂角林大王假形〉：「廬山廟」）案：單句對三組，隔句對一組。

「群山之祖，五嶽為尊。上有三十八盤，中有七十二司。水簾映日，天柱插空。九間大殿，瑞光罩碧瓦凝煙；四面高峰，偃仰見金龍吐霧。竹林寺有影無形，看日山藏真隱聖。」（《喻世明言》第15卷〈史弘肇龍虎君臣會〉：「東峰東岱嶽」）案：單句對四組，隔句對一組。

「州名豫郡，府號河南。人煙聚百萬之多，形勢盡一時之勝。城池廣闊，六街內士女駢闐；井邑繁華，九陌上輪蹄來往。風傳絲竹，誰家別院奏清音？香散綺羅，到處名園開麗景。東連鞏縣，西接澠池，南通洛口之饒，北控黃河之險。金城繚繞，依稀似偃月之形；雉堞巍峨，彷彿有參天之狀。虎符龍節王侯鎮，朱戶紅樓將相家。休言昔日皇都，端的今時勝地。」（《喻世明言》第15卷〈史弘肇龍虎君臣會〉：「西京河南府」）案：單句對六組，隔句對三組，宋元話本小說空間描寫中最長的排對句。

「朱欄玉砌，峻宇彤牆。雲屏與珠箔齊開，寶殿共瓊樓對峙。靈芝叢畔，青鸞彩鳳交飛；琪樹陰中，白鹿玄猿並立。玉女金童排左右，祥煙瑞氣散氤氳。」（《喻世明言》第33卷〈張古老種瓜娶文女〉：「殿屋」）案：單句對三組，隔句對一組。

「群山之祖，五嶽為尊。上有三十八盤，中有七十二司。水簾映日，天柱插空。九間大殿，瑞光罩碧瓦凝煙；四面高峰，偃仰見金龍吐霧。竹林寺有影無形，看日山藏真隱聖。」（《喻世明言》第15卷〈史弘肇龍虎君臣會〉：「東峰東岱嶽」）案：單句對四組，隔句對一組。

樣的特徵之外，描繪其他對象，如「春」、「酒」、「夏」、「月」、「色」、「風」，也出現同樣的形式[21]。

在宋元話本小說的空間描寫中，從「一字對」開始到「七字對」的類型，共有三則，就是《警世通言》第十九卷〈崔衙內白鷂招妖〉中的「莊院」、「北岳恒山」、「松林」。且看：

> 莊，莊。
> 臨堤，傍岡。
> 青瓦屋，白泥牆。
> 桑麻映日，榆柳成行。
> 山雞鳴竹塢，野犬吠村坊。
> 淡蕩煙籠草舍，輕盈霧罩田桑，
> 家有餘糧雞犬飽，戶無徭投子孫康。（《警世通言》第十九卷〈崔衙內白鷂招妖〉：「莊院」）

在第一組對偶與第二組對偶的字數上，各增加了一字，第三組對偶與第四組對偶的字數上，也各增加一字，對偶句結構形式為一對一、二對二、三對三等遞增。第一組對偶「莊、莊」，是「類疊」中的「疊句」，也可屬於「對偶」中的「單句對」。「臨堤」與「傍岡」、「青瓦屋」與「白泥牆」、「桑麻映日」與「榆柳成行」、「山雞鳴竹塢」與「野犬吠村坊」等，皆是詞性相同，意義相對，除了有些詞對外，都是平仄協調。對「莊院」描寫越來越詳細、豐富，空間敘述角度也更為開展、擴大。

---

21 「春，春。柳嫩，花新。梅謝粉，草鋪茵。鶯啼北里，燕語南鄰。郊原嘶寶馬，紫陌廣香輪。日暖冰消水綠，風和雨嫩煙輕。東閣廣排公子宴，錦城多少看花人。」；「酒，酒。邀朋，會友。君莫待，時長久。名呼食前，禮於茶後。臨風不可無，對月須教有。李白一飲一石，劉伶解醒五斗。公子沾唇臉似桃，佳人入腹腰如柳。」；「夏，夏。雨餘，亭廈。紈扇輕，薰風乍。散髮披襟，彈棋打馬。古鼎焚龍涎，照壁名人畫。當頭竹徑風生，兩行青松暗瓦。最好沈李與浮瓜，對青樽旋開新鮓。」；「月，月。無休，無歇。夜東生，曉西滅。少見團圓，多逢破缺。偏宜午夜時，最稱三秋節。幽光解敵嚴霜，皓色能欺瑞雪。穿窗深夜忽清風，曾遣離人情慘切。」；「色，色。難離，易惑。隱深閨，藏柳陌。長小人志，滅君子德。後主護多才，紂王空有力。傷人不痛之刀，對面殺人之賊。方知雙眼是橫波，無限賢愚被沈溺。」；「風，風。蕩翠，飄紅。忽南北，忽西東。春開柳葉，秋謝梧桐。涼入朱門內，寒添陋巷中。似鼓聲搖陸地，如雷響振晴空。乾坤收拾塵埃淨，現日移陰卻有功。」

山，山。

突兀，迴環。

羅翠黛，列青藍。

洞雲縹緲，澗水潺湲。

巒碧千山外，嵐光一望間。

暗想雲峰尚在，宜陪謝屐重攀。

季世七賢雖可愛，盛時四皓豈宜閒。（《警世通言》第十九卷〈崔衙內白鷴招妖〉：「北岳恒山」）

　　「山」與「山」、「突兀」與「迴環」、「羅翠黛」與「列青藍」、「洞雲縹緲」與「澗水潺湲」、「巒碧千山外」與「嵐光一望間」、「暗想雲峰尚在」與「宜陪謝屐重攀」、「季世七賢雖可愛」與「盛時四皓豈宜閒」，皆是單句對，又是漸層對，皆是詞性相同，意義相近，平仄協調。「山、山」是「疊句」，重複詞句，強化「山」的意象與其描寫的對象。「突兀」與「迴環」，是表現山的形狀、氣勢。「羅翠黛」與「列青藍」，是描寫森林的綠陰、樹葉的茂盛。「洞雲縹緲」與「澗水潺湲」，是雲霧生煙，溪水清靜的自然環境。「巒碧千山外」與「嵐光一望間」，是以千、一數字對來描繪「千山」與「一我」的對比與融合。空間描寫的視線更加遙遠，眼界更為擴大，並自然能體會壯麗的「北岳恒山」氣勢，也能感受聳峙、險峻的自然脈動。每組對偶字數越增加一字，所呈現的空間描寫技巧更為多樣，內涵意義也更豐富，傳達出的意境則更為深入、透徹。

松，松。

節峻，陰濃。

能耐歲，解凌冬。

高侵碧漢，森聳青峰。

偃蹇形如蓋，虯蟠勢若龍。

茂葉風聲瑟瑟，繁枝月影重重。

四季常持君子操，五株曾受大夫封。（《警世通言》第十九卷〈崔衙內白鷴招妖〉：「松林」）

　　此言崔衙內經過「松林」時的空間描寫，「能耐歲」與「解淩冬」、「高侵碧漢」與「森聳青峰」、「偃蹇形如蓋」與「虯蟠勢若龍」、「茂葉風聲瑟瑟」與「繁枝月影重重」、「四季常持君子操」與「五株曾受大夫封」，皆是詞性相同，意義相近，平仄協調的對偶句。「能耐歲」與「解淩冬」，是表現松樹之耐歲、耐寒的屬性。「高侵碧漢」與「森聳青峰」、「偃蹇形如蓋」與「虯蟠勢若龍」，描寫松樹的屬性與形狀氣勢。「茂葉風聲瑟瑟」與「繁枝月影重重」，以重疊詞來描繪松林的風聲如樂、滿照月影的情景，「茂葉」對「風聲」，「繁枝」對「月影」，既是前後句皆「當句對」。「四季常持君子操」與「五株曾受大夫封」，是因松木的崇高、獨清，能受到各家珍惜、喜愛的情況，前後句都是「當句對」，如「四季」對「君子」，「五株」對「大夫」。

　　宋元話本小說空間描寫中，從四字對開始到六、七字對結尾的漸層對也不少。且看：

> 徑鋪瑪瑙，欄刻香檀。
> 聚山塢風光，為園林景物。
> 山疊岷峨怪石，檻栽西洛名花。（《清平山堂話本》之〈風月瑞仙亭〉：「瑞仙亭」）

　　此言描寫「瑞仙亭」華麗的園景，「徑鋪瑪瑙」與「欄刻香檀」是四字對，「聚山塢風光」與「為園林景物」是五字對，「山疊岷峨怪石」與「檻栽西洛名花」是六字對。二、三組對句每增加一字，使景物的描寫層次更為豐富細膩。「徑鋪瑪瑙」為「仄平仄仄」，「欄刻香檀」為「平仄平平」，平仄協調，詞性相同，意義相對。「風光」為「平平」，「景物」為「仄仄」，平仄協調，又是皆是名詞，詞性相同，意義相同。

> 茂林鬱鬱，修竹森森。
> 翠陰遮斷屏山，密葉深藏軒檻。
> 煙鎖幽亭仙鶴唳，雲迷深谷野猿啼。（《喻世明言》第三十三卷〈張古老種瓜娶文女〉：「翠竹亭」）

「茂林鬱鬱」與「修竹森森」是四字對。「翠陰遮斷屏山」與「密葉深藏軒檻」是六字對。「煙鎖幽亭仙鶴唳」與「雲迷深谷野猿啼」是七字對。「鬱鬱」與「森森」是重疊詞，平仄協調，描寫樹林茂盛、密集的場景。「翠陰」與「密葉」，「遮斷」與「深藏」，「屏山」與「軒檻」，皆是詞性相同，意義相對，但平仄不完全協調的對偶。從四字對開始到七字對，描寫空間的視覺漸漸由近而遠移轉，看事物形狀也是由大而小、由清楚到模糊的變化，因此近看「鬱鬱的茂林」與「森森的修竹」，遠觀「翠陰的屏山」與「密葉的軒檻」，遠望「幽亭的仙鶴」，以後只順風而聽「深谷的猿啼」。視覺的近遠變換，引致意境更加繁複深刻。

> 桃紅似錦，柳綠如煙。
> 花間粉蝶雙雙，枝上黃鸝兩兩。
> 踏青士女紛紛至，賞玩遊人隊隊來。（《警世通言》第三十卷〈金明池吳清逢愛愛〉：「金明池」）

「桃紅似錦」與「柳綠如煙」是四字對，「花間粉蝶雙雙」與「枝上黃鸝兩兩」是六字對，「踏青士女紛紛至」與「賞玩遊人隊隊來」是七字對。各句對皆是詞性相同，意義相對。「六字對」與「七字對」中都有重疊詞，四字對、七字對平仄協調，六字對平仄不完全協調。

三、結語

在宋元話本小說空間描寫中，觀察「對偶」的修辭技巧，以當句對、單句對、隔句對、排對數量較多，長對、漸層對的數量比起前者則較為少見。在文中出現的對偶對，就有當句對、單句對、隔句對的單獨構成，或互為接合錯綜的情形，並且在字數、詞性、平仄、意義等各方面非常講求工整、精準。兩組以上不同對偶的接合，如含對對、排對，則不在少數。其中排對相當普遍，組織方式也十分多樣。在話本小說空間描寫中的排對，皆是以單句對與隔句對重疊、交錯而成，所描寫的對象也不受限制，自然景物、地理環境等相當豐富。「漸層對」雖然多出現於《警世通言》第十九卷〈崔衙內白鷂招妖〉內，但其獨特的句型在空間描寫中更加深讀者的印象。「對偶」的修辭特徵，可以喚起讀者注意、進行情

節變化、強化場景鋪敘，在文本敘事中具有重要的作用，並能引致空間的轉換、造成氣氛的創新感，而整齊的形式、均稱的結構、和諧的音韻與節奏，更表達出豐富協調的空間含意與多樣的修辭藝術。

第二章 「直敘」與「描像」
──「人物描寫」之敘述形式

一、前言

宋元話本小說具有豐富的人物形象，每個角色都十分生動鮮明，沒有制式呆板的缺點，甚至連同一個人物的性格，都會在不同情況之下產生變化。他們的生活模式不像王侯將相那樣遠離老百姓，只偏於奢侈的生活環境；而是以一般市民生活為基礎，生動地以民俗信仰、民間生活風俗為主要畫面和普遍的生活經驗，來強烈吸引讀者[1]。每一篇宋元話本小說的人物看起來似乎只是活躍在一寸紙面上，但仔細觀察，他們卻是在無限的時間、空間上栩栩如生地活著。

描寫小說人物的方法，雖然各具運用之妙，但多數學者多認同外形、語言、動作與心理是刻畫人物最主要、最廣泛運用的方式[2]。「人物描寫」客觀形式與內容皆比較偏重人物之「外形」方面，因為「客觀」描寫本來就具有注重「外觀」優美形式的特徵，所以人物描寫方式自然多偏向於人物之外貌、體態、服飾等。而著重人物之外形描寫的另外原因，也基於它是宋元話本小說獨特的表現藝術。初期的話本小說具有講唱、說書的通俗文學藝術特徵，說書人以生動、切實的表現技巧直接刻畫人物形象，並特意舖敘人物的容貌與裝扮，對人物心理狀態描寫都仰賴著語言、動作、表情等間接描繪方式，簡單的描寫詞句並不足以呈現人物完整的樣貌。因此在宋元話本小說中作者（敘述者）直接作人物描寫，大部分從人物之外貌與服飾作詳細介紹，這種描述手法對讀者理解人物形象較有效果。

宋元話本小說的讀者（聽眾）大多數為一般平民，敘述者不能以複雜難解的技巧來描寫人物，自然偏向採用簡單、具體而寫實的描述方式。人物描寫方式往往因宋元話本小說本來的特徵與內容而受限制，並且依讀者的理解程度與反應情況而隨機加以調整。宋元話本小說中經常出現類同、固定的人物描寫結構，也

---

[1] 參考紀德君，〈「春濃花豔佳人膽」──論宋元話本小說的女人形象〉，《海南大學學報（社科版）》，第14卷第2期，1996年6期，頁74。

[2] 參考柳之青，《三言人物研究》，國立台灣師範大學國文研究所碩士論文，1991年，頁167。

是如此原因。宋元話本小說中接受者（讀者、聽者）的反應相當重要，因此小說按照讀者的反應隨時修整情節的開展與場面轉換，對人物描寫也是兼採簡單或詳細、抽象或具體、刻板或變化的描寫方式。作者必須創造出生動活躍的人物形象，才能符合讀者的要求，並使他們易於接受情節內容與主題意涵。

「人物描寫」的四大基礎，其間並非絕對區別分明，從「重合」的觀點考察[3]，實則「對話」也是屬於行動、心理的一種表現方式，因此語言和行動也可以涵蓋在廣義的「外形」之內，相對於人物的內部心理[4]。但宋元話本小說的人物描寫的範圍相當廣泛模糊，若從形式結構角度來觀察人物描寫的種種特徵，雖然語言、對話等的「模糊」人物描寫是屬於表達人物心理的一種間接描寫方式，但從具體的人物描寫觀點而言，其表現得並不確實，容易塑造出抽象的人物形象[5]，亦與實際表現人物描寫形式之多樣技巧與豐富內容，有著一點差距。雖然語言、行動、表情是表現人物性格與心理狀態的重要手段，但不如以具體特徵直接描寫人物明顯。因此本文要討論的人物描寫範圍，就是以人物的姓名、年齡、身世、生活環境等客觀說明，同時涵蓋容貌、體態、服飾的具體形象描寫，進而延伸到該人物的性情、本領、人品，與敘述者的介評與論述等。從多樣視角來觀察人物描寫的形式與內容，其人物形象的構成輪廓就較為清楚，讀者也容易透過進入故事情節而深入感受作品中的人物。

二、描寫人物之形式

宋元話本小說中複雜多樣的人物形象，是構成作品中不可忽略的重要因素，人物的描繪與舖敘則為藝術成就的重要一環。若觀察人物描寫的多樣技巧與藝術表現，則可知人物描寫在作品中的主要運用過程與作用。

「人物描寫」從作者的運用方式而言，可以分為「靜態的直接刻畫」與「動態的間接刻畫」：前者乃作者以敘述手法，明確告知讀者人物的相貌、性

---

[3] 參考鄧惠蘭，〈人物描寫中的重合現象〉，《江漢大學學報》，第14卷第4期，1997年8月，頁53-54。

[4] 參考趙滋蕃，《文學與美學》（臺北：道聲出版社，1978年），頁135。

[5] 疏志強在〈模糊語言在小說人物描寫中的運用〉一文中，就「模糊語言」的運用在小說人物描寫過程中分為人物肖像、人物心理、人物語言有詳細說明。雖然運用「模糊語言」對呈現表現手法、加強藝術成就，並引起讀者的想像力，提高作者與讀者之間交際功能上，具有重要的作用，並且能反映人物的某種人生態度與性格特徵，但不能塑造具體生動的人物形象。可以參考疏志強，〈模糊語言在小說人物描寫中的運用〉，《韶關大學學報（社科版）》，第17卷第3期，1996年9月。

格、癖好等,一般人物的外形描繪,顯然多採直接刻畫;後者只是使角色反應出思想、表情、談吐與動作,以戲劇精神實地演出,由讀者親自參與和評斷、推想人物的性格與思維。但就靜態的刻畫表現而言,作者會持比較客觀公正的立場來說明,即便有時作者介入對人物產生感情、評斷,但整體來說還是相對比較客觀、具體的表現手法。動態的間接描寫方式,雖然以對話和行動直接呈現人物之心理狀態與性格變化,但由人物刻畫的技巧上並不是由作者直接敘述的。

間接刻畫人物,作者安排某種情境與場景,寫出人物當時所處環境中的應對舉止,反映出其個性、心理。在一定程度上,環境、場景有烘托人物的功效,但這些描繪方式不能明顯呈現出人物的具體形象。而直接描寫方式,卻可說是作者對人物充分且真實的精彩敘寫,逼真地塑造出生動、活躍的人物形象,使讀者易於透視人物具體、實際的形象,引導讀者深入人物心理。直接描寫方式在認識作品中人物的過程與人物形象化方面,比間接刻畫更有效果,並且更能使讀者理解作品中的角色特徵。

作者評斷人物性格時,直接描寫方式往往消除了讀者可以想像、創建的空間,但短時間內直接舖敘人物形象實為常見的手法。直接評斷人物的描寫方式,無論作者是故意或不自覺進行,都影響到讀者對人物形象的掌握,造成人物形象之歪曲或定型。但就當時讀者的閱讀環境與理解能力而言,這樣的人物描寫方式,反而使他們更容易透過進入情節,深刻理解人物的心境。從讀者理解人物形象的歷程而言,直接人物描寫比間接人物描寫所呈現的角色形象會令人感受更為真切,而在敘述技巧上也具有明顯的效果。因此性格模糊、面貌不清的人物,就能透過作者的直接描寫方式,輕易成為讀者眼中鮮活生動的人物。

從複雜多樣的描寫模式來檢視宋元話本小說中的人物,有部分只表現固定服裝、身體局部的現象。雖然作者可以將許多因素混為一個整體描述,除了直敘人物容貌、外形之外,對話、行動、表情的間接敘述也用來輔助人物刻畫。但在宋元話本小說的作者大部分仍然傾向直接敘述人物,著重於形貌的具體描述,以客觀描寫與具體描繪為基礎呈現多種人物形象。在描寫人物的方式上,以內容敘述可分為「自述」與「他述」的兩種方式,從形式結構則可分為「獨立行文」、「文中敘述」二種。以下將分別析述。

（一）「自述」與「他述」的敘述方式

　　描寫人物的敘述方式相當複雜，大略可分為「自述」與「他述」兩種。「自述」就是經由作品人物進行自我介紹，「他述」就是經由敘述者（作者）或作品中其他人物來引述。「自述」實為描寫人物的敘述中最明確、直接的方式，但在宋元話本小說中並不常見，只有《醒世恆言》第十四卷〈鬧樊樓多情周勝仙〉、《清平山堂話本》之〈風月瑞仙亭〉兩篇中出現三次而已。「自述」的人物描寫只偏重在人物之簡介、身世、本領、家庭等，性質上屬於簡單的自我介紹。例如《醒世恆言》第十四卷〈鬧樊樓多情周勝仙〉的周勝仙在茶坊對范二郎有意，二人「四目相視，俱各有情」。他們初次見面時，二人故意讓對方洩露自己的姓名與婚姻與否：

> 那女孩兒道：「我是曹門裏周大郎的女兒，我的小名叫做勝仙小娘子，年一十八歲，不曾喫人暗算。你今卻來算我！我是不曾嫁的女孩兒。」（《醒世恆言》第十四卷〈鬧樊樓多情周勝仙〉）

> （范二郎）大叫起來道：「好，好！你這個人真個要暗算人！你道我是兀誰？我哥哥是樊樓開酒店的，喚做范大郎，我便喚做范二郎，年登一十九歲，未曾喫人暗算。我射得好弩，打得好彈，兼我不曾娶渾家。」（《醒世恆言》第十四卷〈鬧樊樓多情周勝仙〉）

　　二人在茶坊看對方就互相愛戀，以故意弄錯來責怪賣水人的失手，進一步讓對方有機會自我簡介。雖然這些敘述方式較諸人物之外形描寫並無具體呈現，但作者必須要使讀者儘快知道這些人物在作品中扮演怎樣的角色，同時在自我介紹之後，漸漸切入劇情，起著引領讀者進入故事情節的作用。雖然這不是具體的人物描寫，卻是作品中引介人物的重要階段，也是吸引讀者進入故事情節的關鍵。《清平山堂話本》之〈風月瑞仙亭〉卓文軍的自我介紹也和《醒世恆言》第十四卷〈鬧樊樓多情周勝仙〉的周勝仙與范二郎一樣，先「認識人物」在小說中具有重要的意義。但卓文軍不同於周勝仙與范二郎直接對外告訴眾人，而是自我內心剖白，形成無聲的吶喊。她在繡房中吐露自己的才貌、性情，並洩露求偶的心理盼望：

奈何，奈何！況我才貌過人，性頗聰慧，選擇良姻，實難其人也。（《清平山堂話本》之〈風月瑞仙亭〉）

　　卓文軍的自我簡介，比起周勝仙與范二郎的介紹較不夠充分、仔細，且較強調自我心理傷感與唷嘆，但卻是以主角自我口述作人物介紹的重要例子。《醒世恆言》第十四卷〈鬧樊樓多情周勝仙〉與《清平山堂話本》之〈風月瑞仙亭〉中的「自述式」人物描寫，較偏重人物之姓名、年歲、才性、婚姻等，並無詳細描繪人物之外貌、體態、服飾。從描寫人物形象而言，並無具體呈現其人物的美醜、裝扮等外觀形貌，只是提供讀者簡單介紹，由此推測人物的大概輪廓。

　　「他述式」則是在宋元話本小說人物描寫中最普遍的情形。「他述」是透過別人的口述來描述人物之形貌，仍可細分為「其他人物」與「敘述者介述」這兩種不同形式：其一，透過作品內其他人物的眼中觀察其形貌來描述人物形象，或僅敘述其形貌所引起的眾人（讀者）反應，輾轉表達美醜形象，可說是「側面描寫」；其二，敘述者（作者）直接介入情節內容，以第三人稱的全知觀點來具體描繪人物特徵，如相貌、體態、職分、裝扮、才能、評斷等，可說「正面描寫」。其他人物的描寫方式，則照著情節的進展、人物的登場、新的事件發生等，大約在複雜的情節進行中展開人物描寫，比敘述者的全知觀點更具複雜情緒的投影，也隱含臨場即時的各種反應表現，使讀者更容易理解該人物之容貌與身分、性格與人品。其他的人物描寫方式，雖然有著現場演出的氛圍，具情節進展的真實感，但作品人物仍以單純粗糙的行動、樸實直接的性格、客觀真實的外貌等的描述比較多。反而敘述者的介評是才對人物有整體性的論述，人物的品行、才貌、來歷、經驗等，對於該人物的敘述較為全面。有時以敘述者的意識、感情融入於人物描繪上，間接呈現出對人物的評價與看法，因此也影響讀者欣賞人物的態度，容易跟隨敘述者對人物的評價立場。雖然這兩種描寫人物的敘述方式，各自都有不完整的部分，但對於幫助讀者深入了解作品人物，具有重要意義。首先觀察透過其他人物視角描寫人物的方式。

　　到了小娘子面前，看了一看，雖然沒有十二分顏色，卻也明眉皓齒，蓮臉生春，秋波送媚，好生動人。（《醒世恆言》第三十三卷〈十五貫戲言成巧禍〉）

　　到得船邊，月明下，見一個人毬頭光紗帽，寬袖綠羅袍，身材不滿三尺，覷著本道掩面大哭道。（《警世通言》第三十九卷〈福祿壽三星度世〉）

　　回轉頭來看時，恰是一個婆婆，生得：
　　　眉分兩道雪，髻挽一窩絲。眼昏一似秋水微渾，髮白不若楚山雲淡。（《清平山堂話本》之〈簡帖和尚〉）

　　明日放心不下，又去探看，忽見門兒呀地開了，走出一個人來。生得：
　　　鬚眉皓白，鬢髮稀疏。身披白布道袍，手執斑竹拄杖。堪為四皓商山客，做得磻溪執釣人。（《警世通言》第三十卷〈金明池吳清逢愛愛〉）

　　這些經由「作品人物」描寫人物，並直接描繪主要角色之登場，而比喻事物、配件所呈現出來的外貌、服飾十分清楚。這種人物描寫的重要特徵是具有生動的臨場感，如「到了小娘子面前，看了一看」、「回轉頭來看時，恰是一個婆婆」、「忽見門兒呀地開了，走出一個人來」等，從具有戲劇演出現場的實況氣氛，展開直接的人物刻畫。
　　此類人物描寫主要由其他人物之視覺而決定，因此其他人物看對象人物時，所描寫的重點都是對他的印象與反應。《醒世恆言》第三十一卷〈鄭節使立功神臂弓〉中的張俊卿看見和尚，其視線是從眉毛、眼睛的臉部，移轉到袈裟、木杖的服飾[6]，但《清平山堂話本》之〈簡帖和尚〉中的和尚與其他和尚的面貌不同，他是「濃眉毛，大眼睛，蹶鼻子，略綽口。頭上裹一頂高樣大桶子頭巾，著一領大寬袖斜襟褶子。」特別強調臉部與眾不同的獨特特徵。雖然在《醒世恆言》第三十一卷〈鄭節使立功神臂弓〉與《清平山堂話本》之〈簡帖和尚〉都有出現和尚，但依照情節結構、人物登場，其描繪的程度和表現技巧都不盡相同。

6　《醒世恆言》第31卷〈鄭節使立功神臂弓〉中描繪「和尚」與《清平山堂話本》之〈花燈轎蓮女成佛記〉中「惠光禪師」的描寫幾乎相同：「雙眉垂雪，橫眼碧波。衣披烈火七幅鮫綃；杖拄降魔九環錫杖。若非圓寂光中客，定是楞嚴峰頂人。」（《醒世恆言》第31卷〈鄭節使立功神臂弓〉）；「雙眉垂雪，碧眼橫波。衣披六幅烈火鮫綃，柱拔九環錫杖。霜姿古貌，有如南極老人星；鶴骨松形，好似西方長壽佛。料應元寂光中客，定是楞嚴會上人。」（《清平山堂話本》之〈花燈轎蓮女成佛記〉）

　　經由其他人物來描寫作品人物的目的是要造成人物之真實感，充分呈現敘述人物之想法與感受。這些人物描寫，多數僅著重於人物身體之某些部位，而缺乏整體性的外貌描寫。因為作者在透過人物的言談舉止、神態動作刻畫人物的性格特徵時，不是人物的所有言行都可入選，而是須要選取其中「以一當十」的典型細節。所以人物描寫中往往選取某部分特徵的局部描繪來呈現人物形象[7]。《醒世恆言》第三十一卷〈鄭節使立功神臂弓〉中的官人從頭到腳，僅有服飾上的特徵，並無描寫其人外貌。《醒世恆言》第三十三卷〈十五貫戲言成巧禍〉中的小娘子只描繪眉毛、牙齒、蓮臉等美貌，並無表現服飾、才能、姿態的特徵。敘述人物初次看見對象人物時，大部分視線固定為某些特徵的局部，如頭、腰、腳、手等，因此自然對這些部位的描寫比較詳細、深入，而其他部位就容易被簡略帶過。

　　敘述者的人物描寫篇幅較長，描繪的內容也較廣泛，而作品人物之描寫篇幅較短，其內容也是較受侷限，並且不同於敘述者描寫方式，隨時介入情節進行作評斷的情形不常見，但能體現現場的客觀情況與主觀反應，具有相當直接、反應事實的敘述技巧。

　　敘述者直接引述的方式就與其他人物描述時的簡單方式不同，它不限於身體的局部描寫，而是對人物進行整體性的滲透觀察，提出綜合評述。敘述者的描寫視角，也是從臉到腳進行整體描述，且往往加上對人物的評論與自己的感受：

> 這小夫人著乾紅銷金大袖團花霞帔，銷金蓋頭。生得：
> 　　新月籠眉，春桃拂臉，意態幽花殊麗，肌膚嫩玉生光。說不盡萬種妖嬈，畫不出千般艷冶。何須楚峽雲飛過，便是蓬萊殿裏人！（《警世通言》第十六卷〈小夫人金錢贈年少〉）

> 汪革扎縛起來，真像個好漢：
> 　　頭綰旋風髻，身穿白錦袍；革翁鞋兜腳緊，裹肚繫身牢；多帶穿楊箭，高擎斬鐵刀；雄威真罕見，麻地顯英豪。（《喻世明言》第三十九卷〈汪信之一死救全家〉）

---

[7] 參考徐志福，〈聲發紙上，躍然欲出——談古代短詩、詞中人物描寫〉，《文史雜誌》第56期，2001年第3期，頁57。

風過處，一員神將，怎生打扮？

　　面色深如重棗，眼中光射流星。皂羅袍打嵌團花，紅抹額肖金蚩
虎。手持七寶鑲裝劍，腰繫藍天碧玉帶。（《清平山堂話本》之〈西湖三
塔記〉）

人皆稱為「柳七官人」。年方二十五歲，生得丰姿灑落，人材出眾。吟詩
作賦，琴棋書畫，品竹調絲，無所不通。（《清平山堂話本》之〈柳耆卿
詩酒翫元江樓記〉）

　　敘述者不但描寫這些人物的美貌、姿態、聲色，包括服飾、配件、才能，
並附加對人物的比喻與評介。有時以外貌描繪為基礎再加上性格、情感、思想等
心理感情方面的敘述，甚至於此暗示以後開展的情節內容、人物命運的結局，例
如「頭裏金花幞頭，身穿赭衣繡袍，腰繫藍田玉帶，足蹬飛鳳烏靴。雖然土木形
骸，卻也豐神俊雅，明眸皓齒。但少一口氣兒說出話來。」（《醒世恆言》第十
三卷〈勘皮靴單證二郎神〉）；「張員外面上刺著四字金印，蓬頭垢面，衣服不
整齊，即時邀入酒店裏，一個穩便閤兒坐下。」（《警世通言》第十六卷〈小夫
人金錢贈年少〉）；「（喬俊）自幼年喪父母，長而魁偉雄壯，好色貪淫。」
（《清平山堂話本》之〈錯認屍〉）等。作者十分著重於經營鋪排，使讀者更能
從線索深入理解人物，讓他們能透過敘述者所洩漏的線索和伏筆來預測故事情節
的進行走向與主要人物未來的局面。

　　敘述者對人物的評斷與介評，就與其他人物著重於作品人物之外貌與裝扮
描繪不同。其他人物的描寫方式，對作品人物不太常出現統一、類同的看法。但
敘述者描寫是按照人物之性別、職分，具有固定的套式。因此，敘述者對每個人
物的論述，大略分為幾種類型。因此宋元話本小說中敘述者的人物描寫，經常出
現好壞、美醜等固定的評價。由這種人物描寫就可知人物在作品中扮演的角色，
並能推測其在作品中的重要意義與情節進展中的關鍵作用。所以透過人物描寫與
評述，可知以後故事情節的結局與作品人物之間緊密的聯繫，使讀者對作品人物
有全面的認識。

（二）「獨立行文」與「文中敘述」的形式結構

　　「自述」與「他述」的敘述方式適用於具體的內容上，可分為兩種不同的形式結構，即「獨立行文」與「文中敘述」。「獨立行文」是在作品人物描寫中以獨立行文的形式來對人物進行細膩描繪，例如「那漢子生得得人怕，真個是：／身長丈二，腰闊數圍。青紗巾四結帶垂；金帽環兩邊耀日。紵絲袍束腰襯體，鼠腰兒奈口慢襠。」（《清平山堂話本》之〈楊溫攔路虎傳〉）；「舖裏一箇老兒，引著一箇女兒，生得如何？／雲鬢輕籠蟬翼，蛾眉淡拂春山，朱唇綴一顆櫻桃，皓齒排兩行碎玉。蓮步半折小弓弓，鶯囀一聲嬌滴滴。」（《警世通言》第八卷〈崔待詔生死冤家〉）；「看那人時，生得：／身長八尺，豹頭燕頷，環眼骨髭，有如一個距水斷橋張翼德，原水鎮上王彥章。」（《警世通言》第十九卷〈崔衙內白鷂招妖〉）等。

　　「文中敘述」是在情節進展過程中，並無單獨行文，而是連續敘述的方式，例如「（明悟禪師）年二十九歲。生得頭圓耳大，面闊口方，眉清目秀，豐彩精神，身長七尺，貌類羅漢。」（《清平山堂話本》之〈五戒禪師私紅蓮記〉）；「兩個主管在門前數見錢。只見一個漢，渾身赤膊，一身錦片也似文字，下面熟白絹褌拽扎著，手把著個笊籬，覷著張員外家裏，唱個大喏了教化。」（《喻世明言》第三十六卷〈宋四公大鬧禁魂張〉）；「遂喚一妓者歌昌。此女生得有沈魚落雁之容，閉月羞花之貌。體態妖嬈，精神清爽，當筵袛應清昌。」（《熊龍峰刊小說》之〈蘇長公章臺柳傳〉）等。

　　在宋元話本小說46篇中共有170條人物描寫，其中男性人物描寫92條中，「獨立行文」形式有38條，「文中敘述」形式有54條；女性人物描寫64條中，「獨立行文」形式有27條，「文中敘述」形式有37條；其他神將、妖怪、宴會（男女成婚）等，雖然這不是生人，但都呈現真實的人物形象，共有14條。具體的篇名與數目如下：

表　人物描寫之形式結構

	篇名	男性	獨立行文	文中敘述	女性	獨立行文	文中敘述	其他	獨立行文	文中敘述
清平山堂話本	〈柳耆卿詩酒翫元江樓記〉	1	0	1	1	1	0	0	0	0
	〈簡帖和尚〉	6	3	3	3	2	1	0	0	0
	〈西湖三塔記〉	4	3	1	2	2	0	1	1	0
	〈合同文字記〉	0	0	0	0	0	0	0	0	0
	〈風月瑞仙亭〉	0	0	0	2	1	1	0	0	0
	〈藍橋記〉	0	0	0	2	0	2	0	0	0
	〈快嘴李翠蓮記〉	0	0	0	0	0	0	0	0	0
	〈洛陽三怪記〉	1	1	0	2	2	0	1	1	0
	〈陰騭積善〉	0	0	0	0	0	0	0	0	0
	〈陳巡檢梅嶺失妻記〉	1	1	0	1	0	1	2	0	2
	〈五戒禪師私紅蓮記〉	5	0	5	1	0	1	0	0	0
	〈刎頸鴛鴦會〉	1	0	1	3	0	3	0	0	0
	〈楊溫攔路虎傳〉	2	2	0	0	0	0	1	1	0
	〈花燈轎蓮女成佛記〉	2	1	1	3	1	2	0	0	0
	〈曹伯明錯勘贓記〉	0	0	0	1	0	1	0	0	0
	〈錯認屍〉	3	0	3	1	0	1	0	0	0
熊龍峰刊小說	〈張生彩鸞燈傳〉	3	0	3	1	1	0	0	0	0
	〈蘇長公章臺柳傳〉	0	0	0	1	0	1	0	0	0
喻世明言	第3卷〈新橋市韓五賣春情〉	2	0	2	0	0	0	0	0	0
	第11卷〈趙伯昇茶肆遇仁宗〉	0	0	0	0	0	0	0	0	0
	第15卷〈史弘肇龍虎君臣會〉	7	4	3	1	0	1	0	0	0
	第24卷〈楊思溫燕山逢故人〉	0	0	0	5	2	3	0	0	0
	第33卷〈張古老種瓜娶文女〉	5	2	3	1	1	0	1	1	0
	第36卷〈宋四公大鬧禁魂張〉	5	2	3	3	2	1	0	0	0
	第38卷〈任孝子烈性為神〉	2	0	2	1	0	1	0	0	0
	第39卷〈汪信之一死救全家〉	2	2	0	0	0	0	0	0	0
警世通言	第4卷〈拗相公飲恨半山堂〉	2	0	2	0	0	0	0	0	0
	第7卷〈陳可常端陽仙化〉	1	0	1	1	0	1	0	0	0
	第8卷〈崔待詔生死冤家〉	2	0	2	1	1	0	0	0	0
	第10卷〈錢舍人題詩燕子樓〉	0	0	0	6	3	3	0	0	0
	第12卷〈范鰍兒雙鏡重圓〉	0	0	0	1	0	1	1	1	0
	第13卷〈三現身包龍圖斷冤〉	5	2	3	0	0	0	0	0	0

篇名		男性	獨立行文	文中敘述	女性	獨立行文	文中敘述	其他	獨立行文	文中敘述
警世通言	第14卷〈一窟鬼癩道人除怪〉	2	1	1	2	2	0	1	1	0
	第16卷〈小夫人金錢贈年少〉	2	0	2	3	3	0	0	0	0
	第19卷〈崔衙內白鷂招妖〉	3	1	2	1	1	0	1	1	0
	第20卷〈計押番金鰻產禍〉	0	0	0	1	0	1	0	0	0
	第30卷〈金明池吳清逢愛愛〉	2	1	1	4	1	3	0	0	0
	第36卷〈皂角林大王假形〉	2	0	2	1	0	1	3	1	2
	第37卷〈萬秀娘仇報山亭兒〉	3	2	1	1	1	0	0	0	0
	第39卷〈福祿壽三星度世〉	1	0	1	2	0	2	0	0	0
醒世恆言	第6卷〈小水灣天狐詒書〉	4	1	3	0	0	0	0	0	0
	第13卷〈勘皮靴單證二郎神〉	0	0	0	1	0	1	2	2	0
	第14卷〈鬧樊樓多情周勝仙〉	0	0	0	4	1	3	0	0	0
	第17卷〈張孝基陳留認舅〉	1	0	1	0	0	0	0	0	0
	第31卷〈鄭節使立功神臂弓〉	8	8	0	0	0	0	0	0	0
	第33卷〈十五貫戲言成巧禍〉	2	1	1	1	0	1	0	0	0
46篇 170		92	38	54	64	27	37	14	10	4

　　宋元話本小說中具體人物描寫比較多的是《清平山堂話本》之〈簡帖和尚〉、《喻世明言》第十五卷〈史弘肇龍虎君臣會〉、《喻世明言》第三十六卷〈宋四公大鬧禁魂張〉、《醒世恆言》第三十一卷〈鄭節使立功神臂弓〉等，沒有具體人物描寫的作品如《清平山堂話本》之〈合同文字記〉、〈快嘴李翠蓮記〉、〈陰騭積善〉、《喻世明言》第十一卷〈趙伯昇茶肆遇仁宗〉等，亦有人物描寫較少作品，如《清平山堂話本》之〈曹伯明錯勘贓記〉、《熊龍峰刊小說》之〈蘇長公章臺柳傳〉、《警世通言》第二十卷〈計押番金鰻產禍〉、《醒世恆言》第十七卷〈張孝基陳留認舅〉等。人物描寫的篇幅也是由2字開始到118字等[8]，相當多樣。

8　宋元話本小說在人物描寫的篇幅上之大小具有差別，人物描寫篇幅最少的作品是《清平山堂話本》之〈藍橋記〉，僅只有兩個字而已，就「同舟有樊夫人者，國色也」（《清平山堂話本》之〈藍橋記〉），反而《熊龍峰刊小說》之〈張生彩鸞燈傳〉中人物描寫的某一段已經超過一百多字，如「鳳髻舖雲，蛾眉掃月。一面笑共春光鬥豔，雙眸溜與秋水爭明。檀口生風。脆脆甜甜聲遠振；金蓮印月，弓弓小小步來輕。縱使梳裝宮樣，何如標格天成。媚態多端，如妬如慵嬌滴滴；異香數種，非蘭非蕙盈盈。得他一些半點，令人萬死千生。假饒心似鐵，相見意如糖。正是：桃源洞裏登仙女，兜率宮中稔色人。」（《熊龍峰刊小說》之〈張生彩鸞燈傳〉）作者照著情節內容、場面轉換、人物塑造等對人物各以不同的篇幅來作描寫。

在宋元話本小說人物描寫中，除了「獨立行文」、「文中敘述」的單獨形式之外，在相同或不同人物描寫上，也有兼用兩種方式者：

> 這個來尋史弘肇的人，姓郭，名威，表字仲文，邢州堯山縣人。排行第一，喚做郭大郎。怎生模樣？
>
> 　　擡抬左腳龍盤淺水，擡右腳鳳舞丹墀。紅光罩頂，紫霧遮身。堯眉舜目，禹背湯肩。除非天子可安排，以下諸侯壓不得。（《喻世明言》第十五卷〈史弘肇龍虎君臣會〉）

> 趙正打扮做一個磚頂背繫帶頭巾，皁羅文武帶背兒，走到金梁橋下，見一抱架兒，上面一個大金絲罐，根底立著一個老兒：
>
> 　　鄆州單青紗現頂兒頭巾，身上著一領□楊柳子布衫。腰裏玉井欄手巾，抄著腰。（《喻世明言》第三十六卷〈宋四公大鬧禁魂張〉）

相同人物的描寫，是以文中敘述的方式來簡單介紹人物，亦有進入具體描繪之前先說明人物的姓名、年齡、職分、身世的作用。相同人物兼用方式，能助於讀者深入了解主要人物的形象與性格。「獨立行文」與「文中敘述」兼用方式，都是對人物表現的實際描繪，不管相同或不同人物描寫兼用，在作品敘述過程中，大部分以「獨立行文」的人物描寫形式為主。

「獨立行文」的形式結構，具有散、韻文混用的特質，運用修辭技巧也是相當豐富。人物描寫開始之前大部分都有開頭詞，如「打扮」、「但見」、「怎見」、「只見」、「正是」、「卻是」、「真是」、「好似」、「生得」等，或指著直接人物，如「小娘子」、「豐樂娘」、「童子」、「漢子」、「女子」、「婆婆」等。這些「開頭詞」與「所指定人物」開始的形式，在「獨立行文」的形式結構上是不可或缺的重要模式。

> 宣贊見門前一頂四人轎，擡著一箇婆婆。看那婆婆，生得：
>
> 　　雞膚滿體，鶴髮如銀。眼昏如秋水微渾，髮白似楚山雲淡。形如三月盡頭花，命似九秋霜後菊。（《清平山堂話本》之〈西湖三塔記〉）

> 知縣揭起帳幔，看神道怎生結束：

戴頂簇金蛾帽子，著百花戰袍，繫藍田碧玉帶，抹綠繡花靴。臉子
是一個骷髏，去骷髏眼裡生出兩隻手來，左手提著方天戟，右手結印。
（《警世通言》第三十六卷〈皂角林大王假形〉）

大娘子和那老王喫那一驚不小，只見跳出一個人來：
頭帶乾紅凹面巾，身穿一領舊戰袍，腰間紅絹搭膊裏肚，腳下蹬一
雙烏皮皂靴，手執一把樸刀。（《醒世恆言》第三十三卷〈十五貫戲言成
巧禍〉）

當日掛了招兒，只見一個人走將進來，怎生打扮？但見：
裹背繫帶頭巾，著上兩領皂衫，腰間繫條絲縧，下面著一雙乾鞋
淨襪，袖裏袋著一軸文字。（《警世通言》第十三卷〈三現身包龍圖斷
冤〉）

「獨立行文」的形式與「文中敘述」全然不同，對某些人物之容貌、裝
扮、服飾的描寫中經常出現相同、類似的情形。這可說明當時說話人心中都有著
共同認定的人物形象，不管故事中登場的人物多不多，對相同角色、職分的人
物，都會進行相似的人物描述。「獨立行文」形式結構，除了描寫人物之外，也
有其他作用。情節進行過程中需要轉換場面、開始新局面時，往往以「獨立行
文」方式來承接著另外的故事橋段，並喚起讀者的注意而易於進入新的情節。因
此安排有機的場面調度時，經常運用固定的形式結構。人物描寫的形式並不僅在
於呈現人物塑造及描繪的技巧，也有著敘述形式上不同的目的與作用。

「文中敘述」形式結構，每一段都有獨特的形式與內容，在描繪技巧上也
沒有出現重複、類疊、對偶等的修辭手法。雖然有時內容含意、描寫技巧比較相
似，但大部分都按照故事進展、人物登場而有不同的描寫內容與形式。作者在情
節進行過程中若不需要轉換場面或對人物獨立描繪時，經常運用此類做法簡單描
寫作品人物。

單說內中有一位夫人，姓韓，名玉翹，妙選入宮，年方及笄。玉佩敲磬，
羅裙曳雲。體欺皓雪之容光，臉奪芙蓉之嬌艷。（《醒世恆言》第十三卷
〈勘皮靴單證二郎神〉）

卻見一個後生，頭帶萬字頭巾，身穿直縫寬衫，背上馱了一個搭膊，裏面
卻是銅錢，腳下絲鞋淨襪，一直走上前來。（《醒世恆言》第三十三卷
〈十五貫戲言成巧禍〉）

只見一個漢子，頭上帶箇竹絲笠兒，穿著一領白段子兩上領布衫，青白行
纏找著褲子口，著一雙多耳麻鞋，挑著一個高肩擔兒，正面來，把崔寧看
了一看。（《警世通言》第八卷〈崔待詔生死冤家〉）

吳山醉眼看見一箇胖大和尚，身披一領舊褊衫，赤腳穿雙僧鞋，腰繫著一
條黃絲縧，對著吳山打箇問訊。（《喻世明言》第三卷〈新橋市韓五賣春
情〉）

遂啟窗視之，見一女子翠冠珠珥，玉珮羅裙，向蒼蒼太湖石畔，隱珊珊翠
竹叢中，繡鞋不動芳塵，瓊裾風飄裊娜。（《警世通言》第十卷〈錢舍人
題詩燕子樓〉）

　　「文中敘述」的形式，都是隨著情節推進而進行，因此不如「獨立行文」
的形式描繪來得仔細，但其角色的人物特徵亦能充分呈現。描寫大部分是以服
飾、裝扮為主，並無對人物性格、外貌、體態、性情作詳細的陳述，尤其男性
人物幾乎都是以裝扮描繪來代替形象描寫，就如「頭帶萬字頭巾，身穿直縫寬
衫」、「青白行纏找著褲子口，著一雙多耳麻鞋」、「身披一領舊褊衫，赤腳穿
雙僧鞋」等。有時「文中敘述」比「獨立行文」更有實際效用，若情節進展快
速，敘述節奏相當緊湊時，若用「獨立行文」的方式，會切斷情節的鋪展，形成
敘述描繪的停頓，容易失去情節重點，造成故事內容、主題概念的鬆散，或作品
人物較為呆板的狀況。而這些「文中敘述」形式，雖然並不比「獨立行文」形式
描繪得仔細全面，但讀者仍然可以想像其人物形象，其所呈現出來的人物特徵並
不缺少。

三、描繪人物外形之形式

　　人物描寫都有不同的內容與含意。從描寫形式而言，可分為「獨立行文」、「文中敘述」，對象人物方面可分為男性、女性、事物；職分、身份方面可分好幾個類型；描寫內容方面也可以分身世、姿態、相貌、本領、服裝、介評、性情、體態等。這些都是宋元話本小說人物描寫中所構成的幾種多樣形式與內容。以下就分為「女性之姿容」、「男性之服飾」的「簡單」、「詳細」描寫來分析，「簡單」描寫是指二到四句的短句來作人物描寫；「詳細」描寫則是六句以上的長句來作人物描寫，並加上人物描寫中經常出現的修辭格為主進行討論。人物描寫中表意辭格較形式設計的辭格運用比率來得高，但較集中於幾種類型，這些修辭格表現得很明顯，運用的比率也相當多[9]。

（一）女性之姿容勾畫

　　宋元話本小說作品中對女性人物之描寫內容相當多樣，所描寫的篇幅也從2字到118字各有差別，以不同的篇幅來描寫人物之外貌、性格。對女性的描寫以「他述式」的敘述方式較多，「自述式」的描寫方式則不常見。人物描寫中，作品人物描寫其他人物的方式和敘述者介入描寫方式都常出現，「獨立行文」與「文中敘述」的形式出現的比率也相當多。宋元話本小說中的女性描寫，主要強調外貌刻畫與人物之精神風韻，所以運用意象烘托或實物比喻，使讀者有著模糊的輪廓，細節部分就任憑個人想像。如此的描寫特色在宋元話本小說中尤其體現在女性外貌形象描繪上。作者多取法於詩詞或短句，強調美女的神韻、姿態，而且不拘格式。

---

[9]　人物描寫的修辭藝術可分為兩種主要形式。其一，就是表意形式，其二，優美形式。表意形式可說表達修辭內容、意義的表現，優美形式也可說修辭形式與表現技巧。雖然修辭學者的分類方法不同，具有不同的類別與區分，但都被認定為有這兩種主要分類。表意方式就有感歎、設問、摹況、引用等二十幾種，優美形式比起表意方式不多，如類疊、對偶、回文、倒裝等十幾種。所有修辭格並不是都在宋元話本小說裡出現的，有些修辭格根本沒有出現。若仔細觀察在人物描寫中所運用的修辭格大概歸納為這幾種：「表意方式」就有譬喻、誇飾、映襯、象徵等；「優美形式」則有對偶、排比、類疊等，這幾種修辭格出現的比率相當高，技巧運用也十分明顯。有些修辭格在人物描寫中出現，其運用程度並不靈活，呈現不太明顯。

1. 簡單描寫

　　宋元話本小說中對女性的描寫，就情節的進行程度、內容安排而決定，其中有二到六句的短句來作人物描寫。這樣的人物描寫方式，大部分取「文中敘述」的方式，以概略性的素描為多，其描寫內容也是綜合評述人物的特性較強。但其實僅以簡單幾句話來描繪作品人物的整體形象實在不太可能，所以作者通常以自己所關注的焦點為主而作出觀察陳述，並經常運用固定的套語描寫人物。這樣的人物描寫手法已運用在歷來許多文學作品中，所以已經自然形成固定的描寫術語，如「玉佩敲磬，羅裙曳雲」（《醒世恆言》第十三卷〈勘皮靴單證二郎神〉）、「翠冠珠珥，玉佩羅裙」（《警世通言》第十卷〈錢舍人題詩燕子樓〉）；「眼昏似秋水微渾，體弱如九秋霜後菊」（《清平山堂話本》之〈洛陽三怪記〉）、「眼昏一似秋水微渾，髮白不若楚山雲淡」（《清平山堂話本》之〈簡帖和尚〉）、「眼昏加秋水微渾，髮白似楚山雲淡。形加三月盡頭花，命似九秋霜後菊。」（《清平山堂話本》之〈西湖三塔記〉）等。所以作者就援引這種已被廣為周知的人物修辭術語來代替，僅在其中略微修改。這種做法有時會因為對人物的描寫不夠實際而出現呆板的傾向，但讀者仍能理解作品人物大致的整體形象。從理解人物的作用而言，雖然受限於描寫篇幅和內容限制，但這種描繪方式對塑造人物、刻畫形象具有重要的意義。首先看以下幾個例子：

> 忽見一簇婦女，如百花鬥彩，萬卉爭妍。（《警世通言》第三十卷〈金明池吳清逢愛愛〉）

> 望見殿上坐著一個婆婆，眉分兩道雪，鬢挽一窩絲。（《警世通言》第三十六卷〈皂角林大王假形〉）

> 再說呂忠翊有個女兒，小名順哥，年方二八，生得容顏清麗，情性溫柔。（《警世通言》第十二卷〈範鰍兒雙鏡重圓〉）

> 宣贊分開人，看見一箇女兒。如何打扮？
> 　頭綰三角兒，三條紅羅頭鬚，三隻短金釵，渾身上下，盡穿縞素衣服。（《清平山堂話本》之〈西湖三塔記〉）

建封與樂天俱喜調韻清雅，視其精神舉止，但見：

　　花生丹臉，水剪雙眸，意態天然，迴出倫輩。（《警世通言》第十
卷〈錢舍人題詩燕子樓〉）

　　在這段對人物描寫中可知作者對主要人物之關注。若賦予這種人物在作品
中十分重要意義就應該做詳細的論述、細膩的描寫，但觀察作品中的重要人物描
寫並不都是如此。簡略描寫的主要原因是作者照著人物的重要作用與否而決定，
但有時故事情節進行中，對人物之詳細描繪變成整體的印象、身體的局部、特定
的服飾來代替。人物描寫在宋元話本小說中的主要作用之一，就是情節敘述休
止、停頓的意義，因此作者若要快速進展情節時，往往對人物描寫盡量省略、簡
化。但因為要呈現作品中多樣的人物性格仍然不能刪除，而情節結構上也不能拉
長拖宕，所以選擇簡單的敘述方式來描寫主要、次要人物的容貌與服飾。

2. 詳細描寫

　　宋元話本小說中對女性描寫中常出現豐富多樣的描繪，其中有七句以上的
長句來作人物描寫相當多。所描繪對象人物大部分是在作品中扮演十分重要的角
色。這些比較詳細、長篇的描寫方式，如鬢、眉、眼、手、唇、齒等，皆是運用
夸飾、譬喻、象徵的修辭技巧作詳細的描繪，但往往缺少人物的個性與內心，只
是以美貌女性的「標準」模式來呈現女人形象，因此每個作品中登場的女主角描
繪，具有相同、類似的現象，這也可說是受到傳統美學的影響。

只見一簇青衣，擁著一簡仙女出來，生得：

　　盈盈玉貌，楚楚梅粧。口點櫻桃，眉舒柳葉。輕疊烏雲之髮，風消
雪白之肌，不饒照水芙蓉，恐是凌波菡萏。一塵不染，百媚俱生。（《醒
世恆言》第三十一卷〈鄭節使立功神臂弓〉）

希白即轉屏後窺之，見一女子：

　　雲濃紺髮，月淡修眉，體欺瑞雪之客光，臉奪奇花之艷麗，金蓮步
穩，束素腰輕。一見希白，嬌羞臉黛，急挽金鋪，平掩其身，雖江梅之映
雪，不足比其風韻。（《警世通言》第十卷〈錢舍人題詩燕子樓〉）

看那李樂娘時：

> 水剪雙眸，花生丹臉，雲鬢輕梳蟬翼，蛾眉淡拂春山。朱唇綴一顆
> 天桃，皓齒排兩行碎玉。意態自然，迥出倫軰，有如織女下瑤臺，渾似嫦
> 娥離月殿。（《警世通言》第十四卷〈一窟鬼癩道人除怪〉）

宣贊著眼看那婦人，真箇生得：

> 綠雲堆髮，白雪凝膚。眼橫秋水之波，眉插春山之黛。桃萼淡粧紅
> 臉，櫻珠輕點絳唇。步鞋襯小小金蓮，玉指露纖纖春笋。（《清平山堂話
> 本》之〈西湖三塔記〉）

　　人物描繪從「頭」或「眉」開始到往下移轉「胸」、「手」、「腳」、
「步」等，每一個部分都運用許多修辭技巧作誇張的描寫，如：「口點櫻桃，眉
舒柳葉」、「雲鬢輕梳蟬翼，蛾眉淡拂春山」、「步鞋襯小小金蓮，玉指露纖纖
春笋」等。作者首先從容貌斷定美醜、好壞，雖然這並非是描寫女性特質的異常
表現手法，但作者已有心中定見，然後再接著敘述其姿態與本領、性情與人品，
以及動作與服飾，最後對這些人物之提出界定與評價。不過，這種方法沒有對人
物的個性與性格作描寫，只是著重於外貌、姿容作描繪。對人物詳細描繪在塑造
人物形象的過程中有著相當重要的意義，讀者也藉此更深入理解作者的用意。作
者運用優美修辭技巧來塑造理想的小說人物，引發讀者的想像空間，符合他們意
念中的理想人物。這種「內部反應」活動，能夠使人對作品人物有更深入的關
照，以及理解作品中人物之複雜性格與心理意識。

（二）男性之服飾描像

　　宋元話本小說女性描寫比較著重抽象的形態，對男性就以鋪張細緻的服飾
配件來具體描寫。除了烘托氣勢以外，也暗示其身分、職業，但並無以穿載衣
飾的方式與特徵來透露人物性格的層次。這些人物在作品中初次登場時，作者
雖然沒有詳細描寫，但會從其服裝與配件的細緻描寫來暗示他的地位。中國古
代社會身分、地位分別十分嚴格，對身為社會結構的主體——男性而言，更必須
要按照其身分、職分而穿載適合的服飾。在宋元話本小說的男性描寫中，除了幾

種特殊情形之外，大部分都是服裝與配件的描寫，比起女性的容貌、姿態，更著
重裝扮、配件方面。有時敘述者介紹主角人物時，除了固定套式的刻板描寫之
外，也特別表現服裝、配件的特徵。因此從其服裝的整齊與襤褸，配件的有無就
可以推測該人物的身分、地位並透露其隱藏於內部的心理狀態。大部分的男性人
物描寫沒有對容貌作詳細描繪，人物描寫都是著重服飾與配件，從「頭巾」開始
到衣衫、腰帶、鞋履、配掛，亦涉及顏色、質料、款式等，但沒有仔細刻畫內部
性格與人品，對才能、性情的描繪也不常見。其外貌裝扮的表現也只出現幾種固
定的套式，如「裹背繫帶頭巾，著上兩領皂衫」（《警世通言》第十三卷〈三現
身包龍圖斷冤〉）、「頭帶萬字頭巾，身穿直縫寬衫」（《醒世恆言》第三十三
卷〈十五貫戲言成巧禍〉）；「腰繫藍田玉帶，足蹬飛鳳烏靴」（《醒世恆言》
第十三卷〈勘皮靴單證二郎神〉）、「繫藍田碧玉帶，抹綠繡花靴」（《警世通
言》第三十六卷〈皂角林大王假形〉）等。宋元話本小說裡面的男性描寫都是以
服飾、裝扮為主，與以美貌、姿態為主的女性描寫，兩性具有明顯的差別。

1. 簡單描寫

在宋元話本小說中對男性人物的簡單描寫，大部分是以裝扮、體態為主，
也有身體某些部分的特徵描寫，或對整個個性簡單的介評、論斷。人物特徵在簡
單描寫過程中就特別凸顯出來，因為這種修辭技巧就是以最簡單的直述而得到最
大的效果。描寫內容都是在情節實際進展情況中決定的，雖然只有寥寥數字描繪
卻有很大的感應作用，真實而具體。不對人物作詳細描繪，卻以簡單的評價、論
斷來描繪角色，這是宋元話本小說在描寫男性人物上的十分重要的特點。

> 這日郭大郎脫膊，露出花項，眾人喝采。正是：
>
> 　　近覷四川十樣錦，遠觀汭油一團花。（《喻世明言》第十五卷〈史
> 弘肇龍虎君臣會〉）

> 即時叫至門下。但見：
>
> 　　破帽無簷，藍縷衣裾，霜髯鬖目，傴僂形軀。（《警世通言》第十
> 三卷〈三現身包龍圖斷冤〉）

> 眾人喝聲采。但見：

　　　　頭盔似雪，衣甲如銀。穿一□抹綠皂靴，手仗七星寶劍。（《醒世
恆言》第三十一卷〈鄭節使立功神臂弓〉）

　　這裡僅簡單描寫身體的一部分、概略的相貌，但頗有臨場真實感。從衣服
的裝飾到描繪身形的大小、配件的有無，而可知其人身分地位，並投影出陽剛、
勇武的個性與性情。描寫人物的方式也是以服飾為主，從頭巾開始往下描繪皂
靴，並襯托出武藝高強、威嚴凜然、軍中高官的特徵，都是以穿戴的服飾描寫為
主，並無對其身體外貌的美醜、健壯的情況作描寫，這的確是與女性描寫相異的
特性。

　　　　從裏面交拐將過來，兩個獄子押出一個罪人來。看這罪人時：
　　　　　　面長皺輪骨，胲生滲癩腮；有如行病鬼，到處降人災。（《清平山
　　堂話本》之〈簡帖和尚〉）

　　　　話說大宋高宗紹興年間，溫州府樂清縣，有一秀才，姓陳，名義，字可
　　常，年方二十四歲。生得眉目清秀，且是聰明，無書不讀，無史不通。
　　（《警世通言》第七卷〈陳可常端陽仙化〉）

　　這些人物的描寫以凸顯某部位特徵來作整體概略性的代表，並對人物作評
價與論述。人物描寫中除了外貌特定部位之外，也明確表現對人物之才能、本領
的深入描寫，如「且是聰明，無書不讀，無史不通」，補充說明主要人物在才貌
卓越、知識出眾的特徵。作者對人物深刻的印象塑造，並不只停留在人物的外
貌，因此往往在描寫人物的過程中，投射傳統的道德觀念，這也符合讀者對作品
中罪人應有的印象與觀念，從「有如行病鬼，到處降人災」中，就反映出是基於
傳統刻板觀念所影響的結果。以作者評斷來刻畫作品人物，這種手法是使讀者容
易進入作品情節結構而深入理解人物形象的重要一環。

2. 詳細描寫

　　宋元話本小說中對男性人物之描寫，塑造出許多豐富多樣的人物形象。男
性人物之描寫皆按照各自的身分、職分區別產生不同的內容與敘述觀點；所以作
品中的男性會因不同的身分地位、職業而有不同的服飾、裝扮，其中也能暗示不

同的生活型態與人物性格。古代傳統參與社會經濟、社會活動的主體都是男性，所有關於政治、社會、商業活動都以男性為主，社會階級觀念就以其服裝、配件來認定其身分地位。宋元時代的人們必須按照法律規定，依循身分、職業而穿戴服飾與配件，因此小說作品自然反映這種社會現象。

宋元話本小說中的詳細描寫比起簡單描寫方式，具有細緻特殊的描繪手法，為了細膩描繪其服飾、裝扮，作者更重視安排篇幅的調整，並妥善運用修辭技巧；由此塑造出類似的人物形象和描寫內容的固定套式，建立起相似的敘述結構。

> 忽一日，在門首觀看，見一箇和尚，打扮非常。但見：
> 　　雙眉垂雪，橫眼碧波。衣披烈火七幅鮫綃；杖拄降魔九環錫杖。若非圓寂光中客，定是楞嚴峰頂人。（《醒世恆言》第三十一卷〈鄭節使立功神臂弓〉）

> 見十數箇黃巾力士，隨著一箇神道入來，但見：
> 　　眉單眼細，貌美神清。身披紅錦袞龍袍，腰繫藍田白玉帶。裹簇金帽子，著側面絲鞋。（《醒世恆言》第三十一卷〈鄭節使立功神臂弓〉）

和尚與神道都是宗教的人物，雖然二者屬於不同宗教，但以文中所描寫的過程而言，就出現類同的描述。「雙眉垂雪，橫眼碧波」、「眉單眼細，貌美神清」都凸顯眉毛與眼神，形成有別於一般人的明顯差別。不過，其裝扮、服飾有點不同，由此辨別其宗教、風度的差異。除了服裝和配件的區分之外，並沒有呈現外貌、體態、本領上各自不同的特徵。這二人都從臉部描寫開始，往下進行服飾與配件的描寫。除了這些宗教人物之外，也有官人、漢子等一般男人的描寫，在作品中以「一人」、「差官」來稱呼，屬於宋元話本小說中最普遍的男性人物。

> 王臣正在堂中，督率家人收拾，只見外邊一人走將入來，威儀濟楚，服飾整齊。怎見得？但見：
> 　　頭戴一頂黑紗唐巾，身穿一領綠羅道袍；碧玉環正綴巾邊，紫絲縧橫圍袍上；襪似兩堆白雪，烏如二朵紅雲。堂堂相貌，生成出世之姿；落

落襟懷，養就凌雲之氣。若非天上神仙，定是人間官宰。（《醒世恆言》第六卷〈小水灣天狐詒書〉）

正喫得半酣，只見走一個人入來，如何打扮？

　　裏一頂藍青頭巾，帶一對撲匾金環，著兩上領白綾子衫，腰繫乾紅絨線縧，下著多耳麻鞋，手中攜著一箇籃兒。（《醒世恆言》第三十一卷〈鄭節使立功神臂弓〉）

　　男性人物描寫中具有共同的現象，都是從頭巾開始往腰帶、鞋履作描寫。若初次看見男人時，首先引起別人注意的，就是頭部。當時頭部的裝扮，對男人而言，可以充分表達個人之身分、財力和個性。因此作品中的男性描寫也特別重視頭部的裝扮與配飾。宋元話本小說中除了人物之登場、簡介和身世說明之外，對男性人物之描寫大部分從頭部開始。這些服裝上的描寫，並沒有充分表現其人物的獨特性格與性情，只是從服裝、配飾上做暗示。對內部的特徵與個性，則必須透過人物的行為、語言、對話和心理描寫才會明白。作者沒有對人物作詳細描寫，只是提供一個使讀者容易接納的人物概略形象。作者會在人物基本外形基礎之下，在情節的進行與開展中介入、鋪展詳細的描繪，使讀者漸進掌握作品的人物形象。若宋元話本小說中首先就描繪人物的心理、精神面貌，讀者就無法深入理解人物各個層面，因此作者先協助讀者勾畫人物的大概輪廓，並在情節的推移中加入多樣的描繪手法來進一步詳細陳述，讓讀者更能貼近人物的真面目，認真去理解作者塑造這個人物形象的用意。

（三）人物描寫之次序

　　在人物描寫的形式與內容以外，另有相當重要的部分，就是人物描寫之次序。複雜多樣的人物描寫之次序可分為六個重要類別，主要以「男女性別」與「獨立行文」、「文中敘述」的關係來區分：

　　　　[Ⅰ]　獨立行文（男）：相貌←→服裝←→體態←→介評←→本領
　　　　[Ⅱ]　獨立行文（女）：姿態←→容貌←→服裝←→介評←→本領
　　　　[Ⅲ]　文中敘述（男）：相貌←→服裝←→行為←→介評←→本領

[IV] 文中敘述（女）：身世←→姿態←→美貌←→介評←→服裝
　　　　　　　　　　←→本領
[V] 文中敘述（男）：身世←→相貌←→本領←→介評
[VI] 文中敘述（女）：身世←→本領←→性情←→美貌
[VII] 其他

　　在宋元話本小說中對男性人物之描寫次序與內容，不管獨立行文或文中敘述，具有類同的特徵。首先從相貌開始，加上服裝，或先說明姓名、年齡、身世而繼續描繪相貌、體態、本領，其中有時插入作者的介評，或在結尾部分時以綜合評述來結束。

　　從身世、服裝開始描寫，後以介評或本領來結束的情形，其中可知作者所關注的重點並不是在描寫人物詳細的外貌，而在著重描述人物之服裝、體態、本領的客觀因素。對相貌方面並無詳細的描述，只是以概略性的描述來代替。從這些描寫手法上可知作者對男性描寫方式與其主要態度；這種描寫技巧可能受到當時傳統人物觀念與社會認同的人物影響，在宋元話本小說中除了神道、妖怪、小孩、罪人等的特殊角色之外，對一般男人的描寫內容與技巧皆大同小異。

　　宋元話本小說對女性描寫與對男性描寫一樣有固定的敘述模式，但作品中的次要人物，或相對不重要的角色，都依據他們在作品中實際的敘述需求而隨意運用，以簡單描寫方式來呈現人物在作品中的外貌與活動。若仔細觀察其描寫內容，就容易發現描寫觀念具有偏向某些部分的特徵，並沒有對人物進行整體觀察。作者對重要人物作仔細描述，代表這些人物在作品中扮演相當重要的角色，所以要從人物的服飾、美貌、姿態等許多方面進行仔細考察，與次要人物有不同的描寫手法。

　　對妖怪、鬼魂的描寫也與男性描寫具有差別。男性妖怪、鬼魂在宋元話本小說中並不常見，而且大部分的妖怪沒有生人的形象，如骷髏、怪物等，但女性妖怪、鬼魂的情形就與此完全相反，它們比一般女人具有更豔麗的姿態、動人的美貌和出眾的才華，因此容易誘惑男人進而達到自己的目的。這是對「紅顏禍水」的一種傳統觀念的反映。

　　對女性的描寫大部分就從服飾、姿態、相貌開始，而進行其身世、本領、性情，最後加以評述、提出看法。從次序過程而言，與男性描寫的順序沒有差別，女性描寫比男性描寫更著重於服飾、體態、外貌、性情，描寫手法也更細膩

豐富，顯示作者對描繪女人的透徹與認識。這種描寫技巧容易引起讀者的想像和共鳴，使他們能建立起抽象的美人輪廓。

　　除了主要人物之外，次要人物往往也有比較詳細的描繪，大部分以人物的外貌為主，但與主要人物不同點在於特別突出其本領。若主要、次要人物在作品中初次登場時，其首段人物描寫都著重於外貌形象，當小說進一步繼續描寫時，才運用不同的描述觀點與敘述。主要人物強調其美貌與姿態，而次要人物則較著重其所扮演的角色，因此這兩種人物形態描寫與觀點也有著不同的傾向。

四、結語

　　以上從廣義的小說修辭角度來觀察人物形象和其敘寫之方式與結構。人物描寫是構成作品的必要因素，亦是情節推進的重要關鍵，而且人物描寫的原則與變化就按照情節的內容與進展，有著明顯的彈性調節。宋元話本小說的人物描寫，不但直敘人物容貌、體態、服飾，也描述人物的性情、本領、人品，並呈現敘述者的介評與論述等。

　　在進行描述人物過程中以敘述形式來分，可分為「自述」與「他述」兩種方式。「自述」實為描寫人物的敘述中最明確、直接的方式，但在宋元話本小說中只偏重在人物之簡介、身世等，此類比較簡單的自我介紹。「他述」才是在宋元話本小說人物描寫中最普遍的情形，可分為「其他人物」與「敘述者」兩種不同形式。其他人物之描寫方式，大約在複雜的情節進行中描寫人物形象。敘述者的介評是對人物的品行、才貌、來歷、經驗等作綜合、整體性的論述。雖然這兩種描寫人物的敘述方式，各自都有不完整的面貌，但幫助讀者深入了解作品人物，具有重要的意義。

　　由人物描寫的形式結構而言，可分為「獨立行文」、「文中敘述」的方式。「獨立行文」描寫方式適用於小說中較為重要的人物，「文中敘述」的方式一般用在次要的角色身上，往往論述較為簡略，或前面已有詳細描繪不需要再次描寫的情形。無論獨立或文中敘述，兩者在塑造人物方面皆具有重要的作用，其中並呈現出對人物描寫多樣、豐富的修辭技巧。

　　人物描寫的內容主要以女性與男性來區分，女性描寫特別強調外貌的刻畫與精神風韻，所以運用意象烘托或實物比喻，有時使讀者有著抽象的輪廓，細節部分就任憑讀者個人想像。男性描寫重視其服裝與配件，因為與其身分、地位有

著密切關係。雖然有時沒有明示人物之職業、才能，但透過其服裝的具體描繪，就可以推測一二；人物描寫特色在宋元話本小說中多體現在男女外貌、裝扮形象描繪上。作者也多取法於詩詞或短句，強調男女的容貌、體態、服飾。

　　宋元話本小說中的人物描寫，運用簡單與詳細、具體與抽象、真實與虛構的敘述方式，創造出生動活躍的人物形象。如此多樣的人物描寫形式與內容在作品結構與意義上都具有不可忽略的因素，並且人物的描繪與鋪敘，形成影響藝術成就高低的關鍵。若觀察人物描寫的豐富內容與多樣的形式結構，就可知其在情節推展、人物形象的創造上主要的運用手段與藝術技巧。

第三章　「表意」與「修飾」
──「篇尾」的修辭格藝術

一、前言

　　宋元話本小說與一般古典小說的形式有所不同，一篇話本可分為「入話」、「正話」，「篇尾」三個部分 。「入話」又可分為「入話詩（詞）」、「議論」、「結尾」等，而「正話」則為一篇話本小說中故事的主體，分成「開端」、「發展」、「高潮」、「結局」等部分。「篇尾」則由「篇尾詞（詩）」、「評論」、「評語」、「俗語」等所構成。「入話」為話本小說特有的文體結構，「篇尾」與其相比也可說是相當獨特的形式。但「篇尾」並不在作品整體系統性的結構裡，特別在宋元話本小說中此現象更為顯著。「篇尾」是原本就不存在於既定結構裡的東西，有時會為了調整作品後半部內容而自然消失，或僅是普遍綴引「俗語」、「格言」、「短句」做為簡單總結。有時只有「篇尾詩」、或與「評論」結合的情形，即便無法將所有作品納入典型的敘事模式，但「篇尾」卻是作者（敘述者）對作品的「總結」、「感想」，甚至是「整理」或「評價」，是作者以作品為中心，闡述自己對該作品複雜多樣的見解。

　　一般而言，在古典小說中，作家的介入相當有限，相對來說作家在話本小說故事展開過程中較能直接干涉，但此方式並不限於形式，每部作品作家介入的程度或頻率，以及具體內容與意圖都不盡相同，在方式上也能發現其中的差異。但「篇尾」可說已是話本小說慣有的形式，在這樣寬泛的形式中，無論用什麼方式，都能看到作家隨時對作品提出看法。關於作品的「議論」和在正文之前（入話）的間接提示、或話本的主體（正話）間偶爾出現的那種情形不同，它可以算是作為一種固定的格式，通過各種方式來呈現作者對於作品的意見。「篇尾」並不是在「入話」中加入一部份內容，而是包含了作品內容梗概及其特點，以不同模式總結全篇大意。即使「篇尾」內容直接而具體，但有時卻相當模糊抽象，甚至過於陳腔濫調。撇開「篇尾」內容和意思是否具有「明確性」、「蘊含性」、「具體性」、「核心性」等考察，反而可以從另一面仔細觀察作者對作品的見解、創作意圖和評價的準則。

　　值得注意的是，宋元話本小說具有以一般大眾為對象進行「演示」的特點，因此就這點加以仔細琢磨研究的話，其所呈現的演出與表演特徵，比起一般文學作品只單純偏重於作家個人意見的固定形態，更著重於能在「演示」過程中使對方（聽者或讀者）更明確去理解故事內容，並再次梳理作品背景，同時也能作為披露作家自身觀點的重要方法之一。因此「篇尾」可當作是作家、作品和讀者三方相連之橋梁，不只反映當時民間社會與文化藝術、敘述環境與記述方式，還能凸顯各種作品類型與修辭方面的變化。在如此複雜的敘事過程中，「篇尾」包含了多種內容和修辭技巧；在宋元話本小說研究中，無論作品內容的重要性或整體性如何，它在研究者全面性觀察敘述藝術與修辭技巧、表現方式與內容、隱含意思與主題、作家與作品，以及讀者關係上，都極具重要意義。

　　把焦點聚焦在敘述藝術方面來看，宋元話本小說的「篇尾」廣泛運用各式修辭技巧。在研究宋元話本小說「篇尾」修辭藝術之前，須先定義和劃分修辭範疇的分類。一般修辭學範圍可分為「語音修辭」、「語言修辭」、「句法修辭」、「修辭格」、「篇章修辭」、「語體修辭」、「文體修辭」、「語言風格」等，這些修辭實際運用在小說作品裡，被泛稱修辭藝術，所觸及的內容與範圍相當廣泛。「優美呈現小說作品」是小說修辭學的本質，假設把這當作美學觀點的基底，視為使作品優美必要的條件，即為了提升作品的完整度、影響力、表現性和敘述性等，整體作品和實踐皆可視為所有修辭藝術的對象。因此從修辭學眾多觀點上來看，在小說作品中運用的藝術方式，幾乎都可當作修辭的一種。例如，應用在小說作品中的修辭內容可分為，「人物修辭」、「背景修辭」、「敘事修辭」、「形式結構修辭」、「主題實現」、「語意修辭」等。透過「人物修辭」又可區分成「語言」、「行動」、「形象」、「事件」等，「背景修辭」則分可為「時間」、「空間」、「環境」等，「敘事修辭」有「前置」、「後置」、「倒置」等，「形式結構修辭」又有「一連式」、「轉換式」、「迴轉式」等，若要全數觀察這些在小說作品出現的修辭表現，首先研究範圍太廣泛，要做細部的考察並不容易，修辭形式在既有的形式上有許多變異或相左的部份，種類上也能無限增加，以致任何形式要維持一貫性的觀點都不容易。同時，能稱作修辭藝術的部分亦有不少主觀性的觀點介入，就算是類似的形式、名稱，所涵蓋的範圍也各不相同，因此想要準確的將修辭藝術分門別類分析會有一定的難度。本研究就以修辭藝術裡最直接、客觀，和在實際的藝術方式上較為明確的「表現方式」為中心進行觀察。敘述者（作者）的情感、見解都集中表現在宋元

話本小說的「篇尾」中，透過「修辭格」客觀具體的方式呈現修辭的表現藝術，可當做本研究具體有效的觀察對象。

宋元話本小說的「篇尾」修辭格，大致可分為「內容」與「形式」兩個層面進行考察。「內容層面」主要將重點放在意義的表現，觀察其內在敘事含意，因此把焦點放在如何調節敘事內容並使其產生變化。「形式層面」則以外在顯現的詞彙、文句美學的表現方式為基礎，集中探察如何有效的激發美感與讀者興趣。雖然在「修辭格」的運用中，「篇尾」所呈現的修辭格，通常與多樣形式內容的「修辭格」相互聯結出現，但本研究為了敘述的連貫性和論旨的明確，主要區分「內容」與「形式」兩層面各別考察，以較顯著的「修辭格」為中心，深入探討其中所呈現的審美藝術特徵。

二、內容的表意修辭

以宋元話本小說「篇尾」修辭格為中心可看到「映襯」、「設問」、「引用」等不同修辭法，首先是「映襯」與「設問」最為顯著，再者是「引用」。此三種修辭格的定義和概念並不一致，尤其在「映襯」的定義上因學者、地域、專業領域上的不同而有明顯的差異。因此和其它修辭格相比，這三種修辭格在意義上較為複雜廣泛，所包含的方式和種類範圍相當大，每位學者所指稱的專業術語也都不同。黃慶萱認為將「映襯」特徵相互「對照」、「浮刻」，分為「對襯」、「雙襯」、「反襯」。成偉鈞以「映襯」基本的「相補」、「相襯」特徵，分成「相關事物的映襯」（正襯）、「相對事物的映襯」（雙襯）、「相反事物的映襯」（反襯）。兩者差異在於有無「正襯」和「對比」（對襯）之別稱，成偉鈞的「正襯」雖比黃慶萱的「映襯」更來的細分化，另一方面可看到「相關事物」來限制的特徵。「對比」原本的含意是顯現事物彼此間不同的地方，「對比」或「對襯」其實具有相同的意義。本文「映襯」的分類與概念係依據黃慶萱的觀點進行論述。

（一）映襯

觀察「篇尾」運用的「映襯」修辭格，會出現「對襯」、「雙襯」、「反襯」等，在成偉鈞的《修辭通鑑》，「對襯」（「對比」或「對照」）分「兩

物對比」和「兩面對比」兩種。「兩物對比」指把兩種對立的事物放在一起描述比較，「兩面對比」則是把一種事物對立的兩面放在一起描述比較。[1]黃慶萱的《修辭學》中可把「對襯」看作「兩物對比」，「雙襯」看作「兩面對比」。「反襯」，指利用與主要形象相反的形象，透過辭彙或文句從反面描繪主要形象，但「反襯」就與「對襯」經常混淆運用，要明確區分兩者差別，並不容易。兩種不同的事物在句子或文章的敘事範圍中，並不能獨立存在，這就是在故事範圍裡編寫的「對襯」。因此若有兩者一，在故事進行中脫離敘述範圍或不見於敘述內容的話，兩者必定無法形成對比。反而，「反襯」可以不管敘事範圍內存在與否或意義內容，形成獨立存在的一般對稱。當然這「反襯」的特徵，並不意味著反襯和作品內容毫無相關，只不過「反襯」和作品內容關聯度並不大。從《清平山堂話本》之〈西湖三塔記〉中可觀察到明顯的「對襯」特徵。

> 只因湖內生三怪，至使真人到此間。今日捉來藏籃內，萬年千載得平安。
> （《清平山堂話本》之〈西湖三塔記〉）

《清平山堂話本》之〈西湖三塔記〉題目雖然無法證明「三怪」和「真人」是否為對襯，但透過故事內容就能一目了然。「三怪」是指「婆子」、「卯奴」、「白衣婦人」，分別是「水獺」、「烏雞」、「白蛇」的化身。後來真人作法命神將捉拿帶給人間災害的三怪。「三怪」為「妖怪」、「異物」，在故事中代表惡的存在，並在人間肆意作亂，之後代表善的「真人」制伏了在人間行惡的三怪。

《清平山堂話本》之〈西湖三塔記〉裡「今日」與「萬年」、「千載」都是「雙襯」的修辭法，共同表示「時間長短」，並顯露出此特徵的兩面性，與「今日」相比「萬年」、「千載」代表經過漫長歲月。時間在短中有長的變動，時間的程度可以像在「今日」／「萬年」、「今日」／「千載」中所看到的一樣，涉及時間範圍十分廣闊且彼此明確對立。類似的「雙襯」範例在《警世通言》第十二卷〈范鰍兒雙鏡重圓〉的「篇尾」中也能發現。

---

[1] 成偉鈞，唐仲揚，向宏業編，《修辭通鑑》（臺北：建宏出版社，1996年），頁529-531；李致洙，〈陸游「詞」的對比修辭法〉，《中國語文學》第57輯，2011年6月，頁27。

有詩為證：

　　十年分散天邊鳥，一旦團圓鏡裡鴛。莫道浮萍偶然事，總由陰德感
皇天。（〈范鰍兒雙鏡重圓〉）

　　〈范鰍兒雙鏡重圓〉和《清平山堂話本》之〈西湖三塔記〉的「篇尾」同
樣運用「雙襯」的技巧，〈范鰍兒雙鏡重圓〉裡時間用「十年」→「一旦」移
動，與《清平山堂話本》之〈西湖三塔記〉的「篇尾」相反，是在長時間中對比
短時間，時間範圍用「十年」／「一旦」來對比，和《清平山堂話本》之〈西湖
三塔記〉的「篇尾」以「今日」／「萬年」、「今日」／「千載」相比，時間差距
較為細微，但皆用「反比」呈現時間間距。
　　上述兩個作品運用了「對襯」、「雙襯」的修辭技巧，而有些作品則是運
用了「反襯」的技巧，「反襯」是對於一件事物脫離其關於大小、長度、性質的
描述，用恰恰與此事物的現象或本質相反的詞語加以形容描寫。

後有詩為證：

　　蘇公堤上多佳景，惟有孤山浪裡高。西湖十里天連水，一株楊柳一
株桃。（《清平山堂話本》之〈五戒禪師私紅蓮記〉）

　　在上面所寫的詩中「西湖十里天連水」和「一株楊柳一株桃」互為「反
襯」，既不是把兩種不同事物放在一起比較不同觀點的「對襯」，也不是針對同
一事物的兩種不同特質進行比較的「雙襯」。「西湖十里天連水」，像「十里」
和「天連水」一樣，形容西湖的水廣闊無邊、壯觀威嚴的景象。與此相比，「一
株楊柳」、「一株桃」，在堤岸上的一株楊柳樹和一株桃樹，十分顯得格外孤
寂、萎謝凋零，並且無邊無際的湖水連接著「遠望」的觀點，以及眼前的樹木表
現了「近觀」的視角，使兩者在視覺上形成明顯對照。這樣的對照同樣出現在
《喻世明言》第三十三卷〈張古老種瓜娶文女〉的「篇尾」。

　　則見半空遺下一幅紙來，拂開看時，只見紙上題著八句詩，道是：
　　一別長興二十年，鋤瓜隱蹟暫居塵。因嗟世上凡夫眼，誰識塵中未
遇仙？授職義方封土地，乘鸞文女得昇天。從今跨鶴樓前景，壯觀維揚尚
儼然。（《喻世明言》第三十三卷〈張古老種瓜娶文女〉）

　　上述《喻世明言》第三十三卷〈張古老種瓜娶文女〉中「篇尾」出現許多「對襯」，例如「瞬間（一別）」和「多時（二十年）」的時間對襯，「塵世」和「仙界」的空間對襯，「凡夫」和「神仙」的人物對襯，「男性」和「女性」的性別對襯。在「一別」和「二十年」上的時間對襯，描繪時間長短的共同屬性（長和短），因此屬於「雙襯」。其它獨立詞彙（場所、特徵、人名）均為「反襯」。「凡夫世俗」對比「神仙仙境」，「義方」和「文女」為兄妹關係，開始是俗世的「兄」和「妹」，再變成「俗人」和「天女」，最後為「地神」和「天女」的對比。「義方」為治理土地的地神，「文女」為乘鸞鳳升天的「天女」，兩者除了「男女」和「俗仙」的對襯外，還有「空間」和「位置」，「固定」和「移動」的對比。除了《喻世明言》第三十三卷〈張古老種瓜娶文女〉，在許多小說作品中也含有「反襯」修辭，[2]比起詞彙的原意，從內容相連結後類比，更能明確顯現出彼此相反的關係。

（二）設問

　　「設問」可以算是宋元話本小說「篇尾」最鮮明的「修辭格」。活用範圍比「映襯」廣泛，並有固定形態較易於分辨。「設問」不採平鋪直敘的方式，而是刻意用疑問句來凸顯論點。「設問」旨在講話行文中，將平敘的語氣轉變為詢問語氣，以吸引讀者（聽眾）注意。「設問」依各別的形態和特徵分為：「懸問」、「激問（反問）」、「提問」、「激問兼提問」等，再依運用的位置分為，「篇頭」、「結尾」、「篇頭兼結尾」、「篇中」、「接續」等。宋元話本小說主要是運用「設問」中的「激問」法，常用於「篇頭」、「篇中」、「結尾」等地方。

　　「激問」為激發本意而發問，運用反問來增強情感，表面上問而不答，但其實答案就在問題的反面，顧名思義此類修辭稱為「反問（反詰）」。「提問」則是為了開啟「後文」，而在「前文」先假設問題激發讀者疑惑，之後答案必定在問題的後面。「懸問」多是些和宇宙自然、社會歷史、宗教信仰、人生經歷等

2　「詩曰：結交須結英與豪，勸君莫結兒女曹。英豪際會皆有用，兒女柔脆空煩勞。」（《喻世明言》第15卷〈史弘肇龍虎君臣會〉）」；「詩曰：一負馮君羅水厄，一虧鄭氏喪深淵。宛如孝女尋屍死，不若三閭為主憝。（《喻世明言》第24卷〈楊思溫燕山逢故人〉）」；「詩云：鐵銷石朽變更多，只有精神永不磨。除卻奸淫拚自死，剛腸一片賽閻羅。（《喻世明言》第38卷〈任孝子烈性為神〉）等。

內在層面相關聯的問題。這些運用「設問」修辭格構成問題的對象，即為受問者；解決問題的主體，即為回答者。問題的對象多數可能為個人或無特定對象，又或者是社會、自然、天地等事物，問題並無特定答案，或問題本身即是答案。即使對象不同，答案的主體可用相同提示來歸納得出。下面以「激問」為例子進行考察：

> 有詩為證：
> 　　熙寧新法諫書多，執拗行私奈爾何！不是此番元氣耗，虜軍豈得渡黃河？（《警世通言》第四卷〈拗相公飲恨半山堂〉）

上述「篇尾詩」中「執拗行私奈爾何！」運用「感嘆」的修辭，結尾「虜軍豈得渡黃河？」則改用「激問」。「感嘆」所呈現的「內在沉潛」和「激問」的「外在表露」各帶有不同特點，但在情感上都能相互連結延續發展。情感轉移從「感嘆」和「嘆息」變成「激情」和「嚴肅」，增強了反對王安石變法的觀點。「執拗行私奈爾何！」，描寫對於王安石獨斷強行執行新法，引發無數弊端而感到嘆息。「虜軍豈得渡黃河？」一句強調王安石因為實行新法而大量損耗國家財政和國力，並使國家飽受外敵侵略的無奈，「執拗行私奈爾何！」就以「疑問句」表現作者心中悲嘆。「激問」由「內→外」，「小→大」逐漸層遞擴大的方式，不只使人感受到情感上的變動，還能利用層遞方式漸進加深情感強度。「激問」著重於感情表現，除了「擴張」、「強化」，另外還能使用「敷衍」的方式呈現。具有「敷衍」特徵的「激問」，除了用層遞法出現於「結尾」的「激問」外，還有出現於「篇頭」的「激問」：

> 有詩贊云：
> 　　誰不貪財不愛淫，始終難染正人心。少年得似張主管，鬼禍人非兩不侵！（《警世通言》第十六卷〈小夫人金錢贈年少〉）

上述《警世通言》第十六卷〈小夫人金錢贈年少〉裡「激問」於「篇頭」中出現，「結尾」則流露讚嘆之意。像這樣把「激問」放於文章前面部分，是因為這樣更能強調語氣和情感刻劃，內容方面則具體的呈現出教化性、評論性立場。第一句「激問」與其說是「激情的表現」，倒不如說是為了鋪敘後面順

利表達自身立場，先用「引發注意」和「停頓換氣」的語氣來強調之後想要表達的內容，用「不貪財」、「不愛淫」傳達有關弊端問題的教訓為目的，帶有「警世」、「訓示」的意味。第一句「誰不貪財不愛淫」有「集中強調」的勢頭，之後藉由第四句「鬼禍人非兩不侵！」的「敷衍補充」使原先高昂的情緒漸漸轉變為平緩嘆息，透過感情起伏和語氣轉換以循序漸進方式做收尾。[3]

接著在「提問」修辭中，前句先提出問題，後句再說出答案；「篇尾詩」中運用此修辭法最典型的作品有《警世通言》第十三卷〈三現身包龍圖斷冤〉。〈三現身包龍圖斷冤〉裡充分運用此修辭格來表現對包公出色辦案能力的讚嘆。

> 有詩為證：
> 　　詩句藏謎誰解明？包公一斷鬼神驚。寄聲暗室虧心者，莫道天公鑒不清。（《警世通言》第十三卷〈三現身包龍圖斷冤〉）

《警世通言》第十三卷〈三現身包龍圖斷冤〉描述使女迎兒三次見到主人孫押司的冤魂，囑告她為他申冤，並留下謎詩一首，後來詩謎被包公解開，冤情得以昭雪。「篇尾詩」開頭「第一句」先問誰能解開詩謎，「第二句」直接回答包公能解開詩謎。像這樣運用「提問」，以前句提問、後句回答的方式，不只能引起讀者（聽眾）的注意，還能營造故事的緊張感使讀者更能投入其中。

「懸問」則是為對於問題並無提出明確的對象和答案，以下面的《警世通言》第七卷〈陳可常端陽仙化〉為例：

---

[3] 除了作品中所引用的「激問」置於「篇首」外，還有其它「篇中」出現的「激問」例子，觀察如下：「有詩曰：一別知心兩地愁，任他月下玩江樓。來年此日知何處？遙指白雲天際頭。（《清平山堂話本》之〈柳耆卿詩酒玩江樓記〉）」；「正是：禍福無門人自招，須知樂極有悲來。夜靜玉琴三五弄，金風動處月光寒。除非是個知音聽，不是知音莫與彈。黑白分明造化機，誰人會解劫中危？分明指與長生路，爭奈人心着處迷！（《清平山堂話本》之〈陰騭積善〉）」；「道是：一別長興二十年，鋤瓜隱蹟暫居廛。因嗟世上凡夫眼，誰識塵中未遇仙？授職義方封土地，乘鸞文女得昇天。從今跨鶴樓前景，壯觀維揚尚儼然。（《喻世明言》第33卷〈張古老種瓜娶文女〉）」；「詩曰：一心辦道絕凡塵，眾魅如何敢觸人？邪正盡從心剖判，西山鬼窟早翻身。（《警世通言》第14卷〈一窟鬼癩道人除怪〉）」等。「結尾」中所出現的「激問」如下：「又詩曰：耆卿有意戀月仙，清歌妙舞樂怡然。兩下相思不相見，知他相會是何年？（《清平山堂話本》之〈柳耆卿詩酒玩江樓記〉）」；「有詩為證：相如持節仍歸蜀，季子懷金又過周。衣錦還鄉從古有，何如茶肆遇宸遊？（《喻世明言》第11卷〈趙伯昇茶肆遇仁宗〉）」；「後人有詩贊云：烈烈轟轟大丈夫，出門空手立家模。情真義士多幫手，賞薄宵人起異圖。仗劍報仇因迫吏，挺身就獄為全孥。汪孚讓宅真高誼，千古傳名事豈誣？（《喻世明言》第39卷〈汪信之一死救全家〉）」等。

正是：

從來天道豈癡聾？好醜難逃久照中。說好勸人歸善道，算來修德積陰功。（《警世通言》第七卷〈陳可常端陽仙化〉）

　　前面疑問句道出對「天道」的不合理性，對象包含了一般大眾、宇宙自然或社會群體，但並沒有道出問題的答案。僅利用抽象性觀念的問題，再次強調「天道」的真理法則和永恆持續性。最後把關於「天道」實現的懷疑通過疑問來否定，這種「否定＋疑問」的形式，比「肯定＋肯定」更能凸顯強化「天道」的積極正向面。「第一句」之後出現的詩句，也和「久照」一樣透過貫穿事物本質的概念，具體顯露「天道」的本質和持續性。藉由「勸人歸善道」和「修德積陰功」使內容帶有教化性，為了刻劃「天道」不變並實踐此觀念，提示讀者應「勸善」、「修德」、「積陰功」，此與「天道」的公道性相互連結，並達成持續勸勉及教訓的目的。

　　觀察上述提及的宋元話本小說「篇尾」的「設問」，可以發現「激問」是最常被使用的設問法，根據運用位置不同，使用次數分別為「篇頭」一次，「篇中」四次、「篇尾」四次，八部作品共使用九次。另外「提問」和「懸問」僅只在一部作品中各出現一次，可見各種設問手法在篇尾敘事的比例狀況。

（三）引用

　　「引用」是用他人的詩、詞、成語、俗話、短句等，來證明、加強文中本意，讓文章內容更具說服力；其種類可分為「明引」、「暗引」、「化用」等。「明引」是明確指出所引用的文句出自何處。「暗引」則未指出所引用的文句出自何處，或將轉述的文句加以修改調整，但仍保留原意。「化用」指引用文句時，根據作者表達的意圖，將引用的詩句加以修飾改變，內容意思也因此產生改變，一般未指明出處。依據直接、間接的引用方式和改編程度，按照「明引」→「暗引」→「化用」此順序增加創作性。

　　宋元話本小說「篇尾」，敘述者（作者）主要引用別人的文章、文句，對故事內容加以評論或闡明觀點，因此「篇尾」大多會出現「有詩為證」、「有詩贊云」、「有詩曰」、「詩曰」、「詞曰」、「詩云」、「正是」等文字，充分表現出「引用」的修辭法。「引用」可說是宋元話本小說篇尾的典型修辭，但脫

離「篇尾」一般引用固有型式來看，這樣帶有「引用」框架的「篇尾」，實際上並無使用全部的「引用」修辭格。因此若仔細觀察用於「篇尾」被當作「引用」的修辭格，其內容和修辭格之間的活用程度，就能具體得知實際運用與否。

「篇尾」中最常使用的「引用」方式只有「暗引」和「化用」，並不會出現「明引」。「篇尾」的「引用」主要以「俗語」、「成語」和「典故」為主，引用的詩詞大多未表明出處。在作品中「俗語」、「成語」、「典故」等，普遍都運用大家熟知易懂的內容稍加變化。詩詞大多為作家自己創作改編，有時也引用其他詩人的作品，主要以「化用」的方式，借用「詞」的曲調、曲牌，符合作品內容進行改編。每個作品的「篇尾」或各自使用「暗引」、「化用」等不同修辭，或兩者並行一起運用。

首先，從「暗引」中所運用的「俗語」、「成語」、「典故」等面向來觀察。下面以「俗語」為例說明。

> 這柳縣宰在任三年，周月仙慇懃奉從，兩情篤愛。卻恨任滿回京，與周月仙相別，自回京都。到今風月江湖上，萬古漁樵作話文。（《清平山堂話本》之〈柳耆卿詩酒玩江樓記〉）

> 這喬俊一家人口，深可惜哉！至今風月江湖上，千古漁樵作話傳。（《清平山堂話本》之〈錯認屍〉）

> 詩罷，眾人大笑，盡醉而散。至今風月江湖上，千古漁樵作話傳。（《熊龍峰刊小說》之〈蘇長公章臺柳傳〉）

上述三個引文，都引用了俗語「到今風月江湖上，萬（千）古漁樵作話文（傳）」，呈現時至今日這段風流的故事，還是一樣被後世為流傳。不用只以「詩」、「詞」或者「議論」作收尾，而是用大家已熟悉的文句表示故事有圓滿的收場。「暗引」為宋元話本小說慣用的結尾方式，關於敘述者（作者）的原意，大多為肯定的評價，透過俗語簡單導出富有複雜、多樣意思的結論。讀者（聽者）用熟悉的文句，可以自己整理作品內容，回顧故事含意。從作者的觀點來看，通過俗語的活用，易於傳達說話意圖，善在作品展開同時，輕鬆地做出圓滿總結。不是抽象觀念或傳遞教訓，而是在通俗、流暢的過程中結尾，強調娛樂

性、大眾性，使讀者對作品能有聯想和判斷的空間。

如果說，「到今風月江湖上，萬古漁樵作話文」的運用意圖，著重於肯定性見解的投影和快速的總結，以及通俗性的特徵；那麼，下面兩個關於俗語作品的內容則是，強調否定的見解和嘆息的意味，並暗引「典故」來凸顯含意：

> 正是：
>
> 　但存夫子三分禮，不犯蕭何六尺條。（《警世通言》第二十卷〈計押番金鰻產禍〉）

> 正是：
>
> 　但存夫子三分禮，不犯蕭何六尺條。自古奸淫應橫死，神通縱有不相饒。（《醒世恆言》第十三卷〈勘皮靴單證二郎神〉）

俗語的活用中，第一個引文按照俗語作為故事結尾，第二個引文前半部引用俗語，後半部則簡單提示和作品內容相關的關係和見解。上面俗語出自明代湯顯祖《牡丹亭》第五十三齣〈硬拷〉「略知孔子三分禮，不犯蕭何六尺條」，[4] 指若知曉孔子所教導的禮數的話，就不會有觸犯刑律的遺憾和嘆息，含有直接呼籲、警誡之含意。「孔子三分禮」是孔子教育弟子的重要教學內容之一，指社會規範、道德的具體實現。「蕭何六尺條」泛指法律，蕭何根據秦法制定九章律，用六尺竹簡記錄。「六尺條」指利用六尺的竹簡寫的法律。這幾句俗語同時使用了「引用」和「典故」，簡單明瞭披露作者對作品的見解。

不同於「到今風月江湖上，萬古漁樵作話文」的「通俗性」，「存夫子三分禮，不犯蕭何六尺條」的「典故性」；「積善有善報，作惡有惡報」具有「普遍性」，被一般大眾所熟知。「積善有善報，作惡有惡報」沒有制式的型態或文句，即基本框架不改變，指在「善有善報」、「惡有惡報」的形式基礎上，根據不同情況能看到多樣變形，但意思並無太大變化。

> 正是：
>
> 　積善有善報，作惡有惡報。積善之家，必有餘慶；積不善之家，必

4　湯顯祖著，徐朔方，楊笑梅校注，《牡丹亭》（北京：人民文學出版社，1994年），頁268。

有餘殃。（《清平山堂話本》之〈陰騭積善〉）

道不得個：

　　善惡到頭終有報，只爭來早與來遲。（《警世通言》第二十卷〈計
　　押番金鰻產禍〉）

　　「善有善報，惡有惡報」出自佛教經典的《瓔珞經》之〈有行無行品〉：
「又問目連：『何者是行報耶？』目連白佛言：『隨其緣對，善有善報，惡有
惡報。』」[5]明代蘭陵笑笑生《新刻繡像批評金瓶梅》第一回〈西門慶熱結十
弟兄・武二郎冷遇親哥嫂〉裡也能看到「善有善報，惡有惡報，天網恢恢，疏而
不漏。」[6]佛法維護的經典或偈頌，習慣引用傳統訓示、警戒的文句。主要內容
為，「行善事會有好的果報，作惡事會有壞的報應，因緣果報到頭終有報，只是
時間遲早的問題。」[7]前面兩個引文，都引用了「善有善報，惡有惡報」，用基
本的善行和惡行相互對照，具有教化勸喻的意思。雖然行為和結果密不可分，但
可看出兩者所強調重點的差異。首先引文的第一、二句裡，描寫行為和果報的必
然性，第三句和第四句再次強化善行和惡行的果報，並解釋何謂「餘慶」和「餘
殃」。「餘慶」和「餘殃」為福報和災禍，不單純指現在，而且還能影響到未
來子孫，借此擴大行為和果報的關聯性。第二個引文不只敘述行為和果報的關聯
性，還提及果報到來的時機，因此行為果報的來臨只是時間緩急的問題，主要強
調凡事終將有報。雖然前面的引文「至於子孫的影響」，和後面的引文「報應時
間的緩急」，所表述的文句不同，但在強化行為和果報的必然性上，本質並無差
別。像這樣活用成語，不僅能簡單明瞭的傳達作者的觀點給讀者（聽者），總結
作品內容的核心思想時，也能起到重要的作用。[8]下面為「暗引」修辭格中只運

5　漢語大詞典編輯委員會編，《漢語大詞典》第3卷（上海：漢語大詞典出版社，1994年），頁441。

6　蘭陵笑笑生著，齊煙，汝梅校點，《新刻繡像批評金瓶梅（上）》（香港：三聯書店有限公司，1990
　　年），頁4。

7　「積善之家，必有餘慶；積不善之家，必有餘殃。」出自《易傳・文言傳・坤文言》。詳細內容可參考
　　郭建勳注譯，黃俊郎校閱，《新譯易經讀本》（臺北：三民書局，2007年），頁31-32。

8　除了這些句子之外，還常見其它俗語，《清平山堂話本》之〈花燈轎蓮女成佛記〉最後以「作善的俱以
　　成佛，奉勸世人：看經念佛不虧人。」做結尾。這些句子皆是一般大眾易懂之文句。只是〈花燈轎蓮女
　　成佛記〉後半部已失傳，引用部分雖須再仔細考證是否為作品篇尾，但就內容而言，不難發現，使用俗
　　語能有效傳達作家的目的。

用「典故」的例子。

　　有詩為證：
　　　　相如持節仍歸蜀，季子懷金又過周。衣錦還鄉從古有，何如茶肆遇
　　宸遊？（《喻世明言》第十一卷〈趙伯昇茶肆遇仁宗〉）

　　上述作品為宋仁宗時秀才趙伯昇通過了科舉考試，但因不承認自己寫的詞
中有一個錯字而落榜，後來在茶肆又遇見仁宗之後終於得以出仕的故事。「篇尾
詩」首句和次句都引用了名人在貧困逆境中立身揚名的典故。首句為司馬相如在
逆境中出人頭地的故事。司馬相如出走梁國後返鄉，窮途落魄、生活困難，和卓
文君一起在臨邛賣酒維生；後來漢武帝任命司馬相如為中郎將，出使西南夷，回
蜀後，受到蜀郡太守及其下屬都到城的交界處盛大迎接，丈人卓王孫也大為改變
以往態度，熱情款待司馬相如。

　　第二句則描述蘇秦經歷失敗卻奮發圖強，最後功成名就的典故。蘇秦為戰
國時代洛陽（東周都城）人，早年曾外出遊說，然窮困潦倒還鄉而備受家人冷
落，於是立志苦讀，最終成功遊說六國合縱，成為六國宰相。蘇秦配六國相印
衣錦還鄉，家人全都伏跪不敢抬頭，蘇秦問嫂子為何以前瞧不起自己，現在卻
又如此謙卑？嫂子回答，因為現在你當大官發了財，自己當然不敢像從前一樣
輕視你。

　　首句和第二句都使用了「衣錦還鄉」的典故，但司馬相如和蘇秦出人頭地
的故事並不像趙伯昇在茶肆再次遇到仁宗而得到出仕成功機會的偶然性。「篇尾
詩」中所引用的典故，除去有關「偶然」和「成功」敘述性的陳述，直接運用既
有的典故來直接傳遞「立身揚名」和「大器晚成」的訊息。作者「篇尾詩」中積
極運用「典故」的作品，除了上述之作品之外，在《喻世明言》二十四卷〈楊思
溫燕山逢故人〉中也能看見，只是《喻世明言》第十一卷〈趙伯昇茶肆遇仁宗〉
在「篇尾」的第一、二句使用了「典故」，而《喻世明言》第二十四卷〈楊思溫
燕山逢故人〉則在「篇尾」的第三、四句使用了「典故」。

　　詩曰：
　　　　一負馮君罹水厄，一虧鄭氏喪深淵。宛如孝女尋屍死，不若三閭為
　　主怨。（《喻世明言》第二十四卷〈楊思溫燕山逢故人〉）

　　《喻世明言》第二十四卷〈楊思溫燕山逢故人〉所寫的主要是為了志節而犧牲，以及強調對負義者的報應，表現出作者仗義直言的見解。第一句和第二句直接表現出呼應作品內容的關聯，描寫節義和負義相反價值觀所帶來的結局。第三句和第四句就不同於前兩句，主要強調作品中的「義」，其中透過「曹娥」和「屈原」來刻劃出「孝義」和「忠義」兩種層面。

　　第三句引用了「孝女曹娥」的傳說，曹娥是東漢上虞人，父親曹盱溺於江中數日不見屍體，當時年僅十四歲的曹娥晝夜不停在江邊哭喊。過了十七天，她在五月五日投江入江中，三日後竟抱著父親的屍體浮出江面。第四句則是描寫三閭大夫屈原的節義和忠心，和他投江自盡的故事。兩個典故的共通點都是「投水而死，棄己成義」。小說內容和作品結尾緊密相結合。為了守住貞節而投江的鄭義娘，儘管變成了靈魂，仍因丈夫韓思厚違背誓言而感到憤怒，最後讓丈夫掉入水裡淹死，丈夫續娶的妻子則捲入水中而死。

　　雖然「篇尾詩」的前兩句和後兩句內容各不相同，但都是記述關於「義」的犧牲與「不義」的懲罰。作者積極刻劃對「義」的肯定和「不義」的否定，透過典故而非以訓誡的方式來傳達主旨，用「故事性」和「含蘊性」吸引讀者更深入作品核心去理解與接納主題思想，同時讓文章涵義更為豐富，更重要的是能將核心思想凝集在精煉的內容與表達形式裡。

　　在「引用」中另一個常見的修辭格就是「化用」，「化用」是根據作者的意圖和作品內容，任意改編或引用前人作品於其中，作為說明。下面為運用「化用」的例子：

　　　　正是：
　　　　　　雖為翰府名談，編作今時佳話。話本說徹，權作散場。（《清平山堂話本》之〈陳巡檢梅嶺失妻記〉）

　　上面兩個句子所構成的「篇尾」，前句出自「翰府名談」詞彙。《翰府名談》因年代久遠，作者和卷數都已不可考，僅在《詩話總龜》前集收錄八篇，《詩人玉屑》收錄三篇，《詩林廣記》收錄一篇。[9]「篇尾」所引用《翰府名

9　《翰府名談》相關詳細內容，可參考趙章超，〈宋人劉斧小說輯補〉，《文獻》，2006年第3期；趙維國，〈《永樂大典》所存宋人劉斧小說集佚文輯考〉，《文獻》，2001年第2期。

談》的典故，可能原本就收錄在《翰府名談》裡，或可推測是基於原典故的基礎所編撰而成。接著話本小說中看到的「常套話」為「話本說徹，權作散場」。如此而來，引用「書名」簡略的打理篇尾，初期話本小說主要用典型的文句代替收尾，迅速地散場，接著進行下一場開場如實的展現出演示特徵。後期話本小說，篇尾大多從「短句」或「俗語」的流行趨勢中，逐漸改成以固定形式的「詩」來強化評論。除了上述情況外，在宋元話本小說中，還能看到兩次引用當時流行「曲調」的例子。

> 當日推出這和尚來，一個書會先生看見，就法場上做了一隻曲兒，喚做〈南鄉子〉：
>
>> 怎見一僧人，犯濫鋪模受典刑。案款已成招狀了，遭刑，棒殺髡囚示萬民。沿路眾人聽，猶念高王觀世音。護法喜神齊合掌，低聲，果謂金剛不壞身。
>
>> 話本說徹，且作散場。（《清平山堂話本》之〈簡帖和尚〉）

　　上面引文中所提的〈南鄉子〉始於唐五代經過北、南宋成為愛用的詞調之一。句型為五、七、七、二、七字的型態，相同的句型兩次反覆為「雙調體」。已有的曲調上用符合作品所改的詞，概括作品全部內容。[10]「篇尾」借由「書會先生」傳唱〈南鄉子〉來傳達「惡有惡報」、「因果報應」和「佛法宣揚」的主旨。用當時膾炙人口的曲調進行收尾，不拘泥於傳統警世勸誡方式，用熟悉的曲調改寫（或填詞）讓讀者輕鬆的產生共鳴，自然而然接受作者的觀點。除了《清平山堂話本》的〈簡帖和尚〉之外，《清平山堂話本》的〈刎頸鴛鴦會〉同樣[11]在曲調上直接因襲原作，而照著作品內容去「填詞」的應用方式，在作法上並無差別，皆有效整理作品內容，讓作者（敘述者）傳遞想要表達的思想，本質上實為相同。

---

[10] 辛恩卿，〈話本小說「刎頸鴛鴦會」比較文學研究〉，《比較文學》第51輯，2010年6月，頁311。

[11] 「又調〈南鄉子〉一闋在後。詞曰：春雲怨啼鵑，玉損香消事可憐。一對風流傷白刃，冤！冤！惆悵勞魂赴九泉。抵死苦留連，想是前生有業緣！景色依然人已散，天！天！千古多情月自圓。」（《清平山堂話本》之〈刎頸鴛鴦會〉）

三、形式的美學體現

　　宋元話本小說「篇尾」裡有「對偶」、「類疊」、「列錦」等修辭格。使用較為頻繁的為「對偶」和「類疊」，而「列錦」僅出現在部分作品中。以黃慶萱的《修辭學》為依樣，其它書籍對「對偶」、「類疊」的解釋雖有部分分歧，但整體觀念和定義上還是相同。「列錦」只在少部分修辭學書籍中有所說明，各家認知也各有些許差異，要統一定義和運用較為困難，但在特徵認定上還是具有相同視角。這雖然不是「篇尾」常見的修辭格，但確實存在於「篇尾」中。

　　宋元話本小說「篇尾」大多由「詩詞」或者「詩詞」和「評論」所構成，以「詩詞」或「短句」作為結語的情況十分常見。因此在「詩詞」裡所出現的修辭格方面，典型的表現方式較多。一般限於「語彙」和「句法」上所運用的修辭格較多，可以看到「重疊」和「對偶」，「固定」和「擺佈」，「擴大」和「縮小」等現象。

（一）對偶

　　「篇尾」常出現「詩詞」、「俗語」、「常套語」、「短句」，文體特徵上前後句子經常相互形成對句。「對偶」指字數相同，句法類似，兩個以上意思相關的句子、短句或詞彙互為對句。更嚴謹的定義，則前後句必須形成「平仄」的對偶句，並且避免使用相同的文字。但一般情況多只有字數對稱，文章結構類似。即使「平仄」沒有完全對稱，但大致相同或僅是稍微變化，又或者沒有按照平仄，在詞彙特性上無法完整形成對稱，這些也都包含在「對偶」的範疇裡。而且忌諱使用同一字的原則，亦依著情況能彈性調整，作法較為鬆散，並不嚴謹。

　　「對偶」種類相當多，黃慶萱的《修辭學》中把「對偶」分為二十九種，成偉鈞的《修辭通鑑》則分為二十一種，一般常用的「對偶」為「當句對（句中對）」、「單句對」、「隔句對」、「長對」、「排對」等。宋元話本小說「篇尾」中的「對偶」，有著「當句對（句中對）」、「單句對」、「隔句對」、「長對」，但「排對」沒出現。「排對」又稱「排偶對」或「排比對」，由兩種以上的「對偶句」排列而成。例如，「單句對＋隔句對」，「單句對＋隔句對＋長對」等。在「篇尾」中最常運用的「對偶」為「單句對」，其次是「當句

對」。「隔句對」和「長對」則偶爾出現於作品中。

1. 當句對

　　「當句對」又稱「句中對」，在一句中，上下兩語自為對偶。在「詩」或「短句」中的句子都形成「當句對」的情況很少見，只有「詩」的一部分，或「短句」的部分句子裡能看到「當句對」。一般而言，連續形成對句中能有並列特徵，亦有句子前後互為對偶。從實際作品，可觀察內容如下：

> 有詩為證，詩云：
> 　　只因貪客惹非殃，引到東京盜賊狂。虧殺龍圖包大尹，始知官好自民安。（《喻世明言》第三十六卷〈宋四公大鬧禁魂張〉）

　　上面引文第四句「始知官好自民安」的「官好」和「民安」形成「當句對」，產生因果關係。「官」指「官府」，為「名詞」，「平聲」。「好」指和平昌盛之世，或指這樣的行為，為「形容詞」，「仄聲」。「民」指百姓大眾，為「名詞」，「平聲」。「安」指沒病沒災，為「形容詞」，「平聲」。「官好」和「民安」字數和詞性相同，內容和形式結構互相對應。只是平仄各為「平聲＋仄聲」和「平聲＋平聲」無法完全相對。「官好」和「民安」的意思淺顯易懂，時常連接運用，使讀者更容易理解。

> 詩云：
> 　　世情宜假不宜真，信假疑真害正人。若是世人能辨假，真人不用訴明神。（《警世通言》第三十六卷〈皂角林大王假形〉）

　　上面引文中，首句「世情宜假不宜真」和第二句「信假疑真害正人」的對句，為「宜假」和「宜真」、「信假」和「疑真」，屬於並列式對句結構。第一句「宜假」和「宜真」運用同一詞彙重疊，第二句則使用相反的詞彙。「宜假」，「宜」：「平聲」、「形容詞」，指合適、應當之義。「假」：「仄聲」、「名詞」，指虛假、不正確的事。「宜真」，「真」：「平聲」、「名詞」，指真實、真正，真面目之意。詞彙對偶為「平＋仄」和「平＋平」，平仄和諧。「信假」，「信」：「仄聲」、「動詞」，指相信、信任之義。「疑

真」，「疑」：「平聲」、「動詞」，指疑心、不相信之義。詞彙對偶為「仄＋仄」和「平＋平」，平仄和諧。第一句「宜假」和「宜真」，重複使用「宜」字，並加強重複和強調語氣的意味，第二句「信假」和「疑真」，詞彙結構相同，運用前後意思相反文字，襯托鮮明對比和積極刻劃的意圖。

　　有詩為證：
　　　　善惡無分總喪軀，只因戲語釀殃危。勸君出話須誠信，口舌從來是禍基。（《醒世恆言》第三十三卷〈十五貫戲言成巧禍〉）

　　上面引文中，第二句「戲語」和「殃危」，第四句「口舌」和「禍基」為「當對句」，彼此有「相同」、「相輔」之特性。第二句「戲語」，「名詞＋名詞」、「仄仄聲」，指玩笑、嬉戲的話語。「殃危」，「名詞＋名詞（形容詞）」、「平平聲」，指禍、危急的災難。第四句「口舌」，「名詞＋名詞」、「平仄聲」，指舌頭、不明事理隨意口出妄言。「禍基」，「名詞＋名詞」、「仄平聲」，指禍害的根源、斷送前程的原因。第二句「戲語」和「殃危」的內容、詞性和平仄皆形成對偶。第四句「口舌」和「禍基」也與第三句內容、詞性和平仄相同一樣，互為對偶。從「篇尾詩」內容來觀察，即可以知道這是「戲語」致「殃危」、「口舌」乃「禍基」的基本圖式。在結構上來看，雖能確立對於原因所產生結果之因果關係，但比起句中的「因果」意義，使之「同步」和「補述」的意思更加濃厚。[12]

---

[12] 除了本文中所舉例的作品外，其他作品中也存有「當句對」。例如，「正是：玉室丹書著姓，長生不老人家。」（《清平山堂話本》之〈藍橋記〉）；「正是：畫龍畫虎難畫骨，知人知面不知心。」（《清平山堂話本》之〈曹伯明錯勘贓記〉）；「奉勸世人：看經念佛不虧人。」（《清平山堂話本》之〈花燈轎蓮女成佛記〉）；「道是：一別長興二十年，鋤瓜隱蹟暫居鄽。因嗟世上凡夫眼，誰識塵中未遇仙？」（《喻世明言》第33卷〈張古老種瓜娶文女〉）；「後人有詩贊云：烈烈轟轟大丈夫，出門空手立家模。情真義士多幫手，賞薄宵人起異圖。仗劍報仇因迫吏，挺身就獄為全孥。汪孚讓宅真高誼，千古傳名事豈誣？」（《喻世明言》第39卷〈汪信之一死救全家〉）；「有詩贊云：誰不貪財不愛淫？始終難染正人心。少年得似張主管，鬼禍人非兩不侵！」（《警世通言》第16卷〈小夫人金錢贈年少〉）；「善惡到頭終有報，只爭來早與來遲。」／「李救朱蛇得美妹，孫醫龍子獲奇書。勸君莫害非常物，禍福冥中報不虛。」（《警世通言》第20卷〈計押番金鰻產禍〉）；「後人評得好：萬員外刻深招禍，陶鐵僧窮極行兇。生報仇秀娘堅忍，死為神孝義尹宗。」（《警世通言》第37卷〈萬秀娘仇報山亭兒〉）；「有所本也：蛇行虎走各為群，狐有天書狐自珍。家破業荒業又去，令人千載笑王臣。」（《醒世恆言》第6卷〈小水灣天狐貽書〉）；「有詩為證：情郎情女等情癡，只為情奇事亦奇。若把無情有情比，無情翻似得便宜。」（《醒世恆言》第14卷〈鬧樊樓多情周勝仙〉）；「有詩為證：金明

2. 單句對

「單句對」為前後兩句相對偶。「篇尾」的「詩」、「短句」、「俗語」、「常套話」等，都常運用「單句對」。以四句構成的「詩」來看，首句和第二句，第三句和第四句互為對偶，主要以兩個句子來構成的「短句」、「俗語」和「常套話」等，前後句也常互為對偶。首先，觀察「詩」中出現的「單句對」。

正是：
　　一首新詞弔麗容，貞魂含笑夢相逢；雖為翰苑名賢事，編入稗官小史中。（《警世通言》第十卷〈錢舍人題詩燕子樓〉）

上述第三句「翰苑名賢」和第四句「稗官小史」，正是「單句對」的具體例子，字數相同，詞性結構也都為「名詞＋名詞」，「翰林院的名士」和「稗官小說家的簡史」相對。「平仄」為「仄仄平平」和「仄平仄仄」，除了「翰」和「稗」外，其它都遵循平仄格律。下面再來看另一個作品的例子：

詩云：
　　原是仙官不染塵，飄然鶴鹿可為鄰。神仙不肯分明說，誤了閻浮多少人。（《警世通言》第三十九卷〈福祿壽三星度世〉）

上面所引用的「詩」為七言四句，首句「仙官不染塵」和第二句「鶴鹿可為鄰」為「單句對」。「仙官」和「鶴鹿」都是「名詞」，意義相似，象徵「神仙」、「神物」。「平仄」格律為「平平」和「仄仄」。「不染塵」和「可為鄰」意思相對，「不染塵」即「不流於世俗」，指拒絕、警戒，「可為鄰」為「互為鄰里」，表示接受、人情。詞性結構都是「副詞＋動詞＋名詞」，「平仄」為「仄仄平」和「仄平平」沒有形成格律、調和。即使「詩」的字數、押韻都相同，也不是所有句子都為對偶，只有某些句子和句子間才會出現。透過

池畔逢雙美，了卻人間生死緣。世上有情皆似此，分明火宅現金蓮。」（《警世通言》第30卷〈金明池吳清逢愛愛〉）等。

「詩」中所出現的「單對句」，可知強調意義和平仄的特徵十分顯著，尤其為了具體呈現意義的對偶，更集中於詞性組合和形式構造。

其次，「俗語」和「詩」並不相同，「俗語」多以兩個句子構成居多，比起意義相對、詞性組合，更著意突顯「羅列」和「重疊」的形式特徵。「俗語」裡運用的「單句對」如下：

> 正是：
> 　畫龍畫虎難畫骨，知人知面不知心。（《清平山堂話本》之〈曹伯明錯勘贓記〉）

上面引文本意為「海水難量，人心難測」，前後句相互形成「單句對」。「畫龍」、「畫虎」、「畫骨」和「知人」、「知面」、「知心」，都是「畫＋名詞」和「知＋名詞」，且運用類疊形式對偶。「平仄」各為「仄平」、「仄仄」、「仄仄」和「平平」、「平仄」、「平仄」，只有部分平仄規律。「難」和「不」詞性、意思相同。「難」：「平聲」，「不」：「仄聲」，平仄規律。再看下面其它例句。

> 可謂是：
> 　能將智勇安邊境，自此揚名滿世間。（《清平山堂話本》之〈楊溫攔路虎傳〉）

前句「智勇安邊境」和後句「揚名滿世間」形成「單句對」。「智勇」：形容兼具智慧和勇氣的英雄，「揚名」：名聲遠播，意思可謂相通。「平仄」是「仄仄」、「平平」，互為相配。「安」指「平安」、「安全」，「動詞」、「平聲」。「滿」指「充滿」、「展開」，「動詞」、「仄聲」。兩個字互為對偶。「邊境」指「邊疆」、「郊外」、「外境」，「名詞」、「平仄聲」，有對偶。

再者，在「短句」中可觀察到運用「單句對」時，「短句」不同於「詩」是形式固定、平仄和詞性調和，也不同於「俗語」中經常出現的並列或反覆形式上的對偶，反而著重於作品內容和相關主題的「意義對偶」。

夫妻諧老，百年而終。

正是：

李社長不悔婚姻事，劉晚妻欲損相公嗣；劉安住孝義兩雙全，包待
制斷合同文字。（《清平山堂話本》之〈合同文字記〉）

上面引文，以作品內容為主，四句皆是「人物、名稱＋行為、結果」的結
構，以四位主要人物和具體行為事件為中心，簡單描述故事內容。其中第一、二
句形成「單句對」，「李社長」和「劉晚妻」兩個人物性格完全相反，作品裡李
社長救了劉安住，扮演引導者角色，提供解決事件問題的辦法。另一方面劉晚妻
慫恿丈夫劉添祥獨吞家產，不承認劉安住是親姪並將其打成重傷。兩個正反角色
剛好形成對偶關係。「不悔」指絕不後悔，帶有肯定的意味。「欲損」指意欲損
害，表否定意義。兩者相對，且「詞性」皆為「動詞」，「平仄」也一致，都是
「仄仄聲」。「婚姻事」和「相公嗣」的「詞性」和「平仄」皆相同，為「名詞
＋名詞」、「平平仄聲」。接下來，以其它作品舉例說明：

兩家子孫繁盛，世為姻戚云。還財陰德澤流長，千古名傳義感鄉。多少競
財疏骨肉，應知無面向嵩山。（《醒世恆言》第十七卷〈張孝基陳留認
舅〉）

上面提及的引文中，第三句和第四句為「單句對」，「多少」為感嘆和疑
問的句型，「應知」表示理當知曉，是間接回答的文句，兩者意思相對。「平
仄」方面為「平仄聲」和「平平聲」，不一致。「財競」和「無面」都是「動詞
＋名詞」，詞性相同。「平仄」上為「仄平聲」和「平仄聲」，相互協調。「疏
骨肉」和「向嵩山」皆為「動詞＋名詞」，詞性相同，前者「平仄」為「平仄仄
聲」，後者為「仄平平聲」，平仄相對。「疏骨肉」表骨肉間為了爭奪家產而疏
遠，「向嵩山」指往嵩山，即喻指為嵩山之神，拋棄對財務的貪心，超越世俗之
念，在主題和意義上互為對偶。

3. 隔句對

「隔句對」主要出現於四句以上的「詩詞」中，一、三句，或二、四句互
為對句。具體例句如下：

有所本也：

　　蛇行虎走各為群，狐有天書狐自珍。家破業荒書又去，令人千載笑
王臣。（《醒世恆言》第六卷〈小水灣天狐貽書〉）

　　首句「蛇行虎走各為群」和第三句「家破業荒書又去」為「隔句對」。從「蛇行」、「虎走」與「家破」、「業荒」中，可看到意思相近的內容反覆出現。「詞性」都是「名詞＋動詞」。「蛇行」＋「虎走」和「家破」＋「業荒」的結構，雖為「敘述句」與「表態句」之差，但都採用類似詞彙羅列組成，「平仄」分成「平平」、「仄仄」和「平仄」、「仄平」，不僅句中各為對偶，也形成了隔句對偶。「各為群」指「各自成群結夥」，「書又去」指「天書也搶奪占據走了」，兩者詞性結構一致，「平仄」各是「仄平平」和「平仄仄」相對。

　　宋元話本小說「篇尾」所運用的「對偶」種類不僅只有「當句對」、「單句對」、「隔句對」，還有三句以上對偶的「長對」。「長對」全部為六句以上的句子所構成。例如，《清平山堂話本》的〈簡帖和尚〉和〈刎頸鴛鴦會〉的「南鄉子」，為「鼓詞」所形成五句的「長對」。[13]前面兩個作品中的「南鄉子」，是宋元話本小說「篇尾」中唯一能看到「長對」的作品。較少出現「長對」的原因是因為作者（敘述者）想在故事完結後迅速把作品收尾，比起使讀者（聽者）對篇尾產生餘韻，作者敘述意圖更偏向於故事展開的過程與結尾，因此在「篇尾」上常以篇幅較短的「詩」、「短句」或「俗語」、「評議」作為結尾。

　　作品在「篇尾」用細膩洗鍊的文字或句子，為故事內容和中心思想做收尾的現象十分普遍，並且運用多種對偶形式。此「修辭格」將作品內容、含意以及形式結構，簡單明瞭地做系統性的整理，不採冗長贅述，而運用具有寓意的韻語和精練形式，簡單有效的傳達故事含意，使其敘事意義深邃卻清晰簡明。把作品內容當作「篇尾」對偶的基底，使讀者自然與內容相連結，產生共鳴。

---

[13] 「當日推出這和尚來，一個書會先生看見，就法場上做了一隻曲兒，喚做「南鄉子」：怎見一僧人，犯濫鋪模受典刑。案款已成招狀了，遭刑，棒殺髡囚示萬民。沿路眾人聽，猶念高王觀世音。護法喜神齊合掌，低聲，果謂金剛不壞身。」（《清平山堂話本》之〈簡帖和尚〉）；「又調『南鄉子』一闋於後。詞曰：春雲怨啼鵑，玉損香消事可憐。一對風流白刃，冤！冤！惆悵勞魂赴九泉。抵死苦留連，想是前生有業緣！景色依然人已散，天！天！千古多情月自圓。」（《清平山堂話本》之〈刎頸鴛鴦會〉）

（二）類疊

　　「類疊」為相同文字、詞彙或語句連接成對，或隔句反覆運用，達到加強語氣以及文章節奏感的效果。「類疊」類型大致依「字」和「句」的不同，再以「連接（疊）」或「斷絕（類）」，區分為「疊字」、「類字」，「疊句」、「類句」幾種。「疊字」為同一字詞重複連接運用，「類字」是同一字詞間隔使用，同一語句連續重複使用則為「疊句」，最後「類句」是指同一語句間隔並重複使用。成偉鈞的《修辭通鑑》把「類疊」特徵分成「復疊」和「反復」解釋，復疊中「疊字」稱為「疊字」，「類字」為「復辭」。「反復」則把「疊句」和「類句」做更細密的類別分析。「類字」的「修辭格」有時和「頻詞」相當類似，「頻詞」指在固定文章裡，頻繁使用某種特定的文字，沒有連續或間隔的條件限制，單純指使用頻率較高的一種修辭法。雖然沒有具體規定出現的頻率，但一般同一字詞出現的次數，約在十餘次以上。

　　宋元話本小說的「篇尾」，只有「疊字」和「類字」兩種修辭，因為多以「詩」、「俗語」、「短句」等韻文為中心構成「篇尾」。即使「篇尾」裡表現出「議論」、「詩詞」和「韻語」接合情形，但沒有「議論」、單獨以「韻語」為主出現的情況非常多，雖間或有議論或評論，但篇幅都十分簡潔。「篇尾」中出現的「議論」，多關於作者對事實的批判或意見，對世態心生感嘆，還有直接評價「正話」的敘述，因此在表現文學情感和個人感情的文章裡，不常出現「疊句」或「類句」。

　　「疊字」在實際運用上，因其「重疊性」和「連續性」兩種特性，常在「當句」中出現。「類字」則出現於「當句」和「隔句」裡，但因「相似性」和「重複性」的關係，多於「隔句」中出現。

1. 疊字

　　後人有詩贊云：

　　烈烈轟轟大丈夫，出門空手立家模。情真義士多幫手，賞薄宵人起異圖。仗劍報仇因迫吏，挺身就獄為全孥。汪孚讓宅真高誼，千古傳名事豈誣？（《喻世明言》第三十九卷〈汪信之一死救全家〉）

　　上面引文中，第一句「烈烈轟轟」運用了「疊字」。「烈烈轟轟」和「轟轟烈烈」相通，形容氣魄或氣勢高昂。重疊形式為「AABB」。「烈烈轟轟」指汪信之因與其兄不合而離開故鄉，後靠自己努力累積了財富，生動刻劃出白手起家者積極堅忍的性格和意志。他後來雖被人誣陷謀反，而與官府對峙，但為了救活家人，最終卻自首投案。「詩」中第一句「烈烈轟轟」和其後句「大丈夫」相連，表現出汪信之昂揚和果斷的氣魄。以「烈烈轟轟」做為「詩」的開場，與作品中所發生的事件，如反抗誣陷、積累財富或送禮造成禍害等相比，焦點更著重在描繪主角性格的堅忍正義，比起描述主角所引發的衝突或禍端，更能有效刻劃出主角所散發的大丈夫氣概。「烈烈轟轟」，雖然「烈」和「轟」也能單字分開使用，但兩字相連重疊，更能達到強調意義與增強情感的效果。

　　正是：

　　　　癡心做處人人愛，冷眼觀時個個嫌。覷破關頭邪念息，一生出處自安恬。（《喻世明言》第三卷〈新橋市韓五賣春情〉）

　　在上面引文中的第一句「人人」和第二句「個個」中，運用了「疊字」的修辭法，連續反覆使用同一字。為「AA」和「BB」重疊型式。[14]分析「篇尾詩」意思時，其中「人」和「個」有無運用疊字，都不影響讀者對內容的理解。不過，「篇尾詩」裡運用疊字修辭，更能表現「人」和「個」內含的意思。先把「人」和「個」做「複數化」，就像「人人」為「一人一人」，「個個」為「一個一個」，皆指包含「所有人」、「全部」的非特定人群。因此「人」不是指某個人或特定對象，而是泛指眾多的多數人，「個」也不是指單個人，而是泛指無數個人，這些都是運用「疊字」技巧，將「單數」的「人」、「個」，轉變為「無數」的個體指稱。

　　「疊字」的運用，具壓縮意義且帶有外顯的意圖，相對強調一方能成為行

---

[14] 此詩句亦見《喻世明言》第38卷〈任孝子烈性為神〉的「入話」，內容如下：「參透風流二字禪，好姻緣作惡姻緣。癡心做處人人愛，冷眼觀時個個嫌。閒花野草且休拈，贏得身安心自然。山妻本是家常飯，不害相思不費錢。／這首詞，單道著色慾乃忘身之本，為人不可苟且。」還有可看到《新刻繡像批評金瓶梅》第5回〈捉奸情鄆哥定計・飲酖藥武大遭殃〉的文首：「詩曰：參透風流二字禪，好姻緣作惡姻緣。癡心做處人人愛，冷眼觀時箇箇嫌。野草閑花休采折，真姿勁質自安然。山妻稚子家常飯，不害相思不損錢。」蘭陵笑笑生著，齊煙、汝梅校點，《新刻繡像批評金瓶梅（上）》（香港：三聯書店有限公司，1990年），頁65。

為主體，另一方能成為客觀的對象；亦是一面能成為多數，另一面則能成為單數。這些現象都以「人」作根基。因「人」作為愛的主體，「嫌」的主體感受也是由「人」所發出。「人」和「愛」產生關係，「個」和「嫌」相聯繫，反映出「愛」與「嫌」在句子結構是同一屬性。因此在引文中，用「人人」和「愛」，「個個」和「嫌」，作品裡通過吳山和金奴克服情欲所引發的不幸，直接刻劃出「愛」、「憎」相關的同一性質；另一方面，表現出對「艷」、「慾」的「警戒」、「謹慎」、「節制」的價值觀。因此作者還是在《喻世明言》第三十八卷〈任孝子烈性為神〉的「入話」中，引用了上述詩（詞）句：「這首詞，單道著色慾乃忘身之本，為人不可苟且。」[15]除了這些例子之外，《清平山堂話本》之〈刎頸鴛鴦會〉的「篇尾詩」也使用了「疊字」，其運用的方式也皆為相同。[16]

2. 類字

正是：

> 禍福無門人自招，須知樂極有悲來。夜靜玉琴三五弄，金風動處月光寒。除非是個知音聽，不是知音莫與彈。黑白分明造化機，誰人會解劫中危？分明指與長生路，爭奈人心著處迷！（《清平山堂話本》之〈陰騭積善〉）

上面引文中，第五、六句的「知音」，第七、九句的「分明」重複兩次出現。用「是個知音」→「不是知音」，「黑白分明」→「分明指與」，使前、後兩句內容連結，反覆強調「知音」和「分明」之意涵。「知音」和「黑白分明」都出自於典故，「知音」出自《列子》之〈湯問篇〉中「伯牙絕絃」的故事，[17]

---

[15] 《喻世明言》第38卷〈任孝子烈性為神〉的「入話」如下：「參透風流二字禪，好姻緣作惡姻緣。癡心做處人人愛，冷眼觀時個個嫌。閒花野草且休拈，贏得身安心自然。山妻本是家常飯，不害相思不費錢。／這首詞，單道著色慾乃忘身之本，為人不可苟且。」

[16] 「又調『南鄉子』一闋於後。奉勞歌伴，再和前聲：見拋磚，意暗猜：入門來，魂已驚。舉青鋒過處喪多情，到今朝你心還未省！送了他三條性命，果冤冤相報有神明。／詞曰：春雲怨啼鵑，玉損香消事可憐。一對風流傷白刃，冤！冤！惆悵勞魂赴九泉。抵死苦留連，想是前生有業緣！景色依然人已散，天！天！千古多情月自圓。」（《清平山堂話本》之〈刎頸鴛鴦會〉）

[17] （魏）王弼注，《列子·湯問篇》，《諸子集成》（北京：中華書局，1996年），頁61。

「黑白分明」則是引用漢・董仲舒《春秋繁露》之〈保位權〉裡的句子，[18]在明・凌濛初的《初刻拍案驚奇》二十一卷〈袁尚寶相術動名卿・鄭舍人陰功叨世爵〉「入話」也寫有「陰騭積善」之內容。收錄類似內容詩句，[19]意義在於分清是非曲直、青紅皂白。「知音」暗示「友義」、「知己」，「黑白分明」蘊含辨明「正義」、「是非黑白」的意思，這些隱含的意思都與作品內容、主題思想有關。《清平山堂話本》之〈陰騭積善〉講述主人公林善甫在偶然的情況下，於留宿的旅店中撿拾到大珠百顆，之後把撿拾到的財物歸還原主張客，因此積了陰德而有善報故科舉及第的故事。文本按故事發展和主題刻劃，為了強調「誠信」和「積善」的思想，積極使用「類字」的修辭格。除了《清平山堂話本》之〈陰騭積善〉外，《喻世明言》第十五卷〈史弘肇龍虎君臣會〉也出現相同修辭格。

　　詩曰：
　　　結交須結英與豪，勸君莫結兒女曹。英豪際會皆有用，兒女柔脆空煩勞。（《喻世明言》第十五卷〈史弘肇龍虎君臣會〉）

　　上面引文中，一、三句和二、四句，皆運用了「類字」的修辭格。第一句「英與豪」與第三句「英豪」，表示「隔句」的修辭技巧。不過，第一句「英與豪」為了字數相等和保有詩律節奏，因此在中間插入「與」字。另一邊把「英」和「豪」分開，則是為了使讀者重點放在「英豪」，想要強化該意義的意圖十分明顯。「英與豪」，在「英豪」的形式中雖稍有變化，但整體意思無太大差別，亦是「類字」的基本特徵，即在「重複性」上沒有脫離太多。二、四句的「兒女」，也是以「隔句」樣式反覆出現。「英雄」和「兒女」意思相對。「英豪」指英雄豪傑，涵蓋「忠義」和「信義」之意義，為典型具有象徵性的人物。相對而言，「兒女」則是用來描繪「負義」和「挾私」的人物。如此一來，意義相對、詞彙重疊的句法，就能與內容緊密呼應。本故事描寫史弘肇和郭威的立身揚

---

[18] 《春秋繁露》卷6〈保位權〉：「黑白分明，然後民知所去就。」漢・董仲舒著，《春秋繁露》（臺北：臺灣中華書局），1989年。

[19] （明）凌濛初《初刻拍案驚奇》21卷〈袁尚寶相術動名卿・鄭舍人陰功叨世爵〉：「正是：黑白分明造化機，誰人會解劫中危？分明指與長生路，爭奈人心著處迷。」凌濛初著，徐文助校訂，繆天華校閱，《拍案驚奇》（臺北：三民書局，1995年），頁240。

名以及大器晚成的過程，兩人的義氣志節，具備構成英雄豪傑的重要要素，文中
並強調兩人已充分具有此資格。故積極運用「類字」來襯托兩人的英雄氣魄，並
與奸臣奸險狡詐的性格形成格強烈對比。[20]

後人評論得好：
　　咸安王捺不下烈火性，郭排軍禁不住閒磕牙。璩秀娘捨不得生眷
屬，崔待詔撇不脫鬼冤家。（《警世通言》第八卷〈崔待詔生死冤家〉）

上面引文中出現的「類字」和其他作品稍有不同。其他作品只有同樣的詞
彙反覆，而上面引文不只詞彙反覆，還包含的形式上的反覆。表示兼具「構造」
和「詞彙」反覆的特性。「篇尾」用「人物＋動詞＋特徵（性格，行為）」所組
成，描寫主要人物的具體性格和行為，並簡單概括整體故事內容。「篇尾」中
每個句子裡，皆能看到「○不◎」的形式，可知「不」字反覆運用，就是「捺
不下」、「禁不住」、「捨不得」、「撇不脫」，透過這些行為，具體刻劃出
「否定」的特徵。因此以「咸安王的暴怒」、「郭排軍的多口」、「璩秀娘的癡
恨」、「崔待詔的死亡」等，可知四個人物的不幸和處境，都是緣於自己無法控
制（不節制）的後果。「不」的「類字」修辭格，主要強調人物消極的性格和缺
點，並連結到悲劇性的結尾，有效導出作品的內容和宗旨。[21]
總而言之，「類疊」透過重複的手法來凸顯作品內容和重點，以及作者的
創作意圖和敘述策略，並適度加深讀者的印象和引起反應。宋元話本小說「篇
尾」中所運用的「類疊」，只重複兩次，並非不停反覆相同的詞彙，若有持續
性的反覆，就會換成不同詞彙，以調節形式的節奏感。因彈性調節作品形式和
內容的這種敘事變化，賦予易拘泥於乏味制式的「篇尾詩」多種變化和彈性調

---

[20] 此外「類字」也著時常見以「隔句」反覆出現，例如，「詩云：世情宜假不宜真，信假疑真害正人。若
是世人能辨假，真人不用訴明神。」（《警世通言》第36卷〈皂角林大王假形〉）等。
[21] 「類字」與其他作品相比，也具有「連續性」之特性，當句裡詞彙多次重複。詞彙間隔相對短，並持續
地運用。例如，「正是：畫龍畫虎難畫骨，知人知面不知心。」（《清平山堂話本》之〈曹伯明錯勘
贓記〉）；「有詩為證：情郎情女等情癡，只為情奇事亦奇。若把無情有情比，無情翻似得便宜。」
（《醒世恆言》第14卷〈鬧樊樓多情周勝仙〉）；「有詩贊云：誰不貪財不愛淫，始終難染正人心。少
年得似張主管，鬼祟人非兩不侵！」（《警世通言》第16卷〈小夫人金錢贈年少〉）等。「當句」和
「隔句」交替出現的情況，也能看到，例如，「正是：積善有善報，作惡有惡報。積善之家，必有餘
慶；積不善之家，必有餘殃。」（《清平山堂話本》之〈陰騭積善〉）等。

節的空間。同時這種修辭格，不只強化故事意義和主題思想，還能引發讀者的興趣。

（三）列錦

　　「列錦」是將幾個名詞或名詞性詞彙排列起來，構成句子的一種修辭手法，即使沒有謂詞的成分，透過調節的詞彙和簡單的記述方式，其所表現出的複雜思想和情感，並運用多樣化視角描繪事物的形式，在敘事裡具有重要作用。雖然黃慶萱的《修辭學》中對「列錦」並無相關說明，但在成偉鈞的《修辭通鑑》，把「列錦」分為「普通式列錦」、「排比式列錦」、「對應式列錦」。「普通式列錦」，係指一般名詞性詞彙，連續排列；「列錦」的形式指「對偶」、「反覆」、「呼應」，或許多詞彙連續排列，不具備任何特殊樣式。「排比式列錦」，為所排列的詞彙之構成，互為「排比」的型態，即依照對偶形式的修辭技巧。「對應式列錦」，指「排比式列錦」所運用的句子，形成許多排列對應，可以說「排比式列錦」的重疊反覆，而宋元話本小說「篇尾」僅運用了「普通式列錦」和「排列式列錦」兩種。先從下面的例子來探究「普通式列錦」。

1. 普通式列錦

　　　有詩為證：
　　　　虎奴兔女活骷髏，作怪成群山上頭。一自真人明斷後，行人坦道永無憂。（《警世通言》第十九卷〈崔衙內白鷂招妖〉）

　　上述引文中，使用了「列錦」的修辭技巧，仔細觀察第一句，不難發現詞彙（名詞）單方面排列的情形，此形式為話本小說中一般出現的「普通式列錦」。「虎奴兔女活骷髏」為「定山三怪」，即是「虎奴」、「兔女」、「骷髏」，按順序排列作品中的三個異物。「虎奴」為「班犬」，「兔女」為「乾紅衫女兒」，「活骷髏」代表在定山死去的晉國將軍。這些居住在定山的異物屢屢危害過客性命，最終被羅真人所制伏。第一句使用「列錦」修辭，並不是想要長篇大論來敘述故事內容，而是根據主要人物的簡單排列，簡化複雜的故事情節，將不同的故事、事件與內容按順序描述，引人產生聯想。

2. 排比式列錦

正是：

玉室丹書著姓，長生不老人家。（《清平山堂話本》之〈藍橋記〉）

上面「篇尾詩」，由兩個句子所組成，詞彙和排列都一致。首先從前句「玉室丹書著姓」來看，「玉室」、「丹書」、「著姓」連續排列，後句「長生不老人家」由「長生」、「不老」、「人家」構成。「玉室」、「丹書」、「著姓」和「長生」、「不老」、「人家」相互對映。「玉室」指神仙居所和空間。「丹書」泛指煉丹之書，記載提煉丹藥的祕方；兩者都與「長生不老」有著密切關係，「著姓」是指有聲望的族姓和家門，這與「人家」直接形成對偶。前句以呈現神仙或凡人為主體，人類追求理想的欲望，可謂「高昂的理想事項」，後句以人為對象，直接對應於世俗可即的具體內容，即「低落的理想追求」。這些特徵都具體和作品內容緊密相關。科舉落第的裴航遇到了一位老嫗，裴航欲娶老嫗的孫女為妻，老嫗要裴航用玉制的杵和臼搗丹藥一百日，裴航答應了老嫗的要求，買回玉杵臼搗藥百日，並與孫女（神仙）結為連理，婚後兩人入雲峰洞成仙。作品中的敘述，以主人公裴航的視角來描寫，與在俗世的神仙（雲翹夫人，老嫗）相遇，通過成仙的試煉，並在成仙後擁有長生的歷程。「篇尾詩」能簡略表現出故事內容和主題思想。[22]

「列錦」修辭格透過詞彙排列以表達複雜的思想情感，讓讀者對作品產生無限的擴展和聯想，沉浸於故事中。在「篇尾詩」裡所運用的「列錦」雖然簡單含蓄，但反而提示了更多內容，脫離冗長、單一形式和典型故事敘述框架，留給讀者充分自由想像的空間，同時能提高多方面考察事物的機能。「列錦」的修辭技巧透過陌生化，多方位的引導、啟發讀者對主題進行多元思考，直接參與作品詮釋而產生互相反應。能從多元觀點和角度切入作品的主題和核心意義，更強化對該作品特色的理解。

---

[22] 其他例子，「有所本也：蛇行虎走各為群，狐有天書狐自珍。家破業荒書又去，令人千載笑王臣。」（《醒世恆言》第6卷〈小水灣天狐貽書〉）。「家破業荒書又去」中的「書又去」添加了「又」字，不同於「家破」、「業荒」的結構，不是單獨謂語的功能。整體上「並列」的基本特徵並無變化，只為了強調節奏和意思的修辭手法，算是包含在「排比式列錦」的範疇之內。

四、結語

　　以上把宋元話本小說「篇尾」的修辭格，分為「內容層面」和「形式層面」進行仔細考察。「內容層面」，是聚焦於意思層面的修辭，為了表現內在寓意，著重於如何調節變化其敘述內容。若要分析宋元話本小說「篇尾」中，具體呈現之「映襯」、「設問」、「引用」等修辭格，「映襯」和「設問」最具代表性，其次才是「引用」。這些修辭格，不但能引起讀者（聽眾）的注意，集中於故事情節發展，還能打破固有思維限制，在情節進行中營造緊張感，令讀者更投入於作品情緒而產生共鳴。它在作品的後半部，並沒有慣性去表達抽象思想或傳達教誨訊息，而是以通俗流暢的結尾來強調故事的大眾娛樂性。

　　「形式層面」則著重於詞彙組成的呈現，以及文句的美學表現，集中探察如何有效引起讀者的審美情感和興趣。宋元話本小說「篇尾」中，經常運用形式表現的修辭格，諸如「對偶」、「類疊」、「列錦」。「對偶」為最常運用的修辭格，再來是「類疊」。宋元話本小說「篇尾」，大致以「詩詞」或者「詩詞」和「評論」所組成，因為用「詩詞」或「短句」做為「結末語」相當常見，在普遍「詩詞」中經常出現的典型修辭格較多。一般而言，作品會透過重複或排列的手法，來強化內容、敘述方式和作者意圖，以加深讀者對作品的印象和反應。這種修辭格就算是持續的反覆，還是會透過靈活的調整，在固有形式上賦予一些節奏感，刻畫內在所蘊含的多重涵義，試圖多方面吸引讀者的興趣。

　　宋元話本小說的「篇尾」，如此反覆運用複雜的修辭技巧；「篇尾」所運用的修辭格，能概括表現敘述者（作者）的感情和見解。作者透過這些修辭技巧，簡單明瞭的闡述自己在作品上的看法，以強化作品的說服力和感染力。並且透過「篇尾」體現內容形態和主題藝術的調節作用，順便幫讀者（聽者）總結全篇內容，再次有效傳達作品宗旨。

第四章　「總結」與「環結」
——「篇尾」的修辭格意義

一、前言

　　研究小說作品，不只要對內容進行細密的分析，當中的修辭藝術也相當重要。所謂小說作品修辭，指的是作者運用作品敘事，從多方面設計、表現其藝術體系。本文透過分析作品的小說性技巧，說明多樣敘事表現之重要。特別是話本小說的篇尾，作者積極直接介入的特點特別明顯，有效體現其藝術體系。因此篇尾修辭為展現作家文學表現最核心的美學藝術，篇尾修辭藝術研究，是脫離作品完成度、連貫性與中心思想的藝術重現，直接具體呈現作者敘事手法、美學感觸還有藝術成就的綜合體現，因此極具研究價值。

　　宋元話本小說和明、清時代話本小說不同，作者並不可考，因此在原架構基礎上內容也許經過增減或修改。[1]宋元話本小說還能看到話本小說故有的說話特色，即充實展現演出的方式。明、清時代因專門文人改編太多，創作時無形中顯露出「儒生精神」或「精英意識」，[2]比起宋元話本小說粗糙平實的敘事特徵，更趨近為流利文雅的文人讀物。和宋元話本小說初期的演示特徵做比較，只承襲了基本說話敘事形式或一般敘述特徵。明清時代話本小說不是經由多位作者長時間修正，而是以某位作家各別補充完善為主，因此帶有較深的個人色彩。以當時一般大眾為對象，不只在類推話本小說普遍情感方面有困難，而且整理每位作家修改的特殊性也受到限制。但就宋元話本小說而言，當時說話人共通的情感，即無法明確屬於社會某階層，自身定義模糊和不得志的怨恨感慨，還有依照

---

[1]　宋代話本小說與元代話本小說並稱情況非常多，要明確區分兩者並不容易。宋、元朝代間隔時間短，創作數最多。故本研究討論作品以宋元、明、清為界。

[2]　中國古典小說強調「善惡」對立，此類作品包含某種程度上直、間接的道德教化意識。因作家身分包含仕途不順、沒落的儒生或所謂的知識分子。不知不覺通過作品來顯示出自身文才，依據經濟、社會等各方面需求，順應讀者取向來創作作品，但訓誡教導大眾的意識卻非常明顯。這些都可稱為「儒生精神」，或「精英意識」。不論作者在作品中是否有這種意圖，還是自然流露其明確的「善惡對立」價值觀與道德意識。金明求，〈惡性和善性——《三言》中出現的「善惡竝存」人物研究〉，《中國語文論叢（韓國）》第69輯，2015年6月，頁232。

讀者（聽眾）實際反應調整變化等與作品的議論相連接，巧妙的表現於篇尾中。這點與藉由話本小說形式的文人話本小說有所差異。宋元話本小說主要是以當時一般大眾為對象，反映下層知識人作品的藝術性。

宋元話本小說創作，來自對聽眾（讀者）或一般人演示時，除了故事結尾外，並表明個人對於作品的主觀意識。在此過程中作者或說書人，大部分均表現出總結整裡故事的意味。這種演示過程和讀者反應的痕跡，皆原封不動保留於小說裡，篇尾的作用實際上已超越僅概括內容和反映主題的層面，而展現出讀者、作者和作品三者密不可分的互動關係。宋元話本小說研究中，篇尾考察能全面觀察整體內容、形式和意義，這點相當重要。篇尾不單只是作者對故事簡單的感受或評價，也是作者（敘述者）具體表達個人想法的平臺。即使不是篇尾，在內容上作家也會反覆介入，但僅限對相關事件的展開和結尾，針對有限的內容和簡單的人物評價等，相反的，在「篇尾」作者能直接明確表達出對作品的整體觀點。但受篇幅限制仍無法完整傳達作者的思想，因此篇尾還是以作品大綱和評價議論為主，特別著重於其中某部分，比起細部記述多為整體性呈現。「篇尾」主要為簡述故事梗概，包含教誨訓誡，明確表現出回顧事件的感嘆情感。敘事特徵多以精簡和單一事件的記述方式，並適時刻劃情感內涵，以闡明主旨精微意見。

二、「篇尾」中所運用的修辭格分類和特徵

宋元話本小說篇尾運用了各種修辭技巧，以常運用的修辭格[3]為中心，可分為內容和形式兩個層面。前者包含映襯、設問、引用等，後者包含對偶、類疊、列錦等。[4]下表依作品別把宋元話本小說篇尾的修辭格分門別類總結出來。

---

[3] 一般修辭學，可分語音修辭，語言修辭，句法修辭，修辭格，篇章修辭，語體修辭，文采修辭，語文風格等，本文中的修辭藝術以最直接客觀，在實際藝術上較精確的表現方式為中心來考察。這些在「修辭學（Rhetoric）」中稱為「修辭法（Figure of sﾟeech）」或「修辭格（Rhetorical Style）」，一般關於修辭技巧的內容、形式到意思都泛指「修辭法」，較特殊的修辭再細分為「修辭格」。修辭學概念根據民族地域、學問領域不同和學者間個別的意識上存在某種程度上的差異，考慮到中國文學作品的特殊限制，比起全盤概括來區分「修辭法」，「修辭格」更能區分各種不同修辭技巧。篇集集結敘述者（作者）的情感和見解，透過「修辭格」看見修辭藝術。陳介白，《修辭學講話》（《修辭學研究》內，臺北：信誼書局，1978年）；陳望道，《修辭學發凡》（民國叢書編輯委員會編，《中國學術叢書》，第2編內，上海書店，1990年）；成偉鈞，唐仲揚，向宏業編，《修辭通鑑》（臺北：建宏出版社，1996年）；黃慶萱，《修辭學》（臺北：三民書局，2002年）。

[4] 本文以中國古典小說為對象來考察，應用中國學術界中普遍所認知的「修辭學（中國修辭學）」概念。

篇名		內容層面			形式層面			備註
		映襯	設問	引用	對偶	類疊	列錦	
清平山堂話本	〈柳耆卿詩酒玩江樓記〉		◎	○				
	〈簡帖和尚〉			○	○			
	〈西湖三塔記〉	○			○			
	〈合同文字記〉				○			
	〈風月瑞仙亭〉							
	〈藍橋記〉				○		○	
	〈快嘴李翠蓮記〉							篇尾×
	〈洛陽三怪記〉							篇尾×
	〈陰騭積善〉		○	○	○	◎		
	〈陳巡檢梅嶺失妻記〉				○			
	〈五戒禪師私紅蓮記〉	○			○			
	〈刎頸鴛鴦會〉			○	○	○	○	
	〈楊溫攔路虎傳〉				○			
	〈花燈轎蓮女成佛記〉			○	○			
	〈曹伯明錯勘贓記〉				◎	○		
	〈錯認屍〉			○				
熊龍峰刊小說	〈張生彩鸞燈傳〉				○			
	〈蘇長公章臺柳傳〉			○				
喻世明言	第3卷〈新橋市韓五賣春情〉					○		
	第11卷〈趙伯升茶肆遇仁宗〉		○	○				
	第15卷〈史弘肇龍虎君臣會〉	○				○		
	第24卷〈楊思溫燕山逢故人〉	○		○	○			
	第33卷〈張古老種瓜娶文女〉	○	○		○			
	第36卷〈宋四公大鬧禁魂張〉				○			
	第38卷〈任孝子烈性為神〉	○			○			
	第39卷〈汪信之一死救全家〉		○		○	○		
警世通言	第4卷〈拗相公飲恨半山堂〉		○		○			
	第7卷〈陳可常端陽仙化〉		○					

因此筆者不只以縱的概念系統論理性來分析修辭學定義和分類，並以黃慶萱《修辭學》（臺北：三民書局，2002年）中清晰明確的修辭法概念和適當例子作為本文的論點。以橫的概念細部廣泛呈現修辭學的定義和分類的成偉鈞，唐仲揚，向宏業的《修辭通鑑》（臺北：建宏出版社，1996年）為補充活用的參考資料。

篇名		內容層面			形式層面			備註
		映襯	設問	引用	對偶	類疊	列錦	
警世通言	第8卷〈崔待詔生死冤家〉				○	○		
	第10卷〈錢舍人題詩燕子樓〉				◎			
	第12卷〈范鰍兒雙鏡重圓〉	○				○	○	
	第13卷〈三現身包龍圖斷冤〉		○					
	第14卷〈一窟鬼癩道人除怪〉	○	○					
	第16卷〈小夫人金錢贈年少〉		○		○	○		
	第19卷〈崔衙內白鷂招妖〉						○	
	第20卷〈計押番金鰻產禍〉			○	◎			
	第30卷〈金明池吳清逢愛愛〉				○			
	第36卷〈皂角林大王假形〉				○	○		
	第37卷〈萬秀娘仇報山亭兒〉				◎			
	第39卷〈福祿壽三星度世〉				○			
醒世恆言	第6卷〈小水灣天狐貽書〉				●			
	第13卷〈勘皮靴單證二郎神〉			○				
	第14卷〈鬧樊樓多情周勝仙〉				○			
	第17卷〈張孝基陳留認舅〉				○			
	第31卷〈鄭節使立功神臂弓〉				○			
	第33卷〈十五貫戲言成巧禍〉				○			
合計	46	8	10	12	29	11	5	75

（○：1次，◎：2次，●：3次以上）

　　如上圖所示，宋元話本小說篇尾中無論內容或形式，全都運用了「修辭格」。但《清平山堂話本》中收錄的〈快嘴李翠蓮記〉和〈洛陽三怪記〉卻為例外，分別以「新編小說〈快嘴媳婦李翠蓮記〉終」，「話名叫做〈洛陽三怪記〉」為總結，實際並不存在篇尾。

　　「篇尾」主要功能多與統整內容、傳達敘述者（作者）的思想和對聽眾（讀者）的勸誡相關，總結後可發現，一般「入話─正話」，「正話─篇尾」各自緊密連結，篇尾在關係延伸上，表現出關於前部分的評論和意見等，入話和正話則相互連接。從敘述者（作者）的意圖來看，多強調正話的教訓性或後話展示，反映作者價值觀。站在聽眾（讀者）立場而觀，它增加了作品餘韻並有宣布散場的主要功能，可讓聽眾對正話產生的餘味進而思索。胡士瑩在《話本小說概

論》中論及篇尾功能為「總結全篇大旨，或對觀眾加以勸誡。」[5]樂蘅軍的《宋代話本研究》裡，把篇尾（散場詩）的功能分為五種，第一總結故事內容，第二品評人物善惡，第三提示告知故事結束，第四交代素材來源，第五正話以外的見解。[6]根據白昇燁《《清平山堂話本》口演體制及言術構造研究》篇尾的功能則大致分為四種，第一話本講唱結束的提示信號，第二整理概述正話內容，第三向聽眾闡明主旨，第四其它：介紹話本主題或交代故事正話來源。[7]

　　如上所述，簡略言及篇尾功能或連接正話故事內容，這些功能可說是著重於篇尾的外顯性目的，但比起這些特徵，篇尾本質上呈現了多樣性修辭技巧的藝術信息。實際上，篇尾修辭藝術相當細緻精巧，不僅有效導入作品內容的情理，適當營造主題氣氛，或著重於描述敘述者意圖，展現作者明顯的世理和觀點，以強化文章可信度。並運用各種修辭技巧，加強聽眾（讀者）印象或激發各種聯想以傳達複雜情感，表現出事物的多重面向。這些篇尾所運用的修辭藝術，在於單純整理故事內容、含蓄披露作者想法，同時具有向觀眾宣告散場的功能，脫離訓誡式語句，在目前所觀察到的多樣意圖和功能裡就可參透。因此跳脫了篇尾只是做為結尾附加這樣的功能性框架，把「篇尾」轉換成作品組成之必要成分，敘述藝術的完成環結，同時展現其應該被深度考察修辭技巧的必要性。觀察篇尾修辭技巧，對作品能有更廣泛的理解；同時也對研究者多方面觀察作品、作者和讀者間緊密關係時，扮演重要角色。本文從宋元話本小說「篇尾」相關研究中，從概括性的形式特徵裡抽離，以其中所運用的複雜修辭技巧和功能來考察「篇尾」所應用的各類修辭藝術及其具體意義。

三、「篇尾」中所應用的修辭格的藝術意義

　　宋元話本小說「篇尾」的修辭功能大略可分為幾種，根據使用的修辭種類在功能和意思上雖稍有不同，但在「使小說作品表現的優美高雅，讓聽眾（讀者）具有生動感並有效的傳達自己的想法」上並無差異。[8]宋元話本小說「篇

---

[5]　胡士瑩，《話本小說概論》（北京：中華書局，1980年），頁145。
[6]　樂蘅軍，《宋代話本研究》（臺北：國立臺灣大學出版委員會，1969年），頁82；秦瑩，《板索裏系列小說和話本小說的比較研究》，韓國慶熙大學碩士學位論文，2009年，頁36-37。
[7]　白昇燁，《《清平山堂話本》的口演體制和言術構造研究》，韓國檀國大學博士學位論文，2000年，頁130-132。
[8]　黃慶萱，《修辭學》（臺北：三民書局，2002年），頁12。

尾」為了加強語氣使讀者產生相關聯想，應用「映襯」和「設問」手法，而「引用」和「對偶」則使作品內容言簡意賅並維持形式精簡，「類疊」和「列錦」使用字詞語句的修辭技巧，在敘述性上做各種變化和調和。

（一）強化語氣和讀者的聯想：「映襯」、「設問」

作者藉由「篇尾」修辭格細密傳遞敘事目的。有時「映襯」、「設問」的運用本是無意識或習慣性的表達，由於頻繁使用，進而形成這兩種修辭，但某種程度上還是能反映出作者對作品的安排調整。那麼作家頻繁活用這兩種修辭格用意為何？兩者雖具有多種表現效果，但因作家想藉此強化語氣，啟發讀者思考進而刻劃中心思想，其中雖包含「映襯」、「設問」、「引用」、「列錦」等手法，但最具代表性的修辭格實屬「映襯」和「設問」。

「映襯」能突顯作家思想感情，以達到強烈「對比」和「抑揚」的效果，[9]在《喻世明言》第三十八卷〈任孝子烈性為神〉中就能體現此修辭特徵，〈任孝子烈性為神〉篇尾運用「映襯」中的「反襯」手法，同時極具對比及襯托效果。

詩云：

　　鐵銷石朽變更多，只有精神永不磨。

　　除卻奸淫拚自死，剛腸一片賽閻羅。（《喻世明言》第三十八卷〈任孝子烈性為神〉）

此作品敘述為人孝順的任珪，得知妻子有姦情後，一氣之下殺了妻子、姦夫周得、丈人、丈母、使女等人之後，到官府自首，接受行刑前自己迎接死亡之自白。此詩道出「孝」、「義」主旨，並讚揚任珪堅忍的意志和決斷。詩中首句「鐵」、「石」和下句「精神」，形成鮮明對比。「鐵」和「石」代表無法輕易改變之物質，並有具體外在形體，雖難改變此特質，但如受外部強大壓力

9　觀察宋元話本小說篇尾運用的「映襯」修辭格，其中有「對襯」，「雙襯」，「反襯」等，成偉鈞在《修辭通鑑》中將「對襯」（「對比」或「對照」）分成「兩物對比」和「兩面對比」。黃慶萱的《修辭學》把「對襯」當作「兩物對比」，「雙襯」為「兩面對比」。「反襯」對於某種事物，用與本質相反的詞語或文句加以比較描寫。有關「映襯」的種類和特徵，參考黃慶萱，《修辭學》（臺北：三民書局，2002年），頁409-430；成偉鈞，唐仲揚，向宏業編，《修辭通鑑》（臺北：建宏出版社，1996年），頁529-531；李致洙，〈陸游詞的對比修辭法〉，《中國語文學（韓國）》第57輯，2011年6月，頁27。

或經時間流逝也能改變其特性。假設外顯型態會因其他因素產生變化，而有明顯差異；反之，因「精神」為感受性的抽象狀態，所以隨著意志強度越增，即使受到外在刺激或時間變化也無法使其產生明顯改變，藉此強調和「鐵」、「石」的不同，不受時間影響。另外，「銷」、「朽」與「永不磨」也屬對比關係，「剛腸一片」代表不屈的意志，和代表死亡的「閻羅」形成對比。篇尾通過此類「映襯」，強調任珪的「精神」與「行動」，這也是作家想傳遞給讀者的訊息。通過強烈對比，加深讀者對任珪是「孝」和「義」的「實踐者」印象。

除「映襯」外，「設問」也是帶給讀者深刻印象的修辭技巧之一。「設問」應用在篇首、篇末或篇中，主要用於提出主旨或使文章保有餘韻上，在陳述型敘述結構中插入疑問式問句，會使略微單調的句子有所變化而增加節奏感，使用提問方式，將讀者注意力集中在故事的中心思想上。「設問」中常出現為激發本意而提問的「激問」修辭法，從問題入手，進而引發讀者共鳴。[10]

> 有詩曰：
> 　一別知心兩地愁，任他月下玩江樓。
> 　來年此日知何處？遙指白雲天際頭。

> 又詩曰：
> 　耆卿有意戀月仙，清歌妙舞樂怡然。
> 　兩下相思不相見，知他相會是何年？（《清平山堂話本》之〈柳耆卿詩酒玩江樓記〉）

《清平山堂話本》之〈柳耆卿詩酒玩江樓記〉篇尾裡的兩首詩，首詩內容講述和戀人別離後的悔恨情感，第二首詩和本文內容緊密相連，歌頌「柳耆卿」和「周月仙」的愛情與離別之情。前者在篇中運用「設問」，「來年此日知何處？」因明年今日不知身處何處，不敢輕許諾言，運用「激問」道出對自身處境

---

[10] 「設問」根據形式與特徵分為「懸問」、「激問（反問）」、「提問」、「激問兼提問」等，再依據位置細分為「篇頭」、「結尾」、「篇頭兼結尾」、「篇中」、「連續」等。宋元話本小說篇尾「設問」中，以「激文」出現最為頻繁，運用於「篇頭」、「篇中」、「結尾」各部分。「激問」，「激發本意而問」和「引起激烈情感的反問」，問題反面即答案，因此又稱「反問」。「設問」的分類和特徵參考黃慶萱，《修辭學》（臺北：三民書局，2002年），頁47-65；成偉鈞，唐仲揚，向宏業編，《修辭通鑑》（臺北：建宏出版社，1996年），頁706-715。

的悲嘆。後者則是柳耆卿必須離開任職之地,將與伴他左右的周月仙分離,同樣呈現出哀悔不捨之情。特別是篇尾中「知他相會是何年?」,用設問表達對離別的悲傷之情,以及無法再相見的茫然而複雜的情愫。

兩首詩中間和結尾部分都應用了「設問」,作者通過此修辭,引導讀者進入自身情感世界,並產生共鳴。這些不單純用並列方式來羅列或強調自我情感意識與言詞氣氛,而是通過提問去誘發讀者感受,適切傳達作者內在思想。藉修辭格變化,更能將讀者置身於作品世界,強化其對主題的理解認知,並運用修辭加深對作品的印象,且藉由聯想產生餘韻的效果。

和前面例文相同,能看到在增強語氣的地方,同時運用了「映襯」和「設問」手法。

詩曰:

一心辦道絕凡塵,眾魅如何敢觸人?

邪正盡從心剖判,西山鬼窟早翻身。(《警世通言》第十四卷〈一窟鬼癩道人除怪〉)

此作品講的是吳洪娶鬼妻(李樂娘),遇癩痢道人作法才將鬼怪收服,後來吳洪看破紅塵,入山修道。篇尾中「一心辦道絕凡塵」和「眾魅如何敢觸人?」形成對照並運用了「設問」,首句指遠離俗事一心只有修道,即有關「脫俗」之內容,第二句以鬼怪隨意接近凡人的「亂事」為主,「一心」和「眾魅」,「絕凡塵」和「敢觸人」對比,並有「超越世俗,入山修道,但為何鬼怪還肆意接近人類?」這樣的「激問」,用「映襯」、「設問」,強調「道的修行」與「不被世俗迷惑」,結尾癩痢道人原是神仙甘真人,吳洪是甘真人前生的弟子,但其俗念未斷,遇到鬼怪後再次跟隨甘真人回歸仙界,以「凡俗」、「脫俗」,「仙人」、「凡人」對比與人和鬼怪接觸橫行的世界,經由激問法強調修行,並勸誡世人不可被俗物迷惑。通過強烈對比及激問方式給讀者留下深刻印象。

(二)內容的凝練和精簡方式:「引用」、「對偶」

宋元話本小說篇尾的修辭格,撇開形式和內容不同,混用的情況非常多見,大部分修辭格以「修飾」和「鋪敘」為中心,重點在於如何在原文中加入各

式修辭技巧，擴展內容意義，以及調整形式構造。所謂語文「擴張」和「修飾」的特徵外，同時追求「縮略」、「單一」的修辭格。代表此類修辭格稱為「引用」和「對偶」。即使引用和對偶與其它修辭格相比，運用方式較為單一，但意思更加深入含蓄，能充分傳遞主旨。此類修辭主要以「節制」和「凝練」特徵為主，觀點明確，強調文章之可信度與說服力。維持文章精簡形式，以強化意義的「傳達性」。宋元話本小說篇尾大量使用引用、對偶之修辭格，其中包含大量「引用」型態，引用不只包括歷史、成語、寓言，還有詩詞、格言、警句、諺語、俚語等，其中俗語和典故最為常見。引用主要採用對句型式，無論詩詞、俗語、成語、套語等皆是如此。前（句）和後（句）意義、形式和構造相互對應。首先觀察《清平山堂話本》之〈花燈轎蓮女成佛記〉的篇尾。

> 作善的俱以成佛，奉勸世人：看經念佛不虧人。（《清平山堂話本》之〈花燈轎蓮女成佛記〉）

　　篇尾中運用俗語「看經念佛不虧人」，「看經」和「念佛」為「當對句」。[11]廣義上適用對偶標準，「看」動詞、仄聲，「念」動詞、仄聲，「經」名詞、平聲，「佛」名詞、平聲。字數和詞性相同，內容和形式構造相互對應。還有意思不同的「看經」和「念佛」，雖混合兩個形式，但因已像成語般廣泛使用，所以當成相同文句也無妨。因普及性更能使讀者感到親密熟悉，越通俗的句子越能有效傳達內容。類似的情況在其它作品中也能看到。《清平山堂話本》之〈刎頸鴛鴦會〉的篇尾中，運用韻文（歌曲）＋詞（〈南鄉子〉）＋短句（二句），其中最後的短句運用常套語，屬「單句對」修辭。

> 當時不解恩成怨，今日方知色是空。（《清平山堂話本》之〈刎頸鴛鴦會〉）

　　先從對偶分析，「當時」和「今日」都是名詞，前者為平平聲，後者為仄仄聲，形成平仄對句。「不解」和「方知」都是「副詞＋動詞」，前者為仄仄

---

[11]　嚴格定義來說，「當句對」不只內容意思相對，「平仄」也需對句，但從俗語特性來看，要維持嚴謹平仄並不容易。

聲，後者為平平聲，兩者意思形成對比。「恩成怨」和「色成空」都是「名詞＋動詞＋名詞」，前者為「平平仄」，後者為「仄仄平」，為平仄的組合，內容和意思上也相對應。「當時」和「今日」為時間的對比，「不解」和「方知」為認知上的對比，雖然也能看到一部分「映襯」的特徵，但整體來說「對偶」的特性更加顯著，特別在「恩成怨」和「色成空」的意義層面上相互對照，雖出現「映襯」的特徵，但對偶的修辭格更為明顯，不僅僅在平仄，在構造和意思上也互為對偶。

　　本研究接下來分析引用的修辭格，「恩成怨」指成語「恩多成怨」，說明恩惠和愛過多反而會產生埋怨。「色是空」指「色即是空」，出自佛經《般若波羅蜜多心經》，[12]只萬世萬物本質皆為空，為修道時常使用的「常套話」。前後句已活用慣用文句，表達一切俗事皆為空，前後句子字數和文章結構、詞性都相同，不僅有平仄，還活用各個引用之修辭格，下文：

　　有詩為證：
　　　　李救朱蛇得美妹，孫醫龍子獲奇書。
　　　　勸君莫害非常物，禍福冥中報不虛。（《警世通言》第二十卷〈計押番金鰻產禍〉）

　　此作品屬於「單對句」對偶，運用引用中的典故修辭，「李救朱蛇得美妹」和「孫醫龍子獲奇書」為「單對句」，意思相互對應。「救」和「醫」皆屬動詞，前仄聲，後平聲，意思分別為「救助」和「治療」，兩者形成對偶。「朱蛇」和「龍子」皆屬名詞，「朱蛇」為「平平聲」，「龍子」為「平仄聲」，並無按照平仄格律，但「朱蛇」和「龍子」意思相呼應。「美妹」和「奇書」皆屬名詞，「美妹」為仄仄聲，「奇書」為平平聲，兩者平仄相對。「美妹」指「眾人之美」，「奇書」指「眾書之奇」，因為是說在「眾人」和「眾書」出眾奇異，因此為對句。首句和第二句皆引用典故，並運用引用中的「暗引」。[13]「李

---

[12] 漢語大詞典編輯委員會編，《漢語大詞典》第9卷（上海：漢語大詞典出版社，1994年），頁12。

[13] 「引用」包含「明引」、「暗引」、「化用」等。「明引」指直接指出引用出處，「暗引」未表明文句出自何處，直接引用或稍加改編。「化用」依據作者表達需求，化解引用的話語或文句，一般未指明出處。有關「暗引」詳細內容參考黃慶萱，《修辭學》（臺北：三民書局，2002年），頁140-147；成偉鈞，唐仲揚，向宏業編，《修辭通鑑》（臺北：建宏出版社，1996年），頁581。

救朱蛇得美妹」為《喻世明言》第三十四卷〈李公子救蛇獲稱心〉講述李元救了被村童把玩將死的小蛇（龍王兒子：朱偉），之後娶了稱心為妻（龍王的女兒）的故事。「孫醫龍子獲奇書」描述孫真人（孫思邈）醫治了被戲弄而重傷的蛇（龍王兒子青衣小官），因而獲得龍宮醫病秘方的傳說。前兩句，都是講述拯救遭受災害的龍王兒子而獲得福報的故事。

> 奉勞歌伴，再和前聲：
> 　　見拋磚，意暗猜；
> 　　入門來，魂已驚。
> 　　舉青鋒過處喪多情，到今朝你心還未省！
> 　　送了他三條性命，果冤冤相報有神明。（《清平山堂話本》之〈刎
> 頸鴛鴦會〉）

　　篇尾用作品中十首〈商調‧醋葫蘆〉裡最後一首，[14]曲調帶有唱和形式的歌曲構造，共同使用了對偶和引用的修辭格。第一句和第二句（首聯），第三句和第四句（頷聯），第五句和第六句（頸聯）形成單對句，第一句和第二句字數相同，平仄對應。「見拋磚」和「意暗猜」平仄相同，都為「仄平平」，但文章構造相異。「入門來」，「魂已驚」和前者一樣平仄相似，文章構造相同。但「見拋磚」和「意暗猜」，「入門來」和「魂已驚」都具「原因」和「結果」的關係。即「見拋磚」→「意暗猜」，「入門來」→「魂已驚」相互產生連接。第三句和第四句（頷聯），第五句和第六句（頸聯），以及第七句和第八句（尾聯），字數雖相同（第六句的字數為了配合曲調，重複了其中一個字），但平仄並無完全相符，因篇尾並不是追求韻律和平仄整齊，且意思精煉的對偶詩，而曲調（歌曲）中平仄的句法較為自由，內容對應也較為鬆散，但前後句形式上字數相同，內容的「原因和結果」，「前事和後事」相互連接，維持某種程度上的關係，因此可算是充分運用了對偶之修辭格。[15]

---

[14] 「根據此作品主題的展開所介紹的10首歌曲，符合樂曲〈商調‧醋葫蘆〉故事進行創作的歌詞。這裡商調為調名，醋葫蘆為曲名。形成6、6、8、8、7、8字的句型。」參見申恩慶〈話本小說〈刎頸鴛鴦會〉的比較文學〉，《比較文學（韓國）》第51集，2010年6月，頁312-313。

[15] 固然嚴謹的意義上不只「對偶」的內容，意思的對句也需要平仄相對，但歌曲的特性上要嚴謹地維持平仄廣義範圍的對偶基準來看，形式性的字數和內容維持相互的關係也可看作為對偶。

「對偶」的修辭格[16]運用有各種對句方式，其中又以同時應用「當句對」與「單句對」兩種修辭，最具代表性。

> 萬員外刻深招禍，陶鐵僧窮極行兇。
>
> 生報仇秀娘堅忍，死為神孝義尹宗。（《警世通言》第三十七卷〈萬秀娘仇報山亭兒〉）

上述所引用的詩詞較特別，每句都出現了主要人物的姓名，還有產生行動的原因和結果，通過羅列方式以簡要概括作品內容。首句萬員外「刻深招禍」，第二句陶鐵僧「窮極行兇」，第三句秀娘「生報仇」、「堅忍」，末句尹宗「孝義」、「死為神」。結構為「人物＋原因＋結果」和「結果＋人物＋特徵」，前兩句為當句對，而前兩句與後兩句，形成單句對。

首先從當句對來看，第一句「刻深招禍」，「刻」指刻薄，形容詞，有苛刻之意，仄聲。「深」指深沉，形容詞，嚴重之意，平聲。「招」指招來，動詞，有引起之意，平聲。「禍」指災害，名詞加動詞，有招受禍害之意，仄聲。「刻深招禍」詞性形成對句，平仄相對。「深刻」與「招禍」分別代表「原因」和「結果」。第二句為當句對，「窮極行兇」，「窮」形容詞，表示貧困，平聲。「極」動詞，表示極其非常，平聲。「行」動詞，表示做、實行，平聲。「兇」形容詞，表示兇惡、狠毒，平聲。

頭兩句與後兩句形成單句對，首句「刻深招禍」和第二句「窮極行兇」，意思、詞性為對句。第三、四句「生報仇」、「堅忍」和「孝義」、「死為神」形成單句對。「生報仇」與「死為神」意思相對，詞性一致，形成對偶，而「平＋仄＋平」，「仄＋平＋平」在平仄上並無相對，「堅忍」和「孝義」意思雖相對，但句中位置並不同。

在篇尾，引用和對偶，使文章內容更加豐富精彩，言淺意深，明確展現核心意義，特別是格言和警句更能強化故事哲理，另一面，扮演對讀者進行勸誡和

---

[16] 「對偶」分類相當多，黃慶萱的《修辭學》中共分為29種，成偉鈞的《修辭通鑑》則分為21種。一般普遍所使用的「對偶」為「當句對（句中對）」，「單句對」，「隔句對」，「長對」，「排對」。宋元話本小說篇尾出現的「對偶」有「當句對（句中對）」，「單句對」，「隔句對」，「長對」，但沒有「排對」。篇尾中最常運用的「對偶」為「單句對」，其次為「當句對」。詳見黃慶萱，《修辭學》（臺北：三民書局，2002年），頁591-628；成偉鈞，唐仲揚，向宏業編，《修辭通鑑》（臺北：建宏出版社，1996年），頁812-829。

教訓的角色，讓讀者在事理上，能以更深思熟慮的方式思考，審視相關論點，還有融入成語、寓言、諺語、俚語（俗語）等，以平鋪直敘的方式，取代固定的訓誡模式，提高讀者接受度和可讀性，通過篇尾來拉近作者與讀者間距離。這樣的安排具有調整、銜接作用，並言簡意賅的傳達作者創作意圖。主旨在於用簡單架構，產生深奧的意涵。藉由調整作品內外的修辭技巧，以符合讀者理解、可接受的程度，清楚展現修辭技巧，使讀者對作品產生共鳴。這作為修辭藝術成品、讀者以及作家間之重要樞紐，不僅調整敘述深度，使立場明確，還能提升文章可信度及增強說服力。

（三）語文形式的應用和變化：「類疊」、「列錦」

語文修辭格中，通過形式變化、調和，來追求修辭藝術技巧，最具代表性的為「類疊」和「列錦」。「類疊」又細分成「疊字」、「類字（複詞）」兩種，[17]「列錦」則有「普通式」和「排比式」。[18]「重疊」和「重複」為「類疊」重要特徵，而「類疊」特徵又為，「重疊」和「重複」，「列錦」主要分「排列」和「組合」。宋元話本小說篇尾，時常出現「類疊」修辭格，但「列錦」並不多見。「列錦」組合羅列部分詞匯或排列不同句子，來表達複雜的思想情感，最後總結整體內容，闡述的意味強烈；但在表達敘述者議論或闡述意見方面較為消極的宋元話本「篇尾」中，並不常使用。即便不是全無出現，但和其它修辭格相比，出現頻率明顯較少。像「類疊」或「列錦」，不同於其它修辭格，因外顯表現方式簡單，有具體顯著特徵，所以在詩詞韻文中被大量採用。

這種集中「重疊」與「排列」的手法，站在聽眾（讀者）的角度來看，不但對作品能留有深刻印象，還能成為引發聯想、擴充人物形象之手段；另外，站在敘述者（作家）的角度，可謂是表達自身觀點意圖最有效的修辭技巧。尤其在強調音律的詩詞中特別顯著，像強調與作家見解相同，活用韻語使詩詞富有節奏感，通過詞彙意義延展使讀者產生聯想，用重疊增加詩意等，具有多重含義。

---

[17] 「類疊」指同一文字，詞彙，句連接或間接重覆使用。「類疊」因「字」和「句」的分別而不同，根據重覆性，「疊」或「類」分為「疊字」、「類字」、「疊句」、「類句」。成偉鈞《修辭通鑑》裡「類疊」的特徵可分為「複疊」和「反復」，「複疊」指「疊字」反覆，「類字」稱為「複辭」。詳細內容可參考黃慶萱，《修辭學》（臺北：三民書局，2002年），頁531-589；成偉鈞，唐仲揚，向宏業編，《修辭通鑑》（臺北：建宏出版社，1996年），頁761-762，頁838-844。

[18] 參考成偉鈞，唐仲揚，向宏業編，《修辭通鑑》（臺北：建宏出版社，1996年），頁906-908。

破除固有模式，給予變化，扮演同時刻劃韻律和敘事特徵之角色。特別是「列錦」，並不是用敘述式的方式說明複雜情感，而是通過簡明扼要的詞彙排列，傳播效果更為顯著。

　　「類疊」和「列錦」，在形式變化上有著共同點，都能讓讀者產生聯想，引發情感共鳴之作用。形式明確的「重疊」和「排列」，也是直接表現複雜語文原本特徵的方法。因此不只限於作品某部分，雖然所看到的為最單一的形式，但含蓄表現出原本的內容，在體現意義上反而是不可或缺的存在。像這些以形式變化和中心調節的修辭格，多方面描寫作家複雜的內在情感，同時適切強調他想傳達的意圖，精煉表現出事物多面性。從《清平山堂話本》之〈刎頸鴛鴦會〉，就能具體觀察修辭形式如何體現作品形式的內容美學。

　　　又調〈南鄉子〉一闋於後。
　　　詞曰：
　　　　　春雲怨啼鵑，玉損香消事可憐。
　　　　　一對風流傷白刃，冤！冤！惆悵勞魂赴九泉。
　　　　　抵死苦留連，想是前生有業緣！
　　　　　景色依然人已散，天！天！千古多情月自圓。（《清平山堂話本》
　　　之〈刎頸鴛鴦會〉）

　　上面引用〈南鄉子〉古詞，重覆五、七、七，二、七字結構。[19]第四、九句都有疊字，重疊使用同一字。詞的疊字「冤冤」和「天天」，「冤冤」使用疊字，強調冤屈枉死，反映出敘述者站在與角色相同立場上的同理心。要說和作品內容相關的話，色慾薰心的蔣淑珍和三個男人姦淫，最後使三個男人都失去性命的事相關，蔣淑珍和鄰舍少年「阿巧」暗合，害其一時受驚而死，之後，她嫁給李二郎又和別人私通，使李二郎得知後也氣急攻心而亡；後來又她和姦夫朱秉中一起殺害了第二任丈夫張二官，可說是都因蔣淑珍過多的色慾，而引發的枉死悲劇。詞句表現出，一世風流的人物，究竟因鋒利的刀刃而失去生命之事，實有冤枉、怨恨之心。這一段詞句可以暗示蔣淑珍和朱秉中身首異處的慘況。

---

[19]　〈南鄉子〉5、7、7、2、7字句型，重覆兩次「雙調體」。用具有意義的曲調編寫與作品符合的歌詞，壓縮概括內容的同時，又作為主題的提示。申恩慶〈話本小說〈刎頸鴛鴦會〉的比較文學研究〉，《比較文學（韓國）》第51集，2010年6月，頁311。

「天天」指死亡絕非偶然，強調和前世業報、因果相關。因蔣淑珍而冤死的人們怨恨，最終引發報仇的效應（「冤冤相報」），這些報復和懲罰並不違背天理（「不違天理」）。因此「冤冤」和「天天」跳脫固定形式，不只以精練表達調和節奏感，並通過重疊整裡作者的情感意圖，讓讀者對故事留有深刻意象。相同例子如下：

> 有詩為證：
> 　　情郎情女等情癡，只為情奇事亦奇。
> 　　若把無情有情比，無情翻似得便宜。（《醒世恆言》第十四卷〈鬧樊樓多情周勝仙〉）

用類疊中的「類字（複辭）」，四句詩中「情」和「奇」，各出現七次和兩次，「情」不是連續性疊字，而是由一個詞彙構成或單獨使用。「情」，錯綜複雜的事件，和樸實的刻劃作家對「情」的隨想。故事描述周勝仙和范二郎在樊樓偶然相遇，彼此相互愛慕，私訂婚約，但周父不同意這門婚事，周勝仙氣極而死。這時朱真得知周勝仙的棺木有許多財物，趁晚上盜墓時，又姦淫了周勝仙，受到陽和之氣的周勝仙因此復活，卻被朱真監禁在家。後來周勝仙趁火災逃走，到樊樓找范二郎，但范二郎誤以為撞鬼，便拿起湯桶砸去，失手將她打死而被抓入獄，周勝仙鬼魂連續三天在夢中與范二郎相會，最後范二郎無罪獲釋，朱真則被處斬刑。

作品主要以「情」觸發出各樣奇異事件，「奇事」大致分為兩種，第一、周勝仙死去又復活，第二、范二郎在獄中時，周勝仙的鬼魂出現於范二郎夢裡，兩人枕席之間歡情無限。這些奇事的開端都始於一個「情」字，並在迂迴曲折的情節中展開，最後以人和鬼互相分享的「情」事作為結尾。因此作家在篇尾，對比了「無情」和「有情」，雖然「無情」看似比「有情」更有利益，但這只限於表面意思，其中內在所隱含的意義，則在於因「有情」而引起的奇事，由此刻劃「有情」的獨特與偉大。即使反覆使用「情」字，無多樣性變化，重覆出現強調的內容，稍為枯燥單調，但作家通過「情」，連接多樣詞彙，即「情郎」、「情女」、「情癡」、「情奇事」、「無情」、「有情」，彌補了枯燥單調之不足，還調節詞彙間的有機性和協調性。即使不使用疊字，連續單用「情」字，也能強化「情」的含義和特徵，使讀者對「情」的意識持續上升，從而加強詞彙意義。

此種強化和調和的特點，在「列錦」中也不例外，但「列錦」不只有「強調」和「調和」，在「聯想」上也有更多變化。作品使讀者自行產生聯想，作者只是扮演給予聯想線索的角色。

　　有詩為證：
　　　　十年分散天邊鳥，一旦團圓鏡裡鴛。
　　　　莫道浮萍偶然豐，總由陰德感皇天。（《警世通言》第十二卷〈范
　　鰍兒雙鏡重圓〉）

　　上述引文，使用「排比式列錦」，一、二句羅列出各個詞彙，形成排比，舉例而言：「十年」、「分散」、「天邊鳥」、「一旦」、「日圓」、「鏡裡鴛」都屬名詞詞彙，並形成相對結構。「十年」/「一旦」對照時間長短，「分散」/「日圓」對比別離與團聚，「天邊鳥」暗示分隔遙遠，「鏡裡鴛」指再次結合的「鴛鴦寶鏡」。故事中男、女主角，經歷曲折的別離與重逢，從內容觀察，呂忠翊的女兒順哥，被盜賊頭目首領范汝為劫擄，之後順哥和范汝為姪兒范鰍兒結婚，後因朝廷率軍討伐范汝為，范鰍兒和順哥把家寶鴛鴦寶鏡，分為兩片做為日後重聚信物，十二年後，呂忠翊派賀承信傳達公文被順哥窺見，認出賀承信其實就是范鰍兒，原來在當初韓世忠領兵攻城時，范鰍兒被呂忠翊救下後改名為賀承信，之後在朝廷立功出仕，成為廣州指使。夫妻經過十年歲月再次相逢，終使分開的的兩片鴛鴦寶鏡得以重圓。
　　開頭兩句，一系列詞彙排列，雖沒直接道出「離別」和「等待」，卻產生「時間」、「生死」、「報應」等多樣形象；雖不直接刻劃某種對象或情感，主要描述和其相關聯的事物或現象，使讀者通過具體化的形象聯想，領會作者欲傳遞的訊息。實現「直接」和「間接」、「內藏」和「外顯」、「擴張」和「縮小」等變化調和，同時具備有效傳達作者情感的功能，因此「列錦」並不單純強調毫無關聯的詞彙，或為了聚焦讀者注意力而排列，而是列舉的詞彙中都存在可能的「聯結」關係，在意思傳達過程中可看到，從「巨大」到「縮小」的轉移，「抽象」到「對象」的轉移，因此一開始的「十年」→「分散」，第二句中的「一旦」→「日圓」→「鏡裡鴛」，產生「大義」→「小義」，「間接」→「直接」，「理想」→「實際」的聯想。通過「列錦」能引起多種意象擴展延伸，使讀者脫離單一框架，拓寬思維，創造獨特形象。作者在此過程中，透過類推內容

詞彙的排列調和，強調內容含義，使讀者意識到篇尾（敘述者）複雜的情感和了解事物的多樣面向。

四、結語

　　如上所述，多方面察考宋元話本小說「篇尾」運用的「修辭格」藝術性意義。「篇尾」的藝術性意義，在於強調言詞氣勢、強化讀者印象，或凝聚作品內容，保持精簡結構，應用語文形式跟隨敘述潮流，是為了實現變化和調和。研究修辭藝術的意義，首先研究者需要擁有洞察敘述者情感的見解及主張，和獨有思想的視角，在作品理解上扮演重要角色，能夠透過當時話本小說所呈現的各樣修辭技巧，仔細觀察小說修辭學的美學特點，以及表現藝術的體現過程。特別是從修辭學觀點來看當時小說作品的敘事傾向，可以細密考察作家各式修辭手法，及積極或無意識的應用，話本小說思想已然形成文藝藝術氣氛，可與潮流結合，去理解作品積極反映的事物。宋元話本小說「篇尾」出現的修辭技巧和藝術性成就，可謂相當成熟並有完整系統。以聽眾（讀者）做為主要對象，給予最直接有效方式傳達藝術性感受，透過修辭格積極體現出作家本身的美學感知。關於作品的內容形式、主題意義，相關藝術配置和調整，也利用「篇尾」適當呈現，幫助聽眾（讀者）總結整理內容，同時傳達故事宗旨。

第五章 「場景轉換」與「時光流變」
——「時間敘事」之「快速」與「緩慢」

一、前言

　　小說的「時間敘事」是構成作品的主要因素，在不同情況下以多樣形態出現。有時集中縮減詩詞、套話和俗語等，或是刻畫人物細膩的內心情感，到敘述戲劇性場景，都廣泛運用了時間敘事。從「時間」這個單詞不難看出是從某個時刻到另一個時刻的描寫。[1]因此作品中的時間敘事也具有「進行」、「流動」、「變化」等特徵。小說作品的時間敘事往往與時間描寫相並論，但在時間敘事上存在「限制」與「擴大」兩種不同的觀點。時間描寫是對於時間敘述有直接或獨立性的描寫，在內容及形式上一般不會以故事的展開作為重點，而是把焦點放在修辭性技巧方面，可以說明時間的敘述對象及範圍，在一定的段落裡可以區分界限，或是縮小描寫。如果「時間描寫」集中在比較形式或修辭技巧方面，不但能發揮其本身特點，還能直接參與故事敘事。時間敘事不僅直接連接故事內容，還有調節安排時間之作用，時間敘事靈活具有流動性，其概念非常廣泛。

　　以時間為中心的時間敘事不但有直接性，還包括間接性的敘事。「直接性時間敘事」是在敘事過程當中對提出的時間具體描寫，分為「快速」與「緩慢」（「快」與「慢」），「流動」與「停止」（「流」與「止」）。「間接性的敘事描寫」雖然內容裡沒提及時間一詞，但前後佈局上可以猜測相關時間。直接性時間敘事可再細分為「客觀性時間敘事」及「主觀性時間敘事」。「客觀性時間敘事」和「主觀性時間敘事」主要體現在作者或敘述者及登場人物方面，以故事的緩慢度為標準，進行變化。雖然「客觀性時間敘事」隨著時間的流逝逐步描寫，但「主觀性時間敘事」會以敘述者（作者）和登場人物的視角進行個別變化。但即使小說是客觀時間敘事，時間還是會以敘述者及登場人物為主導，依照故事情節靈活調整，所以不能說是完全的客觀描寫。「客觀性時間敘事」和隨著作者及登場人物會進行任意改變的「主觀性時間敘事」乃形成一定的相對性。

---

[1] 「時刻」指時間上的某個瞬間，時刻單位「秒」、「分」、「時」。而時間是某個時間點到另一個時間點的名稱。

　　本文是以「時間敘事」概念為中心，在宋元話本小說上獨立具體的「直接性時間敘事」為主要觀察對象。時間敘事的研究，在挖掘作品的敘事性裝置與分配中具有重要的作用。時間是在引導作品情節與主題時的必要條件。舉例來說，假如把「空間敘事」作為「緯線」，那麼「時間敘事」就是「經線」。把空間敘事看成是「公示性平面構造」，那麼時間敘事就是「歷時性縱橫構造」。作品在這樣的空間和時間敘事中，發展出人物背景和事件。不難看出時間和空間乃是構成作品的基本因素，而且以內容和題裁為背景，賦予人物性格後，創造出生動的場景。特別是研究時間敘事時，掌握登場人物的行動與性格，乃是重中之重，也是奠定作品敘事特徵考察的基礎[2]。在此更進一步觀察時間敘事，把研究範圍擴大，更深入地觀察時間的「快」、「慢」，並以此為研究對象。[3]

　　在「時間敘事」上，「快」與「慢」可以說是表現出時間敘述內容的兩大要點。在敘事過程當中靈活運用「快」和「慢」兩者的時間敘事，不但能夠使其和原本所含的意義相反，且運用形式的特徵上也有所不同。時間敘事的「快」在具體意義上會往外延伸，而「慢」則和敘事內容有所關聯。「快」具有具體形式，「慢」和敘事內容結合後，著重描寫人物內在情感[4]。尤其是和內容相關的「慢」和人物心理及狀況的描寫有很深的連結，因為它不以固定形式表現，所以需要通過故事情節詳細分析，才能夠具體瞭解。想了解時間敘事的「慢」，就要

---

[2]　喬治・普萊（Georges Poulet，1902~1991）在《人類對時間的研究（Études sur le temps humain）》（1949）中，本文研究小說時間的「概念」根據Georges Poulet的觀點，今日的敘事理論是作為作品中構成的原理，來操縱多樣的時間。區分出作品的內容時間（story time）、談話時間（discourse time），並且考察它們與作品的關係是敘事學的重要焦點。因此考察小說中的「時間」才能準確地掌握敘事性特徵。宋元話本小說也不例外。關於文學性「時間」的具體內容可以參照《文學批評用語辭典（下）》（首爾：國學資料院，2006年），頁290-291。

[3]　在宋元話本小說所出現的時間敘事研究主要分為「直接性時間敘事」和「間接性時間敘事」兩種。時間敘事的直接性特徵、間接性特徵的研究範圍極為廣泛，因此想要同時敘事非常困難。「直接性時間敘事」可分為「快與慢的時間敘事」、「流與停的時間敘事」兩種，「間接性時間敘事」可分為「象徵（表現）時間敘事」、「聯想（代替）時間敘事」、「投影（對話）時間敘事」三種。本文是對於這些研究的首次研究，主要考察「快」、「慢」的特徵。

[4]　時間敘事的「快」除了以固定形式出現外，還會直接關係到敘事內容，以多種形態出現。但大部分時間的「快」在內容展開過程中擁有某種固定的模式。這是因為時間「快」的表達與小說作品的敘事技巧、展開形式有著很大的關聯。傳統中國小說，時間敘事的基本特徵為「快」，因此時間敘事的「快」已成為內容展開時的固定化模式。不僅運用在場景轉換、新的事情發生、製造某種氣氛等情況，還運用在提高故事內容進行的速度上。相反，時間敘事的「慢」是根據情況而產生變化，因此在運用模式上和「快」有本質上的區別。時間敘事並不擁有固定的模式，根據作品的內容，以多樣的方式來體現「慢」的特徵。本文從敘事形式的運用角度來考察。敘事內容的「慢」要從與作品有關聯的敘事內容來考察。

根據故事情節劃分成多種形態。時間敘事的「快」與「慢」，乃把時間敘事的特徵集中在「形式」與「內容」兩方面，在營造深度意義時，擔任重要角色，並在不同的形態和時間流動上提供更寬廣的視野。雖然時間敘事的「快」與「慢」，在作品上呈現不同的形態，但在調整時間緩急和靈活運用故事情節，或使內容流暢上起到共同作用。

二、時間敘事的「快」：敘事形式的運用

宋元話本小說中，「時間敘事」是在敘事過程中攝入的，除去形態之微或者很難分別的部分外，本文以相對較為明確的部分為主要研究對象。在時間敘事中佔有絕大多數的是「直接性時間敘事」。「直接性時間敘事」以時間變化為基本特徵，一般表現為「快」、「慢」、「流」、「停」。其中最常出現的是「快」，最少出現的為「慢」。因為這與小說中的主要特徵，敘事的快速展開和「隨機應變式」的場面轉換有著緊密的關係。換言之，就小說作品本身而言，其內容情節須快速推進，因此不論是場面轉換還是情節推進都需要時常凸顯「快」這一特徵。

推展內容時，適當的場景變化比起「空間敘述」更為明顯。因為時間比起其他場景，更需要頻繁調整內容的長短緩急。宋元話本小說中的「時間敘述」主要以「快」為主，在許多作品中重複出現。「時間敘述」與其他特徵不同，「快」大多是以套語和俗語的形態出現，如果脫離此形態，那麼使用的語句類型、書寫技巧也會變得單一。不管時間敘述是反復還是固定，「快」都以多種形式表現出來。

（一）時間敘述的套語

時間敘述的套語中，最常見的是「光陰似箭」，這是傳統小說裡常見的形態，也可看作是（套語）、（俗語）、（俚言）。雖然內容和敘述方式各有不同之處，但在描述時間「快」時，有許多共通處。「光陰似箭」的形態常被流動性的運用，反之，「說時遲，那時快」的類型，卻在時間敘述中的前、後句常固定結合，以慣用語的方式被使用。用在描寫比「光陰似箭」還短的瞬間時，直接插入的比例較使用「光陰似箭」的形態還要高，一般在縮寫故事與下一場景快速轉換時經常使用。

1.「光陰似箭」類的反復形式

　　一般「光陰似箭」的形態，是時間敘事中是最為常見的形式。宋元話本小說中表現出「光陰似箭」般「快」的直接性時間敘事在全部45句中佔有10句。[5]「光陰」是光和影子，代表著時間與歲月。「箭」表示箭矢。這個套語意味的是歲月與時間快如飛箭，利用誇飾的手法表示時間之快。雖然也有單純羅列「光陰似箭」的語句，但將日月如梭等相似語句一起對稱表現的情況也不少。「日月如梭」和「光陰似箭」意思相同。「日月」代表太陽與月亮，換句話說，是指時間的經過、變化，「梭」指織布機的「梭子」，意味時間快如織布機裡頭的梭子。

　　首先，觀察以下結合形態：

　　　　光陰似箭，日月如梭。（《清平山堂話本》之〈合同文字記〉）

　　　　光陰似箭，日月如梭。（《清平山堂話本》之〈花燈轎蓮女成佛記〉）

　　　　不覺時光似箭，日月如梭，早是半年之上日期。（《清平山堂話本》之〈花燈轎蓮女成佛記〉）

　　　　光陰似箭，日月如梭，不覺半年有餘，喬俊收絲已完。（《清平山堂話本》之〈錯認屍〉）

　　　　時光如箭，日月如梭不覺又是二月半間。（《醒世恆言》第三十一卷〈鄭節使立功神臂弓〉）

　　　　「光陰似箭，日月如梭」有時被單獨使用，但有時在文句前後添加「不覺」，或者在語句後半部分具體敘述作品的內容、顯示明確的時間點的情況也時常出現。比如，「光陰似箭，日月如梭，條忽這紅蓮女長年一十六歲。」（《五戒禪師私紅蓮記》）、「時光似箭，日月如梭，也有一年之上。」（《警世通

言》）第八卷〈催待詔生死冤家〉、「不覺時光似箭，日月如梭，年去月來，看看成長十六歲。」（《清平山堂話本》之〈花燈轎蓮女成佛記〉）等。

　　還有在「光陰似箭，日月如梭」中，只變化兩個字代替相似語句的例子。例如，「時光似箭，日月如梭，撚間過了三個月。」（《警世通言》第十九卷〈催衙內白招妖〉）、「時光迅速，日月如梭，撚指之間，在家中早過了一月有餘。」（《警世通言》第十六卷〈小夫人金錢贈年少〉）等。這種形態更強調時間上的意思，為此，不單獨使用光陰似箭，而是與「日月如梭」相結合。雖然「光陰似箭」與「日月如梭」擁有同樣的語句構造，但「日月如梭」更具體強調「光陰似箭」。前句「光陰」顯示的是模糊的時間點，而後句的「日月」通過日月升落表達更具體清晰的時間點。前句的「似箭」將「快」通過比喻來表達，也蘊含了積極的一面，反之後句「如梭」，通過日常比喻來表達柔和緩慢之感，可與前句相呼應。

　　「光陰似箭」有時被單獨使用，但不與作品內容相關，反而因為完全沒有關聯而被當做俗語使用。有時又略微改變「光陰似箭」，使其代替相似語句。「前句」中有時使用光陰似箭，有時又使用與此相似的形式，後句中意味時間的經過，或者代表清晰的時間點語句，與之成對句。

　　　光陰似箭，看看成長。（《醒世恆言》第三十一卷〈鄭節使立功神臂弓〉）

　　　光陰似箭，張孝基在過家不覺又是二年有餘。（《醒世恆言》第十七卷〈張孝基陳留認舅〉）

　　　光陰似箭，不覺又早一年。（《警世通言》第七卷〈陳可常端陽仙化〉）

　　　冉冉時光日以梭，相思無計欲如何？（《清平山堂話本》之〈風月相思〉）

　　　已而流光如箭，又逢大比。（《熊龍峰刊小說》之〈張生彩鸞燈傳〉）

　　　四時光景急如梭，一歲光陰如撚指。（《醒世恆言》第三十一卷〈鄭節使立功神臂弓〉）

時光似箭，不覺三年。（《警世通言》第三十六卷〈皂角林大王假形〉）

時光迅速，不覺又是半年。（《醒世恆言》第十七卷〈張孝基陳留認舅〉）

日月如流，不覺是建炎三年。（《警世通言》第十二卷〈範鰍兒雙鏡重圓〉）

時光如箭，轉眼之間，那女孩而年登二八，成長一個好身材，伶俐聰明，又教程一身本事。（《警世通言》第二十卷〈計押番金鰻產禍〉）

荏苒光陰，正是：看見垂楊柳，回頭麥又黃。蟬聲猶未斷，孤雁早成行。（《喻世明言》第三十八卷〈任孝子烈性為神〉）

「光陰似箭」後面添加的語句大多與作品內容有關，表示時間、成長、變化等。若與「不覺」、「條忽」等瞬間的語句相連結，則具體表示時間經過之快速，並利用帶有光陰似箭意思的語句來傳達時間變化。例如，像「光陰荏苒，不覺一載有餘。」（《喻世明言》第十一卷〈趙伯生茶肆遇仁宗〉），「光陰似箭，歲月如流，條忽便過五年。」《醒世恆言》第十七卷〈張孝基陳留認舅〉），「光陰似箭，不覺已是紹興十二年，呂公累官至都統制，領兵在封州鎮守。」（《警世通言》第十二卷〈範鰍兒雙鏡重圓〉），用省略的敘述方法和簡化的手法來寫時間之快。「荏苒」代表歲月流逝，「冉冉」代表前進，那麼「荏苒」、「冉冉」與「時光」、「光陰」相連則意味時間的流逝。有時「光陰似箭」和作品內容相關，不僅只是強調時間流逝之快，同時也是為了維持整體故事的節奏。與「光陰似箭」相呼應的語句，大部分是同時使用「誇張」、「約縮」的修辭技巧，並運用日常常用的套語語句，加快故事展開的速度，進而有效的轉換場景。

2.「說時遲，那時快」的固定性運用

時間敘述中，除了「光陰似箭」的形態之外，還有「說時遲，那時快」。「說時遲，那時快」在時間敘述中，經常被固定使用，可謂是慣用語。一般用於描述某個瞬間，或者誇張強調某件事情的速度之快，主要表現作品的生動性與現

實感而常使用的手法，形容行動之快，眨眼未及。不僅能更強調現場形形色色的
生動感，更能體現出故事的速度感。

> 說時遲，那時快，手還未到袖裡時。（《醒世恆言》第六卷〈小水灣天狐
> 貽書〉）

> 說時遲，那時快。（《醒世恆言》第十三卷〈勘皮靴單證二郎神〉）

> 說時遲，那時快。（《醒世恆言》第十七卷〈張孝基陳留認舅〉）

　　如上例所述，前句與後句組合在一起相互呼應，表現出時間描述故事展開
的單一模式。但這些並不能看出敘事變化的特徵，相反的，它可以利用俗語提高
敘述的效率，整體來說對於作品的敘事與創新性稍顯不足。大部分敘事性表現形
式很固定，易於推進故事情節，更有效描繪出瞬間場景的轉換和時間的急迫。以
讀者熟悉的敘事方式，或是通過其他作品中的語句來提升讀者的注意力。這種方
式若從內容展開的敘事角度上來看，是為了讓讀者注意力更為聚焦的一種技巧。
但如果過於集中在慣用形態的時間敘述表現上，會使後續故事內容的集中度和刺
激性大打折扣，導致讀者對故事的注意力下降。所以適度使用固定的套語能有效
安排時間，將簡略內容聚集，以增加緊迫感。

（二）顯示時間之快的語彙

　　讀宋元話本小說時，可以發現敘述時間之快的語彙相當多。幾乎作品的每
個段落、瞬間，都以直接、間接、統指或者特定的語彙來暗示時間。[6]並且有時
將重點放於語句本身的潛性語彙、顯性語彙也時常出現。[7]例如，「少間」、

---

[6] 熊偉明在〈文學作品中時間表達的語用考察〉論文中提及到文學作品的「時間標記」，將「統指時間」
和「特表時間」區分說明。統指時間是指構成統一的時間、特定的時間。例如，「中華民國15年3月25
日○○○」形式說明了一個固定的時間，一般分配在某個事情的前後。「特表時間」是指發生個別的事
情的時間段，例如，「當晚○○○」形式。詳細內容請參照熊偉明，〈文學作品中時間表達的語用考察〉
（《修辭學習》，2004年第2期），頁33-34。

[7] 參見鄭慶君，〈漢語話語中的時間表達〉，《湖南師範大學社會科學報》第32卷第6期，2003年11月，
頁107-109。

「明早」、「當日」、「是時」、「一時」、「即時」、「時候」、「看時」、「次日」、「時節」、「暫時」、「午時」，但這表示的不僅僅是時間敘事之「快」；是否要將其納入時間敘事範疇內，要看這些語句是不是單純的表示時間，必須考量以後描寫的過程對內容有著怎樣的影響。雖然經常能看見表達時間敘事之快的語句，但不將其納入研究範疇的原因是，這些語句只能表達時間之快，卻不能與後句呼應，在整體上表示時間之快的程度也相當微弱，只是內容展開時必要的背景條件，在劃分時間的特徵上並不明確。

　　觀察透過上述條件具體顯示時間之快的語句，如「倏忽之間」、「不覺」、「不只」、「轉眼」、「又是」、「已晚」、「不消」、「忽一日」等，在這些語句中，被反覆使用的語句為「倏忽之間」。「倏忽之間」能和人物或內容敘述連接使用，並能與具體時間點相互呼應。大致常在省略時間的敘事，或者表達時間流逝之快時使用。特別是在描寫場景轉換時運用起來很恰當，其目的在於更快速展開故事內容而減少贅述，使讀者有效的關注於某個特定的人物、事件、空間和時間上。

　　　　倏忽之間，週三入贅在家，一載有餘。（《警世通言》第二十卷〈計押番金鰻產禍〉）

　　　　倏忽之間，相及數月。（《警世通言》第二十卷〈計押番金鰻產禍〉）

　　　　須臾之間，只見小二同著褚公到店中來，與三人相見了。（《警世通言》第三十卷〈金明池吳清逢愛愛〉）

　　　　倏忽間過了三年，生下一男一女。（《醒世恆言》第三十一卷〈鄭節使立功神臂弓〉）

　　　　瞬忽間十有餘年，某二郎被他徹夜盤弄衰憊了。（《清平山堂話本》之〈刎頸鴛鴦會〉）

　　　　撚指間過了三個月。（《警世通言》第十三卷〈三現身包龍圖斷冤〉）

倏忽一年，又遇開科，崔生又起身赴試。（《警世通言》第三十卷〈金明
池吳清逢愛愛〉）

倏忽又經元宵，臨安府居民門首，紮縛燈棚，懸掛花燈，慶賀元宵。
（《喻世明言》第三十八卷〈任孝子烈性為神〉）

自此，一住三年有餘。忽然間，婆婆看著王氏道。（《清平山堂話本》之
〈花燈轎蓮女成佛記〉）

　　如上所述，有直接使用「倏忽之間」、也有將「倏忽之間」變化的例子。
賦予「倏忽之間」些許變化，有時維持和「倏忽之間」原型相同的構造，而有時
卻不是。如「須臾之間」、「倏忽間」、「瞬忽間」、「撚指間」等，這些語句
和「倏忽之間」有著相同的意思和形態。「倏忽一年」和「倏忽又」雖然省略了
「之間」，但基本意思並無變化。文章在運用「倏忽之間」時，大部分有「壓
縮」、「省略」等效果，能有效地使故事內容得以展開，不賦予太多變化，以
保持基本原型。偶爾使用與「倏忽」相似的語句來代替，但不脫離原有的意思形
態，後續敘述也類似。
　　下面是有關「不覺」的應用，「不覺」的運用形態主要分為兩種。在前句
使用，成為時間敘述的主動，另一種則是在後句使用，使其擔當時間敘事之快的
「互補」、「呼應」、「添加」的角色。「不覺」在「後句」使用，一般與「光
陰似箭」、「日月如梭」相呼應。[8]

不覺已五更鼓矣，生起，整秋冠而進朝。（《清平山堂話本》之〈風月相
思〉）

倏忽在任，不覺一載有餘，差人打聽孺人消息，並無蹤跡。（《清平山堂
話本》之〈陳巡檢梅嶺失妻記〉）

---

[8]　在「光陰似箭」的運用中，雖然對「不覺」有所說明，卻是有意談及到對「光陰似箭」附帶的語句。並
　　且「光陰似箭」與「不覺」的關係當中「光陰似箭」為前句，「不覺」為後句。在這裡所說明的「不
　　覺」占在「文頭」，與「已」又相結合，主動引導時間敘事。

不覺又過了兩月，忽值八月中秋節到。（《清平山堂話本》之〈錯認屍〉）

不覺三月有餘，汪革有事欲往臨安府去。（《喻世明言》第三十九卷〈汪信之一死救全家〉）

坐過公堂的人，卻教他做這句當好生愁悶，難過日子。不覺捱了一年。（《警世通言》第三十六卷〈皂角林大王假形〉）

　　時間敘事中，有時不僅加「已」、「又」等表示時間已過的語句，也添加「一載」、「一年」等代表具體時間的語句。「不覺」和其後展開的敘事內容有著緊密的關聯，可以根據時間背景將人物與事件場面很好的連接在一起，起到銜接與過渡作用。
　　除了上述時間敘事之外還有多種形態，這些形態全都反應出時間之「快」。主要語句是「不只」、「轉眼又」、「又是」、「已晚」、「不消」、「忽一日」等，與能夠表達出具體時間的數字相呼應。像這樣，雖然以多種形態呈現，但都有著表示時間之快的共同點，並且是間接性的時間敘事，也就是說，它與表示「風俗」、「氣候」、「季節」等語句一起使用，能起到與作品內容相連接的敘事作用。

不只一日，至蔡州，到個去處。（《清平山堂話本》之〈陰騭積善〉）

轉眼又是一年。（《警世通言》第三十卷〈金明池吳清逢愛愛〉）

愁悶中過了元宵，又是三月。（《喻世明言》第二十四卷〈楊思溫燕山逢故人〉）

天色已晚，吳山在轎思量。（《喻世明言》第三卷〈新橋市韓五賣春情〉）

不消兩個時辰，二人打看得韓夫人房內這般這般。（《醒世恆言》第十三卷〈勘皮靴單證二郎神〉）

忽一日，正值八月十八日潮生日，滿城的佳人才子，皆出城看潮。（《喻世明言》第三十八卷〈任孝子烈性為神〉）

綜合上述例句，時間敘事並不是固定的形態，而是用多種語彙來具體表達時間之快。而這些形態根據內容的展開適當地被運用，主要借連接描述人物、描述事件來鋪展。

對於時間敘事而言，表達「快」不管是不是固定形態，都能為描述下一場景起到輔助作用。對於推進場景轉換、敘事進程能起到直接作用，使其更強調時間與場景轉換，並且在展開故事內容時提示時間點。還能擔當加快推進故事情節，補充說明時間的角色，使「直接性時間」敘事中的「快」，補述的特性更為強烈。對於人物的行動、某個事件的進程而言，點出時間背景能使內容更加生動。利用這樣的時間敘事，能更自然地進行場景和事件的轉換。

三、時間敘事的「慢」：與敘事內容的有機呼應

時間敘事的「慢」看起來有著間接性時間敘事的特徵，但它和間接性時間敘事是不同的。要決定直接性時間敘事、間接性時間敘事，需取決於作品內容，以及時間點是明顯還是內顯的。但即使與作品內容有關，顯示出來的時間點也不明確，這並不全是時間敘事的間接性特徵。要想判斷時間敘事是「直接性的」還是「間接性的」，這要取決於敘事內容是明顯顯示在外的，還是必須由讀者間接判斷出來的。間接的事件描述，是通過「氣候」、「自然」、「風俗」、「對話」、「行動」等來體現。所以，直接性時間敘事的「慢」，是指將時間流逝的「慢」與敘事內容直接連接起來。

宋元話本小說中的時間敘事，具有「慢」特徵的部分為數不多，且比例不大。時間的「慢」，出現頻率相對較少的原因是，在以具有快速推進情節特徵的小說作品中，凸顯敘事時間之慢，需要有一定的目的。換言之，內容展開之速度已是非常迅速，將敘事簡略化可謂易如反掌，但若想要調慢其速度，除非有特殊的理由。這與宋元話本小說「演示」特徵相關。在實際舞臺上，必須根據讀者的反應，將內容高潮化，且有時故意將故事情節區分開來，以賦予讀者一種緊迫感。

時間敘述的「慢」，是在敘述過程中，敘述者有意介入的一個過程。一般

在描述人心理狀態時，為了突顯其效果而有意展現出時間敘事「慢」之特徵，又或者是因為在敘述時，敘述速度過快，且在內容展開時，時間起到重要作用，因此「慢」也就成為了敘述內容的關鍵。此時多是以時間為主要敘事對象，或者以「時間的變化」為主要背景的作品。這種作品一般都有「仙遊」、「夢遊」、「幻遊」等內容，並且在具有「等」、「停」、「緩」等特徵的作品中出現。

雖然表示時間之「慢」的時間敘事單純模糊，但與前後內容相結合更強調出時間的慢。單純表示時間的慢可以用幾個字表示，但效果相對微弱，如果與其他敘事相結合，那麼意思與呈現效果就不一樣了。「慢」是通過與其他敘事內容結合，而激發出強調時間慢的效應。這種「慢」的特徵與「快」、「流」、「停」不一樣，在作品中出現的頻率可謂微乎其微。但慢的時間描述對其內容起到非常重要的作用。原因之一是對於時間敘事有效的場景轉換、快速的內容展開尤為重要，並不著重於故事內容與敘事。時間敘事慢的特徵在描述人物心理狀態時時常出現，這是因為「慢」的特徵能夠更明確地描述人物心理狀態。因此時間敘事的「慢」和「快」不同，要和敘事內容連接起來，並從掌握內容的過程中瞭解到此特徵。敘事時間不能從已被顯示出來的特徵中理解，得從敘事內容的關聯性來著手考察。

但「慢」不常用於一般的時間敘事，用到之時也是因為有著內在含義，因此要從過程中具體觀察到此特徵實屬不易。大部分時間的慢與內容展開有著緊密的關聯，因此其對故事情節的展開起到重要作用。但描述包含時間敘事的行文間，流露出來的也僅僅是一部分。因為「慢」這一特徵只能透過故事內容才能被捕捉到，所以在已被明顯顯示出的時間中，要把此特徵區分出來確有其困難。並且，要深入敘事內容去解讀其中含義，但這也表示該讀者已能夠掌握時間「慢」這一特徵。雖然「慢」出現的頻率比「快」少得多，即使出現也僅局限於人物心理描述等情況，但「快」只存在於背景說明與場景轉換的時候，而「慢」卻直接關係到人物心理狀態與場景敘述，從而主導內容的展開。若要細分時間敘事中的「慢」，則又可分為「心理時間的慢」，以及和場景有關的「敘事時間的慢」兩種。前者重點在於人物心理狀態的時間敘事，後者焦點則在於人物的心理狀態與場景內容有著緊密關聯的時間敘事。

（一）人物心理時間的「慢」

「慢」包含「事情經過的慢」和「時間的慢」。作者故意把時間變慢、緩慢調整場景、把人物之間的對話拉長、大量放入詩詞與自己的見解等，都是為了放慢時間敘事，而這些都與時間的「慢」有關。這些直接性的時間敘事的「慢」重點放於時間本身。[9]下面先來看，人物的心理描述中，所出現的時間敘事「慢」之例文：

> 皓月娟娟，清燈灼灼，回身轉過西廂。可人才子，流落在他鄉。只望團圓到底，誰知反屬參商。君知否？星橋別後，一日九迴腸。相思無盡極，慘雲愁雨，減玉消香。幾回夢裡，與子飛揚。尤記山盟海誓，地久天長。春已老，桃花無主，何日遇劉郎？（《清平山堂話本》之〈風月相思〉）

上述例文引用〈風月相思〉詩詞中的〈滿庭芳〉。為了更加表現出男女主人公的相愛，採用了時間的「慢」。男女相見時刻甚短，但眷戀時間極長，這種感覺就如「九折羊腸」。「九迴腸」，意思是痛苦、煩惱已經達到了極致，而這些悲傷卻慢慢的流逝。雖然直接描寫的是「一日九迴腸」，但連接後續語句「慘雲愁雨」、「與子飛揚」、「山盟海誓」、「地久天長」，表示因懷念對方而體現出的悲哀，這些悲痛的情感共同表達成了「愁」、「飛」，並且再一次擴大，成為「山」、「海」、「天」、「地」。而且像「長」、「久」一樣的心理描述與「何日遇劉郎」語句相呼應，以時間流逝的慢表達出了悲痛的情緒。《喻世明言》第三十八卷〈任孝子烈性為神〉也精準地反映出了時間敘事的「慢」。

> 聽那更鼓已是三更，去梁公床上睡了。心中胡思亂想，只睡不著。捱到五更，不等天明，起來穿了衣服便走。（《喻世明言》第三十八卷〈任孝子烈性為神〉）

---

[9] 此論文想將事情的經過與淡出時間的「慢」區分開。因此直接性時間敘事中的「慢」限定為「時間」上的「慢」。

在上述引用文中，主人公的心理時間非常長。主人公素日溫柔遲鈍，但遭受蔑視後，心裡的憤怒使他只擁有「盡快從此地逃脫」的想法。但事實上於他而言，夜晚甚是漫長，時間過得極為緩慢。[10]既遭到如此強大的打擊，又要面對新的環境，時間感覺流逝極其緩慢。[11]天還未亮，他早已做好離開準備。此時時間敘事速度相當緩慢，也是為了具體描繪主人公的心理狀態。[12]此作品時間敘事沒有明確地體現出來，而是融入到作品裡，從而更詳細地刻畫人物心理狀態。如此更能表明作品內容與時間敘事相結合可積極刻畫人物的作用。

（二）場面有關時間敘事的「慢」

直接性時間敘事中的「慢」，指具體表示的時間流逝緩慢。[13]「慢」不能僅限於表達敘事內容，更要從內容、敘事的前後文綜合考慮，特別是與場景有關的時間的「慢」，因為和內容有很深的關聯，必須深入考察，即使時間敘事「慢」與場景有關，卻不像「快」那樣具體地表現出時間的內容。但通過時間來直接決定敘事內容，對描述人物場景的特徵也起到非常重要的作用。這種例子可從《醒世恆言》第十四卷〈鬧樊樓多情周勝仙〉看到。

　　那兄弟爬起來，披了衣服，執著鎗在手裡，出門去看。朱真聽得有人聲，

---

[10] 李光洙的短篇小說中也有類似的特徵。〈尹光浩〉中由於單戀、愛的渴望，使得「光浩」不能入眠，焦慮的二十分鐘成為了既漫長又難熬的時間，是主觀化的時間。從外部客觀的時間與心理內部主觀時間的體感是不一樣的，詳見趙桂淑，〈李光洙初期短篇小說的描寫類型與機能〉，《國際語文（韓國）》34集，2005年，頁209。

[11] 參見Steve Taylor著，정나리아譯，《제2의 시간》（首爾：용오름，2012年），頁27-30。

[12] 此例可在《醒世恆言》第14卷〈鬧樊樓多情周勝仙〉中查找出。范二郎誤認周勝仙為鬼，並將其殺死入監，後悔當時沒有判斷好是人是鬼。從這個場景中范二郎對自己的行為後悔，夜不入眠。此時的心理時間速度相當緩慢。具體例文如下「且說范二郎在獄司間想：「此事好怪！若說是人，他已死過了，見有入殮的仵作及墳墓在彼可證。若說是鬼，打時有血，死後有屍，棺材又是空的。」展轉尋思，委決不下。又想道：「可惜好個花枝般的女兒！若是鬼，倒也罷了。若不是鬼，可不枉害了他性命！」夜裡翻來覆去，想一會，疑一會，轉睡不著。直想到茶坊裡初會時光景，便道：「我那日好不著迷哩！四目相視，急切不能上手。不論是鬼不是鬼，我且慢慢裡商量，直恁性急，壞了他性命，好不罪過！如今陷於縲紲，這事又不得明白，如何了了！悔之無及！」轉悔轉想，轉想轉悔。捱了兩個更次，不覺睡去。」（《醒世恆言》第14卷〈鬧樊樓多情周勝仙〉）

[13] 時間敘事的「快」擁有類似固定的形態，以具體敘事為主。時間敘事的「慢」以內在內容為中心，與「快」有所區別，但從意義上來看，兩者都是以直接性敘述形態來表達。

他悄地把蓑衣解下，捉腳步走到一株楊柳樹邊。那樹好大，遮得正好。卻把斗笠掩著身子和腰，蹲在地下，蓑衣也放在一邊。望見裡面開門，張二走出門外，好冷，叫聲道：「畜生，做甚麼叫？」那張二是睡夢裡起來，被雪雹風吹，吃一驚，連忙把門關了。走入房去，叫：「哥哥，真個沒人。」連忙脫了衣服，把被匹頭兜了，道：「哥哥，好冷！」哥哥道：「我說沒人！」約莫也是三更前後，兩個說了半晌，不聽得則聲了。（《醒世恆言》第十四卷〈鬧樊樓多情周勝仙〉）

上述例文登場的兩個人物（張二郎、哥哥）是守墓人。朱真覺得周勝仙的墳墓裡藏有許多財物，決定開棺盜財。朱真為了不留下腳印，用竹版消痕滅跡，並且給守墓犬下藥，他為盜墓做足了精心準備。但張二郎起了戒心，外出探查，臭罵了守墓犬一頓，之後為了避寒又回到裡面。他們在屋裡聊了半天，卻未聽見半點聲音。到這裡我們並不能從張二郎和朱真的緊張氛圍中找出明確的時間段。守墓人在屋裡聊得興起，朱真盜墓取財，強姦周勝仙。這時，早已被認為死掉了的周勝仙醒來，苦苦哀求將自己帶到范二郎那兒。但朱真怕起後患，將周勝仙背回自己的家裡並監禁。

發生了一連串的事情，但兩個守墓人並未察覺到，只是在裡面「兩個說了半餉」。這裏描述關於守墓人的時間經過極其緩慢。反之，作品中的敘事時間卻被簡潔地表現出來。從視覺記述守墓人的敘事時間非常慢，這是表現時間敘事與敘事關係的一個很好的例證。守墓人的聊天時間同時，也正是朱真盜墓時緊迫的時間，此時敘事時間於守墓人而言甚是緩慢，但於朱真而言卻極為緊迫，兩者截然相反。從中我們可得知時間敘事不僅通過事件描述體現出來，還與內容形式相結合，讀者需從多方面多層次考察得證。這種考察方式在《警世通言》第十九卷〈崔衙內白鷂招妖〉也不例外：

衙內在窗於外聽得，道：「這裡不走，更待何時！」走出草堂，開了院門，跳上馬，摔一鞭，那馬四隻蹄一似翻盞撒鈸，道不得個「慌不擇路」，連夜胡亂走到天色漸曉，離了定山。衙內道：「慚愧！」……相公道：「一夜你不歸，那裡去來？憂殺了媽媽。」衙內道：「告爹媽，兒子昨夜見一件詭異的事！」（《警世通言》第十九卷〈崔衙內白鷂招妖〉）

　　上述例文所表現出時間的慢有兩部分，一是從衙內角度來看的「慢」，二是衙內父親角度看到的「慢」。衙內雖然誤進妖怪洞穴，差點一命嗚呼，但好在他提前知道了妖怪的計劃，並順利脫逃。在他逃出妖怪洞穴後，一夜迷路，天亮後才逃出定山。「連夜胡亂走到天色漸曉」，雖然語句簡潔，但並不意味著時間的約縮。衙內急躁不安，找了一夜的路才逃出定山安全回到家裡。於衙內而言，此時極為焦躁，且時間也過得相當慢。雖然在作品中並沒有直接記述角色心理的時間，但在簡略的敘述中，不難推測出時間上的「慢」。此類特徵也可在衙內回到家之後，從父親的語句中找出線索。

　　父母發現兒子徹夜未歸，擔心他的安危。看到天亮才回來的兒子說道：「一夜你不歸，那裡去來？憂殺了媽媽。」這句話體現出父親在漫長等待中急躁不安的心理狀態。父親訓斥兒子的同時，通過母親的擔憂來表達出自己的焦急。在他回來之前，父親的時間是接近為停止狀態的「慢」。雖然這兩部分都是體現事件經過的極「慢」，但並不是「停止」狀態。時間描述中用「天色漸曉」、「一夜」等單詞來暗示時間的動態經過。客觀的時間與衙內父母感受到的時間不盡相同，由此能看出作品中的時間速度可以自由調整。雖然作品並沒有細微描寫心理時間的「慢」，但通過某時間點的反應來明確表現出時間速度的「慢」；並且通過心理上的特徵來表示衙內的時間是不安與急躁的「慢」，父母的時間則是焦慮與忍耐的「慢」。雖然行文中看似沒有明確的體現出時間的「慢」，但仔細觀察可以發現，時間的慢與場景相結合後起到重要敘事作用。

　　直接性時間敘事在情節推進較快的小說中並不常見。主要是出現在人物的心理描述、感情描述、敘述的進行過程中。在時間描述中「快」、「慢」同時存在時，雖然「快」頻繁出現，但「慢」其實也是時間敘事中內在的主要特徵。雖然「慢」在出現頻率上遠不及「快」，但重要性毫不亞於「快」。宋元話本小說中的「慢」，表示時間的「速度」與「時間長」，一般來說，擁有內容推進速度相對較慢的特徵。並且與「快」相反，和人物描述、場景描述、內容敘述相融合則更突顯出時間相對較慢的敘述特徵。

四、結語

　　綜上所述，筆者對宋元話本小說所表達時間敘事的「快速」與「緩慢」，進行了具體分析。宋元話本小說所呈現的時間敘事特徵大都以「快速」為主，這

一現象亦在眾多作品中頻繁出現。「快速」的時間敘事，主要是以指定構造或套語、俗語等形式出現，除了這些固定並套用的形式外，在描寫上所運用的詞彙類型與修辭技巧，則以幾個形態來統一。時間敘事上的「快速」，不管是否包含著不變的形式或與此相反的流變形式，都可使故事情節展開更為流暢通順，並使之更容易轉換到下一場景的描寫。時間敘事上的「快速」，比起強調時間敘事本身，在補充作品內容與形式的特徵上更為明顯，並且有助於在描寫人物行動、展開故事情節時提示時間背景，使故事情節更加生動活潑。因此時間敘事恰合於情節之運用與調整，能讓每個場景的轉換與流變，更為順暢自然。

　　然而，雖然小說作品的「快速」時間敘事頻繁出現，但時間敘事的「緩慢」也是主要特徵之一。一般而言，「緩慢」的特徵在需要迅速展開故事情節的小說作品裏十分罕見。雖然在場景轉變或區分段落時並不常見，但在作品人物的心理描寫、情感描繪時，或是在其他敘述的進行過程中卻經常出現。時間敘事上的「緩慢」，可以說體現出時間的速度與長短，含有比以往進行的速度更為緩和、遲緩的意義。若「快速」著重於展現出外表上的時間敘事，且將運用比喻或誇飾修辭來獨立描寫，「緩慢」則不僅描繪出人物內在心理上的複雜、錯綜的時間感懷，也調和整個場面的描寫及情節的進行節奏，勾勒出較為遲緩的時間特徵。

　　「時間敘事」的「快速」與「緩慢」，是呈現敘述內容的時間及襯托時間性意義的兩大主軸。在作品之敘事展開過程中，「快速」與「緩慢」可說是進一步推進故事情節的重要因素。雖然「快速」與「緩慢」含有的意義實為相反，而且其所運用的形式及敘事特徵也相異。但時間敘事的「快速」與「緩慢」，在描寫作品整體的背景、暗示時間性，以及接續進行下一個場面等方面都具有十分重要的意義。透過時間的流逝，使場面區分得更為具體，直接提示情節背景，同時又可預示下一場面複雜多樣的線索，從而使得敘述流暢且兼顧曲折的情節描述。因此，時間敘事中的「快速」與「緩慢」，可以更有效地開展作品情節，並且在如何維持情節與內容的調和關係中，起到極為關鍵的作用。

附錄　宋元話本小說「直接性時間敘事」之分類（快速、緩慢）

分類	直接性時間敘事	快速	緩慢
清平山堂話本	光陰似箭，日月如梭。（《清平山堂話本》之〈合同文字記〉）	○	
	冉冉時光日似梭，相思無計欲如何？（《清平山堂話本》之〈風月相思〉）	○	
	君知否？星橋別後，一日九迴腸。相思無盡極，慘雲愁雨，減玉消香。幾回夢裡，與子飛揚。尤記山盟海誓，地久天長。春已老，桃花無主，何日遇劉郎？（《清平山堂話本》之〈風月相思〉：〈滿庭芳〉）		○
	不覺已五更鼓矣，生起，整衣冠而進朝。（《清平山堂話本》之〈風月相思〉）	○	
	不只一日，至蔡州，到個去處。（《清平山堂話本》之〈陰騭積善〉）	○	
	倏忽在任，不覺一載有餘，差人打聽孺人消息，並無蹤跡，（《清平山堂話本》之〈陳巡檢梅嶺失妻記〉）	○	
	光陰似箭，日月如梭，倏忽這紅蓮女長年一十六歲。（《清平山堂話本》之〈五戒禪師私紅蓮記〉）	○	
	瞬忽間十有餘年，某二郎被他徹夜盤弄衰憊了。（《清平山堂話本》之〈刎頸鴛鴦會〉）	○	
	自此，一住三年有餘。忽然間，婆婆看著王氏道。（《清平山堂話本》之〈花燈轎蓮女成佛記〉）	○	
	光陰似箭，日月如梭。（《清平山堂話本》之〈花燈轎蓮女成佛記〉）	○	
	不覺時光似箭，日月如梭，年去月來，看看長成十六歲。（《清平山堂話本》之〈花燈轎蓮女成佛記〉）	○	
	不覺時光似箭，日月如梭，早是半年之上日期。（《清平山堂話本》之〈花燈轎蓮女成佛記〉）	○	
	光陰似箭，日月如梭，不覺半年有餘，喬俊收絲已完，（《清平山堂話本》之〈錯認屍〉）	○	
	不覺又過了兩月，忽值八月中秋節到。（《清平山堂話本》之〈錯認屍〉）	○	
	已而流光如箭，又逢大比。（《清平山堂話本》之〈張生彩鸞燈傳〉）	○	
喻世明言	天色已晚，吳山在轎思量。（《喻世明言》第3卷〈新橋市韓五賣春情〉）	○	
	光陰荏苒，不覺一載有餘。（《喻世明言》第11卷〈趙伯升茶肆遇仁宗〉）	○	

分類	直接性時間敘事	快速	緩慢
喻世明言	愁悶中過了元宵，又是三月。（《喻世明言》第24卷〈楊思溫燕山逢故人〉）	○	
	荏苒光陰，正是：看見垂楊柳，回頭麥又黃。蟬聲猶未斷，孤雁早成行。忽一日，正值八月十八日潮生日，滿城的佳人才子，皆出城看潮。（《喻世明言》第38卷〈任孝子烈性為神〉）	○	
	倏忽又經元宵，臨安府居民門首，紮縛燈棚，懸掛花燈，慶賀元宵。（《喻世明言》第38卷〈任孝子烈性為神〉）	○	
	聽那更鼓已是三更，去梁公床上睡了。心中胡思亂想，只睡不著。捱到五更，不等天明，起來穿了衣服便走。（《喻世明言》第38卷〈任孝子烈性為神〉）		○
	不覺三月有餘，汪革有事欲往臨安府去。（《喻世明言》第39卷〈汪信之一死救全家〉）	○	
醒世恆言	說時遲，那時快，卷〈小水灣天狐貽書〉	○	
	不消兩個時辰，二人打看得韓夫人房內這般這般，（《醒世恆言》第13卷〈勘皮靴單證二郎神〉）	○	
	說時遲，那時快。（《醒世恆言》第13卷〈勘皮靴單證二郎神〉）	○	
	那兄弟爬起來，披了衣服，執著鎗在手裡，出門去看。朱真聽得有人聲，他悄地把蓑衣解下，捉腳步走到一株楊柳樹邊。那樹好大，遮得正好。卻把斗笠掩著身子和腰，蹲在地下，蓑衣也放在一邊。望見裡面開門，張二走出門外，好冷，叫聲道：「畜生，做甚麼叫？」那張二是睡夢裡起來，被雪雹風吹，吃一驚，連忙把門關了。走入房去，叫：「哥哥，真個沒人。」連忙脫了衣服，把被匹頭兜了，道：「哥哥，好冷！」哥哥道：「我說沒人！」約莫也是三更前後，兩個說了半晌，不聽得則聲了。（《醒世恆言》第14卷〈鬧樊樓多情周勝仙〉）		○
	且說范二郎在獄司間想：「此事好怪！若說是人，他已死過了，見有入殮的仵作及墳墓在彼可證。若說是鬼，打時有血，死後有屍，棺材又是空的。」展轉尋思，委決不下。又想道：「可惜好個花枝般的女兒！若是鬼，倒也罷了。若不是鬼，可不枉害了他性命！」夜裡翻來覆去，想一會，疑一會，轉睡不著。直想到茶坊裡初會時光景，便道：「我那日好不著迷哩！四目相視，急切不能上手。不論是鬼不是鬼，我且慢慢裡商量，直恁性急，壞了他性命，好不罪過！如今陷於縲紲，這事又不得明白，如何是了！悔之無及！」轉悔轉想，轉想轉悔。捱了兩個更次，不覺睡去。（《醒世恆言》第14卷〈鬧樊樓多情周勝仙〉）		○
	光陰如箭，張孝基在過家不覺又是二年有餘。（《醒世恆言》第17卷〈張孝基陳留認舅〉）	○	
	時光似箭，歲月如流，倏忽便過五年。（《醒世恆言》第17卷〈張孝基陳留認舅〉）	○	
	說時遲，那時快。（《醒世恆言》第17卷〈張孝基陳留認舅〉）	○	

分類	直接性時間敘事	快速	緩慢
醒世恆言	時光迅速，不覺又是半年。（《醒世恆言》第17卷〈張孝基陳留認舅〉）	○	
	又過幾時，但見時光如箭，日月如梭，不覺又是二月半間。（《醒世恆言》第31卷〈鄭節使立功神臂弓〉）	○	
	倏忽間過了三年，生下一男一女。（《醒世恆言》第31卷〈鄭節使立功神臂弓〉）	○	
	光陰如箭，看看長大。（《醒世恆言》第31卷〈鄭節使立功神臂弓〉）	○	
	見了媽媽，歡喜不盡。只見：四時光景急如梭，一歲光陰如撚指。（《醒世恆言》第31卷〈鄭節使立功神臂弓〉）	○	
警世通言	光陰似箭，不覺又早一年。（《警世通言》第7卷〈陳可常端陽仙化〉）	○	
	時光似箭，日月如梭，也有一年之上。（《警世通言》第8卷〈崔待詔生死冤家〉）	○	
	日月如流，不覺是建炎三年。（《警世通言》第12卷〈範鰍兒雙鏡重圓〉）	○	
	光陰似箭，不覺已是紹興十二年，呂公累官至都統制，領兵在封州鎮守。（《警世通言》第12卷〈範鰍兒雙鏡重圓〉）	○	
	撚指間過了三個月。（《警世通言》第13卷〈三現身包龍圖斷冤〉）	○	
	時光迅速，日月如梭，撚指之間，在家中早過了一月有餘。（《警世通言》第16卷〈小夫人金錢贈年少〉）	○	
	衙內在窗於外聽得，道：「這裡不走，更待何時！」走出草堂，開了院門，跳上馬，捽一鞭，那馬四隻蹄一似翻盞撤鈸，道不得個「慌不擇路」，連夜胡亂走到天色漸曉，離了定山。衙內道：「慚愧！」……相公道：「一夜你不歸，那裡去來？憂殺了媽媽。」衙內道：「告爹媽，兒子昨夜見一件詭異的事！」（《警世通言》第19卷〈崔衙內白鷴招妖〉）		○
	時光似箭，日月如梭，撚間過了三個月。當時是夏間天氣：（《警世通言》第19卷〈崔衙內白鷴招妖〉）	○	
	時光如箭，轉眼之間，那女孩兒年登二八，長成一個好身材，伶俐聰明，又教成一身本事。（《警世通言》第20卷〈計押番金鰻產禍〉）	○	
	倏忽之間，週三入贅在家，一載有餘。（《警世通言》第20卷〈計押番金鰻產禍〉）	○	
	倏忽之間，相及數月。（《警世通言》第20卷〈計押番金鰻產禍〉）	○	
	倏忽一年，又遇開科，崔生又起身赴試。（《警世通言》第30卷〈金明池吳清逢愛愛〉）	○	
	轉眼又是一年。（《警世通言》第30卷〈金明池吳清逢愛愛〉）	○	

分類	直接性時間敘事	快速	緩慢
警世通言	須臾之間，只見小二同著諸公到店中來，與三人相見了。（《警世通言》第30卷〈金明池吳清逢愛愛〉）	○	
	時光似箭，不覺三年。（《警世通言》第36卷〈皂角林大王假形〉）	○	
	然雖如此，坐過公堂的人，卻教他做這勾當好生愁悶，難過日子。不覺捱了一年。（《警世通言》第36卷〈皂角林大王假形〉）	○	
	合計	45	5

第六章　「線性流暢」與「定格連結」
──「時間敘事」之「流動」和「靜止」

一、前言

　　小說故事展開中，幾乎同時包含了時間的流動。故事發展和時間順序，兩者關係緊密，[1]因此自然可以看到時間流動的存在。每個場景、事件和人物的敘述都受時間影響。雖然時間是構成故事的必須要素，但在單獨區分某特定時間上，偶爾會受到限制。作品中，包括了內在隱含時間與暗示隱喻性模糊的時間。有時，通過和時間有關的敘事，間接反映出動作或對話速度的快慢。「敘事」的時間設定上，過去、現在、未來，以「順行」和「逆行」或「交叉」的方式，錯綜複雜交織在一起。時間的進行，以直接或間接方式，與多樣化敘事內容相結合，要細分其中複雜稠密的特徵著實不易。就算作品以時間的流動刻劃人物事件，但要掌握敘事內容，或字裡行間蘊含的時間敘事特徵也相當困難。因此考察小說的時間敘事，並不只是標記時間，或觀察外顯行為；在錯綜複雜的內容中，研究時間敘事需要通過直接具體的記述，掌握內在時間流動。單純的時間敘事，不只強調時間如何進行，用何種方式引導此現象，在此基礎上存在的時間屬性都必須留意。藉由時間敘事研究判斷時間流動時，不能忽視其中各式特徵和內容，需從多重視角觀察作品內容。這些論點，並不是持物理科學性角度來看時間，而是以人文的感官認知作為基礎；並以本文所提及的小說「時間敘事」概念作為理論背景。

　　漢斯・梅耶霍夫（Hans Meyerhof，1914~1965）提出的「時間概念」，提供了本文研究小說時間敘事的基礎理論。漢斯・梅耶霍夫（Hans Meyerhof）把時間概念分為科學時間、客觀時間、文學時間以及主觀時間。科學時間作為可測量時間，公正客觀，依「時間關係的客觀結構」來定義時間概念。相反，文學時間

---

[1]　尹采根論文〈小說家的時間和空間──金時習、林悌中心〉裡小說和時間關係如下，「小說家以一般空間形態為基底，伴隨時間的特殊性。不是小說達到特定某階段後，捨棄空間背景只存留時間流動。」小說故事發展普遍以空間為主，但達到某程度，會超越空間概念，以時間性的安排調整進行。尹采根，〈小說家的時間和空間──金時習、林悌中心〉，《語文論集（韓國）》第45集，2002年，頁45。

的「人文時間」，即所經歷模糊背景的一部份，或人類生活中所包含的時間意識，可看作是另一種關於生活的敘事或時間性理解。[2]此時間可稱作個人性、主觀性及心理性時間。[3]這些小說中的「時間敘事」，若以「文學性」或者「主觀性」時間概念當作理論範圍，就得曉得如何辨別「時間敘事」與「敘事時間」。在研究中，這點和時間概念的定義同樣重要。「敘事時間」與「時間敘事」混用的情況時常發生，因此需要更加明確區分兩者差異。

　　「時間敘事」雖包含了「敘事時間」的概念，但嚴格來說，所指的對象和範圍並不相同。小說裡，獨立表現的時間敘事稱為「時間敘事」；描寫人物、背景、情景的時間則為「敘事時間」。「時間敘事」特別強調「時間」，為了彰顯時間，而做的具體性敘事。時間敘事，一般用段落區分或者存在於字裡行間。經常運用於每個情境開頭、重要轉折處，還有強調時間具有重要性時。[4]比起「時間」，「敘事時間」的著眼點在於「敘事」，整體敘事遠超過時間的描繪，強調時間敘事的時間軸（過去、現在、未來）。例如，敘事可用「順敘」、「預敘」、「倒敘」、「平敘」、「鋪敘」來區分。[5]此情況主要在描寫（人物、背景、場面等）上和時間關聯中出現，強調事件真實性或蓋然性，使情節迂迴曲折，並刻劃敘事背景，但不會只有單一的「時間」記述。「時間敘事」和「敘事時間」的概念和特徵不一定相同，可以在時間上，按照敘事方式有效率進行，引發故事趣味，使讀者對作品產生興趣。[6]實際上，「時間敘事」比起「時間」更加「時間性（Zeitlichkeit，Temporality）」，即「時間性質」、「時間構造」或「時間特徵」，[7]和時間構造理論學者主張的「二次性時間」類似，就算作品隨

2　保羅‧呂格爾（Paul Ricoeur）著，金漢植‧李景來譯，《時間和故事1》（首爾：文學和知性出版社，1999年），頁125。

3　漢斯‧梅耶霍夫（Hans Meyerhof）著，Lee Jongchul譯，《文學裡的時間（Time in Literature）》（首爾：文藝出版社，2003年），頁17-19；任昌健，〈通過湯瑪斯‧孔恩的理論分析時間概念：以《捕抓今天》為中心〉，《英語英文學（韓國）》第45冊3號，1999年，頁770-771。

4　小說的時間敘事中，空間轉換與時間的連續性關係緊密。可參考孟建安，〈小說話語的時間表達系統〉，《漢語學報》，2010年第4期，頁25。

5　段軍、耿光華、溫志鵬，〈論"三言"敘事時間的和諧特性〉，《河北北方學院學報》第25卷第3期，2009年6月；劉永紅、李玲玲，〈唐傳奇與宋元話本的敘事時間比較〉，《石家莊學院學報》第14卷第4期，2012年7月。

6　本文「時間敘事」為實際作品所出現的時間語句和文章，通過內容的「時間性」具體表現敘事性特徵。

7　本文從廣義的「時間」範圍中，整理出「改良性」、「物質性」、「客觀性」時間和「主觀性」、「人類性」、「文學性」時間概念，其中以含有多樣時間特徵的「時間性」為基礎。「時間性」的理論由馬丁‧海德格爾所提出，其著作《存在和時間》，提到時間和人的存在產生關聯形成存在論。《存在和

著時間來回倒轉或逆流，往夢境和幻想方面轉移，也無法得知確切時間點。[8]小說與其他類型不同，回溯機械性時間，可以恢復延伸具體固有的時間，重新發現故事中日常細微的時間價值，同時藉由物理時間增減、修正或靜止時間。[9]因此小說的時間敘事研究，有時雖強調時間本身，但相較於物理時間，作品中的時間才是主要研究目標。關於時間性的探察，宋元話本小說直接的時間敘事，透過「快速」與「緩慢」，並「流動」和「靜止」的型態來觀察會更為明確。

　　宋元話本小說時間敘事的「流動」與「靜止」中，「慢」出現的頻率雖不少，但和「快」相比仍舊算少。[10]即使「流動」無明顯快慢，但經過時間流動，故事依舊持續進行。即產生明確的時間變化，不管快慢都不屬於特定部分，時間流動依舊稱為時間敘事。「靜止」，是指一定時間內所呈現的「瞬間（a moment）」，「地點（a spot）」，「時點（a point in time）」，這些和時間敘事的基本特徵「流動」相關。直接出現在時間敘事的「靜止」，不代表時間完全停止，而是帶有「停點」的特性，「靜止」與完全「停止」的差異，在於包含內在一定程度的運動性，不是完全停止後就不再動作，內在仍具有某種「可變」和「速度」的特點，隨時都隱含著可動的流動性。就算有時變化微弱近乎停止，但

時間》第一個主題，「用「時間性」還原分析現存在，作為「時間」存在相關問題的先驗性基礎」。可說是涵蓋「用「時間性」還原解釋現存在」和「作為「時間」存在物的先驗性基礎」兩種意思，在這必需區分「時間」和「時間性」兩者間的定義。「時間性」，不是時間本身，是指時間性質。「時間性」在通俗的時間次元中，也叫做「根源性時間」。蘇光熙，《馬丁‧海德格《存在和時間》講義》（首爾：文藝出版社，2003年），頁195；李善一，《馬丁‧海德格《存在和時間》》（《哲學思想》別冊第2冊第12號），首爾大學哲學思想研究所，2003年，頁243；裵相植，〈馬丁‧海德格思維裡「時間性（Zeitlichkeit）」的意義〉，《東西哲學研究》第40號，2006年6月，頁240；Gyeong Sun Hwang，〈馬丁‧海德格的存在思維：時間性，存在事件〉，《哲學和現象學研究》第12集，1999年，頁205-206。

[8]　時間構造學者，提出層次時間觀念，根據以具體影像為對象之理論，可分為1~4次性時間。1次性時間，播放。依製作影像作品的作家，來決定長度固定時間，此時間為1次性時間、單線性時間、物理性時間。2次性時間，作品內部的時間，過去、現在、未來形成混沌多樣的時間。3次時間，作品實際時間的1次時間，加上作品內部的2次時間的總和，使觀眾（讀者）用不同時間概念來接受作品。第4次時間，讓觀眾（讀者）在腦海中記憶儲存，使結尾在未知的時間層面移行。即使用具體範例說明影像，但無論影像或是小說，敘事性作為重要的特徵，能把握住小說的時間敘事。可參考崔鍾韓，〈時間，時間理論和擴張時間構造──以實驗電影和錄像藝術為中心〉，《韓國影像學會論文集》第10冊，2012年，頁120-121。

[9]　尹采根，〈小說家的時間和空間──金時習、林悌中心〉，《語文論集（韓國）》第45集，2002年，頁37。

[10]　有關宋元話本小說時間敘事的「快」和「慢」，可以參考本書〈第五章「場景轉換」與「時光流變」──「時間敘事」之「快速」與「緩慢」〉。

「流動」的可能性依然存在，因此和「停止」不同，[11]「流動」的可能性、「流動」和「靜止」的時間敘事，具體在敘事上表現出影響作品結構和人物的行動，並在確立人物關係中產生作用。

　　為了更直接並準確的對小說進行研究，審視人物、主題和背景，三者缺一不可。「時間敘事」除了上述要素，還需要通過連結調整，使作品形式緊密相連，把握故事的推進和結構，細膩研究人物內在狀態，另外更要系統性的觀察場面和背景是否相互呼應，以及審視隨著故事發展綜合各種描繪的要素。研究時間敘事的「流動」和「靜止」，重點是需從多角度觀察作品內容和形式，敘事技巧和場面轉化，分析其呈現形式的方式，有助於理解作品和把握中心思想，不只如此，時間敘事的「流動」和「靜止」，有效幫助故事的推進，人物行動個性的刻畫，提高對作品內容和敘事的理解，拓寬對作品結構深入考察的視野。本文以研究宋元話本小說中之時間敘事「流動」和「靜止」的特徵為目的。

二、時間敘事上的「流動」：景、情、數、事

　　宋元話本小說的時間敘事，除了「快速」以外，更頻繁出現的現象便是「脈絡」。雖然「快速」也算是「時間脈絡」的一環，但宋元話本小說的「快速」，透過「誇飾」與「比喻」來描繪時間在非正常情況下快速流逝。相反，「流動」雖然也表現出時間脈絡，但並沒有清楚凸顯到底是「快速」還是「緩慢」。所以說「流動」雖然不像「快速」一樣表示時間快速流逝，但它並不代表時間停止流逝，所以「流動」也具有某特定時間流動的「速度性」。實際在作品中出現的時間敘事上的「脈絡」，只具有「時間流逝」的意味，它並不代表時間飛快流逝、或是停止，「流動」指時間緩慢卻持續流動。

　　作品中以多種形式來描述時間「脈絡」，透過景物變化突顯時間的脈絡（景）、或藉由情景變化所牽動作者情感的改變，以突顯時間的脈絡（情）。還有用具體數字強調時間的脈絡，這時用來指稱時間的數字會依序登場（數），與前面兩種方法略有不同，或是將時間的脈絡與人物行動產生關係，進而結合事件

---

[11] 用具體例子舉例說明此現象的話，如同車子停止般，雖然啟動了車子，但並沒有開出去，或者是車子開出去了，其速度和移動非常緩慢，幾乎處於停止的狀態，但又不是完全停止。可以說是無論何時都存有前進的運動性。

的敘述與場面的描寫，使讀者了解時間是如何流動（事）。[12]時間敘事上的流動以「景」、「情」、「數」、「事」等型態出現，在觀察其特徵時，不能只以該現象單一文句或場景來觀察該時間敘述型態。為了更深入進行研究，不只要觀察時間敘事特質直接顯露的句子，應該要同時觀察前後句與該段落。時間流動一般同時與作品敘事一起進行，因此同步觀察文章前後脈絡與敘述進行非常重要。

（一）景物的變化

作品的時間敘述變化中，常透過風景與事物變化表現時間的脈絡。不僅透過景物變化來表現時間脈絡，隨時間流動在日常生活和人們的一舉一動中，也可觀察到時間的流動。時間脈絡下的景物變化，不單透露背景描寫或是時間敘事，也可以營造氛圍、提供事件發生的時間背景。以下列作品為例：

> 當下天色晚，如何見得？／暮煙迷遠岫，薄霧卷晴空。群星共皓月爭光，遠水與山光鬥碧。深林古寺，數聲鍾韻悠揚；曲岸小舟，幾點漁燈明滅。枝上子規啼夜月，花間粉蝶宿芳叢。（《喻世明言》第三十六卷〈宋四公大鬧禁魂張〉）[13]

根據上文，文章首句「當下天色晚，如何見得？」是以何種形式彰顯時間脈絡？宋元話本中，「天色」通常代表「天氣」、「時間」，這裡即是以「時間流逝，天色漸黑」來突顯時間變化。利用時間變化與風景轉變，描寫夜晚即將來臨。暮煙薄霧→黑夜→群星皓月→山寺鐘聲→曲岸小舟→幾點漁燈明滅→枝上子規啼夜月→花肩粉蝶宿芳叢。隨時間流動，情景逐漸變化，描繪其變化的奧妙。從中無法發現有特別描述時間「快速」或「緩慢」的詞彙。就好似太陽與月亮、星星照著各自的軌道運轉，來描寫時間自然的流動。以上場景並無帶任何個人情

---

[12] 宋元話本中出現的時間敘事，有著以下特徵，將這些用代表性的單字整理的話，可以用「景」、「情」、「數」、「事」來區分。「景」，透過景物變化來凸顯時間脈絡。「情」，隨著景物變化而逐漸融合了人的情感，凸顯出時間脈絡。「數」，根據照順序出現的數字，表示時間脈絡。「事」，透過各場景與事件的內容，表示時間脈絡。

[13] 「當下天色晚，如何見得？／暮煙迷遠岫，薄霧卷晴空。群星共皓月爭光，遠水與山光鬥碧。深林古寺，數聲鍾韻悠揚；曲岸小舟，幾點漁燈明滅。枝上子規啼夜月，花間粉蝶宿芳叢。」（《喻世明言》第36卷〈宋四公大鬧禁魂張〉）

感色彩，而是運用自然、流暢的筆法描繪隨時間流逝而更替的自然景觀事物。在
《清平山堂話本》之〈陰騭積善〉裡也並無不同。

> 天色晚，但見：十色餓分黑霧，九天雲裡星移。八方商旅，歸店解卸行
> 李；北斗七星，隱隱遮歸天外。六海釣叟，繫船在紅蓼灘頭；五戶山邊，
> 盡總牽牛羊入圈。四邊明月，照耀三清。邊廷兩塞動寒更，萬里長天如一
> 色。（《清平山堂話本》之〈陰騭積善〉）[14]

　　這部作品與前面的《喻世明言》第三十六卷〈宋四公大鬧禁魂張〉相同，
也出現「天色晚」，緊接著出現「但見」詞彙。在〈宋四公大鬧禁魂張〉的引文
中，「天色晚」出現以後，立刻以詞的形式區別段落，來陳述時間的流動。上述
的作品顯示，在中國古典小說裡需要敘述的休止和場面的轉換，並對某種情況與
場面作詳細陳述時，透過經常使用的「但見」套語，來具體描述時間的脈絡與內
容。隨著時間流動具體描述事物景觀的變化，運用倒數「十」至「一」（逆數體
制），來表達時間流逝。但在第三、四句的「八方商旅，歸店解卸行李。」中，
雖然只是單純透過時間的變化展現生活的一面，但在這句中，「隨著時間流逝，
出外行商的商人們知道天色漸黑而回旅店卸下行李」，以這樣的思維去理解文意
時，我們也可以說，本文還是脫離不了運用景物變化來描述時間脈絡的手法。但
敘述者企圖運用「十」到「一」倒數的手法來完成精美的對句與修辭技巧，從整
體來看，透過數字的羅列、時間的流動，巧妙展現出景物變化，以及豐富的情景
片段[15]。另外，敘述者巧妙運用數字「十」到「一」拉開夜晚（時間自然流動）
的序幕，表現出已變化的事物與變化中的景物。上述兩段引文皆未展現出時間的
「快速」或「緩慢」，只是單純記錄正在流逝的時間。透過景物變化，從多角度

---

[14] 「天色晚，但見：十色餓分黑霧，九天雲裡星移。八方商旅，歸店解卸行李；北斗七星，隱隱遮歸天
外。六海釣叟，繫船在紅蓼灘頭；五戶山邊，盡總牽牛羊入圈。四邊明月，照耀三清。邊廷兩塞動寒
更，萬里長天如一色。」（《清平山堂話本》之〈陰騭積善〉）

[15] 安宰國在〈易學的時間理解──以順逆理論為中心〉一文中，探討易學的時間脈絡與「數」產生之關
係，他表示：「時間在流動，而時間的脈絡以萬物的變化現象呈現。萬物的空間變化當然有始有終，以
數字來說，1是頭；而10是尾。按照物理變化，以數字體系理解的話，它的生成方向是從1到10。這種變
化方向，以人的主體立場來做規範時，過去到未來的方向（時間的物理變化）一致。」《清平山堂話
本》之〈陰騭積善〉中，數字羅列和時間方向與論文內容不一定完全一致，但透過既定印象的數字之羅
列，強調時間流動。安宰國，〈易學的時間理解──以順逆理論為中心〉，《韓國宗教（韓國）》第17
輯，1992年，頁226。

描述時間的流動。

（二）情景變化突顯出的「人情」

在時間敘事的「脈絡」中，景物變化常與情感表現同時存在。和時間敘事「脈絡」中的「景物變化」不同，「景物的變化」強調隨時間流動事物改變的外顯現象；「依情景而表現出的人情」，焦點則放在展現豐富細膩的人物情感上，與「描寫景物的變化」手法相似。觀察下面例文：

但見天晚：

煩陰已轉，日影將斜。遙觀漁翁收繒罷釣歸家，近睹處處柴扉半掩。望遠浦幾片帆歸，聽高樓數聲畫角。一行塞雁，落隱隱沙汀；四五隻孤舟，橫瀟瀟野岸。路上行人歸旅店，牧童騎犢轉莊門。（《清平山堂話本》之〈楊溫攔路虎傳〉）

看那天色時，早已：

紅輪西墜，玉兔東生。佳人秉燭歸房，江上漁人罷釣。漁父賣魚歸竹逕，牧童騎犢入花村。（《警世通言》第十四卷〈一窟鬼癩道人除怪〉）

當日天色已晚，但見：

野煙四合，宿鳥歸林，佳人秉燭歸房，路上行人投店。漁父負魚歸竹逕，牧童騎犢返孤村。（《警世通言》第十六卷〈小夫人金錢贈年少〉）

當日天色晚了：

紅輪西墜，玉兔東生。佳人秉燭歸房，江上漁翁罷釣。螢火點開青草面，蟾光穿破碧雲頭。（《警世通言》第三十七卷〈萬秀娘仇報山亭兒〉）

以上例文的形式、文句、語彙、形象等，相似處非常多。尤其第二和第三篇引文，只有表現時間的語彙有些許差異，描述時間敘事前的楔子、或時間敘事的整體內容與意義、形式與對句都完全相同。即使時間敘事前半部詞彙、描寫的對象不一樣，在內容與意義上並無明顯差異。這樣的情況，與第四個例子

的情況相同。雖不及第二、三個例子的相似程度，但與其例子的引文內容形式一模一樣，就連描寫對象的順序也近乎相似（宏輪→玉兔→佳人→漁翁）。雖第一個引文相似度不及第二、三個，但在詞彙與描寫對象上，和其他引文並無不同。例「日影將斜」、「漁翁收繒罷釣歸家」、「路上行人歸旅店」、「牧童騎犢轉莊門」是其他地方常見的句子，定義也非常相似。在詞彙與形象運用中，「紅輪」、「佳人」、「漁父」、「牧童」（落日、女人、老人、小孩），可看到從非常自然、壯闊的自然現象，轉到非常柔弱、樸素的詞彙轉移。也可以看到從天空到土地（人間）之位置移動，以及在人間，從華麗與美逐漸轉至衰老、脆弱之形象移轉與變化。

　　經常會出現這樣帶有相對性、慣用性的文句，是因已有許多文句被慣性使用，進而自然融入作品中。或是當時作者無意識的使用當時大眾對於時間脈絡所持有的共同印象的詞彙。因為在當時日常生活中常反覆使用這些文句，使得作品不需要重新建構該時間脈絡詞彙；只要利用通俗字句描述，就能有效表現具體化時間的脈絡。但也有可能是在著書的出版、流通過程中互相參考而承襲此種特徵；但假設讀者們無法接受、甚至理解這樣重複的語句與文學表現，這些特徵也不會同時出現在許多作品中。從這點來看，它之所以在許多作品中出現，並承襲了大量相似語句與類似的形象，與其說是互相「模仿」、「引用」，更可以解釋為當時各階層與小說文化潮流中，已被充分理解且接受，並融合此寫作技巧。

　　構造上具體觀察時間敘事的特徵，可見「天色已晚」中的「天晚」、「天色」出現在文章開頭，暗示時間脈絡的景觀與事物的變化出現在前半段。例如，「煩陰已轉，日影將斜」、「紅輪西墜，玉兔東升」、「野煙四合，宿鳥歸林」等，皆暗示時間已經流逝，前半段強調日落或月亮。這是因為，在後半段強調時間變化前，序文已經某種程度上強調了時間脈絡。這樣的表現手法使得文章前後呼應，也方便讀者理解。

　　進入文章中段，逐漸展現出隨情景而改變的人情與情緒變化。例如，「佳人秉燭歸房」、「江上漁人罷釣」、「漁父賣魚歸竹逕」、「牧童騎犢入花村」等語句開始出現，描述天色漸暗、時間流逝，佳人、漁父、牧童的動作。展現隨著時間流逝，人們如何做出與時間相符的事情。充分展現了隨著時間變化，人們如何表現出相對應的日常感情。文中佳人點亮燭光，是為了取悅夫君而做準備；或是在漫漫長夜，等待夫君歸來的佳人，承受不住漫長等待而與燭光為友的心境。漁夫收起釣魚竿，經過昏暗的竹林圍繞，返回家中歇息，竹林襯托白晝與夜

晚。寂靜的返家路帶給漁夫心靈慰藉，同時也反映漁夫疲憊的心境。另外還有牧童結束一天忙碌的工作後，騎著牛返回村內的心情。以「花村」替代「村」，以「騎」牛代替「牽」牛。透過與牧童一起返家的「同伴」，表現出日常生活情感。

雖然沒有提及登場人物對於時間流逝的想法，但通過平凡、具體的行動，得知其實作品中的人物也感受到時間流逝；充分體現人物日常生活情緒。正因如此，所以在時間敘事脈絡裡，不只描述景致與事物變化，也蘊含各類人物在情境轉換時的反應。

與上述時間敘事相似，許多作品除了情景的刻劃外，還有關於內容的變化與推進。在此處，不僅表現出隨時間流逝「景物」與「人情」的變化，在接下來的劇情鋪陳中，也加入了一些提示。

> 晨雞啼後，束裝曉別孤村；紅日斜時，策馬暮登高嶺。（《喻世明言》第十五卷〈史弘肇龍虎君臣會〉）

這裡與其說是描述時間快慢，倒不如說是針對人物隨時間流逝如何採取行動、展開、引領劇情走向，以提供背景敘述。不像「晨雞啼後」、「紅日斜時」僅描述日出、日落的時間點；而是像「束裝曉別孤村」、「策馬暮登高嶺」等句，表現出時間流逝後人物的具體行動。時間敘事結合了主要人物的行動，往往會影響故事鋪陳；但也有可能只是單純描述故事進程、或是迅速切換場景。文中的場景不僅表現時間的脈絡，更表現出故事某階段的展開過程。使讀者對之後的場景產生印象，進而消除陌生感，讓每個環節的進行都十分流暢。但下面例文跳脫了單純的故事鋪陳，直接與事件產生關聯。

> 看那天色：
> 　　卻早紅日西沉，鴉鵲奔林高噪。打魚人停舟罷棹，望客旅貪程，煙村繚繞。山寺寂寥，爇銀燈，佛前點照。月上東郊，孤村酒旆收了。採樵人回，攀古道，過前溪，時聽猿啼虎嘯，深院佳人，望夫歸、倚門斜靠。／衙內獨自一個牽著馬，行到一處，卻不是早起入來的路。星光之下，遠遠地望見數間草屋。（《警世通言》第十九卷〈崔衙內白鷂招妖〉）

上面引文分為兩部分，第一部分描述隨時間流逝出現的情景變化。在變化中，反映出風俗與日常的型態，以及人物情感狀態。第二部分則描述隨著時間流逝，與主角相關且具體的敘事內容，如「（崔）衙內獨自牽著一個馬，行到一處」。這個地方是「卻不是早起入來的路」，暗示是非常陌生且危險的路。崔衙內外出狩獵迷路後，即將發生的危險奇異經歷。因此同樣暗示之後發生的故事，並在營造氣氛上扮演重要角色。不單純描述時間的脈絡、描寫背景，而是與作品內容發生碰撞，在故事墊鋪上提供了重要的線索，是前後呼應的完整結構。[16]時間敘事除了景物變化、心理反應，並將這些功能與具體行動連結，從而影響作品整體的敘事結構。

透過上面引用的例文，充分說明時間敘事表示時間正在流逝的證據。雖然表現不出時間的快、慢或停止，但卻能看到時間流逝的規律。在時間敘事上，透過多種自然現象與景物變化來描述天黑的過程，並隨著時間流逝具體呈現人物行為。在某些作品的時間敘事上，可以透過自然的景物變化來讀出時間脈絡；而在某些作品則展現出隨時間流逝改變的過程，以及人物的行動。尤其觀察「路上行人歸旅店，牧童騎犢轉莊門。」（《清平山堂話本》之〈楊溫攔路虎傳〉）此場景，不只帶出情景轉換，也呈現在此景下生活的人們，隨著時間變化的生活模式，可以說是「景」中帶有「情」。如果前者著重在「景」與「物」的時間變化，那麼後者的時間敘事，則不只單純描述景物變化，更是透過日常生活樣貌與時間敘事呼應，雖不具體描述時間，但卻運用多種方式帶入情感描繪時間。不只描述隨著時間變換的風景，還逐漸勾勒出與時間變化自然融合的內、外風貌。

（三）時間的順序性意象

在時間敘事上，通常會直接表現時間的順序，雖然包含時間快的意思，但更具有順序性的視覺意象，增加時間流動的可視性。「時間敘事」主要出現在場景切換，強調時間流動的同時，想簡單刻劃此時的情況。「直接的時間敘事」與「間接的時間敘事」之差異在於「間接的時間敘事」的時間順序，時間本身不是敘述對象，無法對故事的推進與場面轉換產生重要影響，只有在季節交替、隨

---

[16] 「時間敘事」不僅止於背景或場景描寫，而是全面的將主要人物的行動與之後事件的鋪陳做出緊密連結，扮演連結事件與內容的重要角色。

氣候改變的景物中才可完成。[17]在直接時間敘事上，雖然與「間接時間敘事」一樣出現具體時間，但卻不只描述時間流逝的過程，此種方法常使用來接續下個場景；透過提供事件、時間的背景鋪展成下個故事內容，或巧妙連結人物和場景。[18]

> 非只一日，到得本縣，眾官相賀。第一日謁廟行香，第二日交割牌印，第三日打斷公事。只見：鼕鼕牙鼓響，公吏兩邊排。閻王生死案，東岳攝魂臺。（《警世通言》第三十六卷〈皂角林大王假形〉）

> 住了二十餘日，湖中並無動靜。（《喻世明言》第三十九卷〈汪信之一死救全家〉）

在上述引文中，對於時間的長度，短則一到三日間隔出現，長則達二十幾日。首文中，依照時間順序清楚描述從第一天到第三天所發之事。此處，從縣令赴官上任到執行公務前，禮法全照日程進行，文章清楚表明官衙的公事，依流程進行。不只羅列時間順序，連具體儀式與其順序也一併陳述，完成新縣令上任時反覆進行的流程示意圖，為了使場面連貫，省略不必要的敘事，讓故事更為流暢。雖然按時間順序表現新官上任的流程與例行公事，但卻像第二個引文一樣，出現許多過度省略、縮減的特徵。主角汪信之在引起叛亂後，為了帶家人與殘黨躲避討伐軍而藏匿在湖邊，文中描述這二十幾天，討伐軍沒有半點消息。作品整體內容並無特別描述此事件的時間。若該作品仔細討論這二十幾天，就有可能無法流暢描述下個場景，使得整體故事變得繁瑣冗長。在「湖邊避難」的時間

---

[17] 雖然「間接的時間敘事」同樣有具體的時間與日期，但通常都是為了敘述故事展開前的背景、或營造氣氛，與其特定的外顯時間，透過「象徵」、「聯想」、「投影」來描寫時間背景。在間接性描寫時間時，能強烈反映出其特色。例如，元宵節的風俗與背景、日期的文化特徵敘述等皆會出現此技巧。例文：「道君皇帝朝，宣和年間，元宵最盛。每年上元正月十四日，車駕幸五嶽觀凝祥池。每常駕出，有紅紗貼金燭籠二百對；元夕加以琉璃玉柱掌扇，快行客各執紅紗珠珞燭籠。至晚還內，駕入燈山，御輦院人員，輦前唱『隨竿媚』來。御輦旋轉一遭，倒行觀燈山，謂之『鵓鴿旋』，又謂『踏五花兒』，則輦官有賞賜矣。駕登宣德樓，遊人奔赴露臺下。十五日，駕幸上清宮，至晚還內。上元後一日，進早膳訖，車駕登門捲簾，御座臨軒，宣百姓：先到門下者，得瞻天表。小帽紅袍獨坐，左右侍近，簾外金扇執事之人。須臾下簾，則樂作，縱萬姓遊賞。華燈寶燭，月色光輝，霏霏融融，照耀遠邇。至三鼓，樓上以小紅紗燈緣索而至半，都人皆知車駕還內。」（《喻世明言》第24卷〈楊思溫燕山逢故人〉）

[18] 當然在這現象中，作者也可能藉此刻意突顯自身學識涵養或誇耀自身寫作才能。

敘事，沒有描述文中人物的心理不安及緊張焦躁，和不安的氣氛，只是藉由簡略描述等待的時間，來表現時間並沒有停止流逝。之後汪信之自首→家人的避難→躲避污名→處罰二程（程彪、程虎）→關係之恢復等事件接連展開，這時的等待會與此前的準備過程發生作用，超越反覆的、冗長的時間，完成了與新場面的連結，這時時間敘事表現出「超越的特徵」。不管是敘事的展開依據時間順序、或是超越時間間隔，都表現出一定的時間脈絡。但沒有特別強調時間快慢，所以只能大概推測出省略程度。在以下例文中，在時間概念上將呈現出一定的順序性，但卻是簡略的描述，雖與前面例文相同，但卻有具體的日期。

　　　三月間下定，直等到十一月間，等得周大郎歸家。（《醒世恆言》第十四
　　卷〈鬧樊樓多情周勝仙〉）

　　上述引文中，清楚標示具體的日期（頭、尾），並簡略提及時間間隔。其省略三月到十一月間的月份，中間八個月的時間間隔對故事鋪陳來說並無特別影響。提示出兩家婚姻的曲折與矛盾暫時得到舒緩，一直到周大郎回家前並沒有特別事件，並透過描述隨時間流逝依然未返家的周大郎之舉，來刻畫之後的緊張、不安感。雖然為了治療周勝仙的相思病，周母擅自答應婚事，但周大郎回家後便有著巨大的轉變。從周母答應婚事到周大郎回家間的時間特別重要。之前的矛盾已在周媽媽答允婚事後得已緩解，而新的紛爭則因周大郎而起；因為沒有必要仔細描述周大郎返家前的時間，因此縮短了「等待」的時間，將平凡的日常用一個段落概括描述。這樣的敘述方式並不會讓整體的時間產生斷層或造成混淆，反而緊密連結接下來的故事，加速了時間流動以提升讀者閱讀的專注度。例如下列例文：

　　　自十一月二十日頭至次年正月十五日，當日晚朱真對著娘道。（《醒世恆
　　言》第十四卷〈鬧樊樓多情周勝仙〉）

　　《醒世恆言》第十四卷〈鬧樊樓多情周勝仙〉，出現具體十一月二十日至隔年一月十五日的時間，但文中卻看不到其間發生的事件描述，作者欲維持前後故事的緊張感。第五十七天，朱真再次登場，表示此前的時間並不是非常重要。從朱真的登場新事件的發生，故事的鋪陳才再度緊迫展開。此時間是故事鋪陳上

最重要的連結，其實時間多半與事件鋪陳關係緊密。如在故事高潮時，時間突然停止之後又突然消逝，就無法觀察到關於時間快慢的敘述。被過於詳細記錄的時間通常會與下個場景連接時被壓縮，之後在敘述下個場景時又再仔細描述。雖只用一兩句描述「五十七日」的時間，但大量的時間間隔，一直到五十七日晚上，才具體描述時間。

　　時間像這樣被按照順序仔細描述，有時可看到具體日期，有時則被省略。時間大部分著重於下個事件的連結，或是情節轉換的關鍵上；因此作品整體構造與故事結構、鋪陳上維持了一定的基礎（規律），以提升事件間的緊密度，在維持整體內容的連結度上扮演重要角色。

（四）敘事性的時間流動

　　時間敘事在情節轉換和故事展開的背景要素中扮演重要角色，時間敘事與事件的場景相關，反映人物的行動，成為敘述的一部份。此時時間敘事有效連結各場面，提示時間背景，潤飾作品故事的鋪陳，並全面介入作品敘事，將對故事的發展起到具體的作用。此情況，時間敘事不以單獨方式存在，而是與故事敘述並行。融合進敘事過程以進行故事敘述，這不是各別性描寫，而是結合了一部份的場面與事件。

　　除少數作品外，大部分具敘事性時間敘事特徵的作品中，可看到表現時間的句子，如「早衙十分」、「天色將晚」、「天色卻晚」、「天色漸曉」。與「早衙十分」不同，「天色將晚」、「天色卻晚」、「天色漸曉」皆使用了「天色」一詞，從此處可得知，作者為了場面轉換與調整事件鋪陳，而運用了時間流動的手法。用習慣的文句可體認出時間正在流逝、或已經流逝。時間敘事結合了登場人物的具體行動，延伸出整體故事。那麼，隨著敘事的進行，時間敘事如何具體與故事內容融合？可以觀察以下引文：

　　　　到縣前時，已是早衙時分，只見靜悄悄地，絕無動靜。（《喻世明言》第
　　　　三十九卷〈汪信之一死救全家〉）

　　上面的引文，「到縣時，已是早衙時分」，此處描寫主角到達縣裡的時間脈絡。但此處並不是單純強調到達的背景或時間，而是與接下來出現的「靜悄悄

地，絕無動靜」產生關聯，用來表示對於接下來即將發生的事件所擁有的恐懼與危機感。像這樣，人物的行動、敘事的鋪陳與時間脈絡結合，圓滿的帶出整體故事鋪陳。《醒世恆言》第十七卷〈張孝基陳留認舅〉一文中也有類似的情況出現。

> 過善獨自個氣忿忿地坐在橋上。約有兩個時辰，不見回報。天色將晚，只得忍著氣，一步步捱到家裡。（《醒世恆言》第十七卷〈張孝基陳留認舅〉）

上例提到在日落前已過了兩個時辰，但不是在時間敘事上突然天色變黑，而是按照順序，表現出時間逐漸流逝的過程。更具體描繪時間流逝的則在於過善的行動，雖然過善對於兒子過遷的無賴行為非常惱火，甚至命人將兒子抓來，但當沒有任何消息傳回來時，過善卻坐立不安焦急等待。緩慢流逝的時間襯托出主角的心理狀態。《警世通言》第十四卷〈一窟鬼癩道人除怪〉，前一部分的時間敘事，和下列例句相似。

> 天色卻晚，吳教授要起身，王七三官人道。（《警世通言》第十四卷〈一窟鬼癩道人除怪〉）

場景清楚反映時間，主角吳洪與朋友王七三官在郊外遊玩，當他們驚覺時間已晚、正要起身時，這時時間的流動透過吳洪的行動而被具體化表現。不僅只是敘述者的時間，文章透過主角的體悟，詳細描述接下來會出現的行為。這種特徵在下面引文中也非例外。

> 便背了萬秀娘，夜裡走了一夜，天色漸漸曉，到一所莊院。（《警世通言》第三十七卷〈萬秀娘仇報山亭兒〉）

在「天色漸漸曉，到一所莊院」前，已說明尹宗揹著萬秀娘走了一夜。不只在「夜裡走了一夜」、「天色漸漸曉」出現時間流動，前後文已將尹宗「背萬秀娘」與「到了莊院」的行動連結。這是時間結合鋪陳的例子，促使讀者對接下來關鍵場所「莊院」的好奇心。

　　時間的脈絡與人物行動一起與內容相融合，時間描寫不單只是場面轉換或成為事件的背景，更帶出了後面故事劇情，在圓滿展開故事內容上扮演重要角色。時間不單獨存在，它與內容產生密不可分的關係，緊密和敘事的進程互相呼應。時間敘事有著不具體表現出事件、壓縮故事的特徵，卻在敘事上起著重要作用。如果時間流動是照著順序、具體形態而展現，反而會降低作品的敘事性，人物的行動無法積極影響到敘事，時間脈絡也無法與事件產生連結，進而在構成作品的故事時無法更加柔軟有彈性。大部分作者在描述重要事件時，常利用模糊的時間手法，讓自己更專注在敘事上。在這種情況下，時間模糊抽象，但作品的敘事性與故事的進展將更為緊密，時間與事件鋪陳結合也將更順利。自然而然的，時間隨著事件展開而被簡略，而使得時間故事、人物、事件皆更具彈性。詳細具體的時間刻畫反而會降低作品的敘事性，若主角的行動與事件進行過度刻劃具體時間，整體故事敘述將會變得不自然。觀察這個過程，時間流動應該相對模糊、並被概括表現，才能適度與敘事產生連結。因此，時間流動也是故事展開的重要一環，但若以時間為主的話，故事的展開將以事件的發生順序延續下去，這將會使內容受到侷限。雖然受到侷限，但與敘事的進行卻產生緊密聯繫，並作用在故事的鋪陳上，提供重要的時間背景。

三、時間敘事的「靜止」

　　時間敘事時常出現時間靜止的情況，這時「靜止」比起敘事技巧帶有更明確的目的，更多情況是為了敘述單純的靜止時刻或那個瞬間。也有與其不同，帶有明確敘述意圖的作用，運用背景轉換、時間結合和敘事內容來為後來的事件埋下伏筆，或者順其故事發展，使內容保持順暢。時間敘事的「靜止」根據敘事內容，可分成「敘事當下的靜止」和「敘事進行中的靜止」。「敘事當下的靜止」，指時間靜止時當下的那一瞬間，單純描述背景，在氣氛轉換時起到調節作用。「敘事進行中的靜止」，實際上和時間與事件的展開密不可分，相比描述時間靜止的要素與場面轉換，更強調與之後事件的關係和時間的「休止」。時間一旦靜止就會減緩緊迫感，增加讀者對故事未來發展的好奇心，使讀者集中注意力。此外通過對發生事件的描述，主角的行為和心理也反應在時間敘事上，表現為外在具體行動。在串起整體敘事構造的緊密性和有機性，有著巨大影響。

（一）敘事時點的靜止：「時角的靜止」和「時間的靜止」

「時角的靜止」指瞬間時點的靜止，「時間的靜止」指時角和時角間的間隙狀態的靜止。「時角的靜止」不存在其它時角，只有靜止時單一化的時角狀態。因此，比起場面和深入的聯結關係，主要運用在場面或氣氛的轉換，雖然有時被當作新事件的伏筆，但主要還是運用在場面或氣氛的轉換上。即使和故事直接關係微弱，但在營造整體氣氛和背景上還是相當重要。「時間的靜止」指在時間流動延續的狀態中，某個時點的靜止。因此並不是獨立性的靜止狀態，而是流動停止的狀態。主要運用在凸顯重要事件或人物的行動和心理上，在關鍵時刻起到一定的敘述作用。「時間的靜止」比起「時角的靜止」，與內容具有較深的關聯性，可是若和「敘事展開的靜止」相比，時間敘事和作品之間的有機性依然微弱。首先觀察在作品中出現的「時角的靜止」。

> 思溫恐下雨，驚而欲回。攬頭看時，只見：銀漢現一輪明月，天街點萬盞華燈。寶燭燒空，香風拂地。（《喻世明言》第二十四卷〈楊思溫燕山逢故人〉）

> 當日是十一月中旬，卻恨雪下得大。（《喻世明言》第十四卷〈鬧樊樓多情周勝仙〉）

以上引用的兩篇例文都是表現當時瞬間的靜止，第一篇文章描述主要人物楊思溫在遇見鄭意娘之前，因為怕下雨，趕忙回家的途中，抬頭望天，才發現已過了一段很長時間的當下，時點靜止的狀態。此時的時間描寫比起提供接下來場面的連貫性，更重視當下暫時靜止的情況，或著更著重於刻畫灰暗的氣氛。之後見到已經死去的鄭意娘，讓接下來的故事背景充滿恐怖奇異，具有伏筆的功能。此時的時間敘事引起場面的轉換，預示讀者期待新的場景。第二篇例文前句直接描寫時間，後句間接暗示季節。此引用文只限於告知當時的時間和氣氛，雖然能看到時間的流動，但更強調當時時點靜止的時角。接著觀察「時間靜止」，可以發現它和「時角靜止」的特徵相似。

　　剛剛一月三十個日頭。（《醒世恆言》第十四卷〈鬧樊樓多情周勝仙〉）

　　則好過了數日。當夜天昏地慘，月色無光。各自都去睡了。（《警世通言》第三十七卷〈萬秀娘仇報山亭兒〉）

　　第一篇引用文和前面「時角靜止」的第二篇例文比較時，時間敘事更加減略縮小。雖然像描寫直接時角的靜止，這裡的靜止是在隨著時間持續推進的狀態中的靜止。即可稱作和前後內容連接的時間流動裡的停止，不論何時時間的流動都包含了持續進行的「流動性」。「剛剛一月三十個日頭」裡，雖然可以知道因為時間的流動不知不覺到了一月三十日，但觀察前後段落和連結的敘述性特徵，時間並沒有流逝或是變得更快或慢，而是可以看到時點裡靜止的現象。這樣的時間描述是接續其後場面的重要角色，用靜止的視角具體表現時間的變化。時間的靜止不只是連接後面場景的關鍵，還能暗示前面新事件的進行。第二篇引用文扮演了「時間的終結」、「段落的區分」的角色，時間在經過的狀態中靜止，可視為準備下個事件和場面作鋪墊的時間敘事。若觀察故事前後和文章出現的時間敘事表現關係的話，只能知道時間，但不能知道時間的快慢、或者進行何許變化。雖然在作品中描寫時間敘事和作品有甚麼樣的緊密連結性上有一定的限制，但在傳達事件的氣氛和場面轉化的機能上可謂相當積極。

（二）敘事展開中的靜止

　　敘事鋪陳的靜止與敘事時間的靜止不同，它直接與作品的故事產生關聯，表現出時間的停止。這不只是對那個時間點的描寫，它對連結下個場面時也起了重要作用。「敘事鋪陳的靜止」不只將重點放在時間停止的部分上，更重要的是時間與敘事內容有著何種程度上的關係。所以它不單純只表現時間的靜止，其將時間的靜止與作品鋪陳之內容產生連結，並突顯時間的靜止與作品鋪陳之間的緊密關聯。透過具體的作品分析，可以觀察出此項特徵。

　　迎兒聽縣衙更鼓，正打三更三點。（《警世通言》第十三卷〈三現身包龍圖斷冤〉）

　　從上述的引文中可得知，迎兒聽到凌晨鼓聲的時間點是「三更三點」。算命先生一邊算著大孫押司的命運，一邊說大孫押司當日三更三點會死時，因此，押司娘與迎兒整夜守著大孫押司。這時押司娘叫醒打瞌睡的迎兒，這個時間點就是引用文提到的「三更三點」。時間雖然配合著敘事鋪陳而靜止，還是殘留著餘溫。之後迎兒三次遇到大孫押司的靈魂，每日、每次遇到的時間點與地點都是作品整體內容中重要的符號。也因為「三更三點」這個時間點，是銜接下個場面的重要橋樑，促使之後事件更複雜、高潮迭起。時間敘事上的「靜止」在之後迎兒與大孫押司的相遇時產生了更大的影響。而且在這裡可以看到，敘述者為了解決事件而在每個階段中主導、安排相關情況之策略運用。時間的靜止，在角色與之後持續出現的靈魂見面中，有著暫時讓敘述停止的作用，也有著預示下一個場面的作用，增加事件鋪陳時的緊湊感與緊張感。請看這種現象的例文。

　　漸次間，行列巷口，待要轉彎歸去。相次二更，見一輪明月，正照著當空。（《警世通言》第十六卷〈小夫人金錢贈年少〉）

　　這裡描述張勝與小夫人相遇的瞬間，張勝經過以前的道路，轉過胡同，正在回家的路上。這時是深夜時分，浮在半空中的月亮正散發著皎潔的月光，時間在這空間下瞬間靜止。之後當張勝與小夫人相遇，並將小夫人帶回家後，他捲入意想不到的風暴。這場面的時間靜止，提示出發生下個事件前的瞬間、以及事件展開暫時停止之狀態，讓前、後事件能夠互相輝映，使故事順利進行。透過具體的時間敘事，營造既危險又緊張的環境，並暗示之後即將發生的事件。像這樣的時間靜止，在《警世通言》第十九卷〈崔衙內白鷳招妖〉的事件展開中，具有重要的作用。

　　衙內過三個月不出書院門。今日天色卻熱，且離書院去後花園裡乘涼。坐定，衙內道：「三個月不敢出書院門，今日在此乘涼，好快活！」聽那更點，早是二更。只見一輪月從東上來。（《警世通言》第十九卷〈崔衙內白鷳招妖〉）

　　這部分比之前張勝與小夫人相遇的情節，在敘事展開中更緊密，且更具有關聯性。崔衙內為了躲避妖怪，三個月的時間幾乎在書齋內閉門不出，但有一天

他突然走到花園。在這個場面中，時間是靜止的，而這場面表現出妖怪即將現身挾持崔衙內的緊張瞬間。這時的時間與敘事展開產生關聯，就好像靜止不動一樣，但此刻的時間並不只是靜止，此刻的時間靜止是發揮著營造當下氣氛、預示後續事件，讓整個故事能順利進行下去的作用。特別是之後關於「月亮」獨立的詩詞，詳細記載著當時的時間背景以及整體的氛圍。與此相同，時間敘事考慮到場面背景，並引導下個敘事的展開，這種情況也出現在以下例文：

> 拔開廟門看時，約莫是五更天氣，兀自未有人行。（《警世通言》第十四卷〈一窟鬼癩道人除怪〉）

吳洪與王七三官走出了祠堂大門的瞬間，可以得知當時為深夜凌晨時分，之後的事件是本作品中的關鍵，「與夫人李樂娘的相遇」。深夜四下無人的深山中，吳洪偶遇李樂娘（靈魂），這個事件是整個作品的核心。敘事的時間在主角打開祠堂大門走出後，瞬間靜止了。靜止的瞬間與出現下個場面前的事件產生了很大的關聯，形成一種彷彿會發生不尋常事件的氛圍。在這種急迫的狀況下出現的時間靜止提升了作品的緊張感，讓整個故事充滿曲折離奇。時間的靜止與事件之展開產生連結，在非常緊湊的同時，卻又具有彈性，下個場面也是如此。在這個場面中，時間的靜止將整體氛圍與後續場面的連結狀況完整表現出來。

> 這官人於八月十四夜，解放漁船，用棹竿掉開，至江中。水光月色，上下相照。這官人用手拿起網來，就江心一撒，連撒三網，一鱗不獲。（《警世通言》第三十九卷〈福祿壽三星度世〉）

在這部分，出現了具體的「時間」（八月十四，夜）與「空間」（漁船、江中）。之後出現了關於時間的敘事，此場面就發揮了提前預示後續事件之作用。主角劉本道經歷非常奇異、又具幻想性的故事情節，以月夜為起點展開，並以水、江邊為中心進行。這樣的時間敘事鋪展出其後欲發生的主要事件的氛圍，對於之後發生的事件，提供了某種程度的暗示，誘導出對於未知的緊張感。這裡的時間之所以看不出快慢，原因在於，時間正與之後發生的事件互相呼應，與敘事展開產生關聯，並有效凸顯了時間敘事。時間的靜止讓下個場面的出現更加合理流暢，增加作品的敘事性。像這樣時間的停止，與事件之展開產生極深的

關聯，不只讓故事能順利地被交代，營造戲劇性的氛圍，還凸顯作品的敘事性特徵，讓作品整體的場面與段落在敘事節奏上更加緊湊流暢。

四、結語

　　以上是宋元話本小說的時間敘事中，時間的「流動」與「停止」的特色。在時間敘事的「流動」中，雖然時間的確在流動，但並沒有特別快或慢。但因為時間也不是靜止的，所以可以說具有一定速度。作品中時間敘事的「脈絡」具有許多型態，有的透過景物變化表現出時間流動，或是透過隨情景變化而跟著改變的情感來表現時間的脈絡。有些則與此不同，會提出具體的數字，將時間的流逝加以「形象化」，此時代表時間的數字按著順序出場，與前面兩個例子不同。又或是時間流逝與登場人物的行動產生關聯，將之後事件的敘述與場面的描寫結合，以表現出時間如何流逝。在時間的「脈絡」中，不僅直接凸顯時間的流逝，同時也必須讓前後文相呼應，通常時間的脈絡會配合著作品的敘事，因此同時觀察前後文、作品的脈絡與敘述，可說相當重要。

　　在時間敘事中，時間的流動以外，也有表現出時間「靜止」的作品，這時的「靜止」不單純是描述靜止的時間，通常都帶有特殊的目的。主要是凸顯場面或背景之轉換，或是將時間與敘事內容結合，以預示後續事件，或是為了流暢的描述事件的進行而運用此手法。時間敘事的「靜止」隨著與作品敘事內容的關係有無，分成「敘事時間的靜止」與「敘事展開的靜止」兩種。「敘述時間的靜止」，主要描述當時間停止的那一瞬間；這裡不單純只描述背景，它同時也負責場面轉換或調整氛圍。「敘事展開的靜止」，則表示時間與事件展開有緊密連結，它代表那個時空下時間的停止。特別是「敘事展開的靜止」注重下個事件的連結與時間敘事上的「休止」，先停止時間的流逝，並緩解緊張的節奏，但卻同時將緊張感集中於主要事件，以增加緊張強度，並透過各事件的關聯性，展現出主角的心理狀態與其對事件的態度和行動。

　　像這樣，時間敘事的「流動」與「靜止」可以展現出時間流逝或時間停止等多種形態。時間敘事上的「流動」與「靜止」按照一定的順序來實現，展現出具體的時間「靜止」與「休止」，或者是與敘事內容產生關聯，或者以簡化、概括描述的形式呈現，透過前面的分析可以充分觀察到此現象。雖然時間的「流動」與「靜止」所具的總括性特徵與其角色刻畫也相當重要，但對流暢的敘事展

開以及下個場面的效果性連結也起著重要的作用。雖然這樣的時間特徵在一定的節奏中構成事件展開，並誘導出曲折的情節；或是在凸顯人物特徵的過程中起了某種作用，卻與下個事件的脈絡產生連結，配合著場面轉換，同時有效引導敘事內容。這維持了作品的整體性構造與故事在結構和展開之間的運作，並在提升事件與事件的緊密程度以及場面轉換中扮演重要角色。時間敘事的「流動」與「靜止」，在後續的故事推進過程中起了有效的調節作用，並維持了整體敘事構造適度的稠密度與流暢度。

附錄　宋元話本小說「直接性時間敘事」之分類（流動、靜止）

分類	直接性時間描寫	流動	靜止
清平山堂話本	天色晚，但見：十色餓分黑霧，九天雲裡星移。八方商旅，歸店解卸行李；北斗七星，隱隱遮歸天外。六海釣叟，繫船在紅蓼灘頭；五戶山邊，盡總牽牛羊入圈。四邊明月，照耀三清。邊廷兩塞動寒更，萬里長天如一色。（《清平山堂話本》之〈陰騭積善〉）	○	○
	但見天晚：煩陰已轉，日影將斜。遙觀漁翁收繒罷釣歸家，近睹處處柴扉半掩。望遠浦幾片帆歸，聽高樓數聲畫角。一行塞雁，落隱隱沙汀；四五隻孤舟，橫瀟瀟野岸。路上行人歸旅店，牧童騎犢轉莊門。（《清平山堂話本》之〈楊溫攔路虎傳〉）	○	
喻世明言	晨雞啼後，束裝曉別孤村；紅日斜時，策馬暮登高嶺。（《喻世明言》第15卷〈史弘肇龍虎君臣會〉）	○	
	思溫恐下雨，驚而欲回。擡頭看時，只見：銀漢現一輪明月，天街點萬盞華燈。寶燭燒空，香風拂地。（《喻世明言》第24卷〈楊思溫燕山逢故人〉）		○
	當下天色晚，如何見得？暮煙迷遠岫，薄霧卷晴空。群星共皓月爭光，遠水與山光鬪碧。深林古寺，數聲鍾韻悠揚；曲岸小舟，幾點漁燈明滅。枝上子規啼夜月，花間粉蝶宿芳叢。（《喻世明言》第36卷〈宋四公大鬧禁魂張〉）	○	
	到縣前時，已是早衙時分，只見靜悄悄地，絕無動靜。（《喻世明言》第39卷〈汪信之一死救全家〉）	○	
	住了二十餘日，湖中並無動靜。（《喻世明言》第39卷〈汪信之一死救全家〉）	○	
醒世恆言	三月間下定，直等到十一月間，等得周大郎歸家。（《醒世恆言》第14卷〈鬧樊樓多情周勝仙〉）	○	
	當日是十一月中旬，卻恨雪下得大。（《醒世恆言》第14卷〈鬧樊樓多情周勝仙〉）		○
	自十一月二十日頭至次年正月十五日，當日晚朱真對著娘道，（《醒世恆言》第14卷〈鬧樊樓多情周勝仙〉）	○	
	剛剛一月三十個日頭。（《醒世恆言》第14卷〈鬧樊樓多情周勝仙〉）		○
	過善獨自個氣忿忿地坐在橋上。約有兩個時辰約有兩個時辰，不見回報。天色將晚，只得忍著氣，一步步捱到家裡。（《醒世恆言》第17卷〈張孝基陳留認舅〉）	○	

分類	直接性時間描寫	流動	靜止
警世通言	迎兒聽縣衙更鼓，正打三更三點。（《警世通言》第13卷〈三現身包龍圖斷冤〉）		○
	看那天色時，早已：紅輪西墜，玉兔東生。佳人秉燭歸房，江上漁人罷釣。漁父賣魚歸竹逕，牧童騎犢入花村。（《警世通言》第14卷〈一窟鬼癩道人除怪〉）	○	
	天色卻晚，吳教授要起身，王七三官人道：（《警世通言》第14卷〈一窟鬼癩道人除怪〉）	○	
	拔開廟門看時，約莫是五更天氣，兀自未有人行。（《警世通言》第14卷〈一窟鬼癩道人除怪〉）		○
	當日天色已晚，但見：野煙四合，宿鳥歸林，佳人秉燭歸房，路上行人投店。漁父負魚歸竹逕，牧童騎犢返孤村。（《警世通言》第16卷〈小夫人金錢贈年少〉）	○	
	漸次間，行列巷口，待要轉彎歸去。相次二更，見一輪明月，正照著當空。（《警世通言》第16卷〈小夫人金錢贈年少〉）		○
	看那天色：卻早紅日西沉，鴉鵲奔林高噪。打魚人停舟罷棹，望客旅貪程，煙村繚繞。山寺寂寥，靉銀燈、佛前，點照。月上東郊，孤村酒旆收了。採樵人回，攀古道，過前溪，時聽猿啼虎嘯，深院佳人，望夫歸、倚門斜靠。衙內獨自一個牽著馬，行到一處，卻不是早起入來的路。星光之下，遠遠地望見數間草屋。（《警世通言》第19卷〈崔衙內白鷂招妖〉）	○	
	衙內過三個月不出書院門。今日天色卻熱，且離書院去後花園裡乘涼。坐定，衙內道：〈三個月不敢出書院門，今日在此乘涼，好快活！〉聽那更點，早是二更。只見一輪月從東上來：（《警世通言》第19卷〈崔衙內白鷂招妖〉）		○
	候忽一年，又遇開科，崔生又起身赴試。（《警世通言》第30卷〈金明池吳清逢愛愛〉）	○	
	須臾之間，只見小二同著諸公到店中來，與三人相見了。（《警世通言》第30卷〈金明池吳清逢愛愛〉）	○	
	只一日，到得本縣，眾官相賀。第一日謁廟行香，第二日交割牌印，第三日打斷公事。只見：鼕鼕牙鼓響，公吏兩邊排。閻王生死案，東岳攝魂臺。（《警世通言》第36卷〈皂角林大王假形〉）	○	
	然雖如此，坐過公堂的人，卻教他做這勾當好生愁悶，難過日子。不覺捱了一年。（《警世通言》第36卷〈皂角林大王假形〉）	○	
	便背了萬秀娘，夜裡走了一夜，天色漸漸曉，到一所莊院。（《警世通言》第37卷〈萬秀娘仇報山亭兒〉）	○	
	當日天色晚了：紅輪西墜，玉兔東生。佳人秉燭歸房，江上漁翁罷釣。螢火點開青草面，蟾光穿破碧雲頭。（《警世通言》第37卷〈萬秀娘仇報山亭兒〉）	○	

分類	直接性時間描寫	流動	靜止
警世通言	則好過了數日。當夜天昏地慘，月色無光。各自都去睡了。（《警世通言》第37卷〈萬秀娘仇報山亭兒〉）		○
	這官人於八月十四夜，解放漁船，用棹竿掉開，至江中。水光月色，上下相照。這官人用手拿起網來，就江心一撒，連撒三網，一鱗不獲。（《警世通言》第39卷〈福祿壽三星度世〉）		○
	合計	16	10

第七章　「互通」與「接合」
——以「人文地理空間（Human Space）」探究「鬼魂空間敘事」

一、前言

　　「小說空間」是情節敘述的主要場景，也是故事進展的重點場所，所有事件的發生與解決就以此為支撐，其中呈現多層空間內涵與多元空間現象。就此而言，小說空間不但在構成情節結構有重要作用，並且是形成故事背景的關鍵因素。宋元話本小說中以「鬼魂」在場為主要空間的作品，呈現十分多樣的空間現象與豐富的空間內容，並且在「寫實」與「夢幻」的空間類同或差距中，充分彰顯空間的流變與移轉，呈現空間意識與內涵的不同層面。本文就以宋元話本小說的敘述空間為主要研究對象，並且由多元角度來觀察作品中較為凸顯的空間現象，其中也包括從相反的「負面角度」考慮空間內涵與意義。

　　文學空間的研究方法與其他學科領域全然不同，文學的空間研究較重視作品本身的內在因素，也就是作家的情感空間、作品人物的心理空間、社會文化環境、背景布置與場面轉換、敘事過程等「多維」向度，而且作品的主觀性相當強，與個人情緒有相當密切關係，所以不適合以統計、實證的科學空間探索方式來分析，也不能僅只以虛空、抽象的觀念等哲學空間的「單維」方法來研究。對於文學空間研究，可以嘗試並用不同方式來詮釋作品內涵，就能以簡單的物理空間觀念來探討其內容，或相反地，完全依靠心理、主觀空間性來詮釋作品。雖然文學作品本身以主觀、傾向心理的面向較多，但不能完全偏向主觀性研究，也不能全依靠客觀物理方面。若注意觀察文學的空間內涵，則容易發現研究文學作品的空間意義時，應涵蓋兩方面的特徵，不能偏執於其中的某些層面。

　　人文地理的「存在空間」提供「兩種空間和諧」一個獨特的觀點，讓「物理空間」與「情感心理活動」能交互運作。人文主義地理學（Humanistic Geography）中的「存在空間」，給予我們一些對於文學空間研究方法的啟示[1]。本文以「人

---

[1]　在「存在空間」之中，物理空間與人的活動同樣都被重視。也就是在許多人文地理學的研究中，空間的

文空間」為基礎，用「和諧」觀念來研究文學中的空間內涵，即主觀與客觀方式的和諧、物理與心理方式的調節，以及寫實與想像方式的溝通。如此一來就能在客觀的基礎之下，融合主觀的切入方式，呈現其中豐富的內涵，表達出多元的空間面貌與現象。在文學作品的空間研究上成立新的標準與尺度，可以進行更為貼近作品的分析方式。因此「心理空間」能以「物理空間」為基礎，「物理空間」也能藉「心理空間」而提出明確的根據，建立多維研究文學空間的系統，這是理解作品的關鍵因素。

二、鬼魂空間的多元文化現象——陰間與陽間的互通

　　宋元話本小說中出現鬼魂的作品不少，其主要作品內容，無論愛情、色慾、怪異、公案、樸刀，多少都有連貫「陰魂空間」的現象，例如生死愛情的交錯、破解鬼案的迷誤、色淫冤魂的纏身、妖情色慾的引誘等。這些現象常在作品中形成鬼魂隱現、消失的獨特故事空間架構，而在整個敘述結構上構成陰間與陽間融合、滲透的空間形態。在作品中，鬼魂出現的場所相當多樣，會依著故事情節內容、敘述階段、結構形式，重複進行陰魂空間的穿插與消逝。鬼魂空間是一種「虛式空間」、「多變空間」，沒有具體的場所，隨時可以顯現也可以忽然隱藏。陰魂空間往往存在於人世空間的某一地方，沒有任何的固定場所，隨時隨地出現，卻因一時境遇就消逝，所以其出現的具體場所捉摸不定，依照著情節進展過程的變化與節奏而決定。

　　但就情節的敘述過程與場所而言，「陰魂空間」的突現與消逝現象，構成故事空間主要的內容與結構，並觸發情節進展中的巨大影響，也與作品主題與意蘊有緊密的聯繫。尤其是作品中鬼魂出沒的空間，是情節與空間轉移的關鍵場所，並突顯出對該空間的聚散與層次，進而襯托多元、多維的立體感應。例如《喻世明言》第二十四卷〈楊思溫燕山逢故人〉中的鄭意娘鬼魂出現的場所是「燕山大街」、「秦樓」、「敗花園」、「韓思厚新婚家」、「江心」，這些場

物理性與社會文化現象同樣被重視，「空間」是人的各種活動在物理性空間中不斷建構的結果。這類人文地理的研究思考方式是將「物理空間」與「心理活動」連結起來。這或許也可作為文學中所謂的「空間」之研究思考方向。我們一方面要依循著空間獨立自主的物理特性，找出其內在邏輯，同時，須要考察的是在這種物理性質的空間上，依社會文化現象乃至人的活動，作品內的心靈活動層面乃至作品的意義。因此，以「不斷建構的結果」為基礎，進而「相互結合運作」（incorporate and work together），便可以建構出文學的空間。

所便是故事進行的焦點；《警世通言》第八卷〈崔待詔生死冤家〉中的璩秀秀鬼魂出現於「建康府」與「清河湖」，皆是情節轉換、結局產生的中心地點；《警世通言》第十四卷〈一窟鬼癩道人除怪〉中，眾鬼出現於「學堂」、「酒店」、「吳洪家」、「野墓園」、「山神廟」、「林子」、「墓堆子」等，也是情節開展中，空間連續移動的重要基礎；《警世通言》第十六卷〈小夫人金錢贈年少〉中的小夫人鬼魂出現於「酒店」、「張勝家」，則是故事轉折與結局的終點；《警世通言》第三十卷〈金明池吳清逢愛愛〉中的盧愛愛「金明池路上」、「小樓」、「酒樓」、「監獄」，是事件轉換與解決的關鍵場所；《警世通言》第十卷〈錢舍人題詩燕子樓〉中關盼盼鬼魂出現的「燕子樓」，也呈現出主題思想，即生前之情、死後之戀的主要空間。

這些作品中的場所與地域皆是人間活動的實在空間，並不是落於地獄、酆都，或騰空而上神界、仙境的虛擬空間，也可說鬼魂空間未完全與人界隔開，而是經常連結於人間的各地各所，不斷進行陰間與陽間的接觸活動。鬼魂出沒的現象與場所皆有密切關係，它們往往出現在家屋、街路、酒店等的生活空間裡，其事發過程與場所，多具有提示破解事件的關鍵線索，暗示故事結局，並呈現情節結構與凸顯空間移轉。有時在市井場所之外，即墳墓、江河、樹林、山路等的偏遠、郊野空間也會出現鬼魅。雖然在市井生活以外的場所，作品並沒有提出破解事件的線索與呈現主題的明顯暗示，但仍然可以突顯出靈異空間的非常事件，亦在以實質為主的生活空間中，形成真假、人鬼的對立局面，並介入虛幻空間的奇異現象，在虛實空間的磁場裡建構推拉、鬆緊的張力。鬼魂的主要活動空間，就是墳墓、野墓園，這些場所都在市井生活的郊外[2]。但作品中鬼魂出現的鬼界、陰間，並不限於野地和僻處的空間，不但在市井生活空間中經常出現，甚至有時跟生人一起生活，鬼魂並未受到現實空間的限定與拘束，鬼界也並未受其影響。

在宋元話本小說中，鬼魂出現過程有三個不同的現象：其一，在公開、個人場所中顯現鬼魂，鬼魂空間直接接觸實際空間，鬼魂並沒有受到任何的限制，無論開放的市井空間，或個人的生活空間，皆隨時任意出現，並反映對實際空間的對立與衝突。小說建構把現實空間範圍擴展為可包含鬼魂空間，並易於接受奇

---

[2]　參考林禮明，《鬼蜮世界──中國傳統文化對鬼的認識》（廈門大學出版社，1993年），頁153；賈二強，《神界鬼域──唐代民間信仰透視》（陝西人民教育出版社，2000年），頁121。

異、虛幻空間現象的空間系統。其二，夢中出現鬼魂的現象，並無具體、實質的空間領域，因此鬼魂往往輕易進入潛意識的虛擬空間裡面。雖然沒有現實具體的空間標誌，但人物的夢界中，隨時變化其顯現方式，並使夢界調整其空間範圍，超越時間的限定，而進行鬼魂的隱現，也賦予具有含蓄、暗示性的空間內涵。其三，「死鬼附身」的情況是與「鬼魂現身」和「夢中現鬼」的方式不同，鬼魂藉現實生活的人物客體，附其陰魂而吐露心裡的怨恨。空間形態是透過陽間人物附上陰魂的精神接合方式，亦直接試圖與現實空間接觸，建構與活人之間互動、影響的空間聯繫。

鬼魂的出沒與消逝，陰魂空間的移轉與隔斷，在作品中相當生動，而且鬼魂出現都有明顯的含意與線索。例如《警世通言》第十三卷〈三現身包龍圖斷冤〉中的孫押司死後三次出現陰魂，表示其死亡應有「冤枉」，於是提示三次暗示與線索給迎兒，替他雪冤；《喻世明言》第二十四卷〈楊思溫燕山逢故人〉中的鄭意娘尋死，鬼魂服侍韓國夫人，心中充滿「怨恨」、「孤單」的心情，盼望「回歸」故鄉；《喻世明言》第三卷〈新橋市韓五賣春情〉中的和尚三次出現表示，因他「犯了色戒，死在彼處，久滯幽冥，不得脫離鬼道」，因此要吳山做個陰魂之伴等。當人物對生活曾經有產生「冤枉」、「仇恨」、「憂愁」的事情，無論其怨恨對象是天命或人意，或是回應時代風尚或生前期望，都在心中產生強烈的悲哀、憂鬱的情緒。雖有生死異途、人鬼分隔的嚴格限制，但仍然能跨越界限，實現心理嚮往的理想，並補償生前失去生命的悲哀與執著，所以鬼魂出現的現象充分包含訴苦、哀求的心理。

許多宋元話本小說作品中鬼魂出現的主要原因，都已有冤枉、悲愁的心理傷害過程，因此雖然陰間與陽間全然分隔，陰陽落差相當遙遠，但它們仍然出現於市井生活空間，表現不滿的心理與哭訴的心願。觀察鬼魂出現的空間現象與內涵，可知它與現實空間之際並無障礙，鬼魂可以進入現實空間，尤其是市井生活空間的中心場所。但鬼魂並未直接說明為何出現於陽間，卻在敘述過程中透過獨特的暗示，來表達種種內涵。其實鬼魂與人屬於完全不同世界，但能相互滲透、溝通，常顯現彼此結合與貫通的現象，因為它們的命運與死亡都離不開陽間，故始終徘徊人間。雖然墳墓、野地是鬼魂出沒的具體場所，但並不僅意味著鬼魂出現只出現於此類固定空間。鬼魂並非實際存在的物體，它們存在的空間不等於陽間，所以不能確定其空間的形象與現象。雖然古典小說中往往出現鬼域、酆都、

地獄等具體場所[3]，但宋元話本小說中卻不多，大部分以在人世生活空間中出現的情形較多。因此宋元話本小說中的鬼魂空間，透過陽間的種種場所與地點而呈現其空間形式與意蘊，並建構陰陽互通的空間系統。鬼魂出現的場所大部分以人的生活空間為主，而且鬼魂出現的主要原因與作用，都強烈表達冤枉怨恨的怒氣、失去生命的惋惜、盼望重會的期待等遺願，並且其現身的場所也是對生前的冤屈提供重要的線索，並強烈表達悲怨的哀傷情感，也顯現執著於愛情的意志。

　　雖然生人死亡後就離開陽間，但心中的怨恨若不能消除，就會遊蕩於人間，並常與人間生活空間接觸。若觀察靈魂空間，就容易發現其中已包含許多獨特的空間現象與內涵。這樣的空間現象在情節進展過程中，都有暗示情節、提供線索、解決事件的重要作用。若仔細分析文本所提供的暗示，並把握鬼魂空間與實際空間的有機關係，便能理解整個空間結構，從而感受故事空間內的多層、多維空間現象。

三、鬼魂現身──公開與個人場所的顯現

　　宋元話本小說中鬼魂出現時具有獨特的現象，其出現的時間與空間會隨時變化，沒有固定的地方，並且現身的具體情況也各自不同，所以在作品中鬼魂所出沒的場所、方式、過程相當不同。鬼魂空間常試圖與人世空間接合，這樣的流變性，可以隨時變化空間範圍與接觸地點以及具體的形象，轉變空間性質以便適應人世空間。運用空間形式來連接人世空間的現象十分特別，現實中出現的鬼魂，都著重於針對某人、某事，所以依其對象的性質，以及傳達的內容差異，於

---

[3]　在中國古典小說作品中，傳以「地獄」、「酆都」為主要敘述空間的故事，和以「天（仙）界」、「妖界」為主要場景故事一樣，實為不少。其中《喻世明言》第31卷〈鬧陰司司馬貌斷獄〉和《喻世明言》第32卷〈遊酆都胡母迪吟詩〉，以「地獄」、「酆都」為材料的獨特作品。〈鬧陰司司馬貌斷獄〉中的司馬貌從小就資性聰明，縱筆成文，但出言不遜，而衝突了試官，打落下去。所以趁酒醉寫〈怨詞〉，表達對現實強烈不滿。後來被鬼卒抓到陰司。玉帝認為司馬貌情有可原，讓他代理閻王半天處理地獄訟事。所有訟事中的種種恩怨，都判分清楚。〈遊酆都胡母迪吟詩〉中的胡母迪與司馬貌一樣進入酆都，與司馬貌不同的是胡母迪遊酆都的許多地獄，目睹殘酷的地獄刑罰。胡母迪為人剛直無私，但時運不利，十科不中，心中充滿不平之氣，因看《秦檜東窗傳》而湧起深沈的憂憤，大罵奸臣，吐露對天道存在與否的強烈懷疑。因而被抓到酆都見閻王。他看過「風雷之獄」、「火車之獄」、「金剛之獄」、「溟冷之獄」、「奸回之獄」、「不忠內臣之獄」而目睹秦檜、万俊契、王俊、王氏等都在受苦，或轉生為畜類。以後再請求看「天爵之府」，閻王親自帶胡母迪去看，歷代忠良之臣在「天爵之府」享受天樂，每遇明君治世，則生為王侯將相，就確信「天地無私」、「因果報應」的事實。

是需要轉換空間形式，如夢境、附身、重見等。這幾種連接人間空間的方式，在宋元話本小說中是常見的鬼魂空間運用形式，不過所表現出的空間內容與意義方面可能截然不同。鬼魂空間與人間生活空間，有相當密切關係，鬼魂不能離於人世而單獨成立，所以研究者必須透過它在人世空間的連接、呈現過程，藉此把握其空間的豐富內涵與具體現象。在鬼魂空間的形式中，鬼魂直接出現或以附身來顯現冤魂，都是作品中常見的現象，只是其出現的方式不同，空間的種種內涵也是各有差別。

現實空間中鬼魂出現的場所沒有固定的位置，並且其範圍也是相當廣泛，例如被殺身亡的案件場所；靈魂所棲息的敗落花園與樓閣；「廟宇」、「影堂」等的空間中較接近靈性的空間；或街路、房屋、酒樓等實際生活空間；監獄、大廳等官府審問與判案空間。鬼魂出現空間的內涵與性質，常從開放到隱蔽，並從公開場所移轉到私人空間，但卻都涉及實際空間的全面，亦反應生活空間的各層面。《喻世明言》第二十四卷〈楊思溫燕山逢故人〉中的楊思溫在燕山第一次看見鄭意娘的場所是「大街上」，並進去「秦樓」探問她流落於此的來歷：

> 走到大街上，人稠物穰，正是熱鬧。正行之間，忽然起一陣雷聲，思溫恐
> 下雨，驚而欲回。抬頭看時，只見：銀漢現一輪明月，天街點萬盞華燈。
> 寶燭燒空，香風拂地。／仔細看時，卻見四圍人從，擁著一輪大車，從西
> 而來。車聲動地，跟隨番官，有數十人。但見：呵殿喧天，儀仗塞路。
> 前面列十五對紅紗照道，燭焰爭輝；兩下擺二十柄畫桿金鎗，寶光交際。
> 香車似箭，侍從如雲。／車後有侍女數人，其中有一婦女穿紫者，腰佩銀
> 魚，手持淨巾，以帛擁項。思溫於月光之下，仔細看時，好似哥哥國信所
> 掌儀韓思厚妻，嫂嫂鄭夫人意娘。……自後睽離，不復相問。著紫的婦
> 人，見思溫四目相睹，不敢公然招呼。思溫隨從車子到燕市秦樓住下，車
> 盡入其中。（《喻世明言》第二十四卷〈楊思溫燕山逢故人〉）

「大街」實際上是許多人來往的公開場所，亦是情節中故事空間的接觸點，人物停留與流離的分節空間，也是喜怒哀樂、重會辭別的情理空間。「秦樓」位置於城市大街的中心，也在空間移動的交叉線上，是進入與出外極為開放的空間，而且其設備與規模相當驚人，晝夜十分熱鬧，「原來秦樓最廣大，便似東京白樊樓一般；樓上有六十個閣兒，下面散鋪七八十副桌凳。當夜賣酒，合堂

熱鬧。」[4]因此空間接點作用的「大街」與空間移動中心的「秦樓」，是具有移轉、開放、分合的具體場所，也是鬼魂與活人易於接觸的陰陽空間。雖韓國夫人宅眷都是已死亡的鬼魂，但仍然經常去秦樓飲酒歡會，酒保三兒說：「常常夜間將帶宅眷來此飲酒，和養娘各坐。三兒常上樓供過服侍，常得夫人賞賜錢鈔使用。」這些鬼與活人的生活並無差別。

《警世通言》第八卷〈崔待詔生死冤家〉中的璩秀秀也是像燕山的韓國夫人與鄭意娘一樣，在活人生活空間中出現，進而與活人崔寧一起開設碾玉舖謀生。璩秀秀生前積極對崔寧表現自己的愛情，私奔成家，過著幸福生活。但他們被郡王府中的郭排軍碰見，郡王便差人將他們捉拿回去。郡王將璩秀秀打死並埋在花園中，崔寧則被發遣到建康府居住，但途中璩秀秀趕上來與他同去建康府，開設碾玉舖營生。後來璩公璩婆也接來一起生活。不久郭排軍看到大為吃驚，因為璩秀秀已遭咸安郡王害死。郭排軍歸返把這事告訴郡王，郡王將信將疑便又派郭排軍把璩秀秀捉去，當轎子抬到郡王府中時，卻不見了人。而璩公璩婆也是鬼，當時璩秀秀被殺時，兩個老人聽說後，便跳河自盡。璩秀秀與崔寧營生的建康府「碾玉舖」是位於城裡來往行人甚多的市井空間，也是接客與販賣極為普遍的商業場所，所以郭排軍便輕易發現了崔寧的「碾玉舖」而稟告郡王。因此崔寧的「碾玉舖」，並不是處在一個受到限制、封鎖的狹窄空間，而是具有開放、營生的生活活動空間。璩秀秀的鬼魂並未受陰陽分隔的界限而約束，僅依靠實現愛情的強烈意志，穿越人鬼空間的拘束，無論如何都試圖與人世空間有所接觸。

《警世通言》第三十卷〈金明池吳清逢愛愛〉中的盧愛愛鬼魂也和《警世通言》第八卷〈崔待詔生死冤家〉中的璩秀秀一樣，在陽間與活人一起生活，實現愛情的理想。有一天，吳清與趙氏兄弟一起出遊。次日，三人到一家酒肆時，少女愛愛出迎陪飲。但少女父母歸來，乃掃興而散。一年之後再訪愛愛，知道愛愛被父母說了幾句，早已抑鬱而死。吳清與趙氏兄弟歸返路上卻碰到愛愛：

「樊樓」，又名礬樓、白礬樓，可以說是富麗繁華的東京城的縮影，聚集了各色人等，也是演繹故事的極佳場所。《東京夢華錄》卷二〈酒樓〉中提到樊樓的更名與繁華，「白礬樓，後改為豐樂樓。宣和間更修三層相高，五樓相向，各用飛橋欄檻，明暗相通，珠簾繡額，燈燭晃耀。」《宣和遺事》為表現宋徽宗耽於享樂，自然少不了寫到他在樊樓中的宴飲：「樊樓乃豐樂樓之異名，上有御座，徽宗時與師師宴飲於此，士民皆不取登樓。」總之，樊樓因其在東京的顯著地位，亦相應成為小說中最為重要的故事場景之一。詳見（宋）孟元老，《東京夢華錄》（臺北：世界書局，1999年），頁105；（宋）佚名氏，《宣和遺事》〔四部備要，史部，中華書局據士禮居校刊刻本〕（臺北：臺灣中華書局，1965年），頁5右。

三個正行之際，恍惚見一婦人，素羅罩首，紅帕當胸，顫顫搖搖，半前半卻。覷著三個，低聲萬福。那三個如醉如癡，罔知所措。道他是鬼，又衣裳有縫，地下有影；道是夢裏，自家搯著又疼。只見那婦人道：「官人認得奴家，即去歲金明池上人也。官人今日到奴家相望，爹媽詐言我死，虛堆個土墳，待瞞過官人們。奴家思想前生有緣，幸得相遇。如今搬在城裏一個曲巷小樓，且是瀟灑。尚不棄嫌，屈尊一顧。」三人下馬齊行。瞬息之間，便到一個去處。入得門來，但見：小樓連苑，斗帳藏春。低簷淺映紅簾，曲閣遙開錦帳。半明半暗，人居掩映之中；萬綠萬紅，春滿風光之內。（《警世通言》第三十卷〈金明池吳清逢愛愛〉）

　　雖然愛愛與吳清和趙氏兄弟只有一面之緣，但已將情感交付吳清，卻又不能勇敢表現自己的愛情。愛愛雖死去，像璩秀秀一樣，無法放下自己的愛情，於是成鬼也要試圖與情人圓滿結合。盧愛愛鬼魂實現愛情的主要空間就在城裡一個曲巷的「小樓」，雖然「小樓」極為瀟灑，比不上熱鬧、開放的「碾玉舖」，但也是人們日常過活的城中生活空間。盧愛愛邀請吳清與趙氏兄弟說：「如今搬在城裏一個曲巷小樓，且是瀟灑。尚不棄嫌，屈尊一顧。」並且吳清與趙氏兄弟找去盧愛愛的「小樓」時，「下馬齊行。瞬息之間，便到一個去處。」從如此的對話與實際移動過程來看，「曲巷小樓」處於城中生活空間範圍內，並離城裡中心（市場、娛樂、官府集中的地區）並不遙遠，並非偏僻、遙遠的郊外地域。璩秀秀與盧愛愛雖然死後為鬼，卻用比生前更積極、崇高的方式來追求愛情。她們死後生活的空間並不是陰間、鬼域，而是生人活動的陽間，璩秀秀在建康府與崔寧開設「碾玉舖」謀生，盧愛愛在城中一個「曲巷小樓」裡，與吳清意惹情牽，同在一起。因此她們現身的空間並無陰陽空間的嚴格分界限，也無人鬼地域明確區隔，隨時可以接觸人間，與活人一起盡情享樂生活。

　　鄭意娘、璩秀秀與璩公璩婆、盧愛愛，他們出的現場所都是人們生活的中心，即是「大街」、「秦樓」、「碾玉舖」等，也是商業營生、飲酒喜樂以及喧鬧共生的開放自由空間，而且是許多活人與鬼魂易於接觸的實際空間。然而，有時雖然鬼魂常出現於實際生活空間，但在鬼魂與人間空間接觸的過程中，其他人並不可確實目睹，僅在當事者面前才單獨顯現，只有主要人物可以看見或辨認鬼魂。例如《清平山堂話本》之〈刎頸鴛鴦會〉中的蔣淑珍三次看見阿巧與某二郎鬼魂偕來索命；《警世通言》第十三卷〈三現身包龍圖斷冤〉中的迎兒也三次看

見冤死的孫押司；《喻世明言》第三卷〈新橋市韓五賣春情〉中的吳山看見胖大和尚要帶他去做陰魂之伴等。鬼魂出現具體場所，就是「樓房」、「寢室」、「街上」等實在生活空間，甚至於〈三現身包龍圖斷冤〉中的迎兒第二、三次看見孫押司鬼魂時，就是城裡深夜的「路上」和東岳殿前「速報司」，鬼魂只能在某人面前出現，也是陰魂出現現象限定為只有關鍵人物可以看見或活動的空間範圍內，並不允許其他任何人參與，因此與上列的普遍接觸、共生現象不同。

　　《清平山堂話本》之〈刎頸鴛鴦會〉中的蔣淑珍生得甚標緻，好描眉畫眼。鄰家幼子名阿巧，常來女家嬉戲。一日父母不在，蔣淑珍誘引阿巧入室而強行交合。阿巧就驚氣衝心而殞。蔣淑珍被王嫂作媒，嫁與鄰村某二郎為妻，又與夫家西賓有染，某二郎一見就病發身故，後被某大郎逐回。其後，張二官求她為繼室，父母允諾。張二官販貨外出，蔣淑珍又與對門店中朱秉中私通。後來張二官回來，她心中氣悶就生病。朱秉中托故去望張二官，說：「奉請明午於蓬舍少具雞酒，聊與兄長洗塵。幸勿他卻！」翌日，張二官赴席。秉中出妻女奉勸，大醉扶歸。以後還了席，來來往往：

> 本婦但聞秉中在座，說也有，笑也有，病也無。倘或不來，就呻吟叫喚，鄰壁厭聞。張二官指望便好，誰知日漸沉重。本婦病中，但瞑目，就見向日之阿巧支手某二郎偕來索命，勢甚猙惡。本婦懼怕，難以實告，惟向張二官道：「你可替我求問，幾時脫體！」……張二官正依法祭祀之間，本婦在床又見阿巧和某二郎擊手言曰：「我輩已訴於天，著來取命。你央後夫張二官再四懇求，意甚虔恪，我輩且容你至五五之間，待同你一會之人，卻假弓長之手，與你相見。」言訖，歘然不見了。（《清平山堂話本》之〈刎頸鴛鴦會〉）

　　蔣淑珍看到阿巧與某二郎的鬼魂索命，但不能直告給張二官，所以叫他逕往洞虛先生卦肆，「此病大分不好，有橫死老幼陽人在命為禍。非今生，乃宿世之冤。」張二官正在依法祭祀時，她又看見阿巧與某二郎的鬼魂，預言：「卻假弓長之手，與你相見。」後來張二官知道蔣淑珍與朱秉中已有私通，所以假言往德清做買賣，至德清就安頓行李而旋返鄉里。蔣淑珍與朱秉中正飲酒，張二官提刀在手，潛步至門，梯樹竊聽，撞見蔣淑珍而罵道：「潑賤！你和甚人貪夜喫酒？」她只說：「不！不！不！」又見阿巧、某二郎一齊都來，心裡想這次必

死，便延頸待盡。蔣淑珍三次看見阿巧與某二郎鬼魂的場所，並不是鬼域、陰間，而是人間的實際生活空間，都是「張二官家」的「樓房」與「門口」。阿巧與某二郎的鬼魂幾次重複出現，卻只有蔣淑珍一人看見而已。她每次看見鬼魂時，張二官也在她身邊，但他卻沒有看見。阿巧與某二郎鬼魂在蔣淑珍病重、生死關頭時才出現，包含十分明確的暗示，也僅有她才可以理會其警告內容，最後獨自親身受到嚴苛懲罰。

《警世通言》第十三卷〈三現身包龍圖斷冤〉中的迎兒三次看見死去的孫押司。第一次孫押司出現時，其具體場所就是孫押司家裡的「竈間」，對孫押司死亡事件提供許多線索。有一日，小孫押司與押司娘夫妻兩個喝醉，叫迎兒煮醒酒湯：

> （迎兒）只見火筒塞住了孔，燒不著。迎兒低著頭，把火筒去竈床腳上敲，敲未得幾聲，則見竈床腳漸漸起來，離地一尺已上，見一個人頂著竈床，脏項上套著井欄，披著一帶頭髮，長伸著舌頭，眼裏滴出血來，叫道：「迎兒，與爹爹做主則個！」唬得迎兒大叫一聲，匹然倒地，面皮黃，眼無光，唇口紫，指甲青，未知五臟如何，先見四肢不舉。……押司娘見說，倒把迎兒打個漏風掌：「你這丫頭，教你做醒酒湯，則說道懶做便了，直裝出許多死模活樣！莫做莫做。打滅了火去睡。」迎兒自去睡了。（《警世通言》第十三卷〈三現身包龍圖斷冤〉）

小孫押司夫妻與迎兒共有三人同住，但迎兒卻是唯一看見鬼魂的人，而且其形象相當淒慘，就「脏項上套著井欄，披著一帶頭髮，長伸著舌頭，眼裏滴出血來。」並跟迎兒說：「與爹爹做主則個！」情節進行中孫押司鬼魂僅在迎兒面前才會出現。其出現的場所與形象，都暗示其被殺過程、死亡地點、殺人嫌犯、死亡原因等，顯示相當具體的線索內容。所以孫押司鬼魂重複出現而苦訴「枉死之冤」，並表達雪冤的強烈意志，囑託迎兒為他復仇。後來迎兒嫁給王興，迎兒嫁過去三個月後，把嫁妝都費盡，王興每次喝醉都要她去向押司娘借錢來做盤纏。某日，王興又喝醉逼著迎兒再去押司娘家借錢。迎兒連夜走去孫押司家門看時，門已經關了，只得再走回來：

> 過了兩三家人家，只見一個人道：「迎兒，我與你一件物事。只因這個人

身上，我只替押司娘和小孫押司煩惱！」正是：龜遊水面分開綠，鶴立
松梢點破青。／迎兒回過頭來看那叫的人，只見人家屋簷頭一個人，舒角
巾幞頭，緋袍角帶，抱著一骨碌文字，低聲叫道：「迎兒，我是你先的
押司。如今見在一個去處，未敢說與你知道。你把手來，我與你一件物
事。」迎兒打一接，接了這件物事，隨手不見了那個緋袍角帶的人。迎兒
看那物事時，卻是一包碎銀子。（《警世通言》第十三卷〈三現身包龍圖
斷冤〉）

　　她在回去的路上看見孫押司的鬼魂。雖然時間較晚，來往的人甚少，但鬼
魂出現的場所是路上的「人家屋簷」，仍具有開放的空間特徵。迎兒回過頭看人
家屋檐頭的孫押司，是「舒角巾幞頭，緋袍角帶，抱著一骨碌文字」，與在「竈
間」看他時的「肢項上套著井欄，披著一帶頭髮，長伸著舌頭，眼裏滴出血來」
外型全然不同，而且孫押司提到：「如今見在一個去處，未敢說與你知道。」把
一包碎銀子直接給她。孫押司鬼魂再出現時，身分、地位已有變化，也暗示他後
來將再次出現。迎兒看見孫押司鬼魂並獲得一包銀子的場所，即深夜人家的「屋
簷」，比起「白日街路」，這個空間具有時間限定與「可視範圍」的縮小。其出
現情況完全針對迎兒一人而安排，路上的「屋簷」空間具有開放的特性，但在此
只有迎兒才可以看見鬼魂並得到一包銀子，所以時間侷限下的「屋簷」，具有單
獨、特定的空間意涵。如此現象也與迎兒在東岳廟「速報司」再次看見孫押司的
情況完全相同。
　　後來押司娘與迎兒二人同去東岳廟殿燒香，迎兒走到「速報司」時，有個
「舒角巾幞頭、緋袍角帶」的泥像，叫說：「迎兒，我便是你先的押司。你與我
申冤則個！我與你這件物事。」迎兒得了一幅字條，回家給王興看時，上寫道：
「大女子，小女子，前人耕來後人餧。要知三更事，掇開人火水。來年二三月，
『旬已』當解此。」其實東岳廟殿的「速報司」也跟「街路的屋簷」一樣，是公
眾的場所。許多人為了許願、還願來到東岳廟殿燒香，所以此地可說極為繁雜、
熱鬧，也具有神聖的氣氛。在如此開放的廟宇，尤其是白晝在東岳廟裡「速報
司」中出現鬼魂，已是十分奇異的現象，進而孫押司只跟迎兒說話，並給她一幅
素紙，此事更為奇特。在人口來往甚多的實際開放空間中，只有一人才看得到鬼
魂，並收到一張字條，須有明確的目的與考量。雖然鬼魂在公開場所出現，但都
集中於一人的活動空間範圍內，就是孫押司家的「竈間」、街路的「屋簷」與東

岳廟殿的「速報司」。其實在「速報司」出現的孫押司鬼魂，已不是「長伸著舌頭，眼裏滴出血來」的冤魂，而變成為「舒角巾幞頭，緋袍角帶」的廟神，所以迎兒看見他並接到一幅素紙時，便說：「卻不作怪！泥神也會說起話來！如何與我這物事？」從這些描述中，就可推測雖然他被謀殺，但已經成為神。雖然進入神界，但仍給迎兒許多提示與線索，囑託替他雪冤。表示鬼魂空間雖常與人間、廟宇等空間接觸，其範圍互為連接，但事實上仍具有侷限，在鬼魂空間與開放空間的重疊、交錯的過程中，必須隔開其它空間與人物的介入，因此產生開放空間的單獨區域的獨特現象。

　　開放空間沒有任何的空間拘束，表現出其空間的多元現象，而且這樣的開放空間即有實存的空間內涵，但雖是以實質為重的空間，卻可以依著空間的流變與移轉嫁接到鬼魂空間。兩個空間的接觸、連接過程，常在市井生活或開放場所裡發生，如「街路」、「酒樓」、「店舖」、「廟宇」、「樓房」等場所。有時除了主要人物之外，其他人物並無目睹鬼魂出現的現象。因為鬼魂出現有其目的與作用，集中於針對特定某人、某地的私人生活與空間，所以其他人物自然看不到陰魂，無法感覺陰魂的存在。鬼魂出現的場所表面上看似都是開放的地方，但其實也可說是以廣泛的生活空間為背景，而轉為具有界限的個人化空間。在作品中情節進行過程中，開放空間的諸般現象都沒有變化，並把其空間範圍擴及包含鬼魂空間，所以鬼魂與人們之間容易產生互動關係，並易於引導空間的移轉與流變。

四、「人鬼通夢」與「鬼魂附身」——人鬼空間的互通與接合

　　夢中出現鬼魂的現象，與實際空間中出現的鬼魂現象截然不同。從空間退縮與開展的角度而言，可說是現實空間範圍擴大為能包含鬼魂空間，並接納其他的奇異空間。但人鬼通夢的方式[5]就與此不同，它並無具體、實質性的空間領

5　在中國傳統文化過程中產生大量的人鬼通夢的情形，這些通夢涉及到人鬼之間交流，自魏晉以來一直流
　傳繁衍至明清，可以歸納幾種特定的類型：招冥夢、幽怨夢、遷葬夢、冤魂夢。招冥夢是指冥間的鬼神
　報夢給某人，把他招為冥府的官吏。幽怨夢是有關死亡方面的夢，但它不同於「死亡夢」，它並不著重
　顯示有關死亡的預兆，而重在寫夫妻朋友父母兒子或親屬之間因生死陰陽阻隔而發生的通夢；幽怨夢也
　是不同於「招冥夢」，它表達的不是此生與來世、死亡與官位間的社會性衝突，而是生死之際，發自人
　們內心的離別之情。遷葬夢是客死他鄉異國的人，心理強烈盼望「魂歸故里」，透過夢希望遷葬故鄉。
　冤魂夢是指冤死陽世的鬼魂以通夢來報冤雪恨。參考吳康，《中國古代夢幻》（湖南文藝出版社，1992
　年），頁97-133。

域，且在相當短時間內出現與消失，並易於出入於人物無意識的精神空間裡。無形的精神空間雖然沒有實際的空間範圍，但在潛意識的精神活動過程中，能彈性調整其空間範圍，隨時可以應變空間形態，也能超越時間限制而進行隱匿或顯露，具有可變、暫時、暗示性的空間內涵。人間生活過程中的「夢界」是屬於無意識的精神世界，實際生活充滿理性、和各種意識的思考，並強烈克制情感、想像空間的成長，所以無法容納虛擬空間的插入與接合，但夢界中鬼魂隨時可以出現，並自由自在出入人們的無意識空間。「夢界」是並不在具體實際生活裡的意識空間，但以現實生活空間的記憶與印象為基礎，進而透過曲折的情緒起伏、嚴謹的思維推理、緊密的精神互動，浮現意識的支流與片段，影射實現盼望的思緒[6]。鬼魂顯現的「夢界」有著貫通現實與幽冥空間的「中介點」作用[7]，並連接這兩個空間，呈現互為介入與影響的過程。夢中不需要強烈的意識推理、堅實的理性思考，所以鬼魂透過夢界容易進入人物的無意識空間，鬼魂空間也輕易接合於現實空間。

　　《警世通言》第十卷〈錢舍人題詩燕子樓〉中的關盼盼鬼魂在錢希白夢中出現，鬼魂空間以夢界為中介，試圖接觸實際空間。禮部尚書張建封以武寧軍節制到任之初，設宴招待中書舍人白居易，宴席中，樂妓關盼盼彈奏胡琴。從此張建封專寵關盼盼而為她建燕子樓。不久，張建封病死，子孫護柩歸故鄉。關盼盼被棄置於燕子樓中，獨居十餘年。關盼盼想到白居易知她處境，贈詩三首傾訴憂思，白居易還贈三章，暗諷關盼盼不能「身死相隨」，使關盼盼憂鬱而死。一百

---

[6]　由於整個精神系統的社會性與開放性，夢的來源與內容歸根到底都同夢者的現實生活聯繫在一起，並是現實生活的一種特殊反映。儘管夢所直接表現的是潛意識的內心世界，但在意識向潛意識滲透與積澱之下，其內容都有一定的現實原形為基礎。當然，夢的反映形式是虛幻的，非現實的。但它的指向歸根到底還是夢者的現實生活，不只限於當前，而且包括過去與將來。弗洛伊德第一個明確地用潛意識來說明夢的本質，這是他的偉大貢獻。但他把潛意識歸結為生物本能，而用性欲望與性衝動來解釋夢的來源與內容時，又把人們引上了一條錯誤的道路。參考劉文英，《精神系統與新夢說》（天津：南開大學出版社，1998年），頁163-164。

[7]　在古人的心目中，顯然存在著兩個世界，一個是神鬼幽魂活動的世界，稱之為幽冥世界，另一個是人生的現實世界，人賴以託生的世界。現實與神鬼這兩個世界極難溝通，人不能知道鬼魂之事，人一經變鬼，也就陰陽阻隔，幽明兩界難通了。人當然無法把他的現實體驗帶入鬼怪世界，而更悲哀的是，那些形變為鬼，永遠生活在幽冥界的親人更無法把他們的信息傳達給活著的人。正是因了這種厚重的思緒與情感，古人才對夢寄予了那麼大的希望，把它看作溝通幽明兩界的最重要憑藉。夢能通神，這類夢往往不再具有神鬼對人世事件的預言性質，而專注於兩者之間的交流溝通，傳遞信息，贈送物件等。詳見吳康，《中國古代夢幻》（湖南文藝出版社，1992年），頁84-85。

多年後，錢希白來到燕子樓，作詩詠嘆關盼盼與張建封的真愛[8]，關盼盼的怨恨到那時才全部消釋：

> 希白題罷，朗吟數過，忽有清風襲人，異香拂面。希白大驚，此非花氣，自何而來？方疑訝間，見素屏後有步履之聲。希白即轉屏後窺之。見一女子：雲濃紺髮，月淡修眉，體欺瑞雪之容光，臉奪奇花之豔麗，金蓮步穩，束素腰輕。……遂於袖中取彩箋一幅上呈。希白展看其詩曰：「人去樓空事已深，至今惆悵樂天吟。非君詩法高題起，誰慰黃泉一片心？」希白讀罷，謂女子曰：「爾既能詩，決非園吏之女，果何人也？」女曰：「君詳詩意，自知賤妾微蹤，何必苦問？」希白春心蕩漾，不能拴束，向前挽其衣裙，忽聞檻竹敲窗驚覺，乃一枕遊仙夢，伏枕於書窗之下。但見爐煙尚裊，花影微軟，院宇沈沈，方當日午。（《警世通言》第十卷〈錢舍人題詩燕子樓〉）

　　錢希白懷念關盼盼對張建封的生死恩愛，忽然興起作詩之意，所以在「燕子樓」的素屏之上寫作古調長篇。對關盼盼而言，作詩有「使九泉銜恨之心，一旦消釋」的重要作用，因此她在錢希白夢中出現，吐露自己對情人的堅貞愛情及漫漫憂思。錢希白夢中在「燕子樓」看見女子自稱「守園老吏之女」，其實就是關盼盼，她並不是以女鬼的形象現身，而是以一「雲濃紺髮，月淡修眉」的女子顯像。「燕子樓」是連結夢界與現實的重要場所，而且是凝結憂愁的怨恨，並消釋銜恨之心的具體空間。錢希白作詩相弔，引致關盼盼在他的夢裡顯現，而她作詩回答，將十餘年守節「燕子樓」時的積鬱惆悵，全部逼真地表達出來。所以夢中的「燕子樓」是消除沉積憂思、巨大哀傷，並呈現關盼盼對張建封真心真愛情意的生死空間。雖然關盼盼鬼魂在錢希白夢中出現，但與實際空間現象沒有差別，甚至比實際生活空間更具有真實感。從透過夢界易於接近現實生活空間的過程，充分呈現夢中空間的現實化內容，也凸顯調整鬼魂與實際空間之間連結的彈性。

---

[8] 「人生百歲能幾日？荏苒光陰如過隙！樽中有酒不成歡，身後虛名又何益？清河太守真奇偉，曾向春風種桃李；欲將心事占韶華，無奈紅顏隨逝水。佳人重義不顧生，感激深恩甘一死。新詩寄語三百篇，貫串風騷洗沐耳。清樓十二橫霄漢，低下珠簾鎖雙燕。嬌魂媚魄不可尋，盡把闌干空倚遍！」（《警世通言》第10卷〈錢舍人題詩燕子樓〉）

　　夢中的空間是沒有任何限制的自由空間，在人為意識清醒的現實空間中無法出現的種種空間現象，如與陰冥空間的接合、往神仙空間的引導、公案謎題的破解等，都在夢中可以隨時表現，這就是夢中空間與實際空間的巨大差別。在這樣的空間特徵上，鬼魂出現的現象十分具有意義。鬼魂空間透過夢界接觸精神空間，都在無意識的夢世界裡進行，且夢中所出現的鬼魂形象與活人無異。鬼魂在夢中出現時，都是鬼魂主動進入人物的夢界[9]，並無人物主動尋找鬼域的舉動，所以在作品中大部分人物是在無意識的空間裡，被動接受鬼魂空間，亦即鬼魂介入人事現象，並不是與人物自己意志相關，人物都是被迫接觸鬼魂與其空間，產生與現實空間的不正常的靈異接通[10]。

　　《喻世明言》第三卷〈新橋市韓五賣春情〉中吳山的夢裡三次出現胖大和尚鬼魂，雖然吳山對冤魂一直抗拒，但冤魂已經纏身，強制要拿他做個陰魂之伴。吳山被冤魂纏身的過程，兩者緊張對立[11]。在冤魂強力纏身、人物掙扎脫離鬼魂的過程中，引起人物現實身體的嚴重病症與危險。吳山在金奴家睡，夢見胖大和尚冤魂強制扯了他便走，忽然驚覺而醒，到回家時：「頭眩眼花，倒在床上，四肢倦怠，百骨酸疼。」他原來剛從病中回復，身體相當虛弱，卻過度淫亂，自然產生嚴重的身體傷害；進而使胖大和尚鬼魂主動進入吳山的夢裡，恐嚇、威脅要收他為徒弟，並強制叫他隨著去陰間[12]，因此無法避免走向身體衰

9　例如《警世通言》第10卷〈錢舍人題詩燕子樓〉的錢希白夢中、《喻世明言》第3卷〈新橋市韓五賣春情〉的吳山做夢、《警世通言》第30卷〈金明池吳清逢愛愛〉的吳清夢中、《喻世明言》第24卷〈楊思溫燕山逢故人〉的周義做夢等。

10　鬼魂強制進入人物的夢界，易於產生與現實空間緊密的反應與影響，尤其是在《喻世明言》第24卷〈楊思溫燕山逢故人〉中的鄭意娘鬼魂直接尋到周義而進入夢界情形中相當明顯。「韓思厚與劉金壇新婚，恐不好看，喝教當直們打出周義。周義悶悶不已，先歸墳所。當日是清明，周義去夫人墳前哭著告訴許多。是夜睡至三更，鄭夫人叫周義道：『你韓掌儀在那裏住？』周義把思厚辜恩負義娶劉氏事，一一告訴他一番：『如今在三十六丈街住，夫人自尋他理會。』夫人道：『我去尋他。』周義夢中驚覺，一身冷汗。」（《喻世明言》第24卷〈楊思溫燕山逢故人〉）

11　沈宗憲在《宋代民間的幽冥世界觀》中，把宋代人鬼關係的類型，可分為三大類：因事摩擦、相關互動與相處無害。大致說來，宋以前資料呈現的人鬼關係，傾向於互助、和諧，很少發生因為鬼作祟，導致人邀師巫、道士作法祛禳的情形；冤鬼復仇的例子遠少於鬼助人、報恩。揆諸史料，宋代人鬼關係相對有了變化，三類人鬼關係中「因事摩擦」情形相當突顯。「因事摩擦」的人鬼關係的具體內容可分為：人鬼爭宅、役使、騷擾、威脅衝突等。《喻世明言》第3卷〈新橋市韓五賣春情〉中吳山與胖大和尚鬼魂衝突的情形，呈現「因事摩擦」的最明顯例子。因此對照宋人記載的鬼傳說與作品，可以看出宋代人鬼關係的變化，也易於尋繹宋代人鬼關係的特色。參考沈宗憲，《宋代民間的幽冥世界觀》（臺北：千華圖書出版公司，1993年），頁85-143。

12　胖大和尚在吳山夢中出現的現象，可說鬼魂空間以夢為媒介而接觸現實空間。這胖大和尚冤魂主動進入

竭、精神脆弱的變化：

> 吳山醉眼看見一個胖大和尚，身披一領舊褊衫，赤腳穿雙僧鞋，腰繫著一條黃絲絛，對著吳山打個問訊。吳山跳起來還禮道：「師父上剎何處？因甚喚我？」和尚道：「貧僧是桑棗園水月寺住持，因為死了徒弟，特來勸化官人。貧僧看官人相貌，生得福薄，無緣受享榮華，只好受些清淡，棄俗出家，與我做個徒弟。」吳山道：「和尚好沒分曉，我父母半百之年，止生得我一人，成家接代，創立門風，如何出家？」和尚道：「你只好出家，若還貪享榮華，即當命夭。依貧僧口，跟我去罷。」吳山道：「亂話！此間是婦人臥房，你是出家人，到此何幹？」那和尚睜著兩眼，叫道：「你跟我去也不？」吳山道：「你這禿驢，好沒道理！只顧來纏我做甚？」和尚大怒，扯了吳山便走。到樓梯邊，吳山叫起屈來，被和尚盡力一推，望樓梯下面倒撞下來。撇然驚覺，一身冷汗。開眼時，金奴還睡未醒，原來做一場夢。（《喻世明言》第三卷〈新橋市韓五賣春情〉）

吳山回家後父母一再詢問，卻搖頭不說話，只服了藥，伏枕而臥。忽然那和尚又來，叫道：「你強熬做甚？不如早隨我去。」和尚就將身上的黃絲絛縛在吳山項上扯了便走。吳山攀住床欄，大叫一聲驚醒，又是一夢。吳山自覺神思散亂無法脫離冤魂的纏擾，才告訴父母被金奴誘惑交歡，並夢見胖大和尚冤魂糾纏知事。在作品中現實與夢境交錯與滲透現象，建構現實與夢界交流、互通的空間結構，並產生虛實空間的轉移、奇異空間的插入，呈現流動、可變的複雜空間關係。和尚告訴吳山：「只因犯了色戒，死在彼處，久滯幽冥，不得脫離鬼道。」冤魂透過人物夢境提示強烈意志並影響人物現實生活，甚至於引致生死關頭與害身驚悸，從空間角度而言，都是冤魂介入現實空間的負面代價。

胖大和尚的冤魂（厲鬼、強鬼）強制進入吳山的夢界，纏擾肉身與精神而幾乎引致身亡的地步[13]，因此鬼魂空間連接實際空間的方式與現象，對吳山而

吳山夢中，而且有明顯的意圖，就是找他做替身、超度。所以附身吳山給吳公說：「防禦，我犯如來色戒，在羊毛寨裏尋了自盡。你兒子也來那裏淫慾，不免我前日的事，陡然想起，要你兒子做個替頭，不然求他超度。適纔承你羹飯紙錢，許我薦拔，我放捨了你的兒子，不在此作祟。我還去羊毛寨裏等你超拔，若得脫生，永不來了。」

[13] 「厲鬼」，有時也叫「強鬼」，是指那種橫死者，即所謂非正常死亡或叫不得其死者，這類死者的鬼魂往往會傷害生人。這種觀念起源甚早，先秦時代就見於記載，「匹夫匹婦強死，其魂魄猶能馮依於人，

言，並無和好或親密的意義，反而有侵入個人意志的強烈反應。但《醒世恆言》第十四卷〈鬧樊樓多情周勝仙〉與《警世通言》第三十卷〈金明池吳清逢愛愛〉中周勝仙、盧愛愛鬼魂在情人夢中出現的情況，則具有跨越生死阻隔，進而實現理想愛情、圓滿解決事件的團圓與重會的空間內涵。《醒世恆言》第十四卷〈鬧樊樓多情周勝仙〉中的周勝仙在茶坊對范二郎有意，二人「四目相視，俱各有情」而選擇「自擇其偶」[14]。周勝仙追求愛情的過程中一直堅持主動找對象，顯露出她熱烈追求愛情的性格。范二郎託王婆做媒訂親，周大郎以門不當戶不對為由反對，終於使得周勝仙氣悶而死，後來卻因朱真盜墓強姦而再生。趁朱真鄰居失火時，她逃走找尋范二郎，但卻被范二郎認為是鬼魂而打死。周勝仙失去性命後仍不放棄愛情的追求，范二郎在獄中夢見周勝仙，兩人終於結合[15]。《警世通言》第三十卷〈金明池吳清逢愛愛〉中的盧愛愛，亦與《醒世恆言》第十四卷〈鬧樊樓多情周勝仙〉中的周勝仙一樣，在獄中受苦的吳清夢中出現，解除怨恨與愛情之糾葛，實現重會團圓之歡悅[16]。

以為淫厲。」（《左傳·昭公七年》）正常死亡者的精氣都已經耗盡，死後的鬼魂都比較安分守己，不會再有什麼作為，對於這類鬼魂，當然也就不必加以特殊防範。而橫死者的鬼魂則不同，由於精氣正旺，死亡時往往又有某種冤屈不平之氣，所以死後其魂就會向生人發洩或報復，給生人造成傷害。有關厲鬼方面的內容，可以參考賈二強，《神界鬼域——唐代民間信仰透視》（陝西人民教育出版社，2000年），頁107-110；沈宗憲，《宋代民間的幽冥世界觀》（臺北：千華圖書出版公司，1993年），頁63-65。

[14] 受傳統思想影響，人們都把婚姻交由父母作主或由媒的撮合當成天經地義，對自由愛情嚴加限制，使年輕男女不能自由交往。但周勝仙巧妙而勇敢地衝破了這禁錮人心的社會環境與世俗風氣，主動追求愛情婚姻幸福。周勝仙是機智的，更是大膽的。傳統禮教規定「男女無媒不交」（《禮記·曲禮》），婚姻大事須經「父母之命，媒妁之言」，否則就是「自媒之女，醜而不信」（《管子·形勢》），就會受到傳統禮教的迫害，社會輿論的譴責。但周勝仙這個市井女子卻完全漠視傳統禮教，完全不把「父母之命，媒妁之言」放在心上，當她看中范二郎，就想到不可「當面錯過」，而問明他「曾娶妻也不曾」。即是說，什麼父母之命，媒妁之言等傳統婚姻禮制都阻攔不了她的，她只是怕范二郎娶了妻。這場借題發揮式的「自媒」，雖罩有機智的假面具，但更讓人看到周勝仙追求自由愛情婚姻的大膽勇敢，看到她火熱熾烈的感情。參考歐陽代發，《世態人情說「話本」：悲歡離合》（臺北：亞太圖書出版社，1995年），頁19-20。

[15] 「夢見女子勝仙，濃粧而至。范二郎大驚道：『小娘子原來不死。』小娘子道：『打得偏些，雖然悶倒，不曾傷命。奴兩遍死去，都只為官人。今日知道官人在此，特特相尋，與官人了其心願。休得見拒，亦是冥數當然。』范二郎忘其所以，就和他雲雨起來。枕席之間，歡情無限。事畢，珍重而別。醒來方知是夢。越添了許多想悔。次夜亦復如此。到第三夜，又來，比前愈加眷戀。臨去告訴道：『奴壽陽未絕。今被五道將軍收用。奴一心只憶著官人，泣訴其情，蒙五道將軍可憐，給假三日。如今限期滿了。若再遲延，必遭呵斥。奴從此與官人永別。官人之事，奴已拜求五道將軍。但耐心，一月之後，必然無事。』范二郎自覺傷感，啼哭起來。醒了，記起夢中之言，似信不信。」（《醒世恆言》第14卷〈鬧樊樓多情周勝仙〉）

[16] 「幽怨夢」表達的不是此生與來世、死亡與官位間的社會性衝突，而是生死之際，發自人們內心的離別

　　鬼魂在夢中出現，雖然沒有長期、固定的模式，並未影響故事空間的全面，但對某人生活空間與空間意識，有著十分明顯的反應，例如《警世通言》第十卷〈錢舍人題詩燕子樓〉中的錢希白、《喻世明言》第三卷〈新橋市韓五賣春情〉中的吳山、《警世通言》第三十卷〈金明池吳清逢愛愛〉中的吳清等。「夢空間」有著開放、包容、跨越虛實空間的傾向，集中於特定一人的意識與無意識間的流動，隨著個人的潛意識而進行空間移動與變化，不與他人共享，也可說是個人「無意識流」的獨立空間。所以「夢中顯現」現象便是將人物潛意識世界具體化的明證，其結構與內容自然不同於實際空間，都是依著該人物心理機制、潛意識流來呈現虛幻、含蓄的空間內涵。現實個人生活的「意識空間」常容許他人的干涉、介入，但夢空間僅接受個人無意識的反應現象，所以鬼魂在個人的夢界中容易出現，留下明顯的線索與暗示，也常透過夢界對個人空間進行接觸活動，這些現象僅在夢中出現，在人物活動空間卻無法全面實現。鬼魂空間接合於實際空間的現象，連接空間的範圍限定於個人無意識的某一部份，但仍然與實際空間維持密切的連貫，而引起深刻的影響與變化，亦產生空間的多元面貌。

　　鬼魂空間接觸現實空間過程中，鬼魂的附身現象在作品中有著相當特別的意義，並可分為「附身異體」、「附身同體」的兩種現象。「附身異體」是鬼魂投入其他人物身體與精神，亦掌握其人的理性思考、具體行動[17]。試圖直接與人間空間融接，並積極拉近鬼界與人界空間的距離。例如《喻世明言》第三卷〈新

之情。這類夢寫得哀婉動人、情真意切，令人黯然神傷。江文通〈別賦〉說：「黯然銷魂者，唯別而已矣！」他深感筆觸描摹離情別緒的困難，因而不無遺憾地寫道：「是以別方不定，別理千名，有別必怨，有怨必盈，使人意奪神駭，心折骨驚。」然而，歌賦難以傳達的生離死別的幽怨之情，卻可以形諸夢寐，用夢來表達。歌賦畢竟是人間之作，而夢則正好能夠溝通陰陽幽明兩界之間。描述夫妻或男女間陰陽阻隔的通夢較為常見，所抒發的情感也深切真摯。詳見吳康，《中國古代夢幻》（湖南文藝出版社，1992年），頁105。

17　在〈靈魂附身現象——台灣本土的壓力與因應行為〉一文中引用韋氏英文百科全書提到靈魂與靈魂附身（spirit possession）的定義。靈魂為棲宿於一地、一事、一物上或有特殊性質，無形體之超自然現象，如屬於空氣、水之靈魂，小神仙、小精靈、魔鬼。「靈魂附身」是當事者主觀相信有外來靈魂占有局部或全部自己之身體，控制或影響自己行為之經驗，常用的名稱是「附身」或「纏身」。其中常有出現被沖犯、被煞著、被放符、中邪、走火入魔（著）的現象，這些都是外來靈魂侵占、纏繞、干擾人身及其行為舉止的現象。其實「附身」為被附著之行動、事實、狀態，是一種被占有的感覺。被占有乃心靈、情感、觀念被宰制之現象。人類學家Ward認為「附身」是解除壓力之因應行為，將附身分為兩類：儀式性附身（ritual possession）與邊緣性附身（peripheral possession）。有關靈魂附身現象與解釋方面，可以參考文榮光等，〈靈魂附身現象——台灣本土的壓力與因應行為〉，楊國樞、余安邦編，《中國人的心理與行為：文化、教化及病理篇（一九九二）》（臺北：桂冠圖書有限公司，1994年），頁383-385。

橋市韓五賣春情〉中的胖大和尚、《喻世明言》第二十四卷〈楊思溫燕山逢故人〉中的鄭意娘、《警世通言》第三十七卷〈萬秀娘仇報山亭兒〉中的尹宗等。「附身同體」是鬼魂在已死去的屍體上附身的情形，呈現克服死亡而實現願望的強烈意志，並凸顯鬼魂空間在現實空間的重疊現象。但「附身同體」在宋元話本小說作品中極為稀少，只有《警世通言》第三十七卷〈萬秀娘仇報山亭兒〉中的尹宗（部分）。「附身」可說是陰鬼冤魂在生活空間中出現與人溝通的具體現象，與人在人鬼通夢現象不同。《喻世明言》第三卷〈新橋市韓五賣春情〉中鬼魂附身的方式是「附身異體」，就是胖大和尚陰魂藉吳山的身體，告訴吳防禦纏擾吳山的原因過程與解脫方法。胖大和尚冤魂在吳山的夢中數次出現，使吳山神思散亂，病重無治。吳防禦慌忙在門外街上，焚香點燭，擺列羹飯，望空拜告鬼魂放捨兒子生命，並將親自到彼處設醮追拔，才使吳山康復如舊：

> 吳山醒來，將這話對父母說知。吳防禦道：「原來被冤魂來纏。」慌忙在門外街上，焚香點燭，擺列羹飯，望空拜告：「慈悲放捨我兒生命，親到彼處設醮追拔。」說畢，燒化紙錢。防禦回到樓上，天晚，只見吳山朝著裏床睡著。猛然翻身坐將起來，睜著眼道：「防禦，我犯如來色戒，在羊毛寨裏尋了自盡。你兒子也來那裏淫慾，不免把我前日的事，陡然想起，要你兒子做個替頭，不然求他超度。適纔承你羹飯紙錢，許我薦拔，我放捨了你的兒子，不在此作祟。我還去羊毛寨裏等你超拔，若得脫生，永不來了。」說話方畢，吳山雙手合掌作禮，灑然而覺，顏色復舊。（《喻世明言》第三卷〈新橋市韓五賣春情〉）

胖大和尚鬼魂附上吳山，要求超拔脫生，和他透過吳山的夢中出現強求把吳山當作替頭的情形，全然不同。對於吳山、吳防禦有寬解、協議的態度，願意接受吳防禦所提「親到彼處設醮追拔」的條件。從「死鬼附身」的過程中可以觀察到：陰魂收到吳防禦的「設醮追拔」許諾之前，一直堅持要吳山作為替身，強迫他做陰魂之伴。然而，一旦聽到吳防禦願為他超度，就不再在吳山夢中出現，直接以「附身」方式來同意吳防禦為他追拔的建議，並表達想脫離鬼道的迫切之心。從空間的角度而言，夢中出現鬼魂現象，雖然藉夢界的方式來介入人間生活，但仍然限於個人化的潛意識空間內，並不能公開出現在實際空間的他人面前。但「陰魂附身」方式就是直接接觸開放的實際空間，試圖與生活空間的互為

滲透。《喻世明言》第二十四卷〈楊思溫燕山逢故人〉中的「死鬼附身」現象也是與《喻世明言》第三卷〈新橋市韓五賣春情〉一樣，是鬼魂空間與現實空間連結、融合的主要空間現象。但〈新橋市韓五賣春情〉主要以吳山為空間敘述的主軸，敘述胖大和尚冤魂纏身、解脫過程，因而「死鬼附身」空間接合方式，可說是影響整個故事空間敘事的重要作用。然而〈楊思溫燕山逢故人〉的故事空間描繪，皆著重於鄭意娘鬼魂復仇方面，「死鬼附身」方式僅運用於描述韓思厚與鄭意娘二人衝突與對立的過程：

> 思厚共劉氏新婚歡愛，月下置酒賞玩。正飲酒間，只見劉氏柳眉剔豎，星眼圓睜，以手捽住思厚不放，道：「你忒虧我，還我命來！」身是劉氏，語音是鄭夫人的聲氣。諕得思厚無計可施，道：「告賢妻饒恕」那裏肯放。正擺撥不下，忽報蘇、許二掌儀步月而來望思厚，見劉氏捽住思厚不放。二人解脫得手，思厚急走出，與蘇、許二人商議，請笪橋鐵索觀朱法官來救治。即時遣張謹請到朱法官，法官見了劉氏道：「此冤抑不可治之，只好勸諭。」劉氏自用手打摑其口與臉上，哭著告訴法官以燕山蹤跡。又道：「望法官慈悲做主。」朱法官再三勸道：「當做功德追薦超生，如堅執不聽，冒犯天條。」劉氏見說，哭謝法官：「奴奴且退。」少刻劉氏方甦。（《喻世明言》第二十四卷〈楊思溫燕山逢故人〉）

鄭意娘已是冤死的鬼魂，丈夫韓掌儀堅持和她一起回去，所以帶鄭意娘的骨灰回到金陵安葬，每天去墳墓祭祀。這時韓掌儀對鄭意娘的愛情是真實的，但之後卻再娶劉金壇而忘記鄭意娘的恩情。鄭意娘以附身劉金壇來吐露對負心之人的強烈怨恨。「附身劉氏」的事情，可說是對丈夫負心「痛恨」心情的具體呈現，亦是愛情不能獲得幸福的怨恨的極端發洩。雖然生死已殊途，但仍在現實空間裡試圖以鬼魂附身的方式來吐露她對丈夫負義的憤恨。

其實在宋元話本小說中，鬼魂在公開場所出現時，借活人的身體來直接顯露鬼魂的真貌與奇異現象的不多。雖然《喻世明言》第二十四卷〈楊思溫燕山逢故人〉中的韓國夫人與鄭意娘、《警世通言》第八卷〈崔待詔生死冤家〉中的璩秀秀、《警世通言》第十四卷〈一窟鬼癩道人除怪〉中的李樂娘、《警世通言》第三十卷〈金明池吳清逢愛愛〉中的盧愛愛等，這些人物皆在現實生活空間中隱藏真貌而不露鬼魂形跡並與活人一起如常生活，直到後來被看破面目，才顯出真

相。有些作品的鬼魂雖在公開場所裡出現，但仍然著重於個人活動範圍內，也未憑藉活人的身體，僅當事者的眼裡才能看見。例如《清平山堂話本》之〈刎頸鴛鴦會〉中的蔣淑珍看見阿巧與某二郎鬼魂偕來索命；《警世通言》第十三卷〈三現身包龍圖斷冤〉中只有迎兒三次看見冤枉死去的孫押司等。「死鬼附身」現象雖然與韓國夫人、璩秀秀、李樂娘、盧愛愛的情形一樣，在公開場所上顯現，但其出現的方式是透過活人的身體而苦訴心中怨恨。所以鬼魂便以附身的方式來進行與眾人的互通與聯繫，亦建構與實際生活空間的緊密連接結構模式。因而鬼魂空間接合於現實空間的過程中，「鬼魂附身」方式比任何的鬼魂介入現實空間，更為凸顯兩個空間的不同層面和接觸、和諧的具體過程，這也是鬼魂空間與現實空間溝通的最理想選擇。

　　《警世通言》第三十七卷〈萬秀娘仇報山亭兒〉的「陰鬼附身」方式，比《喻世明言》第三卷〈新橋市韓五賣春情〉與《喻世明言》第二十四卷〈楊思溫燕山逢故人〉中「附身異體」現象更豐富多樣，情節進行過程中兼有「附身異體」、「附身同體」兩種現象。萬秀娘回娘家，陶鐵僧便串通十條龍苗忠、大字焦吉攔劫，搶奪財物，殺了秀娘之兄與僕人，苗忠要秀娘作妾，焦吉則主張斬草除根，苗忠不聽，反將秀娘賣給別人。秀娘正想自盡時，被大漢尹宗救下。尹宗雖然是以偷東西來奉養母親，但卻充滿俠義精神；他「路見不平，拔刀相助」，施恩不望回報，不僅救活秀娘，而且送秀娘回家途中又碰到苗忠、大字焦吉找碴，他不顧自己的生命安危行俠仗義卻被殺，但最後靈魂仍要附體在秀娘身上，痛罵他們的盜賊行為：

> （苗忠）把那刀來入了鞘，卻來啜醋萬秀娘道：「我爭些個錯壞了你！」正恁地說，則見萬秀娘左手捽住苗忠，右手打一個漏風掌，打得苗忠耳門上似起一個霹靂。那苗忠睜開眉下眼，咬碎口中牙！那苗忠怒起來，卻見萬秀娘說道：「苗忠底賊，我家中有八十歲底老娘，你共焦吉壞了我性命，你也好休！」道罷，僻然倒地。苗忠方省得是這尹宗附體在秀娘身上。（《警世通言》第三十七卷〈萬秀娘仇報山亭兒〉）

　　尹宗行俠仗義而不幸身亡，但他的意志不死，化為厲鬼，仍舊要執行懲惡的義行。他碰到兩個惡漢時，為了保護秀娘、發揚行俠仗義的精神，為處罰盜賊而拔刀衝進現場，結果被大字焦吉所殺害。雖然他的肉體生命已經死亡，但卻不

能抹殺他精神生命的意志，因此透過「附身」來斥責苗忠、大字焦吉的惡行，並凸顯對不義行為的斥責，以及不能盡孝的憤慨。若從「附身異體」空間現象來看，「鬼魂附身」可說是直接進入現實空間的具體方式，並造成兩個空間彈性變化的結構。「附身」現象在作品的末段也有出現，官員包圍苗忠之時，苗忠想要突圍而竄逃，但被尹宗（「附身同體」）擋住：

> 苗忠一見士兵燒起那庄子，便提著一條朴刀，向西便走。做公底一發趕將來，正是：有似皂鵰追困鳳，渾如雪鶻打寒鴉。／那十條龍苗忠慌忙走去，到一個林子前，苗忠入這林子內去，方纔走得十餘步，則見一個大漢，渾身血污，手裏搦著一條朴刀，在林子裏等他，便是那喫他壞了性命底孝義尹宗在這裏相遇。所謂是：勸君莫要作冤讎，狹路相逢難躲避。／苗忠認得尹宗了，欲待行，被他攔住路。（《警世通言》第三十七卷〈萬秀娘仇報山亭兒〉）

尹宗「附身同體」的現象，十分凸顯鬼魂空間與現實空間的重疊現象，空間現象中充分呈現不能實行「孝」、「義」的惋惜，也展現出克服肉體死亡而實現自己不屈的意志。如此兩個空間的連結現象中，並無出現任何的虛擬、奇幻空間現象。陰魂空間本身具有奇異、鬼氣的特徵，但這種氛圍與環境，以「陰魂附身」來實現鬼魂顯現的過程時，並無突出怪異、虛幻的鬼魂空間，並融入於現實空間具體的空間內涵。鬼魂空間實以附身為媒介來投入實際空間，全然不同於原本的空間現象。鬼魂直接進入實在空間中，易於形成鬼魂空間的「現實化」過程。因此胖大和尚、鄭意娘、尹宗的鬼魂透過「陰魂附身」來與現實空間進行接合。以陰魂為主的鬼魂空間，則與人間生活空間一樣，在身體行為、人際活動、空間移轉方面並無差別。所以鬼魂空間的現實化，可說是人鬼兩個空間結合時所產生的獨特空間現象。雖然兩者接觸的時間與情況相當短暫，但其中呈現兩個空間彼此緊密聯繫，並在進行空間的統合與再分化的過程中，更顯現出實際的空間感。

以「鬼夢」、「附身」來代表鬼魂空間接合現實空間的現象，在宋元話本小說中形成獨特的空間架構。鬼魂空間沒有定型、定時，鬼魂出現的場所和情形也是如此，但鬼魂出現現象的底面，都蘊含鬼魂欲投入人間空間的強烈意志與實踐活動。雖然它們有時是透過實際的人體，或介於世俗人物的夢界，但皆滲透於

現實人的生活空間中，進行鬼魂空間的現實化。兩者在接合過程中呈現相當多樣的空間現象，也建構出相互反應、重複分合的有機結構。欲理解陰魂空間的內涵，人物的心理轉換與行為變化，也是不可忽略的因素。空間的多樣化現象，在不同空間中進行分離、會合的過程中會更為凸顯，這當中所產生的種種現象，在作品裡形成獨特的空間內涵與意識。在故事空間的順次進行過程中，以「鬼夢」、「附身」來接合現實空間的方式，可說對於侷限的空間框架，賦予生動的變化與緩急的節奏，使故事空間敘事呈現更為豐富、多元的內容。

五、依戀人世的鬼魂——分離與會合的空間流動

　　宋元話本小說中出現不少鬼魂在人世中與生人一起生活，和生前沒有兩樣。如此對人世強烈的執著、依戀世間的情形中，情人（活人）的盲目癡情是最為顯著的例子。他們的愛情受到世間障礙阻隔而無法實現，導致憂鬱而死，身亡之後仍然執著於與情人的會合。在宋元話本小說中愛情實現和鬼魂的關係，與人類的婚姻制度、傳統倫理觀念密切相關，例如《警世通言》第十六卷〈小夫人金錢贈年少〉中的小夫人對張勝不能付託愛戀的感情，但死亡之後，就能以跟張勝在一起的心理滿足與精神快樂，來解除追求愛情的痛苦；《警世通言》第八卷〈崔待詔生死冤家〉中的璩秀秀和崔寧私奔而成就其愛情，卻又被咸安郡王破壞而死亡，但她成鬼魂後又再次實現跟崔寧的愛情，終於帶領崔寧一起走向死亡；《警世通言》第三十卷〈金明池吳清逢愛愛〉中的盧愛愛也在死亡以後變為鬼魂，才實現對吳清的戀情；《醒世恆言》第十四卷〈鬧樊樓多情周勝仙〉中的周勝仙也在現實生活失去肉體生命，但等到范二郎在獄中，終於才以人鬼通夢的方式來實現自己的愛情等。陰陽世界不能同在一起，在此冷酷的現實規則之下，她們迫切的期望以另外一個方式來滿足自己對愛情的追求。從現實世界要求的圓滿幸福來看，她們沒有真正實現過自己的愛情，但她們以死後成為鬼魂的方式來體現愛情實踐，而藉此尋得心靈上的滿足與平靜[18]。

---

[18] 在鬼魂空間故事裡，追求愛情的過程中發生與傳統社會的道德觀念衝突，而以死亡來克服現實的障礙的情形，超越肉體生命的有限而呈現出「情」的生命價值意義，更達到對追求愛情圓滿解決的強烈渴求。中國古代文學中有許多追求愛情的形式，有在社會倫理與傳統道德觀念中被逼迫而強制順從，但心理上卻抱持追求愛情的理想，死亡後主動找對象的「死而求愛」；有女性為了愛情可以犧牲自己所有一切，但最後被男性休棄，造成肉體死亡的「非愛冤死」；因生前愛情的思念，而使自己漸漸接近死亡的過程的「生前之情，死後之戀」、為了爭取愛情理想，不顧生死而勇敢地選擇死亡的「同生同死」；自己情

在人鬼異途的嚴格現實情況中，產生鬼魂空間融入實在空間，並進行與現實空間內容統合的過程裡，其實鬼魂空間與實際空間仍具有明確的差別，但他們（鬼魂）的空間意識投入於實際空間中，建構表面上接近人世的生活空間，所以表面上所呈現的空間現象與其所布置的虛擬環境中，難以辨認虛實空間的真面目。他們的空間觀念常出現與實際空間觀念「同化」的情形。雖然其本身是死鬼、冤魂，但其活動的空間範圍並不是鬼幻、虛擬的空間，而是實際生活空間，這可說鬼幻空間已經轉化或融入人世現實空間的現象，因此他們的言行、生活與活人沒有差別。《警世通言》第十四卷〈一窟鬼癩道人除怪〉中的王婆、陳乾娘、李樂娘、錦兒等都是鬼魂，但她們在人世中的行動與活人完全一模一樣，有具體的言行、感情的表現、深知人世事，而且出現於人間市井與常人生活空間範圍內，如「學堂」、「酒店」、「州橋下家」等，並無出現詭異、奇幻的空間現象：

> 王婆起身道：「教授既是要這頭親事，卻問乾娘覓一個帖子。」乾娘道：「老媳婦有在這裏。」側手從抹胸裏取出一個帖子來。王婆道：「乾娘，『真人面前說不得假話，旱地上打不得拍浮。』你便約了一日，帶了小娘子和從嫁錦兒來梅家橋下酒店裏，等我便同教授來過眼則個。」乾娘應允，和王婆謝了吳教授，自去。教授還了酒錢歸家，把閒話提過。到那日，吳教授換了幾件新衣裳，放了學生，一程走將來梅家橋下酒店裏時，遠遠地王婆早接見了。兩個同入酒店裏來。到得樓上，陳乾娘接著，教授便問道：「小娘子在那裏？」乾娘道：「孩兒和錦兒在東閣兒裏坐地。」教授把三才舌尖舐破窗眼兒，張一張，喝聲采不知高低。……不則一日，吳教授取過那婦女來。（《警世通言》第十四卷〈一窟鬼癩道人除怪〉）

一日，吳洪與王七三官同到郊外飲酒，回家途中遇到很多鬼魂，嚇得魂不附體。先去錢塘門城下的王婆家看時，門已鎖著，鄰舍說：「王婆自死五個月有零了。」離開了錢塘門，經景靈宮貢院，再過去梅家橋到白雁池邊來，找陳乾娘家時，只見「十字兒竹竿封著門，一碗官燈在門前。」鄰家說：「陳乾娘也死一年有餘了。」他離了白雁池，取路歸到州橋下回家，見鎖著門，鄰舍說：「教授

人在現實世界上活者，但外在環境、時空距離的阻隔不能見面，比肉體死亡更痛苦的死亡經驗──「生離死別」觀念等，皆強烈的突出自「愛情」引起「死亡」的過程，而凸顯出「戀情」的生命價值意義。

昨日一出門，小娘子分付了我們，自和錦兒在往乾娘家裏去，直到如今不歸。」
後來癩道人作法，將鬼魂都納入葫蘆中，埋在馳獻嶺下。李樂娘、錦兒、王婆、
陳乾娘等[19]許多鬼魂出現的情況，皆有特別的空間內涵，並不能依照實際空間的
意識來分析。最後她們被癩道人作法而露出鬼魂真面目時，原本已與現實空間同
化的鬼魂空間，便就此使兩者再次分開。這樣的空間分離現象，已對實際空間
造成巨大波動，並對吳洪造成相當嚴重的心理影響，使他失去自我存在價值而崩
潰，呈現沉重的心理空虛狀態。但卻反而能藉此看破世俗真偽，思考、覺悟人鬼
本質，突破現實生活空間裡以實質為主的侷限，嚮往解脫的精神自由，投入追求
神仙的理想空間。所以吳洪從此離俗出家，雲遊天下，脫離世俗空間：

> 癩道人將拐杖望空一撇，變做一隻仙鶴，道人乘鶴而去。吳教授直下拜
> 道：「吳洪肉眼不識神仙，情願相隨出家，望真仙救度弟子則個！」只見
> 道人道：「我乃上界甘真人，你原是我舊日採藥的弟子。因你凡心不淨，
> 中道有退悔之意，因此墮落。今生罰為貧懦，教你備嘗鬼趣，消遣色情。
> 你今既已看破，便可離塵辦道，直待一紀之年，吾當度汝。」說罷，化陣
> 清風不見了。吳教授從此捨俗出家，雲遊天下。十二年後，遇甘真人於終
> 南山中，從之而去。（《警世通言》第十四卷〈一窟鬼癩道人除怪〉）

　　在空間轉化而跨越的過程中，人世的空間因素也跟著轉變，產生鬼魂與
人界混雜、交錯的現象，有時會引起相當嚴重的空間衝突。其中包含對人生的
省察，看清人間的真面目，在心理上喚起對世俗空間意識與觀念的再認識，因
此開始尋找突破既存空間的另一條出路。吳洪就在鬼魂與現實空間的「隔」、
「合」、「分」的變化和交錯過程中，失去自我存在空間的意義，並從受限制的
實際空間行動範圍中解脫，打破人鬼界限而享受到自在的自由精神，最後決定跟
著仙人出家。所以他心目中的空間觀念與意識，已經不受實際現象的拘束與限
制，且克服現實空間的有限框架，進入到絕對自由的逍遙空間。雖然在作品中兩
個空間的錯亂，產生相當嚴重的空間分合局面，但其中凸顯出主角對空間思考的
變化與反應。

---

[19] 李樂娘是秦大師府三通判位樂娘，因與通判懷身，產亡的鬼。從嫁錦兒，因通判夫人妒色，吃打了一頓，
自己割殺，割殺的鬼。王婆是害水蠱病死的鬼。保親陳乾娘，因在白雁池邊洗衣裳，落在池裡死的鬼。

在作品中，鬼魂空間趨向現實空間的轉化過程，相當具有特色。這些作品中成為鬼魂的人物，本來在實際空間中生活，但在追求自我愛情的過程中，遭受外力強迫，或難以忍受愛情的殘酷、冷漠現實的情況下，因悲傷而亡，所以他們變成鬼魂後仍致力於追求愛情圓滿[20]。其實在中國傳統社會中，愛情生活往往受到傳統婚姻制度、社會倫理的規範與制約。一對男女深深地墜入愛情深谷後，常因為某些因素而遭社會、家庭的勢力破壞與阻隔。既然活著不能實現愛，就在死後實現願望，「死鬼」因此成為實現愛情的極端形式。中國古典小說中，男女情感因「父母」、「媒婚」的強制，時常造成婚姻愛情的悲劇[21]。這樣的不幸，肇因於人類自然情慾與社會禮教規範的衝突。長期被壓制的自然情感，終於在愛情力量的驅動下衝決而出。在男女眼中愛情本身的完美，因強烈的反對凸顯環境制度的缺陷，從而激起改變環境的願望，驅使人們要求一個更自由而合理的社會。

《警世通言》第十六卷〈小夫人金錢贈年少〉中的張勝不肯接受小夫人的愛情，心中存在著非常頑固的傳統倫理思想，並且對母親非常孝順，不敢違背社會道德與母親的警誡。但小夫人贈予張勝十枚金錢、五十兩白銀、衣服以表示對張勝特殊的感情。小夫人生前，不能公開追求自己的愛情，只有在社會道德容納

---

[20] 宋元話本小說中「死而求愛」作品的大部份女性為追求自己理想的愛情，受男性或傳統倫理的壓力而遭受被拋棄的悲哀結局。此種為愛情而死亡，且死後不能拋棄自主的愛情，而繼續努力要成就愛情的實現，對死亡的價值觀念而言，有其重要的價值意義。宋元話本小說作品「死而求愛」主題思想中重要因素，乃把愛情自主的堅強意志，在社會壓力之下形成相互的張力而維持均衡。在此一緊繃的緊張感裡面，女性追求的愛情僅僅發揮小小力量，在表面上不能成就愛情而失敗在傳統倫理、社會制度的壓迫之下。但從反面來看，她們的愛情雖然失敗，卻不能斷絕精神追求，繼而以自己獨特的方式來實現愛情理想。若她們在現實上不能實現愛情，死後便為鬼魂持續追求己愛。傳統倫理道德不能介入追求愛情的強烈意志，但這樣的愛情是要放棄生命才有實現的可能性，若在實際世界上實現，傳統倫理壓力必不能袖手旁觀，便祭出維持社會規則的嚴重罰則。她們在追求理想中，勢必有掙扎與矛盾，但愛情的實現意志比什麼價值觀念都重要，因此他們仍將所有精神力量集中在追求自己愛情上。「死而求愛」的基本心理機制，現實上被其他因素隱藏，但在追求理想愛情的實現方式上，湧出了強烈意志。追求心理愛情的信念不能承認實際肉體死亡，而部份精神仍然存活並繼續追求自己的愛情。

[21] 在古典小說世界中，不少女性已經從等待、接受命運的安排到向與命運抗爭，這無疑顯示了女性生命意識的初步覺醒，但由於父系文化的重壓，她們最終難免受挫和失敗。縱觀古典小說，這類婚姻愛情悲劇大致可歸為四種類型，其一，有情人難成眷屬，有愛情而無婚姻，例如《紅樓夢》中的林黛玉、唐傳奇中的崔鶯鶯、霍小玉，《三言》中的杜十娘、《金雲翹傳》中的王翠翹等；其二，有婚姻而無愛情，婚姻家庭成了女性的陷阱牢籠，如《紅樓夢》中的薛寶釵、賈迎春、王熙鳳，《林蘭香》中的燕夢卿等；其三，追求不符合傳統道德規範的性愛而為社會所不容，如唐傳奇《飛煙傳》中的步飛煙、《癡婆子傳》中的上官阿娜、《金瓶梅》中的潘金蓮、《水滸傳》中的潘巧雲、《肉蒲團》中的艷芳等；第四，妻妾制度的犧牲品，如尤二姐、香菱、李瓶兒等。詳見謝真元，〈古代小說中婦女命運的文化透視〉，《重慶師院學報（哲社版）》，1997年第1期，頁21。

的準則上方可實現愛情。小夫人雖然沒有與張勝結為夫妻，但她只求與張勝在一起便已心滿意足。雖然小夫人對愛情的想法是「一廂情願」的，單向性愛情性格較為強烈，但在死亡的冷酷現實中，她仍一直努力實現自己的愛情。愛情的自主性，不因陰陽而產生隔閡，並不再受傳統倫理破壞，更不願放棄自己的理想：

> 這婦女叫：「張主管，是我請你。」張主管看了一看，雖有些面熟，卻想不起。這婦女道：「張主管如何不認得我？我便是小夫人。」張主管道：「小夫人如何在這裏？」小夫人道：「一言難盡！」張勝問：「夫人如何恁地？」小夫人道：「不合信媒人口，嫁了張員外。原來張員外因燒鍛假銀事犯，把張員外縛去左軍巡院裏去，至今不知下落。家計並許多房產，都封估了。我如今一身無所歸著，特地投奔你。」（《警世通言》第十六卷〈小夫人金錢贈年少〉）

雖然人物已經成為死鬼，但精神意志卻沒有改變，反而表現比生前更為大膽、積極的追求愛情。這樣的情況之下，對成為鬼魂的他們而言，死亡之前的實際生活空間與死亡之後的鬼魂空間，其實並無距離，也無嚴格的人鬼空間的阻隔，因此實現心目中的愛情圓滿，便可以克服陰陽、人鬼的空間的障礙與落差。從執著於愛情實現的角度而言，鬼魂出現的空間並不是充滿鬼氣的陰魂空間，而是愛情意志延伸到的實際空間內，並與活人同樣生活於現實具體空間。所以對其人物的空間意識而言，人鬼、陰陽空間的區別再也不能成為主要的阻礙，並且生前的種種傳統婚姻制度、社會倫理制約再也擋不住他們對實現愛情的積極行動，因此比以前更積極地追求心中的愛情；而其實際生活空間與死後成為鬼魂與人生活的空間，並無任何的差別與隔閡。《警世通言》第十六卷〈小夫人金錢贈年少〉中的小夫人鍥而不捨追求自己的愛情，死後變鬼魂找張勝，盼望跟他同住相處，堅持著自己的信念，勇敢而努力地實現愛情：

> 張勝回到家中，將前後事情逐一對娘說了一遍。婆婆是個老人家，心慈，聽說如此落難，連聲叫道：「苦惱，苦惱！小夫人在那裏？」張勝道：「見在對門等。」婆婆道：「請相見！」相見禮畢，小夫人把適來說的話，從頭細說一遍：「如今都無親戚投奔，特來見婆婆，望乞容留！」婆婆聽得說道：「夫人暫住數日不妨，只怕家寒怠慢，思量別的親戚再去投

奔。」小夫人便從懷裏取出數珠遞與婆婆。燈光下婆婆看見，就留小夫人
在家住。小夫人道：「來日剪顆來貨賣，開起胭脂絨線鋪，門前掛著花栲
栲兒為記。」張勝道：「有這件實物，胡亂賣動，便是若干錢。況且五十
兩一錠大銀未動，正好收買貨物。」（《警世通言》第十六卷〈小夫人金
錢贈年少〉）

在這些情節起伏中，相當明顯呈現了現實空間與鬼魂空間有著「同化」現
象。在實際空間中不能實踐的愛情，就成為鬼魂再投入於實際生活空間，繼續進
行追求情人的愛情期望，在空間敘述中並無突出空間的分隔與斷絕現象。鬼魂空
間向現實空間延伸推展，便是鬼魂空間轉化為實際空間的具體例子，這樣的現象
在與活人共處的生活過程中十分明顯。因此陰魂出現的情況中，沒有任何鬼魂空
間的表徵與線索，正如小夫人所說：「看我身上衣裳有縫，一聲高似一聲，你豈
不理會得？」如此人鬼兩個空間的「同化」、「融合」現象，已經提供確實的空
間移轉基礎。

然而，在人鬼殊途嚴格的人間空間觀念上，終究不能長久維持兩個空間的
接合。當情節進展到兩個空間分隔的具體行為中，往往呈現出其本來的面目，終
究導致兩個空間分開、斷絕的局面。但在這裡所出現的現象，不同於妖怪空間中
所出現的被真人壓制或處罰的情形，並無強制分開兩種空間的過程。因為人鬼空
間合一的主要目的，就以實現生前未達成的愛情和與情人同在的期望為基礎；所
以兩個空間的接合，是使鬼魂在現實空間出現而得以順利進行與情人的愛情圓滿
過程，雖然實現愛情的期望程度不同，但已經部份達成心中的意願。人鬼空間的
分開，往往由於人看破鬼魂與鬼域的真面目。在看破鬼魂的過程中，主要人物已
經覺悟情人或對象並不是活生生的人，進而明確了解對方已成為鬼魂的事實，就
產生鬼魂與活人之間巨大的鴻溝，對於其心理和精神方面的衝擊也十分強烈。因
為在人間的空間意識中，人鬼不能共存，勢必要分隔，各自處於獨立「分化」的
空間。所以主角確認其對象人物是鬼魂之後，則陰魂已失去繼續在人世裡存在的
根基與依靠，於是就瞬間消失，並且鬼魂空間與實際空間的接合結構也就此全然
瓦解。

兩個空間之間所形成的巨大距離，引致人物彼此精神聯繫的斷絕，自然造
成心理空間的阻隔。現實空間中鬼魂突然消失，意味著鬼魂空間完全脫離實際空
間，而再重新分為兩個空間，並成立獨立的鬼幻空間。實際空間內原本的統合結

構，在空間重新隔絕之情況下完全消逝。導因於心理、精神上人鬼分隔的嚴格空間觀念，才引致空間各自回歸的現象。例如《警世通言》第十六卷〈小夫人金錢贈年少〉中的張勝某日在外碰見張員外而聽到張員外被拘禁和小夫人自吊身死的經過，於是懷疑家中小夫人是鬼魂。後來張員外直接尋到張勝家時，小夫人已然消匿，只留下一串念珠[22]。《警世通言》第八卷〈崔待詔生死冤家〉中的崔寧也在看破璩秀秀是已被打死的鬼魂時，人鬼兩個空間忽然隔開，並且分開的速度相當急促，區別也十分明確清楚：

> 兩個轎番便擡著，逕到府前。郭立先入去，郡王正在廳上等待。郭立唱了喏，道：「已取到秀秀養娘。」郡王道：「著他入來！」郭立出來道。「小娘子，郡王教你進來。」掀起簾子看一看，便是一桶水傾在身上，開著口，則合不得，就轎子裏不見了秀秀養娘。問那兩個轎番道：「我不知，則見他上轎，擡到這裏，又不曾轉動。」那漢叫將入來道：「告恩王，恁地真個有鬼！」……崔寧聽得說渾家是鬼，到家中問丈人丈母。兩個面面廝覷，走出門，看著清湖河裏，撲通地都跳下水去了。當下叫救人，打撈，便不見了屍首。原來當時打殺秀秀時，兩個老的聽得說，便跳在河裏，已自死了。這兩個也是鬼。（《警世通言》第八卷〈崔待詔生死冤家〉）

　　鬼魂空間與實際空間在分裂與結合的過程中，兩者完全和諧融合的模式無法持久，最後仍會各自分隔為不同的獨立空間，但在重建與瓦解的空間結構中，呈現人物許多不同的空間意識與心理思考變化，並在人物與空間之間建構緊密的反應關係。錯綜複雜的空間結構，凸顯空間的分合與斷續過程，在其他作品的空間現象中並不常見。從多角度的空間聯繫觀念而言，兩個空間整合與分開的現

---

[22] 「張勝聞言，心下自思道：『小夫人也在我家裏，數珠也在我家裏，早剪動幾顆了。』甚是惶惑。勸了張員外些酒食，相別了。張勝沿路思量道：『好是惑人！』回到家中，見小夫人，張勝一步高似一聲，你豈不理會得？他道我在你這裏，故意退一步道：『告夫人，饒我張勝性命！』小夫人問道：『怎恁他說？』張勝把適來大張員外說的話說了一遍。小夫人聽得道：『卻不作怪，你看我身上衣裳有縫，一聲高似一聲，你豈不理會得？他道我在你這裏，故意說這話教你不留我。』張勝道：『你也說得是。』又過了數日，只聽得外面道：『有人尋小員外！』張勝出來迎接，便是大張員外。張勝心中道：『家裏小夫人使出來相見，是人是鬼，便明白了。』教養娘請小夫人出來。養娘入去，只沒尋討處，不見了小夫人。當時小員外既知小夫人真個是鬼，只得將前面事，一一告與大張員外。」（《警世通言》第16卷〈小夫人金錢贈年少〉）

象，更能凸顯空間範圍的框架，突出錯綜、重疊的多層空間方位與落差，並呈現鬼魂空間隱現、虛實的獨特性質。這是鬼魂空間在適應現實空間過程裡，所出現的主要空間特徵。

六、結語

　　在作品中，鬼魂所出現的場所和過程相當多樣，依著故事情節內容、敘述階段、結構形式，重複進行著陰魂空間的插入與消逝。鬼魂空間是一種「虛式空間」、「多變空間」，常生成於人世空間的某一地方，並沒有任何的固定場所與地域，隨時隨地出現，卻往往因一時境遇而倏忽消逝，所以其出現的具體場所捉摸不定。就情節的敘述過程與場所而言，陰魂空間的突現與消逝現象，構成故事空間的主要內容與結構，並導致情節進展中的巨大影響，也與作品主題與意蘊有緊密的聯繫。鬼魂出沒的空間，呈現情節轉換與敘事節奏、空間轉移緩急的關鍵，突出空間的聚散與層次，進而襯托了多元、多維的立體感應。

　　這些作品中的場所與地域皆是人間活動的實在空間，並不是落於地獄、酆都，或騰空而上神界、仙境的虛擬空間，也可說鬼魂空間未曾完全區隔於人界，而是常以連結於人間的各地各所，不斷進行陰間與陽間的接觸活動。鬼魂的出沒現象，即「鬼魂現身」、「夢中現鬼」、「死鬼附身」與出現場所皆有密切關係，在家屋、街路、酒店等生活空間裡，往往會出現鬼魂、冤魂，但其出現過程與場所以及情節進行，通常是提示破解事件的關鍵線索，暗示故事結局，並對呈現情節結構與凸顯空間移轉，有著相當重要的作用。

　　宋元話本小說中的鬼魂空間，透過人世的種種場所與地點而呈現其空間形式與意蘊，並建構人鬼、陰陽互通的空間系統。它們出現的場所大部分是以人類生活空間為主，而且鬼魂出現的主要原因與作用，都強烈表達出放縱淫慾的本能、冤枉痛恨的怒氣、失去生命的惋惜等。若仔細考察怪異、靈魂空間，就容易發現其中已包含許多獨特的空間現象與敘事內涵，這樣的空間現象在情節進展過程中，都具有暗示情節、提供線索和解釋疑竇的重要作用。

第八章　「接受」與「排斥」
──以「中等不一致效應（Moderately Incongruity Effect：MIE）」探究「夢敘事」

一、前言

　　「夢敘事」指作品在敘述過程中表現出夢幻虛擬的一切場面及背景，從而呈現出奇異的內容與象徵意義，所包含的範圍十分廣泛，有「夢遊世界」、「仙佛悟境」、「虛實空間」等。在宋元話本小說中出現「夢敘事」的作品不少，其呈現的現象，體現的內涵也各式各樣。其表現手法大部分是擴展敘述描繪的範圍，有插入故事的某些片段，或連接關鍵時刻與事件發生的模式。有些作品主要描繪在生活中要實現理想時，因種種阻隔、障礙或時空的限定與約束，不能擁有美滿幸福的人生，於是透過夢境得到心理、精神上的滿足與平靜[1]，例如《警世通言》第十卷〈錢舍人題詩燕子樓〉、《喻世明言》第二十四卷〈楊思溫燕山逢故人〉等；也有以夢境所提供的重要線索與預示為基礎，建構充滿暗示性的作品，例如《警世通言》第十三卷〈三現身包龍圖斷冤〉、《警世通言》第四卷〈拗相公飲恨半山堂〉、《喻世明言》第十一卷〈趙伯昇茶肆遇仁宗〉、《清平山堂話本》之〈花燈轎蓮女成佛記〉（《清平山堂話本》）等；有些作品是強調感應與應付，凸顯情節開啟與展開過程，並提示結局的流程，例如《醒世恆言》第三十一卷〈鄭節使立功神臂弓〉、《喻世明言》第三十三卷〈張古老種瓜娶文女〉、《喻世明言》第十五卷〈史弘肇龍虎君臣會〉等；也有事件圓滿解決，理想目標已達到，在邁向美好世界的過程中，常出現「似實似虛」的虛擬幻想作品，例如《醒世恆言》第十四卷〈鬧樊樓多情周勝仙〉、《警世通言》第三十卷〈金明池吳清逢愛愛〉、《醒世恆言》第十七卷〈張孝基陳留認舅〉等。

　　「夢敘事」在故事進展過程中所出現的現象相當複雜多樣，有時間上「短暫性」與「濃縮性」的交錯與重複，空間上「無隔性」與「可變性」的並行與結合。夢幻敘事中時間的流逝，和實際生活的時間比起來，壓縮了不少，不像實際

---

[1]　參考張法，《中國文化與悲劇意識》（北京：中國人民大學出版社，1989年），頁250-252。

生活一樣那麼長，也沒有順流的固定時間觀念，所有的時間在夢中都是靜止的。夢境裡所呈現的時間，比起現實的時間更易於拉長、移轉，並照著夢裡故事的進展過程，調整其進行速度，充分顯現重複、急促與緩慢的時間運動[2]。夢幻裡的空間沒有限定範圍，任何地方都可以出現，隨時進行與現實空間的結合，不受到實際空間的設定限制[3]。

如此涵蓋敘事意義複雜多樣的「夢敘事」，與「夢境」、「夢幻境」、「幻境」稍有差別。「夢敘事」側重於夢中所陳述的敘事形式與內容，可說集中於「敘事」，而不只限於「情節」。「夢敘事」不但包含「情節內容」、「敘事結構」、「人物語言」、「象徵意義」等敘事藝術，而且涵蓋其與他相關內容之間的「有機性」，按照虛實內容結合程度，讀者會產生接受與拒絕的反應。而「夢境」著重於「空間描寫」、「環境造成」、「背景布置」等，較重視敘述內容之整體範圍與輪廓。「幻境」的涵義較接近「夢境」，但「幻境」的主要「醒夢過程」即「入夢」、「夢中」、「夢醒」的特徵並不明顯，常以「似夢非夢」、「虛擬幻象」的模糊覺醒形式出現。「夢幻境」是「夢境」與「幻境」，以及「虛幻境」的結合，「入夢」與「夢中」的特徵雖不明顯，但確有「夢醒」過程。因此本文所運用的「夢敘事」，超越「夢境」或「夢幻境」的空間範圍，

---

[2] 以實際生活空間的角度來看，夢中的時間流程特別極短，因為夢中進行的時間和現實所流逝的時間全然不同。夢境的主要構成因素與內容，皆像實際生活空間一樣，以生活的種種現象、事件、活動為根柢，但夢中的時間屬於「夢幻時間」，時間的推拉、長短、轉移相當自由，並沒有任何固定時間的限制。然而，在現實空間中實際時間流逝，卻有一定的變換、進行模式和呈現現實時間的具體現象，也有人與人之間確定時間流逝的標準、固定不變的流程速度。唐傳奇〈枕中記〉裡的盧生，客居邯鄲旅店，借道士瓷枕小寐，倏忽回到家中，數月後迎娶名門淑媛，翌年進士及第，此後即平步青雲，歷任文武官職，出入中外，在宦海浮沉了五十餘年。大夢醒來，旅店主人的黃粱還未煮熟。這個故事充分傳達「人間方一刻，夢中已數年」的觀念。參考金求求，《虛實空間的移轉與流動——宋元話本小說的空間探討》（臺北：大安出版社，2004年），頁326。

[3] 在現實生活中，易清楚感覺到空間上不但有山河阻隔，而且此方彼方、此地彼地都有一定的間隔，然而夢中空間無隔，或者說可以無隔。中國古代學者注意到夢中空間的無隔性。杜頠〈夢賦〉曰：「雖遼萬里，邈偕疇昔之遊；縱冥九泉，亦觀平生之象。鬼出神入，惟恍惟惚，則有瞵聞庭閫，煙霜歲暮常馳；戀於定省，忽飛魂於穹阱，撩軒幌而無隔，邈山河之徑度。常倏忽而往來，竟不由乎道路。」（《文苑英華》卷95）人在外地，雖距故鄉有萬里之遙，夢中則常出現故鄉的山川，空間上絲毫沒有地域之隔。作者感嘆這種時空知覺的無隔性簡直好像是「鬼出神入」，可以毫不費力地上天入地。有時穿過了庭院和闈帳，有時跨越了山陵和江河。應該承認，杜頠這些形象性的描繪，如實而生動地再現了夢的空間知覺。《古詩十九首》：「既不用須臾，又不處（停留）重闈。」不因「重闈」而停留，是說空間上無隔。《紀異錄》有閨妻思夫寄詩云：「夢魂不怕險，飛過大江西。」大江都可以飛過，空間上當然無隔。詳見劉文英，《夢的迷信與夢的探索》（臺北：曉園出版社，1993年），頁257-258。

擴展其中所呈現的有限、固定的敘事形式，可從多方面考察以「夢」與「敘事」貫穿內涵的藝術效果，其意義十分重要。從廣義上來看，雖然「夢敘事」可涵蓋「夢境」、「幻境」、「夢幻境」[4]，但從特定領域與部分進行分析，並具體闡述有限內容與意義，或需要區分「夢敘事」概念，仍然兼用「夢」與「幻」相關語詞。對於夢中所呈現的敘事內容與形式，就用「夢敘事」一詞，若要專為說明敘事環境、背景描述、虛實對比等空間概念時，就運用「夢境」、「夢幻境」語詞。

　　宋元話本小說中的「夢敘事」，實為從多方面考察，但過去的考察、探究方式過度偏重於「故事性」，或僅概括觸及「歧異性」，多為承襲了典型、固定的解釋方式。大部分受限於「夢」概念，無法擴大、延伸其研究視覺，並無引進新的詮釋觀點來試圖考究。其實宋元話本小說中的「夢敘事」，應該有從新角度來研究的必要性，因為其中所包含的內容、架構、意蘊等，若僅只簡單地以「夢」的觀點來斷定而侷限，不免有些遺憾。所以筆者就以新詮釋理論的「中等不一致效應（moderately incongruity effect）理論（以下簡稱「不一致理論」）」，來對於以往以「夢境」為主研究過程中所忽略、模糊的敘事內容，並對其所隱藏、不明的敘事意義，進行更仔細的考察與探索，以呈現其豐富多樣的藝術效果。

二、詮釋「夢敘事」之理論基礎：「中等不一致效應」理論

　　在分析古典小說中的「夢敘事」時，有許多可詮釋的理論與研究方式，其中值得關注的理論就是「中等不一致效應（Moderately Incongruity Effect）」，

---

[4]　以圖畫來表示「夢敘事」、「夢境」、「夢幻境」、「幻境」之間廣狹涉及關係以及所涵蓋的範圍：

【夢敘事】

夢境

幻境　　夢幻境

夢遊世界、仙佛悟境、虛實空間

以「傳遞」、「交流」、「接受」為中心，是在「社會學」、「廣告學」、「心理管理學」、「新聞傳播學」等領域，廣為運用的理論之一。其核心觀念主要著重於「輸出者（傳達者）」、「接受者」、「資訊」、「溝通渠道」之間所形成的「溝通（communication）」[5]。雖然這個理論的觀念與語詞，並不是專門解釋「文學作品」的，但透過這個理論可以試圖對古典小說中的「夢敘事」，從新的詮釋角度來剖析作品中所蘊含的多樣敘事藝術，是開拓新瞭解方式的重要一環。

　　考究「中等不一致效應（moderately incongruity effect）」理論之前，須先考察相關理論。首先考察「差異效應（Discrepancy Effect）」理論，「差異效應（Discrepancy Effect）」，也可稱為「隔差效應」、「差距效應」或「不一致效應」等。所謂的「差異（discrepancy）」，指傳達者發出的情報、見解、態度，和接受者原有的情報、見解、態度在交流程度上的不一致。這種「差異性」決定接受資訊壓力的大小，差異越大，壓力也越大，差異較小，壓力也較小。在某種情況下，傳達者的見解、態度與接受者邏輯、行動方式差異越大，就會使接受者更緊張，更容易集中在要傳遞的話題和內容上，但若兩者傳輸的資訊超越接受者可接納的範圍，就會使接受者不再注意傳達者的情報，甚至拒絕傳達者的信息。因此傳達者所發出的態度、想法，若超出接受者可以接受的範疇，傳達者便無法說服對方，也無法被認同接納。

　　其實，「差異效應」理論可與「基模（schema）」理論與概念為基礎。「基模」就是人用來瞭解事物，獲取知識和經驗的基本結構，可以說「基模」是透過人生經驗而獲得的個人知覺方式，屬於個人心理結構。但共同享有特定文化與社會化進程具有普遍性，因此對某一個事物與事件，可以與大家形成共識。不過，基模變化速度相當緩慢，尤其是社會的基模變化更為遲緩。Mandler

---

[5]　「輸出者（傳達者）」是信息的輸出者，就是信息的來源，他必須充分瞭解接受者的情況，以選擇合適的溝通渠道，從而以利於接受者的理解。要順利地完成信息的輸出，必須對編碼（Encoding）和解碼（Decoding）兩個概念有一個基本的瞭解。編碼是將想法、認識及感覺轉化成信息的過程。解碼是指信息的接受者將信息轉換為自己的想法或感覺。「接受者」是指獲得信息的人。接受者必須從事信息解碼的工作，即將信息轉化為他所能瞭解的想法和感受。這一過程要受到接受者的經驗、知識、才能、個人素質以及對信息輸出者的期望等因素的影響。「信息」是指在溝通過程中傳給接受者（包括口語和非口語）的消息，同樣的信息，輸出者和接受者可能有著不同的理解，這可能是輸出者和接受者的差異造成的，也可能是由於輸出者傳送了過多的不必要信息。「溝通」是人與人之間、人與群體之間思想與感情的傳遞和反饋的過程，以求思想達成一致和感情的通暢。對於「傳達者」、「接受者」、「資訊」、「溝通渠道」的定義與內容可以參考http://wiki.mbalib.com/zh-tw。

（1982）認為「基模」是個體內心的認知結構，也是一種經驗組織[6]。他認為個體對於刺激訊息的反應與情感評估會深受其訊息和基模不一致程度的影響[7]。若「基模」不一致，也就意味著訊息與預期的不相符，個體便會試圖去解釋這中間的差異[8]。後來「基模理論（schema theory）」不但在「社會心理」、「廣告傳播」、「經濟消費」、「服務經營」等領域被使用，並擴大到「哲學思想」、「接受美學」、「文學評論」等領域。尤其是解釋文學作品過程中，為探究作者與讀者之間的多樣反應程度，提供了重要理論基礎。總之，「中等不一致效應（moderately incongruity effect）」是指人們頭腦中對事物存在的固定認知圖式，與頭腦中原有的認知圖式中程度不一致的信息出現時，人們對事物的評價會更高[9]。

　　由於不一致性對記憶和態度的不同影響，後續學者開始重視「中等不一致效應」理論，探討何種程度的不一致性能夠產生最合適的記憶和態度效果。有一些學者就指出，檢視不一致性效果時，除了一致和不一致的組合之外，「中等的不一致」也是非常重要的一環[10]。看來態度改變量將隨差異度的加大而增多，二者之間呈正相關。但後來的許多研究發現，中等差異引起的態度變化最大，隨著

---

[6]　Mandler, G.P. (1982) 'The structure of value: Accounting for taste', In Clark, M.S. and Fiske, S.T. Affect and Cognition. The 17th Annual Carnegie Symposium on Cognition, Hillsdale, NJ: Lawrence Erlbaum, pp. 3-36.

[7]　個體處理訊息的方式大致上可分為兩種，就是「同化（assimilation）」與「調適（accommodation）」。「同化（assimilation）」是指當「基模」一致時，個體接收到的訊息與其原本預存的「基模」相似，個體便會使用本身的預期去解讀該訊息。「同化」是使個體保存其原本的認知基模並將新訊息整合至其中。「調適」是個體修改其原先的認知基模，或是建立新的基模以期能夠歸類新訊息。參見蘇相穎，《產品類型與新奇屬性類型之產品不一致性對產品再認和態度的影響—以消費者創新性為調節變項》，國立政治大學廣告研究所碩士論文，2007年，頁8。

[8]　有關「基模不一致（schema inconsistency）」理論的詳細說明可以參見蘇相穎，《產品類型與新奇屬性類型之產品不一致性對產品再認和態度的影響——以消費者創新性為調節變項》，國立政治大學廣告研究所碩士論文，2007年，頁8-12；柯畯祥，《代言人與服務類型之間的適配度對廣告效果的影響》，國立中山大學企業管理學系研究所碩士學位論文，2012年，頁31-33；蔡佳靜，卓家億，〈代言人與產品配適之研究〉，《管理與系統》第20卷第4期，2013年10月，頁617；Mandler, G.P. (1982) 'The structure of value: Accounting for taste', In Clark, M.S. and Fiske, S.T. Affect and Cognition. The 17th Annual Carnegie Symposium on Cognition, Hillsdale, NJ: Lawrence Erlbaum, pp. 3-36；Meyers-Levy, J. and Tybout, A.M. (1989) 'Schema congruity as a basis for product evaluation', Journal Of Consumer Research, Vol. 16, No. 1, pp. 39-54.

[9]　參見江紅艷，孫配貞，〈"仿洋"品牌命名中原產國刻板印象內容與產品屬性的非對稱性效應研究〉，《中大管理研究》，2014年第9卷，頁95。

[10]　參見蘇相穎，《產品類型與新奇屬性類型之產品不一致性對產品再認和態度的影響——以消費者創新性為調節變項》，國立政治大學廣告研究所碩士論文，2007年，頁11。

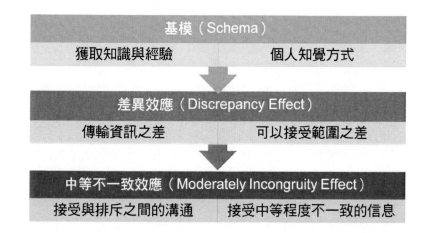

差異度的增大，直至超過中等差異之後，態度改變則越困難，因此也會使接受態度越消極。由於傳達者的極端陳述，還可能引起對這種陳述可靠性的懷疑，以致易於產生抵制。

　　若要分析宋元話本小說中的「夢敘事」，可以從多方面考察其「情節內容」、「敘事結構」、「讀者反應」等，而「不一致理論」將起到重要的作用。拋開典型的分析方式，接受新的解剖方式，重新考察其被忽略的深層意義和以前沒被考究過的一些內容。「不一致理論」實為古典小說作品的新解釋模式，可以說將會開拓新的視野和方向，使之得到更為多樣的意義，並打開解釋作品中敘事藝術之新篇章，尤其在分析小說「夢敘事」的內容與意涵時，能為我們提供突破舊式、創新亮眼的觀點。所以本文採用「不一致性理論」來研究「夢敘事」的敘事內容與結構，完整探究整個作品中其所內含的意義，以及修辭藝術上的美學含意。

三、「夢敘事」中「不一致理論」的運用

　　在作品中「夢敘事」的插入，可以說是作者構建情節結構時，故意安排的架構。因為在展開情節時，一直進行現實性描寫，藝術效果並不大，並且在某種程度上會降低讀者對作品的興趣，因此作者為了激發讀者對作品的注意，使他們提高進入新情節的意願，會在情節展開時製造一些陌生感。這種意外情節的出現，可以促使讀者產生緊張感，而更關注於作品的情節內容與意涵。

　　但這些「夢敘事」的內容若太離譜，反而會適得其反，例如，脫離故事情節，越來越「非現實」，就會使讀者越排斥作品。若其內容太接近「現實」，沒有「虛幻」的特徵，也會使讀者失去對作品的興趣。因此「夢敘事」的內容應處於「現實」與「虛幻」之間，並且拿捏其程度為「中等」，才使讀者易於接受。「夢敘事」內容如何安排才可以說是成功的呢？這就與設定「中等水準」有密切關係，其可以由「不一致理論」來推測一二。若要以「不一致理論」來詮釋「夢敘事」，那麼「有機性」、「虛幻性」、「陌生性」、「必要性」和「篇幅程度」等就是必須考慮的主要因素。

　　「有機性」主要考察作品中所安排的「夢敘事」內容與整個情節內容是否連結。作品中所插入的「夢敘事」內容，除了有襯托氣氛的目的之外，還應使之與故事情節融為一體，形成一個較完整的情節結構。

　　「虛幻性」是察看「夢敘事」內容有無「虛擬」、「幻想」的描繪，「虛幻性」本來有著不切實際的敘述，但若其程度太過，達到無法接納的「非現實」，會導致讀者對「夢敘事」的理解越來越遠。反而僅以「入夢」與「醒夢」的語詞插入，代替「夢敘事」，就與「作夢」毫無關係，現實事件的闡述與「夢敘事」沒有差別，可說是套著「夢敘事」的外皮，將其現實情節內容持續的羅列。若過於強調「虛幻性」，則內容就會太富幻想性，而無法拉到現實情節曲線上。

　　「陌生性」是與可推測作品前後內容，或所熟知內容的情況相反，會製造意外、驚奇的內容。雖然「陌生性」也可能會從「虛幻性」而來，屬於「虛幻性」的範圍之內。但不同點在於「虛幻性」所涵蓋的範圍較廣泛，其特徵與敘事內容有密切關係；「陌生性」則與敘事結構有直接關係。而且「虛幻性」不一定只有「夢敘事」，也會有仙境、地獄、異國的經驗與歷程等等。雖然「陌生性」與「虛幻性」在某種程度上有相同的特徵，但從具體特性而言，各有差別。作品中所出現的「夢境」包含的意義範圍實為廣泛，但「陌生性」只侷限於情節展開時的架構。這些策略讓讀者對敘事形式產生一種「陌生感」，使之轉換為對作品情節的關注與集中。

　　「必要性」是考察「夢敘事」在整個情節展開過程中是否是一定需要的部分，是否是只為了引起讀者注意的目的而插入的細節。若這些有關「夢境」的描述，在整個情節展開過程中是必要的部分，讀者對「夢敘事」的關心則會較高；若僅是補充敘述而已，對作品的興趣就會降低。

　　「篇幅程度」是指「夢敘事」在整個作品中所佔的篇幅尺度，從而決定其敘事的必要性。若「夢敘事」所佔的篇幅較大，就可達到完善整個敘事結構的效果，易引起讀者的興趣。若所佔的篇幅較小，就沒有插入的必要性，在展開情節時，與所呈現的主題思想毫無相關意義。因此透過「篇幅程度」可看出「夢敘事」在情節展開中的意義。一般來說，在作品中「夢敘事」的篇幅不多不少，才容易引起讀者積極的反應；這也就與「不一致理論」的運用，有著密切關係。

　　在本文研究過程中，五種特徵並用，實有限制。其中「必要性」，其理論根據相當模糊，而且所涉獵的範圍也較為寬泛，雖然「必要性」是運用「不一致理論」的重要一環，但分析作品「夢敘事」時，所適用的部分並不明確。雖然「篇幅程度」與之相反，出現具體的數字資料，實為簡潔明瞭，在運用「不一致理論」時可以參考，但不需要定為重要的特徵來探究。這五種特徵雖然用「不一致理論」考察作品時是重要的部分，但在考察「夢敘事」時，「有機性」、「虛幻性」、「陌生性」這三種特徵的呈現較為明顯。因此本文就沒包含「必要性」和「篇幅程度」，主要直接以這三項特徵來考察「不一致理論」與作品「夢敘事」之間相關的關係與運用程度。以下列出「夢敘事」的插入位置，以及表示作品與其敘事特徵的關係。

表 「夢敘事」出現之作品與敘事特徵

	篇名	插入位置	敘事特徵		
			有機性	虛幻性	陌生性
清平山堂話本	〈花燈轎蓮女成佛記〉	引入	△	△	×
喻世明言	第3卷〈新橋市韓五賣春情〉	文中	○	△	×
	第11卷〈趙伯昇茶肆遇仁宗〉	文首	○	△	×
	第15卷〈史弘肇龍虎君臣會〉	文首	○	○	○
	第24卷〈楊思溫燕山逢故人〉	文末	×	×	×
	第33卷〈張古老種瓜娶文女〉	文中	○	○	○
警世通言	第4卷〈拗相公飲恨半山堂〉	文中	×	×	×
	第10卷〈錢舍人題詩燕子樓〉	文中	○	△	△
	第13卷〈三現身包龍圖斷冤〉	文中	△	△	×
	第30卷〈金明池吳清逢愛愛〉	文末	○	△	△
醒世恆言	第14卷〈鬧樊樓多情周勝仙〉	文末	○	△	△
	第17卷〈張孝基陳留認舅〉	篇尾	×	×	×
	第31卷〈鄭節使立功神臂弓〉	文首	○	○	○

（※「好顯示」表示為「○」，「可顯示」表示為「△」，「非顯示」表示為「×」）

　　由上表可知，「夢敘事」出現的作品與敘事特徵，有幾種類型。「夢敘事」能以符合或接近「不一致理論」的標準尺度，呈現出「有機性」、「虛幻性」、「陌生性」，每個特徵所表達程度可分為「好顯示」、「可顯示」、「非顯示」三個階段。除了這三個特徵之外，觀察「插入位置」也有不可忽略的重要意義。

　　「夢敘事」之「插入位置」可從敘事內容與結構區分為：「引入」、「文首」、「文中」、「文末」、「篇尾」。「引入」是情節進行的初步階段，並沒有進入正式內容；「文首」是情節進行過程中的「起」，即故事的開端，主要描述事件的發生、主要人物的登場等。「文中」是情節展開過程中的「承」與「轉」，主要敘述本故事內容、新人物出現、提供事件解決的線索、人物之間的糾葛等。「文末」是情節之結局，介紹故事的大團圓，附加強化主題思想，提示終結含意等。「篇尾」是情節進行過程中告一段落後的一種餘韻，對故事的展開沒有太大的關係。

　　以「不一致理論」來探究宋元話本小說之「夢敘事」，應從「夢敘事」所

排列的位置開始較恰當。因為每個作品中的「夢敘事」插入位置不同，這個位置的安排就表現在敘事結構上，顯示「夢敘事」與其他情節之間的關係程度。情節敘事過程中「夢敘事」的安排，對完成整個情節敘事結構，以及呈現主題思想與內容含意上相當重要。例如，「夢敘事」插入為「引入」或「文首」時，就是提供事件的開啟、發生原因、安排線索，引起本故事等，易於接入情節結構與內容的情形較多。在「文中」插入時，可以調整故事進展速度的緩急，賦予情節敘事節奏，擔任部分情節內容等，在敘事內容與結構中所佔的比率較高。在「文末」插入時，大部分情節轉換而終結故事內容，提示邁向故事結局，或導引事件解決而預備情節結束。在「篇尾」插入時，則與情節展開過程沒有直接關係，只提供故事結束後之餘話，或呈現主題思想。不過，不能簡單以插入的位置來決定「夢敘事」與整個內容的關係，必須仔細看「夢敘事」與本故事如何銜接、怎何扣緊。

四、以「不一致理論」來詮釋「夢敘事」

宋元話本小說之「夢敘事」具有「入夢」、「夢中」、「夢醒」的過程，但有些作品由「入夢」到「夢醒」，並不明顯，這三個階段中常省略或刪掉某一段，不過，每個作品一定會有「夢醒」過程。因此「夢境」的敘事範圍都以「夢醒」過程為標準，可考慮「有機性」、「虛幻性」、「陌生性」的凸顯程度。宋元話本小說的「夢敘事」照著這三種特性的相互構成與顯示，具有不同的表現。以這三種特徵來仔細考察作品中的「夢敘事」，就會出現五種不同的類型。其一，在三個特徵中皆有「好顯示」現象；其二，一種「好顯示」，兩種「可顯示」現象；其三，一種「好顯示」，一種「可顯示」，一種「非顯示」現象；其四，兩種「可顯示」，一種「非顯示」現象；其五，三種都有「非顯示」的現象。

（一）三項皆有「好顯示」

在宋元話本小說「夢敘事」中，呈現三種「好顯示」的作品，共有三部，即《喻世明言》第三十三卷〈張古老種瓜娶文女〉、《喻世明言》第十五卷〈史弘肇龍虎君臣會〉、《醒世恆言》第三十一卷〈鄭節使立功神臂弓〉。作品中的

「夢敘事」不但有「有機性」、「虛幻性」、「陌生性」，並且這三種特徵十分明顯。這三種特徵在情節內容與敘事結構的有機與調和上，有著相當重要的作用。首先看《喻世明言》第三十三卷〈張古老種瓜娶文女〉，作品裡面的「夢敘事」，在作品「文中」的後段才出現，卻可以貫串整個作品內容與思想。

　　梁武帝普通六年冬，韋恕因床武帝奉持釋教得罪，貶為滋生馴馬監判院。一個大雪天，武帝坐騎失蹤，韋恕循蹤追尋。來到了籬園中，種瓜張翁還了那匹馬，並摘瓜相贈。次年春，韋恕夫婦帶女兒文女去感謝，張公要娶文女為妻，韋恕不肯，提出十萬貫現錢可以允許，張公竟拿出十萬貫錢，韋恕只好把女兒嫁給他。韋恕之子義方隨王僧辯北征，歸程中遇妹妹文女，見嫁了個八十歲老翁，心中不快，便用寶劍去劈張公，但張公絲毫不傷，寶劍卻折成幾段。韋義方回家後聽母親講了經過，決心把妹妹帶回家。一路尋到張公所住桃花莊，在張公處留了兩天。

> 張公道：「仙凡異路，不可久留。」令吹哨笛的小童，送韋舅乘寒驢，出這桃花莊去。到溪邊，小童就驢背上把韋義方一推，頭掉腳掀，攧將下去。義方如醉醒夢覺，卻在溪岸上坐地。看那懷中，有個帽兒。似夢非夢，遲疑未決。且只得攜著蓑帽兒，取路下山來。回到昨所寄行李店中，尋兩個當直不見。只見店二哥出來，說道：「二十年前有個韋官，寄下行李，上茅山去耽擱。兩個當直等不得，自歸去了。如今恰好二十年，是隋煬帝大業二年。」韋義方道：「昨日繞過一日，卻是二十年。我且歸去六合縣滋生駉馬監，尋我二親。」便別了店主人。（《喻世明言》第三十三卷〈張古老種瓜娶文女〉）

　　作品中的「入夢」，並不明顯，但「夢醒」是十分清楚的。韋義方被小童推，「如醉醒夢覺」，卻在溪岸上坐地。這種「夢敘事」在情節展開上有著相當緊密的「有機性」，若仔細考察故事情節的展開過程，難以發現這種現象的明顯特徵。例如，情節的展開過程是「韋恕追尋白馬」→「張翁贈瓜」→「張公娶文女」→「韋義方憤怒而劈張公」→「尋到張公所住要找妹妹回家」→「韋義方在桃花莊住兩天」→「韋義方方知張公為神仙，文女為上天玉女」→「夢中覺醒」→「韋義方尋找申公取十萬貫錢」→「韋義方被封為揚州城隍都土地」。其中「老翁為何娶文女」，「使韋義方點醒當合為神仙」是重要的細節。

作品中的「虛幻性」也具有豐富的「非現實」特徵，「進入意外世界」、「仙界留駐經驗」、「覺悟時間過速」等，充分呈現了在現實中不可實現的事情。這樣「時間跨越」、「空間過渡」的「夢敘事」，就由「驚奇」、「歧異」而產生一種「生疏性」。這種特徵造成「讀者」對「作品」產生「陌生化」的作用。在情節主軸與「夢敘事」細節之間形成一種「異化」，引起讀者對作品內容的濃厚興趣與關注，並就欣賞作品的角度來說，可以集中於情節推進，進而關注於主題思想。因此這樣的「夢敘事」細節，可說是構建作品完整內容的要素，所以讀者也會因這樣的特徵，獲得對作品的深入理解，自然達到傳達思想意義的藝術效果。

這種「夢敘事」，從接受者的立場而言，並不是荒唐不經的故事，也不是太接近現實可現的情節。在這個過程中，傳達者與接受者之間形成平衡、調和的張力，維持兩者之間的中間位置，因而易於反應讀者之心理要求，共同參與「讀者」與「作者」之間的傳達與接受之紐帶。所以「夢敘事」構成「作品」、「讀者」、「作者」之間彼此相互調整關係。相對於現實生活，不太過份或不太離譜的「夢敘事」，可以脫離呆板的情節進展，並賦予新穎視角和映襯作用，充分顯示作品的含意。加以提示情節結構上非典型的敘事節奏，敘事過程中也企圖彈性地運用變化策略，以達到吸引讀者的反轉魅力。

《喻世明言》第十五卷〈史弘肇龍虎君臣會〉中的「夢敘事」也不例外，作品中的「夢敘事」只在「文首」出現，在進入主要情節之前，導引本故事並布置故事的敘述環境，造成虛幻、非常的氣氛，使讀者關注於後文要展開的內容與情節上。雖然史弘肇的行為粗俗笨莽，毫無英雄氣質，但閻招亮為何還接納這個越牆而逃進來的盜賊，其原因與來歷令人疑惑不解，讀者即透過這些「夢敘事」而可略知一二。

> 康、張二聖用引去，參拜了炳靈公。將至一閣子內，已安薪材在桌上，教閻招亮就此開笛。吩咐道：「此乃陰間，汝不可遠去；倘行遠失路，難以回歸。」吩咐畢，二聖自去。招亮片時，開成龍笛，吹其聲，清幽可愛。等半晌，不見康、張二聖來。招亮默思量起：「既到此間，不去看些所在，也須可惜。」遂出閣子來。……聖帝降輦升殿，眾神起居畢。傳聖旨，押過公事來。只見一個漢，項戴長枷，臂連雙杻，推將來。閻招亮肚裡道：「這個漢，好面熟！」一時間急省不起他是兀誰。再傳聖旨，令押

　　去換銅膽鐵心，卻令回陽世，為四鎮令公；告戒切勿妄殺人命。招亮聽得，大驚。忽然一鬼吏喝道：「凡夫怎得在此偷看公事？」當時閻招亮聽得鬼吏叫，急慌走回來開笛處閣子裡坐地。……炳靈公大喜，道：「教汝福上加福，壽上加壽。」招亮告曰：「不願加其福壽，招亮有一親妹閻越英，現為娼妓。但求越英脫離風塵，早得從良，實所願也。」炳靈公道：「汝有此心，乃凡夫中賢人也，當令汝妹嫁一四鎮令公。」招亮拜謝畢，康、張二聖送歸。行至山半路高險之處，指招亮看一去處，正看裡，被康、張二聖用手打一推擷，將下峭壁巖裡去。閻待詔喫一驚，猛閃開眼，卻在屋裡床上，渾家和兒女都在身邊。（《喻世明言》第十五卷〈史弘肇龍虎君臣會〉）

　　作品中的「夢敘事」主要內容為被閻招亮顯示史弘肇謫降塵世的判決，揭示出身來歷的線索，呈現妹妹嫁於他的姻緣與史弘肇發跡變泰的預示。這種敘事對引起後文所要展開的內容起到關鍵的作用，並對後續情節進行了有機的連接。然而，這種被啟示「天意」或被點化「仙意」的人物，在作品中並不是主要人物，僅為次要人物而已。閻招亮在作品之「引入」、「文首」一部分才登場，在後文也並未出現。雖然閻招亮在整個作品所出場的次數並不多，然而在事件的發生與經過、敘事方式與內容，以及敘述角度等方面，起到了極其重要的作用。

　　除了這些「有機性」特徵之外，也有「虛幻性」的特徵。故事在「似實非實」的環境中，「世俗」與「仙境」之間的空間轉移與流逝，十分自由、迅速，在易變轉換過程中產生了非俗事的「幻象性」。在「夢敘事」中，常會出現脫離現實性的空間描繪、場景布置，以及人物登場的形式，例如，閻招亮在康、張二聖引導之下，到達「東峰東岱嶽」，其描寫為「群山之祖，五嶽為尊。上有三十八盤，中有七十二司。水簾映日，天柱插空。九間大殿，瑞光罩碧瓦凝煙。四面高峰，偃仰見金龍吐霧。竹林寺有影無形，看日山藏真隱聖。」閻招亮偷窺炳靈公升殿，其情況陳述為「蝦鬚簾捲，雉尾扇開。冕旒升殿，一人端拱坐中間；簪笏隨朝，眾聖趨蹌分左右。金鐘響動，玉磬聲頻。悠揚天樂五雲間，引領百神朝聖帝。」；也會出現「康、張二聖」、「炳靈公」、「眾神」、「鬼吏」等的「陰間人物」。這一段的「夢敘事」都有由「世俗」到「仙境」轉移過程中所出現的特徵。這些「夢敘事」易於融入到本故事而形成有機的情節結構，更凸顯出「虛幻性」。自然而然，從設置的這些情節中，可以產生一種「陌生感」，給讀

者帶來意外的驚奇，使他們彈性的調整「常」與「非常」之間所造成「接受」與
「排斥」的緊張心理。「接受者」努力平衡於縮小與延伸之間，其中帶有閱讀所
產生的一種意外刺激、融化物我的感想，這就促使讀者接受並進行反思。

　　在《醒世恆言》第三十一卷〈鄭節使立功神臂弓〉中的一些「夢敘事」也
出現「好顯示」特徵。這部作品中的「夢敘事」，進入並出來的夢境內容與所
陳述的敘事結構，都和《喻世明言》第十五卷〈史弘肇龍虎君臣會〉中的「夢
敘事」相似。作品中的「夢敘事」僅在「文首」才出現，仔細考察其「入夢」與
「夢醒」過程，以及布置夢境的敘述模式，易於觀察到兩部作品具有同樣的敘事
結構。

　　張員外從先親開始開金銀舖，有一天和尚來希望他捨施，他從未聽過這位
和尚之名，因此不肯捨施。和尚便說他自己教人來拿取，當晚後園失火，燒滅香
羅木，其中看到那和尚，叫來許多不像人形之人搬走香羅木。火頓息時，那和尚
與眾多人都不見了，後園中也沒有香羅木的枯炭。翌日，張員外與其他員外外出
燒香，忽然在歇腳途中發現前幾天消逝的香羅木，並見到那和尚，偶然看到和尚
審判神人，後來張員外被眾員外提醒，驚覺自己被落下，才知夢境。

> 員外仔細看時，與岳廟塑的一般。只見和尚下階相揖，禮畢，便問：「昨
> 夜公事如何？」炳靈公道：「此人直不肯認做諸侯，只要做三年天子。」
> 和尚道：「直恁難勘，教押過來。」只見幾個力士，押著一大漢，約長八
> 尺，露出滿身花繡。至方丈，和尚便道：「教你做諸侯，有何不可？卻要
> 圖王爭帝！好打。」道不了，黃巾力士撲翻長漢在地，打得幾杖子。……
> 和尚道：「山門無可見意，略備水酒三盃，少延清話。」員外道：「深感
> 吾師見愛。」道罷，酒至面前。喫了幾盃，便教收過一壁。和尚道：「員
> 外可同往山後閒遊。」員外道：「謹領法旨。」二人同至山中閒走。但
> 見：奇峯聳翠，佳木交陰。千層怪石惹閒雲，一道飛泉垂素練。萬山橫碧
> 落，一柱入丹霄。員外觀看之間，喜不自勝，便問和尚：「此處峭壁，直
> 恁險峻！」和尚道：「未為險峻，請員外看這路水。」員外低頭看時，被
> 和尚推下去。員外喫一驚，卻在亭子上睡覺來，道：「作怪！欲道是夢
> 來，口中酒香。道不是夢來，卻又不見踪跡。」（《醒世恆言》第三十一
> 卷〈鄭節使立功神臂弓〉）

　　張員外以後收留鄭信為主管，恰是夢中所見的紋身大漢。無賴漢夏德勒詐張員外，鄭信因打抱不平與之交手，一拳打死夏德，被下獄定罪。在開封府忽然有怪事，郊外古井黑氣沖天。朝廷命死囚下井察看，下去的死囚皆死，終於輪到鄭信，但鄭信下到古井之後，卻不見其遺骸，黑氣也亦散去。鄭信入井以後發現井底有一宮殿，其中有「日霞仙子」與「月華仙子」，便與之結為夫妻之姻。「日霞仙子」與「月華仙子」互相爭鬥，「日霞仙子」給鄭信神臂弓，此弓制服了「月華仙子」。鄭信出洞之後投奔種師道，累立戰功，官至兩川節度使。

　　這些「夢敘事」插入位置是「引入」，是開啟本故事的關鍵所在。這些「夢敘事」是隱含情節內容的重要線索，具有巧妙的「有機性」，並且有建構虛擬環境以及創造虛構人物的「虛幻性」，也在「夢醒」之後提供讀者閱讀的「陌生性」。因此這些「夢敘事」在整個情節的安排與展開過程中，有著十分重要的作用。

　　透過以上對這三部作品的內容和其「夢敘事」之間關係的考察，可以看出這三種特徵與主要情節具有密切關連，在敘事結構與形式上亦明顯地襯托這三種特徵。因此以「不一致理論」來考究以上作品中的「夢敘事」，就可知「夢敘事」的運用程度已經達到相當成熟的地步，充分呈現作者有意考慮「有機性」、「虛幻性」、「陌生性」的必要性。這些特意的安排，使故事內容更為曲折、多樣，敘事結構更為完整、穩定，並成功地展現出情節與細節的有機連接，體現豐富的內涵與思想，成為不可忽略的一環。

（二）一項「好顯示」，兩項「可顯示」

　　在宋元話本小說「夢敘事」中出現了一種「好顯示」與兩種「可顯示」的特徵，這樣的作品共有三篇，即《警世通言》第十卷〈錢舍人題詩燕子樓〉、《警世通言》第三十卷〈金明池吳清逢愛愛〉、《醒世恆言》第十四卷〈鬧樊樓多情周勝仙〉。這三篇作品是具有「好顯示」與「可顯示」的典型模式，「有機性」是「好顯示」，「虛幻性」與「陌生性」是「可顯示」的特徵。這三篇作品中，《警世通言》第十卷〈錢舍人題詩燕子樓〉比起其他兩篇作品，更好地呈現了「好顯示」與「可顯示」互為結合的狀況。

　　《警世通言》第十卷〈錢舍人題詩燕子樓〉中的「夢敘事」，出現於「文

中」，雖然這些「夢敘事」與「本故事」內容有著相當密切關係，但「虛幻性」與「陌生性」並不像「有機性」那樣明顯的表現出來。尤其是「陌生性」，有著部分「顯示」的特徵，但基於「隔差效果」的「異化」、「生疏」、「跳脫」的影響，而實際上沒那麼凸顯。雖然這篇作品並無豐富異彩的「虛幻性」和「陌生性」，但或多或少仍然存在部分「幻想性」與「奇異性」的特徵。

> 希白驚訝，問其姓氏。此女捨金鋪，掩袂向前，斂禮而言曰：「妾乃守園老吏之女也。偶因令節，閒上層樓，忽值相公到來，妾荒急匿身於此，以蔽醜惡。忽聞誦弔盼盼古調新詞，使妾聞之，如獲珠玉，遂潛出聽於索屏之後，因而得覩臺顏。妾之行藏，盡於此矣。」希白見女子容顏秀麗，詞氣清揚，喜悅之心，不可言喻。遂以言挑之曰：「聽子議論，想必知音。我適來所作長篇，以為何如？」……女曰：「君詳詩意，自知賤妾微蹤，何必苦問？」希白春心蕩漾，不能拴束，向前捉其衣裾，忽聞檻竹敲窗驚覺，乃一枕遊仙夢，伏枕於書窗之下。但見爐煙尚裊，花影微欹，院宇沈沈，方當日午。（《警世通言》第十卷〈錢舍人題詩燕子樓〉）

《警世通言》第十卷〈錢舍人題詩燕子樓〉中的「夢敘事」主要以「燕子樓」空間順序來展開的，可以說「燕子樓」是「實境」與「夢境」的交叉點，並是呈現「有機性」、「虛幻性」、「陌生性」的重要焦點。關盼盼懷念與張建封生前愛情，憂鬱而死。一百多年後，錢希白來到已為廢墟的「燕子樓」，作詩詠嘆關盼盼與張建封的真愛，並在夢中的「燕子樓」裡見到關盼盼。現實上令這對佳人具有「銜恨之心」的「燕子樓」，在夢境進行空間的延展和移轉，消除了關盼盼的怨恨。關盼盼在生死愛情中產生的「恨」，因錢希白在「燕子樓」相弔而平息，以往的怨恨終於得到消釋。夢中充滿詩意的「燕子樓」與現實中荒涼無人的「燕子樓」，產生空間內涵的折射、映襯，建構了相互影響而進行場所移轉與變換的有機系統，因此在「夢敘事」中的「燕子樓」可說是影射現實空間的焦點。夢中場所不同於實際生活中的場所，但其基本因素與內容都來自於現實生活的各種活動與意識形態。「夢敘事」主要構成成分之一的「夢境」，是出現奇異、虛幻現象的場所，也是呈現人物衝突、生死掙扎的虛擬空間。這種以「夢境」為主要敘事因素的「夢敘事」，前後各情節之間建構連結系統，情節按照「有機性」的特徵依循展開。

　　這篇作品主要是以錢舍人個人經歷為主展開情節，其中主要內容是描寫鬼魂出現的場面，其場面套著「夢境」的外皮，其實本質與「實境」相同。故事內容也是跨越「實境」與「夢境」而展開，前後相接，具有「有機」結合的特徵。雖然出現「鬼魂出沒」、「夢境奇緣」、「似實非實」的現象，但其「虛幻性」並不強，因為這些「夢敘事」就是透視「實境」的反面，並不是憑空而創造的世界。雖然「夢敘事」中並非沒有呈現「虛幻性」與「生疏性」，但卻不是十分凸顯。因為透過錢舍人見到鬼魂後夢醒的過程，可知作者在描寫上並沒有賦予令人意外的藝術效果，只是展現平淡無味的敘事特徵，根據情節展開是可以推測後續的。所以其「夢境」裡「現實」成分較濃厚，於是「夢敘事」中的「虛幻性」就沒那麼明顯。自然而然，這種「夢敘事」給大家帶來的「陌生感」也不高，「異質性」也不凸顯。在「夢敘事」中富有「現實性」的線索，無法擴大虛擬的思路範圍，皆被限定為「有機性」敘事範圍之內。不過，雖然這種「夢敘事」中沒有豐富的「虛幻性」，但還是含有「虛幻性」的成分。表面上，其敘事方式雖然以「夢境」的方式來呈現，但其內容與意義仍然是「現實」的延長，而「夢境」之「虛幻」、「生疏」的描繪並不正面顯示，因此這種「夢敘事」在引起讀者興趣方面也有一定的侷限性，使之產生的「陌生化」程度也不高。

　　《警世通言》第十卷〈錢舍人題詩燕子樓〉中的「夢敘事」特徵，相同於《醒世恆言》第十四卷〈鬧樊樓多情周勝仙〉、《警世通言》第三十卷〈金明池吳清逢愛愛〉中的「夢敘事」，明顯展現出其所包含的特徵。這兩篇作品的特定空間也是像「燕子樓」一樣，具有虛實接合的空間特性。作品中的「監獄」，就是虛幻與現實的連接，生與死過渡的關鍵地點。但在其中出現的夢幻現象卻能消除激烈衝突、對立的局面，而圓滿解決事件，因此與作品有著明顯的「有機性」，但「虛幻性」與「陌生性」並沒有直接顯示出來。

　　《醒世恆言》第十四卷〈鬧樊樓多情周勝仙〉中的范二郎，雖然身陷獄中，但在夢裡仍可與周勝仙重會歡愉。因現實的障礙無法相愛，只好透過「夢境」來實現理想愛情的願望。

> 夢見女子勝仙，濃粧而至。范二郎大驚道：「小娘子原來不死。」小娘子道：「打得偏些，雖然悶倒，不曾傷命。奴兩遍死去，都只為官人。今日知道官人在此，特特相尋，與官人了其心願。休得見拒，亦是冥數當然。」范二郎忘其所以，就和他雲雨起來。枕席之間，歡情無限。事畢，

> 珍重而別。醒來方知是夢。越添了許多想悔。（《醒世恆言》第十四卷
> 〈鬧樊樓多情周勝仙〉）

這些「夢敘事」在作品的「文末」出現，照著內容之「高潮迭起」與「展開」，黏貼於文章結構中，造成緊張氛圍。其實在生死極限的情況下，這兩人以做夢的方式達到人鬼互通、虛實相生的結合。如此逼真的夢中重會現象，在實際生活中是根本不可能發生的事情。但在情節展開的過程中，透過「夢境」的敘述手法，以插入虛幻、奇異等方式呈現出圓滿的愛情，和解決事件的衝突，以及實現情人重會的期望。若要成就現實生活不可能實現的心願與理想，則必須透過夢幻世界才能達成。然而，有時夢中出現的一些現象，並不只偏向於奇異、非常現象，也凸顯了濃厚的現實意義，如現實世界中不能實現的男女情愛，在夢中重逢相愛，表達出實現願望的迫切心理。這種虛幻的夢幻世界，並不脫離整個故事而獨立構成，而是與作品內容之間建構起緊密的有機關係，只是在故事展開過程中，其「虛幻性」和「陌生性」有點受到限制而已。因為這些「夢境」大概就是現實生活的延長與移轉，並無強調虛擬場景的因素。《警世通言》第三十卷〈金明池吳清逢愛愛〉中的「夢敘事」內容也像《醒世恆言》第十四卷〈鬧樊樓多情周勝仙〉的「夢敘事」一樣，充分呈現現實空間反映夢幻世界的投影：

> 夢見那花枝般多情的女兒，妖妖嬈嬈，走近前來，深深道個萬福道：「小員外休得悵恨奴家。奴自身亡之後，感太元夫人空中經過，憐奴無罪早殀，授以太陰煉形之術，以此元形不損，且得遊行世上。感員外隔年垂念，因而冒恥相從。亦是前緣宿分，合有一百二十日夫妻。今已完滿，奴自當去。前夜特來奉別，不意員外起其惡意，將劍砍奴。今日受一夜牢獄之苦，以此相報。阿壽小廝，自在東門外古墓之中，只教官府覆驗屍首，便得脫罪。奴又與上元夫人求得玉雪丹二粒，員外試服一粒，管取百病消除，元神復舊；又一粒員外謹藏之，他日成就員外一段佳姻，以報一百二十日夫妻之恩。」……小員外再欲叩問詳細，忽聞鐘聲聒耳，驚醒將來。（《警世通言》第三十卷〈金明池吳清逢愛愛〉）

夢中出現的許多奇異內容，如愛愛用藥丸治癒吳清的病，把餘下藥丸收納於吳清袖內；店中的小廝阿壽已被吳清砍死，愛愛提示他在東門外古墓之中等待

其甦醒，其中充分表現生死異途的掙扎與糾葛，無法實現愛情的補償與代替。所以在夢境裡具有實際與虛幻的環境互為出入的轉換，彰顯了空間的流變與移轉。現實發生的許多夢境觀念與意識以及各種人物活動與變化，皆在「夢敘事」中呈現出來，因此「夢敘事」中的敘述策略就以現實生活、人物、觀念為基礎，彈性調整「真」與「幻」的重疊、銜接，進行「虛」、「實」的殊別與區隔。這些「夢敘事」在「文末」出現，在夢中成全男女二人相歡，是不可忽略的重要部分，而且吳清與愛愛相和的夢境，在整個情節進行過程中也有相當重要的意義，這皆是基於情節話素之間的「有機」特徵。

就這三篇作品的敘述過程而言，作品中的「夢敘事」與內容有著密切關係。但「虛幻性」的特徵不太明顯，因為受現實內容的影響，像「仙境」、「佛境」、「陰間」此類描繪並不多。在敘述過程中只有出現「覺醒」的描述，讀者才知道是「夢境」。作品中「虛幻性」沒那麼強烈是基於「夢敘事」較著重於作品內容的有機貫穿、首尾相接、引前連後的特徵。至於「陌生性」在「夢敘事」中所表現得也不太鮮明，「陌生性」是從一種意外的結局、奇異的細節而來的情思，這不涵蓋順次推測而接受的路線。這些「夢敘事」按著其敘述過程，易於理解後文的內容並可猜測結局，這些敘事策略並沒有喚起讀者驚奇或引起情節反轉的功能。這三篇作品中的「夢敘事」內容與意義並不完全脫離現實因素，雖然有一些「虛幻性」、「陌生性」，可並不明顯，但這些特徵在情節展開過程中，仍稍有積極的作用。

（三）一項「好顯示」，一項「可顯示」，一項「非顯示」

在宋元話本小說「夢敘事」中，一些作品具有各項各段「顯示」特徵，即「有機性」是「好顯示」；「虛幻性」是「可顯示」；「陌生性」是「非顯示」，這樣的作品有《喻世明言》第三卷〈新橋市韓五賣春情〉、《喻世明言》第十一卷〈趙伯昇茶肆遇仁宗〉。其中〈新橋市韓五賣春情〉中的「夢敘事」，一直頻繁重現，有時「夢境」與「實境」混淆在一起，區隔並不明顯。這些「虛實接合」的「夢敘事」插入於「文中」，成為「本故事」的重要構成部分。

> 吳山在床上方合眼，只聽得有人叫：「吳小官好睡！」連叫數聲。吳山醉眼看見一個胖大和尚，身披一領舊褊衫，赤腳穿雙僧鞋，腰繫著一條黃

絲絲，對著吳山打個問訊。吳山跳起來還禮道：「師父上剎何處？因甚喚我？」和尚道：「貧僧是桑棗園水月寺住持，因為死了徒弟，特來勸化官人。貧僧看官人相貌，生得福薄，無緣受享榮華，只好受些清淡，棄俗出家，與我做個徒弟。」吳山道：「和尚好沒分曉，我父母半百之年，止生得我一人，成家接代，創立門風，如何出家？」……和尚大怒，扯了吳山便走，到樓梯邊，吳山叫起屈來，被和尚盡力一推，望樓梯下面倒撞下來。撤然驚覺，一身冷汗。開眼時，金奴還睡未醒，原來做一場夢。（《喻世明言》第三卷〈新橋市韓五賣春情〉）

　　吳山尋到新址與金奴重溫舊情，但縱慾過度，神思散亂，突然夢中出現一胖大和尚要收他為徒。胖大和尚冤魂突然進入吳山的夢中，強制要他當替身，因而與吳山產生衝突。這些對立過程的描述給作品提供了重要的線索與內涵，對作品的情節進展、主題思想、人物心理的理解起到關鍵作用。夢境所表現出的內涵，以及提供線索的方式不同於實際空間，因其結構完全異於實際空間，構成的因素和進行過程都有很大的差別。胖大和尚為何在吳山夢中出現兩次，堅持收他為陰魂之伴的主要原因，在情節敘述中並不清楚。胖大和尚第一次在吳山的夢中出現時，並未提供解釋其出現原因的明確線索，透過之後的情節才會明白，但其說明仍然相當含蓄簡要。胖大和尚出現的時間與場所並不固定，雖然冤魂僅在吳山的夢中出現（除了附身現象之外），但能掌握吳山全部的現實生活，並帶給他很大的影響與干擾。因此這些「夢境」中所呈現的「虛幻性」勉強會有「可顯示」特徵。不過，吳山的夢境與現實生活有相當緊密的關聯，因此「夢敘事」特徵為尋常／非常、現實／奇幻、短時／長久的對應，因而「夢敘事」中的「有機性」較明顯，具有「好顯示」特徵。但「陌生性」就與「有機性」相反，相當微弱，因為並無由因為與原本的情節「生疏」而來的「意外」、「奇異」或「反轉」的力量，沒有給讀者帶來額外鮮明的趣味和強烈的印象。

　　《喻世明言》第十一卷〈趙伯昇茶肆遇仁宗〉中的「夢敘事」出現在「文首」，有開啟本故事的重要作用，但不像《喻世明言》第三卷〈新橋市韓五賣春情〉中的「夢敘事」那樣重疊顯現、虛實捏和，在正式進入本故事前，擔任故事進展的推動角色，並提供情節開展的關鍵線索，使本文故事的情節結構順利構成。

　　　　光陰荏苒，不覺一載有餘。忽一日，仁宗皇帝在宮中，夜至三更時分，夢
　　　　一金甲神人，坐駕太平車一輛，上載著九輪紅日，直至內廷。猛然驚醒，
　　　　乃是南柯一夢。至來日蚤朝升殿，臣僚拜舞已畢，文武散班。仁宗宣問
　　　　司天臺苗太監曰：「寡人夜來得一夢，夢見一金甲神人，坐駕太平車一
　　　　輛，上載九輪紅日。此夢主何吉凶？」苗太監奏曰：「此九日者，乃是個
　　　　『旭』字，或是人名，或是州郡。」仁宗曰：「若是人名，朕今要見此
　　　　人，如何得見？卿與寡人占一課。」原來苗太監曾遇異人，傳授諸葛馬前
　　　　課，占問最靈。當下奉課，奏道：「陛下要見此人，只在今日。陛下須與
　　　　臣扮作白衣秀士，私行街市，方可遇之。」仁宗依奏，卸龍衣，解玉帶，
　　　　扮作白衣秀才，與苗太監一般打扮，出了朝門之外，徑往御街並各處巷陌
　　　　遊行。將及半晌，見座酒樓，好不高峻！乃是有名的樊樓。（《喻世明
　　　　言》第十一卷〈趙伯昇茶肆遇仁宗〉）

　　宋朝，西川成都府趙旭，赴東京應舉，名列第一。當時仁宗早朝升殿，考
試官閱卷已畢，呈上御前。仁宗親自觀覽。仁宗見試卷做得很好，但將「唯」字
寫成了「厶隹」。仁宗向趙旭指出，趙旭說兩字可通用。仁宗不滿，竟不予錄
取。《喻世明言》第十一卷〈趙伯昇茶肆遇仁宗〉中的「夢敘事」，雖然出現於
「文首」，但充分呈現與其他細節之間的「有機性」，在情節展開過程中，亦有
重要的意義。因為下一段仁宗出朝徑往御街，不覺失手遺失扇子，尋找扇子時恰
逢趙旭，正好夢中所暗示的「旭」字，恰巧相合。因此這個「夢敘事」和整個作
品內容之間，形成前後連貫的有機關係。但從「虛幻性」角度來看，這些「夢敘
事」雖有一部分幻想、虛擬的特徵，但無像「仙境」、「異域」、「陰間」那樣
完全脫離現實世界的理想性描繪。而具有使讀者生疏、異化的「陌生性」，也沒
有全面發揮其作用，也沒有離開典型、固定範式，而產生新形格式與新感情思。
因而所表達出的反轉力相當微薄，敘事結構也十分單調，易於推測後文所要呈現
的敘述結果與內容意義。

　　這兩篇作品的一些「陌生性」敘述結構與內容，沒給讀者留下創新、獨特
的印象，也沒有通過意外事件來創造生疏感。雖然這些「夢敘事」與「本故事」
內容有著密切關係，但描寫內容十分簡略，篇幅也相當簡短，連敘述方式也是藉
由作夢者間接的陳述，文中並沒有使用過多言辭來描繪夢境場面。不過，「夢
境」與「實境」之間有相當緊密的關聯，其中所呈現的內容與意義，也是主要情

節的反映與延展。所以在作品中「夢敘事」內容是以「本故事」內容為框架，賦予奇異、虛幻的氛圍，但基本上沒有離開整個故事的主要內容與結構。

（四）兩項「可顯示」，一項「非顯示」

在宋元話本小說「夢敘事」中，兩項「可顯示」，一項「非顯示」，為主要表現類型之一，其中，「有機性」與「虛幻性」為「可顯示」，「陌生性」為「非顯示」。主要作品為《清平山堂話本》之〈花燈轎蓮女成佛記〉、《警世通言》第十三卷〈三現身包龍圖斷冤〉。這兩篇作品的「夢敘事」，皆有「有機性」與「虛幻性」，但並不明顯，僅是略微的體現，而「陌生性」表現為「非顯示」特徵。《清平山堂話本》之〈花燈轎蓮女成佛記〉中的「夢敘事」出現在「引入」，主要內容為靠做花為生的張元善夫妻，平日好善、齋僧布施，好看經念佛。有一天，夫妻二人看到門前乞求的無眼婆婆，便請她來家住，且盡孝到臨終，後來無眼婆婆端然坐化，夫妻二人虔誠燒化後，收拾骨殖葬了。

> 王氏自從沒眼婆婆死後，便覺腹中有孕，漸漸腹大。看看十月滿足，忽日傍三更時分，肚內陣陣疼來。張待詔去神前燒香點燭禱告：「不在是男是女，保護快生快養。」雇個婦人服侍了。張待詔許下願心，拜告神明，覺道自己困倦，便去床邊略合眼，只見白頭婆子從外面笑將入來，便望房裏去。張待詔隨後跟入來，被門檻一絆，一交驚將覺來，卻是夢裏，聽得鼓打三更，自思量道：「怪哉！我道明白的事，卻是夢裏！」話猶未了，只聽得呀呀地小兒哭響，連忙看時，已自妻子分娩了。又得快催來的婦人服侍。張待詔見是個女兒，卻和那沒眼婆婆一般相似。（《清平山堂話本》之〈花燈轎蓮女成佛記〉）

在張元善夫妻夢中，無眼婆婆出現是暗示夫妻二人善行報恩之事。其實這種「夢敘事」在整個作品中並無關鍵作用，只起到引起下文、導入「本故事」開端的作用而已。雖然這些「夢敘事」與後文的情節略有相關，但沒有緊密關連，因此只能說部分有著「有機性」。在作品中所表達出來的「夢敘事」，並不是非現實荒唐無稽的內容，雖有也「夢幻」的特徵，但其中包含部分現實的特徵。例如，無眼婆婆出現在張元善夢中預示生女兒之事，雖然可說是「不可實現」的虛

幻情節，但並不像描繪完全脫離現實的「夢界」、「異域」那樣，毫無牽涉現實「幻象」特徵。但至於「陌生性」，在「引入」出現的「夢敘事」沒有使讀者感到意外之趣味，從「入夢」到「夢醒」過程，沒有賦予驚異、反轉的意味。透過「引入」中所描寫的「夢敘事」，容易預測其後的情節與結局。「夢敘事」中已經充分標明作者設置「夢境」結構的策略與意圖。雖然「陌生性」具有「非顯示」特徵，但以此集中於情節內容與環境，對連結種種細節起到一些作用。

　　《警世通言》第十三卷〈三現身包龍圖斷冤〉中的「夢敘事」，也與《清平山堂話本》之〈花燈轎蓮女成佛記〉的情形相同。作品中「夢敘事」在「文中」出現，給包公提供解決事件的重要線索。

> 捻指間，到來年二月間，換個知縣，是盧州金斗城人，姓包名拯，就是今人傳說有名的包龍圖相公。他後來官至龍圖閣學士，所以叫做包龍圖。此時做知縣還是初任。那包爺自小聰明正直，做知縣時，便能剖人間曖昧之情，斷天下狐疑之獄。到任三日，未曾理事。夜間得其一夢，夢見自己坐堂，堂上貼一聯對子：「要知三更事，掇開火下水。」包爺次日早堂，喚合當吏書，將這兩句教他解說，無人能識。包公討白牌一面，將這一聯楷書在上。卻就是小孫押司動筆。寫畢，包公將朱筆判在後面，「如有能解此語者，賞銀十兩。」將牌掛於縣門，哄動縣前縣後官身私身，捱肩擦背，只為貪那賞物，都來賭先爭看。（《警世通言》第十三卷〈三現身包龍圖斷冤〉）

　　這篇作品的主要內容從三個不同視角來展開：一是，敘述者的視角來描繪現實所發生的事件；二是，從迎兒的視角來展開故事內容；三是，從包公的視角來解決事件。其中故事的敘事主軸仍是迎兒的視線，包公的視角就補助主軸。在「文中」出現的「夢敘事」是情節展開時，事件解決的主要背景。大孫押司鬼魂給迎兒一幅字條帶回家給丈夫王興看，上面寫道：「大女子，小女子，前人耕來後人餌。要知三更事，掇開火下水。來年二三月，『句已』當解此。」王興把迎兒所見的素紙告知包公。包公解開字謎，便到孫家挖開竈頭，從下面井中撈出大孫押司屍體。因此包公的「夢中預示」，為故事的結局埋下伏筆，對以後事件快速的解決，起到了關鍵的作用。

　　這兩篇作品中「夢敘事」敘述內容，相當簡單，雖有一些「可顯示」的「有機性」，但在進入情節主軸後，便不起主要敘事作用。因此這些「夢敘事」

對情節的展開、事件的解決雖有一些幫助，但作用相當薄弱。而「虛幻性」也是如此，這些「夢中暗示」、「提供線索」的過程，雖有「虛擬」、「幻象」的意義，但其「虛幻」的程度並不高。「夢敘事」中的「陌生性」常呈現在「入夢」與「夢醒」過程，但在作品中描寫得十分簡略。所以在此處所能期待的「反轉」、「意外」極少，故「陌生性」也為「非顯示」特徵。

（五）三項「非顯示」

在宋元話本小說「夢敘事」中，不適於「不一致理論」的作品也佔有一定的比率。這類作品的「夢敘事」，「有機性」、「虛幻性」、「陌生性」皆是「非顯示」特徵。雖然在故事情節中，也有夢幻虛擬的描繪，但這種「夢敘事」與作夢時的「夢境」沒有密切聯繫，只是借「夢境」的敘述框架來附加單薄、老套的敘事方式，即是以實際生活為主的敘述環境中，進行一種小幅度「變調」。因此這不但與作品情節沒有直接關係，也無法引起讀者強烈的關注。

在這些作品中，雖有著「夢敘事」的格式，但並沒有出現「夢境」的情形。它在整個作品結構形式上，也無關鍵作用，在情節展開以及主題呈現上，亦無重要意義。主要作品為《喻世明言》第二十四卷〈楊思溫燕山逢故人〉、《警世通言》第四卷〈拗相公飲恨半山堂〉、《醒世恆言》第十七卷〈張孝基陳留認舅〉。雖然這些作品皆有「夢敘事」，但這種「夢敘事」，沒有出現「有機性」、「虛幻性」、「陌生性」，即使出現也十分微弱，並不明顯。這些特徵在整個情節展開過程中沒起到積極作用。首先看《喻世明言》第二十四卷〈楊思溫燕山逢故人〉中的周義之夢：

> 周義是北人，性直，聽說氣忿忿地。恰好撞見思厚出來，周義唱喏畢，便著言語道：「官人，你好負義！鄭夫人為你守節喪身，你怎下得別娶孺人？」一頭罵，一頭哭夫人。韓思厚與劉金壇新婚，恐不好看，喝教當直們打出周義。周義悶悶不已，先歸墳所。當日是清明，周義去夫人墳前哭著告訴許多。是夜睡至三更，鄭夫人叫周義道：「你韓掌儀在那裏住？」周義把思厚辜恩負義娶劉氏事，一一告訴他一番：「如今在三十六丈街住，夫人自尋他理會。」夫人道：「我去尋他。」周義夢中驚覺，一身冷汗。（《喻世明言》第二十四卷〈楊思溫燕山逢故人〉）

鄭意娘為貞節尋死，鬼魂服侍韓國夫人，心中充滿「回歸」故鄉之意，丈夫韓掌儀堅持和她一起回去，所以帶鄭意娘的骨灰回到金陵安葬，每天去墳墓祭祀。但之後卻再娶劉金壇，卻忘記鄭意娘的恩情。鄭意娘托夢於周義，強烈表示報仇之意。《警世通言》第四卷〈拗相公飲恨半山堂〉中的王安石遊「陰間」之夢，也與《喻世明言》第二十四卷〈楊思溫燕山逢故人〉的周義之夢，毫無差別：

> 一日，愛子王雱病疽而死。荊公痛思之甚。招天下高僧，設七七四十九日齋醮，薦度亡靈。荊公親自行香拜表。其日，第四十九日齋醮已完，漏下四鼓，荊公焚香送佛，忽然昏倒於拜氈之上。左右呼喚不醒。到五更，如夢初覺。口中道：「詫異！詫異！」左右扶進中門。吳國夫人命丫鬟接入內寢，問其緣故。荊公眼中垂淚道：「適纔昏憒之時，恍恍忽忽到一個去處，如大官府之狀，府門尚閉。見吾兒王雱荷巨枷約重百斤，力殊不勝，蓬首垢面，流血滿體，立於門外，對我哭訴其苦，道：『陰司以兒父久居高位，不思行善，專一任性執拗，行青苗等新法，蠹國害民，怨氣騰天。兒不幸陽祿先盡，受罪極重，非齋醮可解。父親宜及早回頭，休得貪戀富貴！……』話猶未畢，府中開門吆喝，驚醒回來。」（《警世通言》第四卷〈拗相公飲恨半山堂〉）

王安石就似夢非夢的狀態被引到「陰間」，目睹王雱被殘酷刑罰。雖然這些作品中進入「夢境」後，不是以現實生活場所為主要背景，但實際上在文中沒有具體描寫「陰間」場景，只透過王雱說的話把陰魂空間意象化。王安石遊「陰間」之夢，其實在作品中沒有重要的意義，只是附加闡述、補充內容而已，與本故事的展開沒有直接的「有機性」，甚至可省略或刪除，也對全文情節毫無影響。《醒世恆言》第十七卷〈張孝基陳留認舅〉中的張孝基臨終之夢，比上述兩篇的「夢敘事」更無直接關係。

> 孝基年五十外，忽夢上帝膺召，夫婦遂雙雙得疾。二子日夜侍奉湯藥，衣不解帶。過遷聞知，率其子過師儉同來，亦如二子一般侍奉。孝基謝而止之。過遷道：「感君之德，恨不能身代。今聊效區區，何足為謝。」過了數日，夫婦同逝。臨終之時，異香滿室。鄰里俱聞空中車馬音樂之聲，從東而去。二子哀慟，自不必說。那過遷哭絕復甦，至於嘔血。喪葬之費，

俱過遷為之置辦。二子泣辭再三，過遷不允。（《醒世恆言》第十七卷
〈張孝基陳留認舅〉）

　　許昌巨富過善有一兒子過遷，性喜遊蕩。有一次，過善派家人小三、小四
去追過遷，過遷失手打昏小四，以為出了人命，便逃奔到外，淪為乞丐。過善之
女淑女與鄰居張孝基結婚，過善臨終時，將家產全部留給女婿。五年後，張孝基
在陳留遇一乞丐，便是過遷。張孝基把他帶回家，經過一段時間磨難後，把管庫
的事交給他。張孝基見他確已改過，便把當年家產全部歸還給他。在此「夢敘
事」出現於「篇尾」，描繪得十分簡略，對其情節沒有大的影響。

　　這三篇作品中的「夢敘事」，幾乎沒有「有機性」、「虛幻性」、「陌生
性」的特徵。所以不能使讀者閱讀聚焦於細節關注故事內容，也不能讓讀者對情
節的興趣凝結於作品，達成較好的閱讀效果。既然如此，「有機性」、「虛幻
性」、「陌生性」皆是「非顯示」，在作品中為何插入「夢敘事」？「夢敘事」
的敘事效果又如何？可以著重於幾個部分來考察：首先，從邏輯上來看，情節的
開展需要「夢境」，並起到附加說明而補充內容的作用，將會使情節順利展開。
在敘事內容與形式上，使其結構完整，構成前後呼應的因果關係。其次，插入
奇異、非現實的外界因素，可以引起讀者的注意，使故事情節更多樣化。但這些
「夢境」僅強調一些細節，增加一些興趣，並沒有直接滲透作品內涵，只是附加
多些描繪，將會鋪敘一些人物與某段場景。再者，現實故事的扭轉，在類似故事
繁複出現的情況下，可以凸顯情節輪廓，賦予一種變化與節奏。而且在結尾，對
一些細節稍微敷衍一下，給讀者留有餘韻。

　　這種「夢敘事」，其實在情節展開過程中並不太重要。但插入這種「夢
境」描繪，可以解決從線索而來的一些疑惑，或對情節的開展製造一些變化而增
加餘味，從而使情節順利推進。雖然這些「夢境」有「情節節奏」、「轉換趣
味」、「調整結構」等功能，但從意義上來看，插入「夢敘事」並沒有積極的作
用，而且修辭效果也不太高。

五、「夢敘事」之「不一致理論」的運用意義

　　透過「不一致理論」來考察「夢敘事」的主要特徵，並探索所設計的敘事
策略，「接受」與「排斥」間所產生的平衡與協調。主要以「有機性」、「虛幻

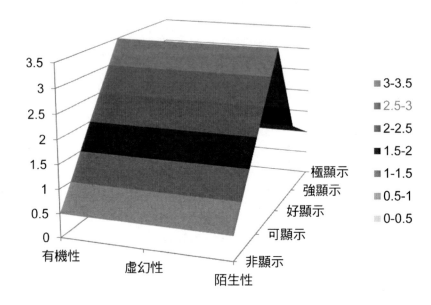

性」、「陌生性」之「好顯示」、「可顯示」、「非顯示」來略看安排「夢敘事」之特別意圖與功能。其實對以「不一致理論」適用於「夢敘事」的議題，在理論的運用與調和方面，並非為作者的意識。但可以確定的是，他們認識到在作品中「夢敘事」如何安排與調整，才能使作品敘事內容與結構造成和諧的架構。這在「夢敘事」中「不一致理論」的試用與接納上，更為具體呈現出來。

　　以「不一致理論」來探索宋元話本小說「夢敘事」意義之前，首先考察「不一致理論」與「夢敘事」的「顯示」程度有著怎樣的關係。除了三種顯示之外，另外表示為「強顯示」、「極顯示」，較易於比較與三種顯示之間的隔差與層位。

　　如上圖，運用「不一致理論」來考察宋元話本小說中的「夢敘事」特徵。從圖所顯示的結果可知，若「有機性」、「虛幻性」、「陌生性」皆有「好顯示」特徵，則讀者可「接受」的傾向較高，使之著重於作品情節內容與主題思想，並易產生從作品而來的特殊興趣與情感，讀者也較容易把感情投入於作品人物與每段敘述中。此外，「有機性」是「好顯示」，「虛幻性」與「陌生性」是「可顯示」的情形，也邁向上升曲線。「有機性」是「好顯示」，「虛幻性」是「可顯示」，「陌生性」是「非顯示」的情形也接近上升曲線趨向。但「有機性」與虛幻性」皆為「可顯示」，「陌生性」是「非顯示」的情形；「有機

性」、「虛幻性」、「陌生性」皆是「非顯示」的情形，則接近下降曲線。尤其是「夢敘事」的三種特徵為「非顯示」情形，其描繪就與作品內容、主題思想沒有直接關係，甚至使情節失去連貫性，影響敘事結構的完整和內容之條理，使讀者對作品的「排斥」傾向也偏高。

總之，「有機性」、「虛幻性」、「陌生性」是「非顯示」的話，所呈現的藝術效果比較低，而「夢敘事」的特徵為「強顯示」、「極顯示」時，所呈現的藝術效果也比較低，這是讀者原有的基模機制上「一致」或「極端不一致」的情形，但若這三種特徵為「好顯示」，則讀者在原有的基模機制上，就形成「中等不一致」的情形，對作品的評價也會更高。

從「不一致理論」來考察宋元話本小說「夢敘事」，可發現多方面的意義，可從三個方面來分析：其一，情節內容上的意義；其二，敘事結構上的修辭；其三，讀者反應與接受的觀點。首先，從情節內容上的意義而言，宋元話本小說中的「夢敘事」，在情節曲折展開過程中經常產生變調，形成一種節奏感。其實作品中的「夢敘事」，在敘述方式、修辭技巧以及敘事內容上，與「本故事」稍有差別。因此以現實內容為主的故事在展開過程中，附加「幻象性」，在典型的情節中插入「非常」的細節，可以在平淡無味的敘述過程中，產生一種變化，使情節內容更為複雜豐富，思想意義與主題內涵則因此更為明顯具體，讓其中所涵蓋的意思更為深入廣闊。

另外，「夢敘事」對未發生事件的暗示與象徵，具有重要的作用。故事進展中的「夢境」，時間的短暫性與事件的突發性相當明顯；在情節展開過程中，忽然出現夢中場景，一方面接續原先的正常進展，一方面按照夢境的情節敘述，到某種程度之後又會突然「覺醒」而回到現實生活。這些「入夢」、「夢中」、「夢醒」過程中，都包含多樣的暗示內容與象徵內涵。例如《喻世明言》第三十三卷〈張古老種瓜娶文女〉中的韋義方一路尋到張公所住的桃花莊，在張公處留住了兩天後回家路中，被小童從驢背上推下去，醉醒夢覺；《警世通言》第十卷〈錢舍人題詩燕子樓〉中的錢希白至燕子樓，賦詩憑弔關盼盼對張建封的情愛，夢見關盼盼來謝，忽然夢醒；《醒世恆言》第三十一卷〈鄭節使立功神臂弓〉中的張俊卿、《喻世明言》第十五卷〈史弘肇龍虎君臣會〉中的閻招亮、《警世通言》第四卷〈拗相公飲恨半山堂〉中的拗相公皆有「睡醒」、「驚醒」的情形。

「夢境」是許多生活空間的壓縮與折射，其變化與反映過程含蓄而具體，具有象徵及預示功能。夢裡情節進展不同於大部分故事場景，空間變化結構並不

完整，是對實際生活能進行隨時接合和分開，並出現主動與被動進入「夢境」的場面，產生「夢境」的主客轉換與交錯現象。所以其中表現出的形象也並非固定不變，而具有曲折的變換過程，包含多重象徵與預示內涵。暗示、象徵作用多基於「夢境」顯示內容不明言的含蓄表現，這種暗示、象徵功能的有效，即是靠著其「有機性」與「虛幻性」來構成。

對於「有機性」而言，透過「夢敘事」呈現的線索和要素，一定與作品內容有著密切關係，不偏離故事主軸，其所提示或暗示、象徵的話素才有意義。另外對「虛幻性」而言，對好像不可解決的事件必須要將疑惑公諸於世，但在充滿理智、邏輯的現實中無法顯現或揭示，因此不能插入顯示的預兆，卻可以在「夢境」裡獲得自由和解放，隨時提供重要的線索以及關鍵的因素。在夢境中所提示的象徵和現實生活所提供的要素，需經過連結才有明確的暗示與象徵意義。因此在「夢境」中所凸顯的預示內容，不論是短暫的還是長期的[11]，都得放置到整個情節架構上觀察，並慎重考慮其中所包含的「有機性」、「虛幻性」、「陌生性」特徵，才能分析預示象徵中的豐富意蘊。

對敘事結構的修辭而言，「夢境」直接介入作品，在虛實空間的對應中產生複雜、交錯的敘事形式，場景的流變與移轉更為生動、緊湊，對整個故事的結構而言，有不可忽視的重要作用。作品中「夢境」的具體呈現過程，是對現實事件與生活多樣心理的思考與反映，在情節進展中提供重大線索，生活中不能實現的迫切期盼與理想，皆透過夢幻的敘述與描摹，全部呈現出來。如此在對「夢境」敘述過程中，表現出多樣的虛實交錯現象與內涵，且「夢幻性」特徵能使「夢境」更加虛構化、幻象化，與實際生活形成鮮明的對比，建構出更複雜的多維空間結構。

另外，在作品中出現「夢境」，有獨特的敘事現象：其一，實際空間中常出現「夢境」的插入；其二，「夢境」插入時，人物主動或被動的空間移動現象相當明顯。這樣的現象能形成多樣化的「夢境」特徵。「夢境」插入現實空間，

---

[11] 在宋元話本小說作品中的夢中暗示與線索類型可分為「短暫性的暗示」與「長期性的預示」兩種。「短暫性的暗示」指情節展開過程中隨時出現夢境並與故事進展並行，當中隱藏許多線索與內容，有時部分內容暫時呈現，已有確定線索之間並無緊密的聯繫，其中含義也不能完整地呈現出來，不過在理解作品時卻有關鍵的作用。「長期性的預示」，能彌補故事情節中線索缺失的現象，把故事空間敘述過程順暢化以便流暢。但所提供線索與內涵並不是全面的，而且每個線索與象徵內涵往往成為獨立的內容，整個情節中所賦予的意義也相當薄弱，並在情節進展中並無直接關連作用。參考金明求，《虛實空間的移轉與流動》（臺北：大安出版社，2004年），頁329。

出現不同的現象，是現實空間的「延伸」與「拓展」，以及和現實的「斷絕」與
「阻隔」。「夢境」的插入是對實際生活的補充，是一種轉換過程，而不是新
場景的介入或插敘。因為夢中出現的種種現象，與現實一樣，具有實際、逼真
的特徵[12]，是非常真實的個人心理反應[13]。人物親身體驗夢中虛幻世界，與現實
生活有相當緊密的聯繫，「夢境」可說是並未脫離現實生活的另外世界。另外，
在故事情節展開時，人物進入另外一個世界，往往藉「作夢」的形式移動到其他
世界，「夢境」是場地移轉的主要手段，夢中的內容與現實空間，只是部分連接
而已。「夢境」只是進入另外世界的管道，製造出與現實空間不同的平行空間，
建構出「虛」、「實」各自獨立的空間，例如《警世通言》第四卷〈拗相公飲恨
半山堂〉、《醒世恆言》第三十一卷〈鄭節使立功神臂弓〉、《喻世明言》第十
五卷〈史弘肇龍虎君臣會〉等。無論「夢境」的插入與現實空間之間關係程度如
何，但在作品中有著相當重要的意義。

　　「現實空間」是整個故事中最重要的背景，但小說不可能僅僅只有現實生
活，而必須是由多種空間結構的綜合形態[14]。若沒有虛實空間的交錯，以實際生
活地點為主構成整個故事場景，情節便會相當單調。而且情節在展開過程中必須
提示線索，但在實際生活的描述中不易表達，所以常以「夢境」的方式來處理，
這能提高敘事的藝術性，並助於調和「虛幻」與「現實」之間的有機結合。這些
都是以「不一致理論」為基礎，維持平衡，調整狀態。若「虛」與「實」兩個世
界的調配不和諧，失去平衡而偏重某一現象，也就是說若過於偏重「有機性」、
「虛幻性」、「陌生性」的極端，就會使整個故事結構變得雜亂，因此如何設計
安排與結合兩個場景，以建構完整的敘事結構，便有很大的重要性。

　　從讀者反應與接受的觀點而言，插入「夢境」會增強讀者對作品的興趣，
而更集中於情節發展，感發閱讀心理的情思，投入作品並產生認同心理。平凡淡
薄的故事內容與固定無變化的情節展開，會限制讀者閱讀的興趣。因此脫離以現
實為主的敘述而進入另外的虛幻世界，就會使讀者透過轉入另外延伸的情節系

---

[12] 參考陳鐵鑌，〈小說寫夢偶拾〉，《明清小說論叢（第五輯）》（瀋陽：春風文藝出版社，1987年），
頁184。

[13] 參考張法，《中國文化與悲劇意識》（北京：中國人民大學出版社，1989年），頁247。

[14] 中國古典小說的空間結構有多種形態，為了從理論上加以說明，往往需要分解排列，而在實際的創作
中，在一部小說或在一回一個場面中，不可能僅僅是一種空間形態，而是多種結構形態的綜合。惟其多
種，才能為人物提供揮灑自如的形式，從不同的角度，不同的側面顯現人物性格，塑造出立體的形象，
從而深化主題。參考魯德才，《中國古代小說藝術論》（天津：百花文藝出版社，1988年），頁202。

統，感受到典型情節的變動，更加注目前後故事的銜接且得以獲得新鮮感。

　　還有，插入「夢境」是引起現實空間的擴大、變轉以襯托細節，在情節展開過程中自然產生一種「陌生感」。這可喚起讀者對情節的極大興趣與關注，可以提供讀者在閱讀上的要求與期待。這些有意的安排，不但滿足讀者的渴望之處，而且能使讀者拓展思路邏輯，發揮其想象力。所插入的「夢幻境」，在整個作品的脈絡中，有以宏觀視角來詮釋的必要性。在典型的情節插入「夢敘事」，雖在整個情節的展開造成更動和分歧，但這不是把情節逆轉為後退倒敘，而是將情節導向變化多端、順利進行、有機協調的方向，來增加其藝術效果。

六、結語

　　以上以「中等不一致效應」理論來考察宋元話本小說「夢敘事」形式與內容。從全新的角度探討宋元話本小說中「夢境描寫」的敘事藝術，呈現出複雜多樣的特徵。本文以「有機性」、「虛幻性」、「陌生性」為關鍵因素，以「不一致理論」來探究在「夢敘事」中所運用的特性與相關內容，加以檢討其引發的敘事策略之成功與否。

　　這三種特徵，與「夢敘事」之插入位置，有著密切關係，這可從敘事內容與結構來區分為「引入」、「文首」、「文中」、「文末」、「篇尾」，共五個部分。作品中的「夢敘事」所插入的位置具有「入夢」、「夢中」、「夢醒」的過程，但有些作品從「入夢」到「夢醒」過程並不明顯，會經常省略、刪節某些段落的敘述。不過，每個作品都必須有「夢醒」階段，所以「夢境」的敘事範圍都以「夢醒」為標準。雖然這些從「入夢」、「夢中」到「夢醒」的過程，不一定明顯，但其與「有機性」、「虛幻性」、「陌生性」等特徵密切連結。作品中的「夢敘事」，主要按照這三種特性的相互聯繫與顯示，表現出各自的不同現象。若以這三種特徵來考察「夢敘事」，就出現五種不同的類型組合。其一，在三個特徵中皆有「好顯示」現象；其二，有一種「好顯示」，兩種「可顯示」現象；其三，一種「好顯示」，一種「可顯示」，一種「非顯示」現象；其四，兩種「可顯示」，一種「非顯示」現象；其五，三種都有「非顯示」的現象。

　　從「不一致理論」來考察宋元話本小說「夢敘事」的敘事意涵時，主要從三個方面來分析：其一，情節內容上的意義；其二，敘事結構上的修辭；其三，讀者反應與接受的觀點。首先，從情節內容上的意義而言，宋元話本小說中的

「夢敘事」，在情節曲折進行中經常產生變調，富有一種節奏感。另外，「夢敘事」對未發生事件的暗示與象徵，具有重要作用。對敘事結構上的修辭而言，夢境直接介入作品，在虛實空間對應中產生複雜、交錯的敘事形式，使場景的流變與移轉更為生動，故事節奏更為緊湊。另外，在作品中出現「夢境」的情況，有獨特的敘事現象：其一，實際空間中常出現「夢境」的插入；其二，「夢境」插入時，人物主動或被動的空間移動現象相當明顯。這樣的現象能形成多樣化的「夢境」特徵。對讀者反應與接受觀點而言，會增加讀者對作品的興趣，集中關注於情節內容，凸顯閱讀心理情思，而更投入於作品。還有，插入「夢境」是為了襯托細節話素，使其中自然產生一種「陌生感」。這可喚起讀者對情節的極大興趣，以彌補讀者在閱讀上所需的要求與期待。

在故事進展中，若沒有虛擬夢幻場面，情節便相當單調，而且不能充分表現豐富多樣的內涵，無法明示深奧的象徵意蘊。「夢境」接合現實空間而產生隨時性、節奏性的互動現象，顯示了多層面的敘事意義。在作品中的「夢境」就凸顯整個故事背景的框架，並配合情節建構緊湊的結構，顯現獨特的敘述架構。若脫離以往的研究方向而採以新詮釋理論來開拓「夢敘事」，將對以前研究「夢境描寫」中所忽略、模糊的敘事內容，並對文本所隱藏、不明的思想意義進行仔細考察，會呈現出豐富的藝術效果。可以說，打開了以全新觀點來瞭解敘事藝術的篇章，也邁出了重要的第一步。

參考書目

一、古籍文獻（依作者先後排列）

（漢）董仲舒著，《春秋繁露》，臺北：臺灣中華書局，1989年。

（魏）王弼注，列子注，《諸子集成》，北京：中華書局，1996年。

（宋）孟元老，《東京夢華錄》，臺北：世界書局，1999年。

（宋）耐得翁，《都城紀勝》，臺北：大立出版社，1980年。

（宋）吳自牧，《夢粱錄》，臺北：大立出版社，1980年。

（宋）羅燁，《醉翁談錄》，臺北：世界書局，1972年。

（宋）周密，《武林舊事》，臺北：廣文書局，1995年。

（宋）佚名氏，《宣和遺事》〔四部備要，史部，中華書局據士禮居校刊刻本〕，
　　臺灣：中華書局，1965年。

（明）洪楩編輯・石昌渝校點，《清平山堂話本》，江蘇古籍出版社，1994年。

（明）熊龍峰等刊行・石昌渝校點，《熊龍峰刊行小說四種》，江蘇古籍出版社，
　　1994年。

（明）馮夢龍編・徐文助校注・繆天華校閱，《喻世明言》，臺北：三民書局，
　　1998年。

（明）馮夢龍編・徐文助校訂・繆天華校閱，《警世通言》，臺北：三民書局，
　　1992年。

（明）馮夢龍編・廖吉郎校訂・繆天華校閱，《醒世桓言》，臺北：三民書局，
　　1995年。

無名氏原著・程毅中、程有慶校點，《京本通俗小說》，江蘇古籍出版社，1994年。

（明）凌濛初著，徐文助校訂，繆天華校閱，《二刻拍案驚奇》，臺北：三民書
　　局，1993年。

（明）凌濛初著，徐文助校訂，繆天華校閱，《拍案驚奇》，臺北：三民書局，
　　1995年。

（明）湯顯祖著，徐朔方，楊笑梅校注，《牡丹亭》，北京：人民文學出版社，
　　1994年。

（明）蘭陵笑笑生著，齊煙、汝梅校點，《新刻繡像批評金瓶梅（上）》，香港：
　　三聯書店有限公司，1990年。

古本小說集成編委會編，《古本小說集成》，上海：上海古籍出版社，1990年。

劉世德、陳慶浩等主編，《古本小說叢刊》，北京：中華書局，1991年。

二、近人專著（依出版先後排列）

樂蘅軍，《宋代話本研究》，臺北：國立臺灣大學出版委員會，1969年。

鄭振鐸，《明清二代的平話集》（收錄於《中國文學研究新編》），臺北：明倫出
　　版社，1971年。

徐芹庭，《修辭學發微》，臺北：臺灣中華書局，1971年。

孫楷第，《中國通俗小說書目》，臺北：鳳凰出版社，1974年。

陳介白，《修辭學講話》（《修辭學研究》內），臺北：信誼書局，1978年。

趙滋蕃，《文學與美學》，臺北：道聲出版社，1978年。

王秋桂編，《韓南中國古典小說論集》，臺北：聯經出版事業公司，1979年。

胡士瑩，《話本小說概論》，北京：中華書局，1980年。

譚正璧，《三言兩拍資料》，臺北：里仁書局，1981年。

李烈炎，《時空學說史》，湖北人民出版社，1988年。

金健人，《小說結構美學》，臺北：木鐸出版社，1988年。

魯德才，《中國古代小說藝術論》，天津：百花文藝出版社，1988年。

張法，《中國文化與悲劇意識》，北京：中國人民大學出版社，1989年。

（美）韋恩·布斯著，華明、胡蘇曉、周憲譯，《小說修辭學》，北京大學出版
　　社，1989年。

陳平原，《中國小說敘事模式的轉變》，臺北：久大文化股份有限公司，1990年。

陳望道，《修辭學發凡話》（原1932年，民國叢書編輯委員會編，《中國學術叢
　　書》，第2編），上海書店，1990年。

蔡謀芳，《表達的藝術——修辭二十五講》，臺北：三民書局，1990年。

孫遜、孫菊園編，《中國古典小說美學資料匯粹》，臺北：大安出版社，1991年。

董季棠，《修辭析論》，臺北：文史哲出版社，1992年。

吳康，《中國古代夢幻》，湖南文藝出版社，1992年。

劉文英，《夢的迷信與夢的探索》，臺北：曉園出版社，1993年。

繆咏禾，《馮夢龍和三言》，臺北：萬卷樓圖書有限公司，1993年。

沈宗憲，《宋代民間的幽冥世界觀》，臺北：千華圖書出版公司，1993年。

關紹箕，《實用修辭學》，臺北：遠流出版事業有限公司，1993年。

林禮明，《鬼蜮世界——中國傳統文化對鬼的認識》，廈門大學出版社，1993年。

古田敬一著・李淼譯，《中國文學的對句藝術》，臺北：祺齡出版社，1994年。

漢語大詞典編輯委員會編，《漢語大詞典》，上海：漢語大詞典出版社，1994年。

歐陽代發，《世態人情說「話本」：悲歡離合》，臺北：亞太圖書出版社，1995年。

成偉鈞，唐仲揚，向宏業編，《修辭通鑑》，臺北：建宏出版社，1996年。

（美）浦安迪，《中國敘事學》，北京大學出版社，1996年。

成偉鈞編著，《修辭通鑑》，臺北：建宏出版社，1996年。

傅騰霄，《小說技巧》，臺北：洪葉文化事業有限公司，1996年。

楊義，《中國敘事學》，臺北：南華管理學院，1998年。

（英）戴維・落奇，王峻巖譯，《小說的藝術》，北京：作家出版社，1998年。

劉文英，《精神系統與新夢說》，天津：南開大學出版社，1998年。

王定璋，《白話小說：從群體流傳到作家創造的社會圖卷》，廣西師範大學，1999年。

（美）喬・艾略特等著，張玲等譯，《小說的藝術》，北京：社會科學文獻出版社，1999年。

賈二強，《神界鬼域——唐代民間信仰透視》，陝西人民教育出版社，2000年。

程毅中輯注，《宋元小說家話本集》，濟南：齊魯書社，2000年。

李清筠，《時空情境中的自我影像：以阮籍、陸機、陶淵明詩為例》，臺北：文津出版社，2000年。

蔡宗陽，《修辭學探微》，臺北：文史哲出版社，2001年。

黃慶萱，《修辭學》，臺北：三民書局，2002年。

金明求，《虛實空間的移轉與流動——宋元話本小說的空間探討》，臺北：大安出版社，2002年。

王平，《中國古代小說敘事研究》，河北人民出版社，2003年。

郭建勳注譯，黃俊郎校閱，《新譯易經讀本》，臺北：三民書局，2007年。

金賢編，《修辭學》，首爾：文學與知性出版社，1987年。

M・H艾布拉姆斯著，崔尚奎譯，《文學用語字典》，首爾：寶城出版社，1991年。

保羅・呂格爾（Paul Ricoeur）著，金漢植・李景來譯，《時間和故事1》，首爾：文學和知性出版社，1999年。

漢斯‧梅耶霍夫（Hans Meyerhof）著，Lee Jongchul譯，《文學裡的時間（Time in Literature）》，首爾：文藝出版社，2003年。

李善一，《馬丁‧海德格《存在和時間》（《哲學思想》別冊第2冊第12號），首爾大學哲學思想研究所，2003年。

蘇光熙，《馬丁‧海德格《存在和時間》講義》，首爾：文藝出版社，2003年。

《文學批評用語辭典（下）》，國學資料院（韓國），2006年。

Steve Taylor著，정나리아譯，《제2의 시간》，首爾：용오름，2012年。

《韓國民族文化大百科辭典》（http：//encykorea.aks.ac.kr）

三、學位論文與期刊論文

柳之青，《三言人物研究》，國立台灣師範大學國文研究所碩士論文，1991年。

蘇相穎，《產品類型與新奇屬性類型之產品不一致性對產品再認和態度的影響——以消費者創新性為調節變項》，國立政治大學廣告研究所碩士論文，2007年。

柯畯祥，《代言人與服務類型之間的適配度對廣告效果的影響》，國立中山大學企業管理學系研究所碩士學位論文，2012年。

白昇燁，《《清平山堂話本》的口演體制和言術構造研究》，韓國檀國大學博士學位論文，2000年。

秦瑩，《板索裏系列小說和話本小說的比較研究》，韓國慶熙大學碩士學位論文，2009年。

陳鐵鑌，〈小說寫夢偶拾〉，《明清小說論叢（第五輯）》，瀋陽：春風文藝出版社，1987年。

林文月，〈康樂詩的藝術均衡美——以對偶句為例〉，《臺大中文學報》第4期，1991年6月。

劉崇義，〈識說古典文學中運用語法觀點產生的修辭美學〉，《孔孟月刊》，第30卷9期，1992年5月。

陳遼，〈談《金瓶梅》中的女子形象描寫〉，《書目季刊》第27卷第3期，1993年12月。

文榮光等，〈靈魂附身現象——台灣本土的壓力與因應行為〉，楊國樞、余安邦編，《中國人的心理與行為：文化、教化及病理篇（一九九二）》，臺北：桂冠圖書有限公司，1994年11月。

陳萬成，〈對偶新探——以永嘉四靈詩為例〉，《漢學研究》第13卷第1期，1995年6月。

劉福增，〈《老子》對偶造句與思考的邏輯分析與批判〉，《國立編譯館館刊》第24卷第2期，1995年12月。

劉英魁，〈談唐人小說的人物描寫〉，《瀋陽師範學院學報》，1995年第4期。

疏志強，〈模糊語言在小說人物描寫中的運用〉，《韶關大學學報（社科版）》，第17卷第3期，1996年9月。

紀德君，〈「春濃花豔佳人膽」——論宋元話本小說的女人形象〉，《海南大學學報（社科版）》，第14卷第2期，1996年6期。

謝真元，〈古代小說中婦女命運的文化透視〉，《重慶師院學報：哲社版》，1997年第1期。

黃麗貞，〈傳統戲曲的人物描寫〉，《中國現代文學理論季刊》第5期，1997年3月。

鄧惠蘭，〈人物描寫中的重合現象〉，《江漢大學學報》，第14卷第4期，1997年8月。

劉芝芬，〈修辭在文學創作中的審美功能〉，《遼寧師範大學學報（社科版）》，1997年5期。

黃麗貞，〈「譬喻」的探討〉，《中國現代文學理論季刊》第9期，1998年3月。

周碧香，〈《東籬樂府》對偶句的語言風格〉，《國立編譯館館刊》第27卷第1期，1998年6月。

黃麗貞，〈融入生活中的「對偶」修辭〉，《中國現代文學理論季刊》第10期，1998年6月。

任昌健，〈通過湯瑪斯‧孔恩的理論分析時間概念：以《捕抓今天》為中心〉，《英語英文學（韓國）》第45卷3號，1999年。

李建軍，〈論小說修辭的理論基源及定義〉，《陝西師範大學學報（哲科版）》，第29卷1期，2000年3月。

徐志福，〈聲發紙上，躍然欲出——談古代短詩、詞中人物描寫〉，《文史雜誌》第56期，2001年第3期。

劉孝嚴，〈淺談《金瓶梅》女性人物描寫〉，《東北師大學報（哲社版）》第194期，2001年6期。

蔡宗陽，〈海峽兩岸對偶的名稱與分類之比較〉，《修辭論叢》（臺北：洪業文化事業公司）第3輯，2001年6月。

趙維國，〈永樂大典所存宋人劉斧小說集佚文輯考〉，《文獻》，2001年第2期。

鄭慶君，〈漢語話語中的時間表達〉，《湖南師範大學社會科學學報》第32卷第6期，
　　2003年11月。

熊偉明，〈文學作品中時間表達的語用考察〉，《修辭學習》，2004年第2期。

趙桂淑，〈李光洙初期短篇小說的描寫類型與機能〉，《國際語文（韓國）》34
　　集，2005年。

趙章超，〈宋人劉斧小說輯補〉，《文獻》，2006年第3期。

段軍，耿光華，溫志鵬，〈論《三言》敘事時間的和諧特性〉，《河北北方學院學
　　報》第25卷第3期，2009年6月。

孟建安，〈小說話語的時間表達系統〉，《漢語學報》，2010年第4期。

劉永紅，李玲玲，〈唐傳奇與宋元話本的敘事時間比較〉，《石家莊學院學報》第
　　14卷第4期，2012年7月。

蔡佳靜，卓家億，〈代言人與產品配適之研究〉，《管理與系統》第20卷第4期，
　　2013年10月。

江紅艷，孫配貞，〈「仿洋」品牌命名中原產國刻板印象內容與產品屬性的非對稱
　　性效應研究〉，《中大管理研究》，2014年第9卷。

安宰國，〈易學的時間理解——以順逆理論為中心〉，《韓國宗教（韓國）》第17
　　輯，1992年，頁226。

任昌健，〈通過湯瑪斯·孔恩的理論分析時間概念：以《捕抓今天》為中心〉，
　　《英語英文學（韓國）》第45冊3號，1999年。

Gyeong Sun Hwang，〈馬丁·海德格的存在思維：時間性，存在事件」，《哲學和
　　現象學研究（韓國）》第12集，1999年。

尹采根，〈小說家的時間和空間——金時習、林悌中心〉，《語文論集（韓國）》
　　第45集，2002年。

申恩慶，〈話本小說〈剗頸鴛鴦會〉比較文學研究〉，《比較文學》第51輯，2010
　　年6月。

裵相植，〈馬丁·海德格思維裡「時間性（Zeitlichkeit）」的意義」，《東西哲學研
　　究》第40號，2006年6月。

李致洙，〈陸游「詞」的對比修辭法〉，《中國語文學》第57輯，2011年6月。

崔鍾韓，〈時間，時間理論和擴張時間構造——以實驗電影和錄像藝術為中心〉，
　　《韓國影像學會論文集（韓國）》，第10卷，2012年。

金明求，〈惡性和善性——《三言》中出現的「善惡竝存」人物研究〉，《中國語

文論叢（韓國）》第69輯，2015年6月。

Mandler, G.P. (1982) 'The structure of value: Accounting for taste', In Clark, M.S. and Fiske, S.T. Affect and Cognition. The 17th Annual Carnegie Symposium on Cognition, Hillsdale, NJ: Lawrence Erlbaum.

Meyers-Levy, J. and Tybout, A.M. (1989) 'Schema congruity as a basis for product evaluation', Journal Of Consumer Research, Vol. 16, No. 1.

語言文學類　PG2311　文學視界110

修辭與敘事：宋元話本小說的修飾書寫

作　　者／金明求
責任編輯／杜國維
圖文排版／楊家齊
封面設計／王嵩賀

發 行 人／宋政坤
法律顧問／毛國樑　律師
出版發行／秀威資訊科技股份有限公司
　　　　　114台北市內湖區瑞光路76巷65號1樓
　　　　　電話：+886-2-2796-3638　傳真：+886-2-2796-1377
　　　　　http://www.showwe.com.tw
劃撥帳號／19563868　戶名：秀威資訊科技股份有限公司
　　　　　讀者服務信箱：service@showwe.com.tw
展售門市／國家書店（松江門市）
　　　　　104台北市中山區松江路209號1樓
　　　　　電話：+886-2-2518-0207　傳真：+886-2-2518-0778
網路訂購／秀威網路書店：https://store.showwe.tw
　　　　　國家網路書店：https://www.govbooks.com.tw

2020年1月　BOD一版
定價：370元
版權所有　翻印必究
本書如有缺頁、破損或裝訂錯誤，請寄回更換

國家圖書館出版品預行編目

修辭與敘事：宋元話本小說的修飾書寫 / 金明求
　著. -- 一版. -- 臺北市：秀威資訊科技, 2020.01
　　面；　公分. -- (語言文學類；PG2311)(文學
視界；110)
　BOD版
　ISBN 978-986-326-772-0(平裝)

　1. 宋元話本　2. 敘事文學　3. 文學評論

820.9705　　　　　　　　　　　108022197

讀 者 回 函 卡

感謝您購買本書，為提升服務品質，請填妥以下資料，將讀者回函卡直接寄回或傳真本公司，收到您的寶貴意見後，我們會收藏記錄及檢討，謝謝！如您需要了解本公司最新出版書目、購書優惠或企劃活動，歡迎您上網查詢或下載相關資料：http:// www.showwe.com.tw

您購買的書名：＿＿＿＿＿＿＿＿＿＿＿＿＿＿＿＿＿＿＿＿＿＿

出生日期：＿＿＿＿＿年＿＿＿＿＿月＿＿＿＿＿日

學歷：□高中 (含) 以下　　□大專　　□研究所 (含) 以上

職業：□製造業　□金融業　□資訊業　□軍警　□傳播業　□自由業
　　　□服務業　□公務員　□教職　　□學生　□家管　　□其它＿＿＿

購書地點：□網路書店　□實體書店　□書展　□郵購　□贈閱　□其他

您從何得知本書的消息？

　□網路書店　□實體書店　□網路搜尋　□電子報　□書訊　□雜誌

　□傳播媒體　□親友推薦　□網站推薦　□部落格　□其他＿＿＿＿＿＿

您對本書的評價：(請填代號　1.非常滿意　2.滿意　3.尚可　4.再改進)

　封面設計＿＿＿　版面編排＿＿＿　內容＿＿＿　文／譯筆＿＿＿　價格＿＿＿

讀完書後您覺得：

　□很有收穫　□有收穫　□收穫不多　□沒收穫

對我們的建議：＿＿＿＿＿＿＿＿＿＿＿＿＿＿＿＿＿＿＿＿＿＿

＿＿＿＿＿＿＿＿＿＿＿＿＿＿＿＿＿＿＿＿＿＿＿＿＿＿＿＿＿＿＿

＿＿＿＿＿＿＿＿＿＿＿＿＿＿＿＿＿＿＿＿＿＿＿＿＿＿＿＿＿＿＿

＿＿＿＿＿＿＿＿＿＿＿＿＿＿＿＿＿＿＿＿＿＿＿＿＿＿＿＿＿＿＿

11466
台北市內湖區瑞光路 76 巷 65 號 1 樓

秀威資訊科技股份有限公司　　　收

BOD 數位出版事業部

....

（請沿線對折寄回，謝謝！）

姓　　名：＿＿＿＿＿＿＿＿＿＿　年齡：＿＿＿＿＿　性別：□女　□男

郵遞區號：□□□□□

地　　址：＿＿＿＿＿＿＿＿＿＿＿＿＿＿＿＿＿＿＿＿＿＿＿

聯絡電話：(日) ＿＿＿＿＿＿＿＿＿＿＿＿　(夜) ＿＿＿＿＿＿＿＿＿＿＿＿

E - m a i l：＿＿＿＿＿＿＿＿＿＿＿＿＿＿＿＿＿＿＿＿＿＿